HELGA GLAESENER

DIE
WIKINGERIN

atb aufbau taschenbuch

HELGA GLAESENER hat ursprünglich Mathematik und Informatik studiert, bevor sie sich entschloss, freie Autorin zu werden. Gleich ihr erster Roman »Die Safranhändlerin« wurde ein Bestseller. Im Aufbau Taschenbuch ist ihr Roman »Das Erbe der Päpstin« lieferbar. Helga Glaesener lebt in Oldenburg.

Solvejg liebt ihren Vater, den König Harald Schönhaar, und fürchtet ihn zugleich. Als seine Frau stirbt, will der König es nicht wahrhaben; erst als der Leichnam zu verwesen beginnt, begreift er, dass er tagelang neben einer Toten gelegen hat. Für seinen Liebeswahn gibt er Solvejg die Schuld. Die junge Frau flieht und schließt sich einem Trupp Wikinger an, der sich zu einem Beutezug nach Irland aufmacht. Das Unternehmen jedoch misslingt. Solvejg wird eingekerkert – zusammen mit dem Druiden Dhoire, der ihr in den Tagen ihrer Gefangenschaft nicht nur das Lesen und Schreiben beibringt, sondern sie auch in die Kunst der Magie einführt. Kurz vor ihrer Hinrichtung gelingt es beiden zu fliehen.

Solvejg gelangt ins Reich der Franken. Dort machen Graf Odo und sein Bruder Robert sich in Paris bereit, ihre Stadt vor neuerlichen Beutezügen der Wikinger zu schützen. Als ihnen Solvejg, verkleidet als Mann, in die Hände fällt, glauben sie, einen Spion vor sich zu haben. Odo lässt Solvejg ins Gefängnis werfen. Dann aber erkennt Robert, dass er eine junge, geheimnisvolle Frau vor sich hat – und verliebt sich in sie.

HELGA GLAESENER

DIE WIKINGERIN

R O M A N

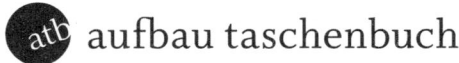
aufbau taschenbuch

MIX
Papier | Fördert
gute Waldnutzung
FSC® C083411

ISBN 978-3-7466-4146-1

Aufbau Taschenbuch ist eine Marke
der Aufbau Verlage GmbH & Co. KG

1. Auflage 2025
Vollständige Taschenbuchausgabe
© Aufbau Verlage GmbH & Co. KG, Berlin 2023
www.aufbau-verlage.de
10969 Berlin, Prinzenstraße 85
Die Originalausgabe erschien 2023 bei Rütten & Loening, einer
Marke der Aufbau Verlage GmbH & Co. KG
Der Verlag behält sich das Text- und Data-Mining nach § 44 b UrhG
vor, was hiermit Dritten ohne Zustimmung des Verlages untersagt ist.
Bei Fragen zur Sicherheit unserer Produkte wenden
Sie sich bitte an produktsicherheit@aufbau-verlage.de.
Umschlaggestaltung U1berlin, Patrizia Di Stefano
unter Verwendung eines Bildes von © Rekha Garton / Arcangel
Satz Greiner & Reichel, Köln
Druck und Binden CPI books GmbH, Leck, Germany

Printed in Germany

1.

KAPITEL

Angst ist das Gift, das die Schwachen tötet.
Dieser Satz, den ihr Vater wohl öfter als jeden anderen gesprochen hatte, summte in Solvejgs Kopf wie ein Schwarm zorniger Wespen. Er beunruhigte sie, er stach wie ein Stachel.

Sie saß am Rand einer Klippe und starrte auf die Glomma hinab, die sich unter ihr als breites, unregelmäßiges Band durch die raue Landschaft grub. Der Fluss sprudelte vor den Felsen, Schaumkronen tanzten, aus den Fluten sprangen Hechte, und als ihr Blick weiterschweifte, entdeckte sie eine braun gefiederte Eiderente, die am gegenüberliegenden Ufer gerade ein Nest im Schilf baute. Solvejg liebte ihre norwegische Heimat. So viel Majestät und Schönheit!

Aber daneben diese Grausamkeit, dachte sie. An einem der vergangenen Tage hatte Bjalki, einer der Samen, bei denen sie und ihr Vater seit einigen Jahren lebten, die Schädel aufständischer Bauern an einen Zaun genagelt. Als sie ihrem Vater erzählte, wie sie diesen Anblick hasste, hatte er gemeint, dass die Erschlagenen wie Schafe geflohen seien, als sie merkten, dass ihre Gegner in der Überzahl waren. Ihr Schicksal war also gerecht gewesen. *Angst ist das Gift, das die Schwachen tötet.*

Bedrückt starrte Solvejg zu der Ente, die ihr Nest verlassen hatte und sich jetzt von der Strömung flussabwärts treiben ließ. In ihrem klobigen Schnabel zappelte ein Fisch. Sie schien zufrieden zu sein. Was sie nicht bemerkte, war der Habicht, der über ihr kreiste und sie gierig beäugte. Es war reines Glück, dass der Raubvogel kurz darauf eine Wildgans erspähte, die ihm eine noch lohnendere Beute zu sein schien. Glück natürlich nur für sie, nicht für die Gans, die verängstigt in den Klauen des Habichts flatterte, während er sie zu seinem Nest trug. Einer frisst den anderen, und wen es trifft, hängt oft genug vom Zufall ab, dachte Solvejg. Allerdings nur bei den Tieren. Nicht bei Menschen.

Ihre Gedanken kehrten zu ihrem Vater zurück, zu König Harald. Er war nie ein milder Mann gewesen. Seit sie denken konnte, hatte er Kriege geführt und ihr auch einmal erklärt, warum das nötig sei. »Ich will das Reich einen«, hatte er gesagt. »Ich will ihm Gesetze und eine Ordnung geben und aus ihm ein strahlendes Reich machen, ähnlich wie das der Dänen und Schweden. Aber das geht nicht mit freundlichen Worten. Widerstand muss gebrochen werden. Viele müssen leiden und sterben. Das ist notwendig, damit unser Volk am Ende Ruhm und Reichtum erlangt.«

Solvejg hatte gesehen, wie seine Männer ihm erst zögernd und dann immer begeisterter gefolgt waren, und sie war Zeugin gewesen, als er seine Gefangenen nach dem Sieg bei Hafrsfjord in Avaldsnes von hungrigen Ebern zerreißen ließ, weil sie sich nicht unterwerfen wollten. Der Stolz auf ihren Vater hatte sich plötzlich in … etwas Hässliches verwandelt, für das sie kein Wort gefunden hatte. Und doch hatte sie ihn weiter geliebt, und zwar wegen der Zärtlichkeit, mit der er sie selbst behandelte. Er hatte sie bereits als kleines Kind mit in die Wälder mitgenommen, um ihr die Verstecke der Hasen und Füchse zu zeigen. Er hatte sie auf den Knien geschaukelt und ihr zugeflüstert, dass sie der Juwel seines Herzens sei. Er hatte sie mit Geschenken überschüttet, und später hatte er ihr gar das Kämpfen mit dem Schwert und der Streitaxt beigebracht, als wäre sie ein Junge, obwohl das bei vielen seiner Leute Verwunderung und Missfallen auslöste. Sie war sein kostbarster Schatz gewesen.

Aber seit einigen Tagen – und das war der Grund, warum Solvejg hier saß und grübelte – hatte sich das geändert. Wenn er sie sah, brauste er auf; wenn sie etwas tat, das ihm missfiel, schrie er sie an. Und gestern hatte er ihr gar eine Ohrfeige versetzt. Vor aller Augen. Solvejg meinte, den Schmerz immer noch an der Wange und im Herzen zu fühlen.

Natürlich war ihr klar, was die Ursache für sein Verhalten war. Snøfrid! Voller Hass und Furcht dachte sie an das Weib, das ihr Vater vor drei Jahren zur Frau genommen hatte. Seine Männer hatten ihn gewarnt, als er zu den Samen aufbrach, denn sie waren als Magier und Hexer verschrien. Aber genau das hatte Harald sich zunutze machen wollen: Er hatte Solvejg mit einem der Söhne des Samenkönigs Svasi verheiraten wollen, damit sie ihm einen Magier gebar, der ihm zu weiteren militärischen Erfolgen verhelfen konnte. Doch dann hatte er Snøfrid erblickt und sein Vorhaben vergessen. Er war dem Weib auf der Stelle verfallen, und als Svasi sie nicht ohne Heirat in sein Bett lassen wollte, hatte er sie noch am selben Tag zum Eheweib genommen.

Seine Männer hatten das mit Furcht beobachtet – sie führten seine blinde Liebe auf einen Zauber zurück, den Snøfrids Vater auf ihn ausgeübt haben musste. Ihre Sorge steigerte sich, als Harald auch nach der Hochzeit keine Anstalten machte, in die Heimat zurückzukehren. Er verlor sein Interesse an Eroberungen, an der Stärkung seiner Macht – eigentlich an allem bis auf die Hexe, die …

Solvejg zuckte zusammen. Einige Vögel, die auf einem Holunderstrauch gezwitschert hatten, flatterten auf und retteten sich in die Kronen nahe stehender Bäume. Sie blickte sich argwöhnisch um – und lächelte erleichtert, als sie Thjodoff erblickte, den Sänger ihres Vaters, der offenbar nach ihr gesucht hatte. Zielstrebig erklomm er die Steigung zur Klippe.

»Was ist?«, fragte sie, als er sie erreicht hatte. Und konnte es sich bereits denken.

Snøfrid war vor einigen Wochen verstorben. Das hätte Solvejg vielleicht als Glück betrachtet, doch danach hatte sich der Wahn ihres Vaters noch gesteigert. Er hatte die Tote über Wochen in seinem Bett liegen lassen und behauptet, dass es ihr gut gehe. Und nicht nur das – sie mussten, von Grauen erfüllt, mit ansehen, wie er die Leiche herzte und küsste, und es ging sogar das Gerücht, dass er mit ihr verkehrte.

Arnor, einer seiner engsten Vertrauten, hatte es schließlich gewagt, ihm ins Gewissen zu reden. Die Tote stank ja mittlerweile bereits. Aber Harald hatte ihn nach den ersten Sätzen mit der bloßen Faust erschlagen. Und seitdem hatte niemand mehr gewagt, Snøfrids Tod in seiner Gegenwart zu erwähnen.

Thjodoff ließ sich neben Solvejg im Gras nieder. »Es wird schwierig«, murmelte er.

»Was ist los?«, wiederholte sie ihre Frage.

»Harald hat es begriffen.«

Überrascht hielt Solvejg den Atem an. »Wie ist das geschehen?«

»Er hatte einer der Sklavinnen befohlen, die Hexe zu waschen und neu einzukleiden, und als er sie nackt sah, die Zeichen der Verwesung, roch er plötzlich auch ihr stinkendes Fleisch … Da ist der Zauber von ihm gewichen. Er weiß nun, dass er wochenlang neben einer Toten gelegen hat.«

»Wird dann alles wieder gut? Können wir nach Hause zurückkehren?«

Der Skalde war nicht mehr jung. Das Leben hatte Furchen in sein Gesicht gegraben, die sich jetzt schmerzlich verzogen. »Ich fürchte, dass er jemanden suchen wird, den er für sein Unglück strafen kann.«

Solvejg nickte, ohne zu verstehen, was er meinte.

»Dein Vater ist ein guter Mann, Solvejg. Er ist tapfer, aufrichtig und treu. Aber wenn ein Mensch begreift, dass eine schwere Schuld auf ihm lastet – sucht er dann nicht jemanden, dem er einen Teil davon aufbürden kann, um sich selbst zu reinigen? Vielleicht sogar einen Menschen, der ihm etwas bedeutet?«

Solvejg starrte Thjodoff an. Als ihr dämmerte, was er andeuten wollte, begann sie zu lachen. Harald sollte ihr, seiner geliebten Tochter, etwas antun, weil ihm klar geworden war, dass ihn eine Hexe verzaubert hatte? Sie dachte erneut an die Stunden ihrer Kindheit, wie sie sich abends auf den mit Fellen gepolsterten Bänken an ihn gekuschelt und seinem dunklen Lachen gelauscht hatte, das seine Brust zum Beben brachte. Seine Liebe zu ihr mochte unter dem Fluch der Zauberin eine Weile in den Hintergrund gerückt sein. Aber erloschen? »Er würde mir niemals etwas antun!«

»Das meinte ich auch nicht. Nur … Vorhin, als er aus der Schlafkammer kam, hat er Halvdan zu Boden geschlagen.«

»Was?« Ihr jüngerer Bruder, den sie seiner dunklen Haare wegen *den Schwarzen* nannten, hatte Vater ebenfalls nach

Oppland begleitet. Auch ihn hatte Harald seitdem rauer behandelt, und Solvejg wusste, dass es ihm ebenfalls zu schaffen machte. »Wie hat Halvdan es aufgenommen?«

»Es blieb ja nicht dabei. Der König hat einen Fluch über ihn ausgesprochen.«

»Bitte?«

»Es ging um die Thronnachfolge. Darum, dass dein Bruder einen bitteren Tod erleiden würde, noch bevor er ... egal! Es wäre gut, wenn er für eine Weile verschwindet. Das will ich sagen. Und für dich ...«, meinte Thjodoff nach kurzem Zögern, »... gilt das Gleiche.«

Solvejg schüttelte den Kopf. »Thjodoff, siehst du gar nicht, dass sich gerade ein Tor vor uns auftut? Mein Vater hat verstanden, dass die Hexe tot ist – und damit haben die samischen Zauberer ihre Macht verloren. Vielleicht ist er jetzt verstört, aber er wird bald begreifen, in welchem Morast der Verdorbenheit man ihn zu waten zwang, und dann wird er nach Avaldsnes heimkehren. Und unser Elend ist vorbei!«

Sie sprang auf. Und als der Skalde sich nicht rührte, rannte sie an ihm vorbei den Hang hinab. Sie warf die Arme in die Luft und war so glücklich wie seit Langem nicht mehr.

∞

Es dämmerte bereits, als Solvejg das Dorf der Samen erreichte, das sich an den Rand eines Waldes schmiegte. Doch plötzlich wurden ihre Schritte wieder langsamer. Die Freude, die sie oben bei den Felsen gepackt hatte, schwand. Über den Langhäusern mit dem Flechtwerk aus Haselnuss- und Weidenruten hing eine bedrohliche Stille. Sie konnte weder Kinderlachen noch Rufe oder Fetzen von Gesprächen hören, und die Wege und Gärten, die die Häuser umgaben, waren wie leer gefegt. Was war geschehen? Nichts Gutes, vermutete sie und schritt beklommen auf den Bohlenwegen entlang, bis sie das größte der Langhäuser erreichte – einen Prachtbau, der im Gegensatz zu den übrigen Gebäuden aus Bruchsteinen errichtet worden war. Hier, in der Mitte der Siedlung, wohnten König Svasi und dessen Familie – und seit drei Jahren auch sie selbst mit ihrem Vater und ihrem Bruder.

Vorsichtig spähte Solvejg durch die offen stehende Tür. Von Harald war nichts zu sehen, und auch die anderen Männer, die die lange Halle gewöhnlich bevölkerten, schienen sich woanders versammelt zu haben. Nur ein paar Frauen standen an einem großen Holztisch längs der Kochfeuer und bereiteten die Mahlzeit für den Abend vor.

Solvejg blickte zur Treppe, die sich im hinteren Teil der Halle erhob, und sah, dass die Tür von Haralds Schlafkammer, die sich genau wie die von Svasi in dem geräumigen Obergeschoss befand, verschlossen war. Beklommen blickte sie sich um.

Snøfrids Mutter Gusta, eine hagere Frau mit weißem Haar und braunen Flecken auf den faltigen Händen, stand vor einem der Feuer und rührte in einem Topf, aus dem es nach Kohl roch. Trauerte sie? Wohl kaum. Der Tod ihrer Tochter hatte sie bekümmert, aber wirklich gelitten hatte sie unter dem abstoßenden Verhalten ihres Schwiegersohns. Falls sie das nicht nur vorgetäuscht hat, dachte Solvejg misstrauisch, und selbst an dem Zauber, der Harald den Kopf verwirrte, mitgewirkt hat.

In einem Korb, der hinter ihr auf einer der langen Holzbänke stand, schlief ein Säugling. Snøfrids Tochter, die kurz vor dem Tod ihrer Mutter geboren und vielleicht die Ursache für ihren Tod gewesen war. Die beiden älteren Brüder der Kleinen – blondlockige Zwillinge – stritten um einen Teller mit Walnüssen. Sie waren noch zu jung, um zu begreifen, dass sie ihre Mutter verloren hatten. Ulf, der zuerst Geborene, begann zu plärren, als Gnupi ihm eine Walnuss entriss und ihn triumphierend in die Finger biss.

»Pscht!«, herrschte eine der Frauen ihn an, und Gnupi kroch mit seiner Trophäe triumphierend auf eines der Felle, während Ulf weiterheulte.

Solvejg trat an einen der Tische, wo sie mehrere verschrumpelte Möhren aus einer Holzschüssel nahm, um sie kleinzuschneiden. Niemand sprach mit ihr. Die Stimmung zwischen den Familien war seit Snøfrids Tod eisig geworden. Einzig König Svasi hatte sich noch um Freundlichkeit bemüht. Aus Berechnung, dachte Solvejg, weil er ja seine Enkel auf dem norwegischen Thron sehen will. Vermutlich hoffte er, sie selbst aufziehen zu können, wie es ja häufig unter den Großen ihres Volks geschah, und sie, wenn sie herangereift waren, nach Avaldsnes zu bringen, wo sie nach Haralds Tod die Thronfolge antreten könnten.

Es dauerte lange, bis die Frauen genügend Gemüse und Fleisch zubereitet hatten, um die große Gesellschaft zu sättigen, die sich zum abendlichen Mahl einfinden würde. Solvejg verließ erleichtert das Langhaus, um ihre Hände in dem kleinen Bach zu waschen, der durch das Dorf floss. Draußen war es dunkel geworden, und es hatte zu nieseln begonnen. Zögernd blickte sie zum Himmel. Wollte sie wirklich zurück in die trostlose Halle?

Noch während sie mit sich rang, sah sie hinten beim Tor einige Männer auftauchen – Fremde, die sie noch nie zuvor gesehen hatte, vielleicht zwanzig Mann. Sie hatten Fackeln bei sich, und in deren Licht konnte sie erkennen, dass sie lederne Umhänge trugen, und Helme, die ihre halben Gesichter bedeckten, dazu Wehrgehänge mit Schwertern, Äxten und Messern. Sollte sie die Dorfbewohner alarmieren? Doch die Ankömmlinge sahen nicht aus, als planten sie einen Überfall. Sie redeten überlaut, sie lachten … Wahrscheinlich suchten sie einen Unterschlupf für die Nacht. Krähen, die sich aufplustern, dachte Solvejg verächtlich. Sie mochte sie nicht. Besonders der Kerl, der voranschritt, war ihr unangenehm. Wie herrisch er seine Leute herumkommandierte!

Er hatte sie entdeckt und kam auf sie zu, bis er direkt vor ihr stand. Seine Kleider bestanden aus eleganten, rot gefärbten Stoffen, die Stiefel aus weichem, schwarzem Leder, alles wirkte edel, doch in seinem Gesicht saß etwas Lauerndes, das sie zusätzlich abstieß. Solvejg brauchte einen Moment, um zu erkennen, dass es an seinen Augen lag. Die waren rund und seltsam trüb, mit einem schwarzen Schlitz in der Mitte wie bei einer Schlange.

»He, Weib! Wo finden wir König Harald?«

Solvejg zuckte mit den Schultern und verschwand auf einem kleinen Pfad um eine Hausecke, wenn auch mit einem unguten Gefühl. Aber sie vergaß die Fremden, als sie plötzlich vor einer halb in den Boden eingelassenen Scheune ihren Bruder entdeckte. Halvdan hockte mit angezogenen Knien vor der Wand des windschiefen Gebäudes. Sein Gesicht lag auf den Knien, das lockige, schwarze Haar, dem er seinen Namen verdankte, klebte wirr um die Wangen. Ihr Herz verkrampfte sich vor Mitleid, und sie ging langsam auf ihn zu. Obwohl er nur ein Jahr jünger als sie selbst war, kam er ihr plötzlich wie ein kleines Kind vor.

»Was willst du?«, brummte er.

Solvejg setzte sich neben ihn, schob ihre Hand unter sein Kinn, hob sein Gesicht an und drehte es so, dass sie ihn ansehen konnte. Thjodoff hatte untertrieben. Ihr Bruder war nicht nur geschlagen, sondern regelrecht verprügelt worden. Die Lippen waren aufgeplatzt, sein rechtes Auge zugeschwollen, und quer über den Hals lief ein übler Kratzer, der vielleicht von Haralds Ring stammte.

»Was hast du getan, das ihn so gereizt hat?«

Halvdan schob ihre Hand beiseite und barg das Gesicht erneut auf den Knien. Weinte er? Es hörte sich so an. Solvejg weinte niemals. *Angst ist das Gift, das die Schwachen tötet.*

Sie knuffte ihren Bruder. »Hör zu, Halvdan. Du wartest, bis deine Augen wieder trocken sind, und dann gehst du in die Halle. Vater hat sich inzwischen bestimmt wieder beruhigt. Du bist sein Sohn, er liebt dich.«

Halvdan blieb stumm. Das war eine Angewohnheit von ihm, die sie verrückt machte: Er sprach nie aus, was er dachte, sondern löffelte Freude und Unglück in sich hinein, als wäre es Suppe. Er war so … anstrengend.

»Ich gehe schon mal vor«, erklärte sie und stemmte sich wieder in die Höhe.

König Svasi hatte die fremden Krieger als Gäste willkommen geheißen. Offenbar kannte er sie, denn sie hatten es sich in seiner Halle auf den Bänken bequem gemacht und führten sich auf, als wären sie dort zu Hause. Einige schnupperten an den Specksteintöpfen, in denen das Kochfleisch dampfte, andere gossen den süßen Met, den man ihnen in Trinkhörnern reichte, in die Kehlen. Für die bedrückte Stimmung ihrer Gastgeber, die sich wie Staubfäden durch die Halle zog, schienen sie blind und taub zu sein. Sie redeten auf die Frauen und die wenigen Männer ein, die sich im Raum aufhielten, und brüllten einander Scherze zu …

Thjodoff, der ebenfalls in die Halle zurückgekehrt war, griff nach seiner Leier und stimmte leise ein Lied an. Doch die Fremden erwiesen nicht einmal seinem Gesang Respekt. Sie ignorierten ihn, als wären sie Säue im Schweinestall. Erst jetzt fiel Solvejg auf, dass die Männer den norwegischen Dialekt der Westküste sprachen, über die ihr Vater regierte. Handelte es sich also um Verbündete von ihm, die sie noch nicht kannte? Das würde ihr überhebliches Verhalten erklären.

Wo steckte Harald überhaupt? Kurz kam ihr der Gedanke, dass der Wahn ihren Vater erneut überwältigt haben könnte und er zu Snøfrids Leiche zurückgekehrt war. Sie atmete erleichtert auf, als er wenig später gemeinsam mit Svasi das Haus betrat.

Während ihrer Abwesenheit hatte man – wohl wegen der Gäste – zwei mit roten Drachen bemalte Throne aus Eichenholz in die Mitte der Halle getragen. Die beiden Könige warfen ihre Mäntel ab und nahmen mit düsteren Mienen darauf Platz – und endlich verstummten die Fremden. Nach einer kurzen Pause erhob sich Harald, um die Gäste, die er tatsächlich zu kennen schien, zu begrüßen. Kaum hatte er aber die ersten Worte gesprochen, als der kleine Gnupi, der in einer Ecke des Raums geschlafen hatte, lauthals zu jammern begann. Seine Großmutter sprang auf und trug den Knaben rasch hinaus, doch das Feierliche des Augenblicks war gestört.

Gereizt begann Harald seine Rede von Neuem. »Einar Schlangenauge, mein Freund, und ihr alle, die ihr ihn hierher begleitet habt: Seid gegrüßt und willkommen. Ein Willkommen bietet euch auch Svasi, der Herrscher der Samen und Herr dieses Hauses, dem euer Erscheinen große Freude bereitet.«

Seine Worte klangen steif, und entsprechend angespannt war das Lächeln des Mannes mit den Schlangenaugen, der sich erhob, um sich vor den beiden Männern zu verneigen – gerade so tief, dass es als Zeichen des Respekts gewertet werden konnte. Wieder überlegte Solvejg, ob der Mann gefährlich sein mochte.

Offenbar hatte niemand es gewagt, den Gästen zu erklären, dass es im Haus des Samenkönigs einen Todesfall gegeben hatte, denn Einar erwähnte die Verstorbene mit keinem Wort des Mitgefühls, sondern begann sofort, mit seinen Plänen für den kommenden Sommer zu prahlen.

»Wir haben beschlossen, wieder einmal zu Irlands Küste zu segeln, Harald, mein König. Dieses Mal geht es in die Nähe von Wykynlo. Oben, in den Bergen, soll ein Kloster stehen, in dem schon Ivar Ragnasson zu seiner Zeit gute Beute gemacht hat. Nun ist er tot, doch die Christen horten dort immer noch Schätze, die zu holen es sich lohnt. Silberne Leuchter … seidene Kleider … heilige Bücher, die zumindest ein warmes Feuerchen versprechen …« Einar lachte über seinen Scherz. Die Christen, die ihre Missionare in Europas Norden schickten, waren hier, wo man noch den wahren Göttern huldigte, verhasst. »Auch die Weiber in den Dörfern sind ansehnlich, heißt es. Wir gehen und schauen, was es zu holen gibt.«

Einar wartete. Auf Haralds Angebot, sich dem Raubzug anzuschließen? Waren sie zu wenige, um den Überfall allein zu wagen? Oder hatte dieser tote Ivar bereits einen

Nachfolger gefunden, der nicht dulden wollte, dass sich fremde Norweger an seinem Tisch bedienten?

Endlich raffte Harald sich zu einer Antwort auf. Er hatte allerdings kaum zwei, drei Worte gesprochen, als er erneut unterbrochen wurde. Halvdan hatte die Tür geöffnet. Solvejgs Bruder blieb stehen, und alle Augen richteten sich auf ihn – einen jungen Mann, von Nebel umhüllt, der aussah, als käme er gerade aus einer Schlägerei. Solvejg sah, wie ihn sofort wieder die Angst packte, doch jetzt nach draußen zu verschwinden wäre eine gar zu große Schmach gewesen. Schweigend verzog er sich auf einen freien Sitzplatz hinter einer der hölzernen Tragesäulen. Solvejgs Blick kehrte zu ihrem Vater zurück. Das Licht war schlecht, aber sie erkannte, wie es in ihm rumorte.

»Ein Beutezug nach Irland – das hört sich an wie eine lohnende Fahrt«, meinte Svasi.

Ihr kam ein weiterer unangenehmer Gedanke. Was, wenn es zwischen den beiden Königen Streit gegeben hatte? Der Same wirkte verkrampft, und sie erinnerte sich daran, mit welchem Grauen er ihren Vater beobachtet hatte, wenn der sich nachts ins Bett seines verwesenden Weibes legte. Hatten sie einander Vorwürfe gemacht?

Auch der Schlangenmann schien zu spüren, dass etwas nicht stimmte, denn er brach die angespannte Stimmung, indem er mit seinen Beutezügen des vergangenen Jahres angab. Sie waren zu den Franken vorgestoßen. Dummköpfe waren das gewesen, die sich wie Kinder täuschen ließen. Männer, die vor Angst in die Hosen pinkelten, wenn sie sahen, wie ihre Angreifer vor Ungeduld, sie endlich erschlagen zu können, in ihre Schilde bissen. Er hatte Erfolg gehabt, die Weiber waren ihnen am Ende von selbst nachgelaufen und hatten gar nicht mehr die Finger von ihnen lassen können. Und was sie gesoffen hatten, wenn sie von den Beutezügen auf die Schiffe zurückkehrten … Allmählich hob sich die gedrückte Stimmung.

Solvejg füllte eine kleine Holzschale mit Resten von gesottenem Hering – ein Essen, von dem sie wusste, dass ihr Bruder es mochte, und trug es ihm hinter die Säule. Er ignorierte sie und starrte zu Einar, der sein Horn in Richtung der königlichen Throne streckte.

»Ich trinke auf dich, mein König!«

»Auf König Harald«, riefen seine Kameraden und weiteten diesen Spruch, wohl aus Höflichkeit, auch auf Svasi aus.

Solvejg setzte die Schale neben ihrem Bruder auf der Bank ab, verkroch sich in eine Ecke und schloss, ermüdet von dem langen Tag, die Augen. Offenbar nickte sie ein, denn als sie sie wieder öffnete, schienen Stunden verstrichen zu sein. Das Saufen hatte sich wie oft an solchen Abenden mittlerweile zu einem Wettstreit entwickelt. Einar goss sich den Magen voll, die anderen Männer, Samen wie Norweger, taten es ihm nach. Erstaunlicherweise hielt auch Halvdan mit. Er sprach sogar mit einem der Fremden und lachte mit ihm.

Solvejg stemmte sich auf die Füße, um den anderen Frauen beim Nachfüllen der Trinkhörner zu helfen. Doch sie hatte sich gerade zum Mittelfeuer durchgedrängelt und einen der Tonkrüge ergriffen, als sie eine Hand an ihrem Arm spürte. Thjodolf!

»Nimm deinen Bruder und verschwinde mit ihm. Es kündigt sich Ungutes an«, raunte der Skalde.

Solvejg blickte sich um. Was denn? Und außerdem: Wie sollte sie das anstellen? Sie konnte sich Halvdan ja kaum über ihre Schulter werfen! Außerdem war auch die düstere Stimmung ihres Vaters verschwunden. Er lachte über einen Scherz, den jemand gemacht hatte. Thjodoff hatte sich verrannt.

Solvejg füllte die Trinkhörner, die sich ihr entgegenstreckten. Als jemand den Saum ihres Rocks hob und versuchte, ihre Beine zu berühren, gab sie ihm eine Ohrfeige, der sie durch ihr Lächeln die Schärfe zu nehmen versuchte. Und dann begann ihr zweiter Stiefbruder, der kleine Ulf, zu schreien. Kläglich, noch halb in seinen Träumen gefangen, strampelte er sich aus den Windeln. Warum hatte Gusta ihn nicht ebenfalls hinausgebracht? Es war doch zu erwarten gewesen, dass er irgendwann von dem Lärm geweckt würde. Solvejg blickte sich hektisch um, doch von seiner Großmutter war nichts zu entdecken. Sie eilte in seine Richtung und riss ihn in ihre Arme.

»... Balg einer Hexe!«

Solvejg erstarrte, dann fuhr sie herum.

Ihr Vater war aufgesprungen. Aus seinem Mund floss Speichel in den akkurat geschnittenen, von grauen Haaren durchsetzen Bart, sein Antlitz hatte jede Würde verloren. Er sah aus wie ... wie die Berserker, von denen Einar vorhin gesprochen hatte. Die Männer, die vor einem Kampf giftige Kräuter tranken, um sich in einem Zustand der Raserei in die Schlacht stürzen zu können. Nun warf er auch noch sein Trinkhorn zur Seite, so dass der Met auf den Rock von König Svasi spritzte. Benommen drückte Solvejg den kleinen Ulf, den sie nie gemocht hatte, an ihre Brust.

Harald stieg die Stufen des Throns hinab. War er ebenfalls betrunken? Auf jeden Fall schien er klar genug, um zu wissen, was er tat. Mit geballten Fäusten schritt er an den Feuern entlang, und Halvdan, der ihn auf sich zukommen sah, krümmte sich verängstigt zusammen. Sie sah, wie ihr Vater vor Verachtung bebte. Wo war seine Liebe zu dem Sohn geblieben, den er vor kurzer Zeit noch als seinen Nachfolger betrachtet hatte?

In einem der Feuerholzkörbe lag eine Axt. Harald packte sie im Vorbeigehen, tat die letzten Schritte und blieb vor Halvdan stehen. »Verfluchtes Stück Dreck.« Er lachte – ein albernes Geräusch, das auch den letzten zum Verstummen brachte. Dann hob er die Axt und strich mit den Fingern über die Schneide. »Dein Plan, Halvdan, war so hinterhältig und voller verräterischer List, als hätte ihn Loki, der Wandler, ersonnen. Die Hand der Liebe wird ergriffen, die Lippen säuseln Honigsüße, doch der Kopf ist voller Hass.«

Er drehte sich zu den Männern um, und seine Stimme wurde lauter.

»Loki tötete Baldur durch einen vergifteten Mistelzweig, den er dessen ahnungslosem, blindem Bruder reichte, damit dieser den Unverwundbaren mit dem einzigen Kraut träfe, gegen das der Held nicht gefeit war«, erklärte er, als würden sie die alten Sagas nicht kennen. »Und widerfuhr mir nicht genau das Gleiche? Mir wurde eine Hexe ins Bett gelegt, deren äußere Gestalt das Herz entbrennen ließ, deren Fleisch aber bereits im Tode faulte.«

Niemand wagte auch nur noch zu atmen. Schmähte Harald immer noch seinen Sohn? Es war doch Svasi gewesen, der ihm die unheimliche Tochter zur Heirat angeboten hatte – ein Mann, der überall im Land den Ruf eines Zauberers genoss. Der Samenkönig griff nach den Lehnen seines Throns, als müsste er sich daran festhalten.

»Über Tage und Wochen habe ich Leichendämpfe eingeatmet. Ich wurde durch sie vergiftet wie zu Beginn der Zeiten Baldur. War das euer Plan? Sollte ich sterben wie er – nur dass die Mistel die Gestalt eines scheinbar schönen Weibes angenommen hatte?«

Harald drehte sich einmal im Kreis und durchdrang dabei die Männer – gleich ob Samen, die eigenen Leute oder die fremden Gäste – mit seinen Blicken, als wollte er erforschen, wer von ihnen zu den Feinden gehörte, die seinen Untergang geplant hatten.

Solvejg verkrampfte sich, als er plötzlich auch sie selbst ins Visier nahm. Sie verfluchte sich dafür, nicht auf den Skalden gehört zu haben. Ihre Beine zuckten, sie wollte zur Tür, doch sie war wie erstarrt. Harald kam auf sie zu und stierte mit hasserfülltem Gesicht auf den Schreihals in ihrem Armen. Die Knöchel der Finger, die das Beil hielten, traten vor Anstrengung weiß hervor.

Harald liebte seine Kinder, er würde niemals einem von ihnen ein Leid antun. Oder doch? Das Gesetz gab Vätern das Recht, den eigenen Nachwuchs am Leben zu lassen oder zu töten. Es vertraute auf ihre Weisheit. Allerdings galt das nur für Neugeborene. Ulf war zu alt, als dass Harald dieses Recht gegen ihn hätte in Anspruch nehmen können.

Solvejg blickte in das irre, sabbernde Gesicht. »Lass ihn in Ruhe«, flüsterte sie.

Ihr Vater hob den Kopf, er starrte sie an, als wäre sie eine Fremde.

»Ulf ist ein Kind. Dein Sohn.«

»Leg ihn dort auf den Tisch!«

Damit er ihm bequemer den Kopf abhacken konnte? Solvejg rührte sich nicht. Sie sah die Kälte in Haralds Augen und spürte, wie sein Zorn von Ulf auf sie übersprang. Er musste die Stimme heben, um den schreienden Knaben zu übertönen. Zitternd vor Wut deutete er auf einen der Tische, auf dem schmutzige Töpfe standen und brüllte. »Leg ihn dorthin, habe ich gesagt.«

»Du bist betrunken.«

Jemand lachte, nur kurz, nur einen Atemzug lang, doch der Hass in Haralds Gesicht verstärkte sich. Sie widersetzte sich, sie beschämte ihn vor den Männern, deren Anerkennung er mehr als alles andere begehrte. Vielleicht nahm sie ihm gerade die Hoffnung darauf, König aller Norweger zu werden. Er hob die Axt, und jetzt war es ihr eigener Kopf, auf den er zielte.

Solvejg duckte sich unter seinem Arm hinweg und rannte zu einer Klappe, durch die an schlimmen Regentagen das Wasser, das ins Haus drang, in einen kleinen Graben abgelassen wurde. Halb verrückt vor Angst schob sie das brüllende Kind ins Freie. War sie dünn genug, um auch selbst hindurchzupassen? Es gelang. Sie wälzte sich zu Ulf und packte ihn erneut.

Und nun?

Sie dachte an Gusta. Die alte Frau liebte ihre Enkel wie das eigene Fleisch; das hatte sie oft genug beobachtet. Ihre älteste Tochter Elva wohnte am Rand der Siedlung. Sicher war Gusta mit dem weinenden Gnupi bei ihr untergekrochen. Solvejg presste Ulf die Hand auf den Mund und rannte die Wege hinab. Das Gebrüll aus der Halle verfolgte sie. Ein- oder zweimal öffnete sich eine Tür, schloss sich aber sofort wieder. Als sie Elvas Haus erreichte, fand sie die beiden Frauen an einem Tisch, wo sie Teigballen kneteten.

Sie hoben die Köpfe, und Entsetzen trat in ihre Augen. Solvejg brauchte einen Moment, um zu begreifen, dass sie Ulf immer noch den Mund zuhielt. Der Junge schnappte nach Luft, als sie die Hand wegzog. Hastig begann sie zu erklären. »Harald … hat den Verstand verloren. Er hat versucht, den Jungen …«

Elva begriff erstaunlich schnell. Und sie war mutig. Sie nahm ihr das Kind ab und flüsterte der Mutter zu: »Rasch, hole die anderen.« Nur Atemzüge später verschwanden die beiden mit den Kindern draußen in die Dunkelheit.

Die nackte Angst, die in ihren Gesichtern gestanden hatte, wirkte auf Solvejg wie ein laut gebrüllter Ratschlag. Sie musste ebenfalls verschwinden. Raus aus dem Dorf, so weit die Füße sie trugen. Während sie losrannte, begriff sie endlich, was Thjodoff hatte sagen wollen, als er meinte, dass die Scham ihres Vaters nach einem Schuldigen suchte. Sicher hatte Harald dabei gar nicht an sie, an seine Lieblingstochter, gedacht. Doch nun hatte sie ihn vor den Männern in der Halle gedemütigt, wie es schlimmer nicht hätte geschehen können. Die Kunde davon würde wie ein Wirbelsturm durch die Dörfer ziehen. Die Hütten würden vom Hohngelächter seiner Gegner erbeben und sie zum Aufstand ermutigen. Womöglich hatte er soeben seine Krone verloren.

Solvejg schlug instinktiv den Weg zu den schmalen Pfaden ein, die nördlich des Dorfs in ein Moor führten. Die Dörfler mieden es wegen der tückischen Moraste – und damit bot es vielleicht Zuflucht. Sie rannte, ihr Herz schlug gegen die Rippen wie Thors Hammer. Bald erreichte sie einen auf Holzpflöcken ruhenden Bohlenweg, den die Dörfler angelegt hatten, um ohne größere Umwege einen nahen See erreichen zu können. Sie flog dahin. Und war doch nicht schnell genug. Wann immer sie stehen blieb, meinte sie in ihrem Rücken das Trappeln von Sohlen zu hören. Allerdings nur die einer einzelnen Person, wenn sie sich nicht irrte. War das ihr Vater?

Vor ihr teilte sich der Bohlenweg in zwei schmalere Pfade. Sie flüchtete hinter einen schwarzen Busch. Es roch nach modrigem Wasser, in ihrer Nähe durchstreifte ein Tier die Sträucher. Ihre Sinne waren so angespannt, dass es wehtat. Es konnte nicht Harald sein, der ihr folgte – die Schritte klangen zu leichtfüßig. War ihr einer seiner Leute auf den Fersen? Guntram vielleicht, der schon lange um Haralds Gunst buhlte? Auf keinen Fall einer von den Fremden, denn die hätten sich niemals in einen für sie fremden Sumpf gewagt.

Angestrengt spähte Solvejg durch die Zweige. Und musste nicht lange warten. Ihr Verfolger erreichte den Platz und blieb keuchend stehen, gebückt, die Hände auf den Knien. Solvejg lachte vor Erleichterung laut auf. Halvdan! Sie schlüpfte hinter dem Busch hervor und umarmte ihren Bruder. »Wie sieht es aus?«

Seine Worte zertraten den aufkeimenden Funken Hoffnung. »Er rast«, presste ihr Bruder hervor. »Er verflucht dich und schwört … sehr viel Böses.« Halvdan begann, den Mantel abzulegen.

»Was tust du?«

Nun zog er auch das Hemd über den Kopf. »Gib mir dein Kleid.«

»Warum?«

Ungeduldig schüttelte er den Kopf, und endlich begriff sie. Es war lebensgefährlich für sie, ins Dorf zurückzukehren – aber nicht weniger riskant, als Frau allein durch das Land zu streifen. Er wollte ihr helfen, ihre Flucht heil zu überstehen. Mit flattrigen Händen nestelte er an seinem Gürtel und zog die Pumphose herab. »Was ist? Willst du mich erfrieren lassen?«

»Du kannst doch nicht im Kleid ins Dorf zurückkehren.«

»Ich schleiche mich irgendwie rein. Wird schon gut gehen. Beeil dich!«, knurrte ihr Bruder, und als sie immer noch zögerte: »Solvejg! Willst du als Fleischbrocken in unseren Töpfen enden?«

Hatte Vater etwa damit gedroht? Sie zu zerstückeln und zu fressen, als wäre sie ein Schlachtschwein? Sie starrte ihn an. Dann wechselte sie mit ihm die Kleidung. Wie sonderbar sie sich in seiner Hose fühlte: nackt und gleichzeitig stark, als hätte sie mit dem wallenden Kleid eine Fessel abgestreift. Halvdan lachte und tat, als würde er über den Saum des Kleides stolpern. Doch er wurde sofort wieder ernst.

»Geh fort, Schwester! Du warst nicht dabei, als Vater dich verfluchte, sonst wüsstest du, warum ich das sage.« Kurz schaute er in ihre Augen, und einen Moment sah sie wieder den Jungen in ihm, der er noch vor wenigen Stunden gewesen war. Wie konnte ein Mensch sich so rasch wandeln? Im nächsten Augenblick kehrte er ihr den Rücken und verschwand in der Dunkelheit.

Solvejg machte sich auf den Weg. Erst rannte sie durch die ihre vertraute Umgebung, dann in unbekanntes Gebiet hinein. Die Nacht war eisig, wie zu dieser Jahreszeit üblich, und ihre Angst zu erfrieren hinderte sie lange daran, eine Rast einzulegen. Doch als der Morgen nahte, wurde sie langsamer. Die Kräfte erloschen, sie sackte neben einem Felsblock ins Gras, und der Kopf fiel ihr auf die Brust. Wirre Ängste quälten sie, und sie schreckte aus dem unruhigen Schlummer, der sie schließlich überkam, wieder auf, sobald die Sonne ihre ersten Strahlen durch die Bäume schickte.

Verfroren stemmte sie sich auf die Füße und blickte zu einem nahen Hügel, über den ein Hase hoppelte. Der Anblick erinnerte sie daran, dass sie etwas essen musste. Doch dann sah sie wieder ihren Vater mit der Axt vor sich, und das Hungergefühl erstarb. Angespannt lief sie weiter, eine Zeit lang über grasbewachsenes, mit Steinen und Felsbrocken durchsetztes Land, dann durch Wälder, an deren Bäumen die ersten Blätter sprossen, und schließlich über Wiesen mit wuchernden Gräsern. Einige der Kräuter, die sie entdeckte, waren essbar. Sie riss sie heraus und zerkaute und schluckte sie.

Der Tag verging, ein neuer brach an und dann ein weiterer. Inzwischen orientierte sie sich an der Sonne. Avaldsnes, die Festung am Haugesund, in der sie aufgewachsen war, lag im Südwesten. Ein anderer Ort, an den sie fliehen könnte, fiel ihr nicht ein. Wenigstens begann die Kälte allmählich nachzulassen. Doch der Hunger bohrte dafür umso schlimmer. Und auch ihre Verzweiflung wuchs. Wäre es nicht besser, umzukehren? Vielleicht war der Zorn ihres Vaters inzwischen verflogen? Aber der Mut reichte nicht.

Später kam ein weiterer Gedanke dazu. Was, wenn es gar nicht Snøfrids Zauber gewesen war, der Harald an ihre verwesende Leiche gefesselt hatte, sondern der ihres Vaters Svasi? Hatte der Samenkönig gehofft, seinen norwegischen Gast so lange im Dorf behalten zu können, bis es ihm gelang, ihn diskret zu ermorden? Hatte er anschließend Snøfrids ältesten Sohn zum König ausrufen wollen? Dann hätte er allerdings auch Halvdan umbringen müssen, und wären Haralds Männer dann nicht misstrauisch geworden? Solvejg schüttelte, von ihren eigenen Überlegungen angewidert, den Kopf.

In der folgenden Nacht kam ein schneidender Wind auf, der auch am Morgen nicht nachließ. Sie tat, als spürte sie ihn nicht, und wanderte weiter. Inzwischen war ihr allerdings klar geworden, dass man sie auch in Avaldsnes kaum mit ausgebreiteten Armen empfangen würde. Ihre Mutter war schon vor Jahren verstorben. Und die Männer, die während Haralds Abwesenheit sein Reich regierten, würden womöglich bereits durch einen reitenden Boten erfahren haben, dass Haralds Liebe zu ihr in Hass umgeschlagen war, und Befehl bekommen haben, sie gefangen zu setzen.

Aber war das jetzt überhaupt wichtig? Ihr Magen verkrampfte sich vor Hunger – sie musste unbedingt etwas essen. Als sie ein Nest voller nackter Jungratten fand, grub sie ein Loch in die Wiese, bedeckte es mit grünenden Zweigen und legte die Tiere darauf. Tatsächlich ließ sich ein Fuchs anlocken. Sie fischte ihn aus der Grube und zertrümmerte seinen Kopf an einem Felsbrocken. Dann zog sie ihm das Fell ab, und ein Zunderschwamm reichte, um ein kleines Feuer zu entfachen, an dem sie sein Fleisch braten konnte. Heißhungrig schlang sie es herunter.

Später am Tag tauchte in einem der Täler ein kleines Dorf auf. Solvejg beobachtete die Menschen, die begonnen hatten, ihre Äcker zu bestellen oder in dem See hinter dem Dorf angelten. Es schienen friedliche Leute zu sein. Kurz überlegte sie, ob sie sie um Essen bitten solle, verwarf den Gedanken aber wieder. Da sie fremd war, würde man ihr nicht trauen.

Also wartete sie die Nacht ab und brach dann in einer der Hütten ein, in der nur ein altes Weib zu leben schien. Während die Frau auf ihrem Strohlager schnarchte, stahl sie zusammen, was sich an Essbarem fand. Ihr Herz begann zu klopfen, als sie auf einem wackligen Tisch ein Messer ertastete. Sie packte es, floh mit ihrer Beute ins Freie zurück und gönnte sich, als sie weit genug durch die Dunkelheit gerannt war, eine erste magenfüllende Mahlzeit.

Die Tage wurden jetzt einfacher, vor allem, weil ihr das Messer zuverlässig Nahrung bescherte. Nach vielen Tagen tauchte vor ihr überraschend ein breiter Weg auf, der geradewegs von Norden nach Süden verlief. Er war von Pferdehufen und Karrenrädern zerpflügt – offenbar handelte es sich um eine wichtige, oft benutzte Handelsstraße. Die womöglich zum Hafen von Haugesund führte? Und damit auch nach Avaldsnes?

Der Funke der Freude wich sofort wieder dem Zweifel. War es nicht am wahrscheinlichsten, dass ihr Vater nach der schrecklichen Nacht im Langhaus in seine Heimat zurückgekehrt war? Wie würde er sie empfangen? Solvejg dachte wieder an Thjodoffs Prophezeiung, und ihre Schritte verlangsamten sich.

Trotzdem folgte sie der Straße weiter, wobei sie ins Gebüsch auswich, sobald sich ein Reiter oder Fußgänger näherte. Bald stieß sie auf ein kleines Steinhaus, das ihr bekannt vorkam. Hatte sie hier mit ihrem Vater übernachtet, als sie zu den Samen reisten? Sie bildete sich ein, nicht nur das Haus, sondern auch die beiden Karpfenteiche dahinter wiederzuerkennen. Und den buckligen, kräftigen Mann, der dort gerade eine Stallwand reparierte.

Zwei weitere Tage verstrichen, in denen sie einen kleineren Berg überwand. Dann tauchte gegen Nachmittag unmittelbar vor ihr ein Wasserfall auf, der über kantiges Gestein in die Tiefe stürzte. Ein Ort ihrer Kindheit, den sie mit Gewissheit wiedererkannte. Wie oft war sie hier gewesen, bevor sie ins Land der Samen umsiedelte! Solvejg folgte dem Lauf des kleinen Flusses, in den er mündete, erklomm nochmals mehrere Höhenzüge – und endlich lag er vor ihr: der heimatliche Fjord, an dessen Rändern sich der Hafen von Haugesund mit seinen weit ins Wasser reichenden Bootsstegen und den großen, aus Lehm und Stroh gebauten Lagerhäusern schmiegte. Auch die Insel Avaldsnes ließ sich hinter einem kleinen Wald bereits erahnen. Sie war zu Hause!

Und nun?

Umständlich ließ Solvejg sich auf dem Boden nieder und beobachtete von ihrer erhobenen Warte aus das vertraute Gelände. Die Boote ihres Vaters, kenntlich an den rot bemalten Hundeköpfen an den Enden der Vordersteven, ankerten dicht am Ufer. Aber es schienen Gäste oder Händler im Ort zu sein, denn sie entdeckte auch einige fremde Boote. Zwei davon stachen ihr besonders ins Auge: Ihre Vordersteven wurden von goldenen Schlangen geschmückt, die den Kopf gegen die Sonne reckten. Die Tiere ließen sie unwillkürlich an Einar Schlangenauge denken, den unangenehmen Gast ihres Vaters. War er mit diesen beiden Schiffen in den Haugesund gesegelt, bevor er ihrem Vater ins Land der Samen folgte? Sie wusste es nicht, und im Grunde war es auch egal.

Ihr Blick wanderte in die Gassen. Dort herrschte reges Leben. In einer großen Halle, dessen Haupttor breit offen stand, wurde ein neues Langschiff gebaut. Der Rumpf schien bereits fertig zu sein, die Plankenbretter, die später angenietet werden würden, stapelten sich auf dem Platz vor dem Tor. Der Frühling beflügelte die Seefahrer, das war schon immer so gewesen.

Einen Steinwurf von der Halle entfernt erspähte Solvejg das Häuschen der alten Gloppa, die ihr immer Brombeeren und Nüsse zugesteckt hatte, wenn sie sie besuchte. Auch

Osvald wohnte dort, der Bruder der Frau, dessen Kopf voller Geschichten steckte, die sich alle um den tapferen Gott Baldur drehten. Sie hatte die beiden gemocht, als wären es ihre Großeltern gewesen, die leider schon früh verstorben waren.

Solvejgs Aufmerksamkeit wurde von einem Betrunkenen abgelenkt, der grölend in eine Gasse einbog, wo er mit einer Frau zusammenstieß. Das Weib schrie ihn an, er packte ihre Brüste. Ein Pferdekarren schob sich vor die beiden, so dass Solvejg sie aus den Augen verlor. Ihr Blick wanderte weiter, den Fjord hinauf, der sich hinter dem Hafen ins Landesinnere schob. Weit hinten auf dem blauen Wasserstreifen konnte sie eine breite Holzbrücke erkennen. Sie führte hinüber auf die Insel, nach Avaldsnes. Von dort versperrten nur noch wenige baumbestandene Hügel ihr den Blick auf das Haus ihres Vaters.

Ihre Aufmerksamkeit kehrte zur Gasse zurück, wo die Frau, die bedrängt worden war, sich gerade in eines der Häuser rettete. Der Betrunkene brüllte ihr so laut, dass Solvejg es noch auf dem Hang hören konnte, nach: »... kommst du auch noch dran!«

Sie starrte mit zusammengekniffenen Augen auf das kantige Gesicht mit dem lockigen, schwarzen Bart und stöhnte leise auf. Einar Schlangenauge. War er es wirklich? Ja, sie täuschte sich nicht. Es war seine Stimme gewesen, die sie gehört hatte, und er trug auch die weichen schwarzen Lederstiefel, die sie in Svasis Langhaus bei ihm gesehen hatte. Offenbar war er mit seinen Mannen zu seinen Schiffen zurückgekehrt. Hatte ihr Vater ihn vielleicht begleitet?

Langsam erhob Solvejg sich und stieg den Hang hinab. Sie wich dem Hafenstädtchen aus und lief quer über Wiesen und Weiden direkt zur Brücke hinüber. Bald tauchte das Dorf auf, das um die Festung von Avaldsnes errichtet worden war – kleine und größere Bauten aus Lehm und Stroh, einige davon waren zum Schutz gegen die Winterkälte, aber auch gegen Angreifer halb in die Hügel gegraben worden. Die steinerne Festung ihres Vaters ragte wie eine Faust zwischen den Häusern auf.

Unschlüssig blieb Solvejg stehen. Ihr Herz pochte so stark, dass es wehtat. In einem Moment wollte sie losrennen und sich in die Arme ihres Vaters werfen, im nächsten zog es sie hinter die Felsen, um Schutz vor ihm zu suchen. Sie sah wieder die Axt in seiner Hand ... und hasste ihn und hasste sich selbst.

Schließlich fasste sie ihren Entschluss. Sie schritt auf dem unkrautüberwucherten Weg direkt ins Dorf hinein – den Rücken gerade, das Kinn stolz gereckt. Die Dörfler hoben die Köpfe. Bardi, der die besten Schwerter des Landes schmiedete, Leiknir, der den Sturm roch, noch bevor sich der Himmel schwarz bezog, sein albernes Weib ... Seltsamerweise sprach niemand sie an. Erkannten sie sie in Halvdans Kleidern nicht wieder? Oder hatten die Anstrengungen der Flucht und der Hunger ihre Gesichtszüge verändert?

Wortlos passierte sie den Grabhügel, in dem die heilige Kuh Audhumla mit dem goldenen Halsreifen ruhte, die den ruhmreichen König Augvald in seine Schlachten begleitet und deren Milch ihm Kraft für seine Siege verliehen hatte. Mehrere Kinder mit Steinschleudern in den Händen tobten an ihr vorbei. Kurz gafften sie sie an, dann rannten auch sie weiter, ohne sie zu erkennen. In diesem Fall war es kein Wunder, denn sie hatte den Ort ja schon vor drei Jahren verlassen. Aus einer Tür drang der Duft gebackenen Brots ...

Und dann stand sie vor der gemauerten Rampe, die in das Haus des Königs führte. Der Palast war aus Bruchsteinen errichtet worden, die die Erbauer aus den umliegenden Felsen geschlagen hatten, und mit einem wuchtigen, doppelmannshohen Tor versehen. Hierhin flüchtete sich das Volk aus den umliegenden Dörfern im Fall eines feindlichen Angriffs, der allerdings zu ihren Lebzeiten nie stattgefunden hatte. Das Tor stand sperrangelweit offen, und doch zögerte Solvejg, weiterzugehen. Ihre Hände zitterten vor Nervosität.

Die Entscheidung wurde ihr abgenommen. Jemand packte sie von hinten am Arm und zerrte sie mit sich bis zu einer Steintreppe, deren krumme Stufen hinab in eine Höhle führten, in der die Bauern ihre Bier- und Metfässer aufbewahrten. Auf der untersten Stufe riss Solvejg sich los.

»Hasss … hassst du den Veheer…stand verloren?«, stotterte ihr eine hohe Stimme ins Gesicht. Sie brauchte einen Moment, um sich zu erinnern. Ja, das war Ingirid, die Tochter des Schmieds. Sie waren keine Freundinnen gewesen, wahrhaftig nicht. Die Götter hatten die junge Frau nämlich mit einem Fluch versehen: Wenn sie sprach, paddelte sie in einer Flut von Wörtern und Lauten, und es dauerte ewig, bis sie herausgebracht hatte, was sie sagen wollte. Das zu ertragen, strengte an, und obwohl sie hübsch war, hatte niemand sie zum Weib nehmen wollen. Die wenigen, die sich doch zu einem Gespräch mit ihrem Vater durchrangen, wurden vom ihm abgewiesen, denn trotz ihres Makels liebte und beschützte er sie wie ein Kleinod.

Aber all das war jetzt vergessen. Ingirid hatte sie erkannt – und wollte sie warnen.

»Haaarald iii…« Das Mädchen zappelte vor Ungeduld mit sich selbst. »…zzzornig. Er ii… von Sinnn…en. Er ha… hat einn Schwur getan. Dass er ...« Sie fuhr mit der Hand über die Kehle, um sich rascher verständlich machen zu können. »Eeer meint daaasss auch ssso!«

»Was?«

Ingirid zog noch einmal die Hand über die Kehle. Und erstarrte mitten in der Bewegung, als eine leise, aber dennoch durchdringende Stimme zu ihnen drang. Sie kam aus Richtung des Herrenhauses, und keiner brauchte Solvejg zu erklären, dass sie ihrem Vater gehörte. Ihrem zornigen Vater.

»Veerrsteck ddd...«

... dich. Ja doch! Aber es gab hier kein Versteck. Die Höhle mit den Fässern war klein und mit zwei Schritten durchsucht. Und ihr Vater hatte sie offenbar bereits entdeckt.

Plötzlich verdunkelte sich der Zugang. Eine Gestalt, ein Mann, stand auf der obersten Stufe. Aber er kam nicht herab. Stattdessen flog ihnen ein Stück Stoff in die Gesichter. Ein zerrissener, dreckiger Mantel. Solvejg warf ihn sich über die Schultern, so dass er den von Halvdan verdeckte. Als sie erneut hochblickte, erkannte sie das Gesicht von Ingirids Vater. Er wollte nicht ihr helfen, das konnte sie mühelos aus seiner Miene ablesen, die vom Tageslicht beschienen wurde. Es war seine hilfsbereite Tochter, um die er bangte. Ingirid rannte zu ihm hinauf – und schon waren die beiden verschwunden.

»Danke«, flüsterte Solvejg tonlos und folgte ihnen. Vorsichtig lugte sie um die Mauer. Die Stimme ihres Vaters hatte die Bauern erstaunlicherweise nicht zu den Waffen greifen lassen, sondern sie in ihre Häuser getrieben, wo sie die Türen hinter sich verriegelten.

Sein Gebrüll dröhnte durch die Gassen. »Hexe, verfluchte ... Odin vernichte dich ...«

Geduckt huschte Solvejg an dem Zaun entlang, der den Weg neben dem Hügel begrenzte. Sie war hier aufgewachsen, kannte jedes Schlupfloch. Es fiel ihr nicht schwer, die Stelle zu finden, wo einer der Bullen vor Jahren mit seiner ungeheuren Kraft den Zaun niedergetreten hatte, der das Dorf schützte. Die Stelle war repariert worden, aber nachlässig. Sie schob zwei der dicken Bretter auseinander und schaffte es, sich durch die enge Lücke ins Freie zu schieben. Dort horchte sie erneut. Jedes Wort ihres Vaters schnitt ihr wie ein Messer durchs Herz. Sie biss in ihre Hand. Dann rannte sie um ihr Leben.

Die folgende Nacht verbrachte sie in einem dornigen Unterholz in der Nähe des Wasserfalls. Ihre Erschöpfung ließ sie fast augenblicklich in einen traumlosen Schlaf fallen, und als sie erwachte und der Morgen sie mit Wärme und dem betörenden Gesang einer Singdrossel begrüßte, fühlte sie sich, als würden die Götter sie verspotten. Sie zog die beiden Mäntel enger um sich. Es dauerte eine Weile, ehe sie sich überwinden konnte aufzustehen.

Dann ging sie zum Wasserfall, zog sich nackt aus und ließ die eisigen Fluten auf ihre Haut prasseln. Der Schmerz vertrieb die letzte Müdigkeit. Sie nutzte den zerrissenen Mantel, um sich damit abzutrocknen, und hüllte sich in den wärmeren von Halvdan.

Und nun?

Solvejg starrte auf die Wasseroberfläche, in der sich ihr hageres, von tiefschwarzem, hoffnungslos zerzaustem Haar umrahmtes Gesicht spiegelte. Blutige Schrammen, trockene

Lippen … Das hässliche Antlitz eines Menschen, der nicht mehr ein noch aus wusste. Das aber dennoch ihrem alten Gesicht so sehr ähnelte, dass Ingirid und auch Harald sie wiedererkannt hatten. Und das war gefährlich.

Solvejg griff in den Schlamm unter dem Wasser und verrieb ihn mit den Fingerspitzen auf ihrem Gesicht. Dann packte sie ihr Messer und fing an, ihre Locken abzusäbeln. Eine Strähne folgte der anderen ins Gras. Es war eine mühselige Angelegenheit. Sie schaute erneut auf das klar leuchtende Wasser: Aus ihr war ein Junge geworden. Ihr Vater würde sie dennoch wiedererkennen, doch für Fremde wäre sie nun ein Mann. Halvdans Kleider und die kurzen Haare waren zu ihrer Rüstung geworden.

Jetzt musste sie mit kühlem Kopf einen Plan ersinnen, der sie vielleicht retten könnte. Wenn ihr Vater sie in die Hände bekäme, würde er sie umbringen, das stand fest. Sie musste also aus Norwegen verschwinden. Vielleicht auf einem der Schiffe im Hafen, das hoffentlich bald in See stach?

Solvejg kehrte an den Platz zurück, der ihr freie Sicht auf den Hafen verschaffte. Auf den Booten wurden Segel repariert und rostige Nieten ausgetauscht. In den Gassen gingen die Leute ihren Geschäften nach. Die Zeit verstrich, und gegen Mittag verließ sie ihren Posten, um sich etwas zu essen zu suchen. Zweimal musste sie dabei Dorfbewohnern ausweichen. Sie stopfte einige Wurzeln in sich hinein und nahm ihren Beobachtungsplatz wieder ein.

Träge lauschte sie den gedämpften Geräuschen. Plaudernde Frauen, Männer, die die Angelegenheiten des Tages miteinander besprachen. Einige der fremden Ruderer ließen die Werkzeuge sinken und zogen los, um Essen zu tauschen. Plötzlich ging Solvejg auf, wie lange es dauern könnte, bevor ihr die Flucht in die See hinaus gelänge. Was wusste sie schon von den Plänen der fremden Seeleute?

Sie legte sich auf den Rücken und starrte zum Himmel, an dem gleichgültig die Wolken zogen. Kurz fielen ihr die Augen zu. Doch schon bald schreckte sie wieder hoch. Schreie … Es hörte sich an, als wäre im Hafen … ein Streit ausgebrochen? Hastig wälzte sie sich auf die Seite. Bei den Bootsstegen schubsten und beschimpften sich einige Männer. Mehrere hielten Messer in den Händen. Sie erkannte Krieger aus Avaldsnes, und im Lager ihrer Gegner … Ja, der Kerl in den schwarzen Stiefeln war Einar Schlangenauge. Er stieß jemanden zurück, der Mann stürzte, Einar brüllte ihn an und hob drohend die Faust mit dem Messer.

Der Attackierte hieß Jon Ketilsson. Er hatte Solvejgs Vater während seiner Abwesenheit vertreten, und sie wusste, dass Harald ihn schätzte, weil er nie versucht hatte, seine Stellung gegen ihn auszunutzen und die eigene Macht zu vergrößern. Aber er besaß ein hitziges Temperament und würde keine Beleidigung durch einen Fremden hinnehmen. Das schien auch dem Schlangenmann aufzugehen, denn er ließ das Messer sinken und winkte seinen Männern an Bord, ihm zur Hilfe zu kommen. Sie sprangen über die Reling und bildeten mit ihren Kameraden eine Kampffront.

Doch auch Jon erhielt Beistand. Aus den Häusern stürzten die Männer von Haugesund, mit Knüppeln und Äxten und allem bewaffnet, was sie in der Schnelle hatten packen können. Schweigend standen die Kämpfer einander gegenüber – die Ruhe wirkte bedrohlicher als vorher der offene Streit. Aber selbst Solvejg, die niemals in einer Schlacht gekämpft hatte, war klar, dass Einars Männer den Einheimischen hoffnungslos unterlegen waren. Wenn sie noch einen Rest Verstand besaßen, würden sie auf ihre Boote rennen und ablegen. Und das bedeutete für sie selbst? Sollte sie sich mit ihnen gemeinsam retten? Ihr blieb keine Zeit zum Grübeln oder Zögern. Sie zog im Laufen den schmutzigen Mantel von Ingirids Vater über die eigenen Kleider. Niemand durfte sie erkennen!

Als sie den Hafen erreichte, waren Einars Ruderer tatsächlich dabei, sich unter Hohngelächter und Beschimpfungen auf ihre Schiffe zurückzuziehen. Solvejg zwängte sich durch die Menge der Einheimischen – ein dreckiger, magerer Junge ohne Waffen, den niemand beachtete. Sie sprang als eine der Letzten in das größere Schlangenboot hinab. Nur wenige Schritte von der Reling entfernt befand sich eine offene Luke, der Zugang zum Schiffsrumpf. Während die Männer zu den Ruderbänken stolperten, sprang sie in das rettende Dunkel hinab. Der Aufprall war hart, aber sie kam sofort wieder hoch und verkroch sich hinter einen Stapel weichen Leders – vermutlich die Daunensäcke, in denen die Männer auf See nächtigten. Augenblicke später richtete sie sich wieder auf und tastete sich weiter in die Ecke am Bug, wo Fässer standen, in denen vermutlich Essbares oder Bier aufbewahrt wurden. Hinter ihnen befand sich ein kleiner Hohlraum. Dort würde sie sicher sein – zumindest für eine Weile.

Über sich hörte sie Einar Befehle brüllen. Sie wurden seltener, je mehr das höhnische Gelächter der Leute von Haugesund verklang, das die Flucht der Fremden begleitete. Sie war ihrem Vater entkommen. Und zu müde, um etwas anderes zu spüren als das Bedürfnis, endlich die Augen zu schließen.

Ein Quietschen ließ Solvejg aus dem Schlaf aufschrecken. Einen Moment wusste sie nicht, wo sie sich befand. Panisch krümmte sie sich zusammen. Sie hörte gut gelaunte Männerstimmen, und als ihre Augen sich an das spärliche Licht gewöhnt hatten, lugte sie an den Fässern vorbei und sah zwei breitschultrige Kerle, die etwas über ihre Köpfe zu einer Luke hinaufreichten. Richtig, sie hatte es in den Rumpf eines der Schlangenboote geschafft, und das sanfte Schaukeln bewies, dass sie sich auf hoher See befanden.

Offenbar war es Abend geworden, denn durch die Luke fiel kaum noch Licht. Einige Männer stiegen die Leiter hinauf. Wahrscheinlich hatten sie geschlafen und wollten nun ihre Kameraden an den Riemen ablösen. Andere tasteten sich dafür in den Schiffsrumpf hinab, wo sie es sich entlang der Schiffswände bequem machten. Solvejg entspannte sich wieder, brachte aber für den Rest der Nacht kein Auge mehr zu.

Als der neue Tag anbrach, verließen die Schläfer den Schiffsrumpf, ohne dass einer von ihnen sie bemerkt hätte. Sie hörte, wie sie oben mit den anderen Männern sprachen, und schöpfte Hoffnung. Aus den Erzählungen ihrer Landsleute wusste sie, dass sich die Wikingerschiffe während ihrer Beutezüge an den Küsten orientierten – an Hügeln, Städten und Flussmündungen … an allem, was Hinweise darauf lieferte, wo man sich gerade befand. Wenn es sich um Städte oder Dörfer handelte, wurde dort gekauft oder geraubt, was man an Nahrung brauchte. Die beiden Schlangenschiffe waren losgefahren, ohne vorher Proviant besorgen zu können, nahm sie an. Wenn sie recht hatte, wären die Männer gezwungen anzulanden. Und böten ihr damit die Gelegenheit zu entkommen?

Sie schob den Deckel von einem der Fässer beiseite und

tastete, ob sich etwas Essbares darin befand. Schon beim ersten Versuch wurde sie fündig. Es handelte sich um salzigen Fisch, den sie sich gierig in den Mund stopfte. Und Getränke? Argwöhnisch schaute sie zur Luke. Zeit verstrich. Niemand kehrte unter Deck zurück. Sie machte sich auf die Suche und fand tatsächlich ein weiteres Fass, aus dem es nach abgestandenem Wein roch. Zurück hinter dem Fass blieb ihr nichts als abzuwarten.

Sie musste erneut eingeschlafen sein, denn sie wurde von einem Ruck geweckt, der durch das Schiff ging. Wenig später wurde es unter lauten *Hau-jae*-Rufen offenbar auf einen flachen Strand gezogen. Ein Fass stürzte dabei um, aber es schien keinen Schaden genommen zu haben.

Solvejg zog die Beine an, schlang die Arme darum und knetete nervös ihre Finger. Sie wusste, wie gering ihre Aussicht war, heimlich zu entkommen. Die Männer würden das Schiff kaum unbewacht zurücklassen – gleich, was sie planten. Also würde sie mit ihnen reden, ihre Anwesenheit erklären müssen. Sie musste darauf bauen, dass man sie mit den kurzen Haaren und dem abgemagerten Gesicht nicht erkannte. Nach einem Räuspern sprach sie einige Sätze in der tiefsten Tonlage, die sie zustande brachte. Dann gab sie sich einen Ruck, erklomm die Leiter, die zur Luke führte, und trat auf die Planken.

Über ihr wölbte sich ein silberblauer Himmel ohne das kleinste Wölkchen – ein Anblick, blendend und atemberaubend schön. Sie entdeckte das zweite, etwas kleinere Schlangenboot, das ebenfalls hier ankerte. Ihr Blick ging weiter zum Strand. Die Männer waren sämtlich von Bord gegangen. Einige wuschen sich oder ihre Kleider im Meerwasser, andere schärften ihre Waffen, wieder andere ließen sich die

Sonne auf den Pelz scheinen. Es dauerte, bis einer von ihnen, ein hagerer, älterer Mann, sie bemerkte und seine Kameraden auf sie aufmerksam machte.

Solvejg kletterte von Bord – sich nur keine Angst anmerken lassen. Bald war sie von der ganzen Bande umringt und wurde angegafft. Was sahen sie? Einen mickerigen, halb verhungerten Kerl, der sich kaum auf den Beinen halten konnte. Spöttische Kommentare wurden laut.

Endlich trat auch Einar zu ihnen. Er kreuzte die Arme über der Brust und musterte sie misstrauisch. Es dauerte Ewigkeiten. Hatte er sie trotz ihrer kurzen Haare und der Männerkleider erkannt? Nein, Offenbar wollte er sehen, ob ihr unbehaglich zumute würde. Solvejg zwang sich, dem Schlangenblick standzuhalten, bis der Mann schließlich das Gesicht zu einer herablassenden Grimasse verzog.

»Wie es aussieht, ist einer unserer Heringe aus dem Eimer gekrabbelt und hat laufen gelernt.«

Gelächter brandete auf.

»Laufen ja, aber reden kann er nicht, der Hering«, gluckste der Mann, der neben Einar stand und den sie ebenfalls im Haus des Samenkönigs gesehen hatte.

Solvejg wartete ab, bis es still wurde. Dann sagte sie mit einer Stimme, so leise und tief, wie es ihr möglich war: »Sei gegrüßt, Einar Schlangenauge.« Sie neigte den Kopf und versuchte dabei, höflich, aber nicht liebesdienerisch zu wirken. »Ich bin Sol…mund.« Kaum ein Zögern, während sie den ersten Namen, der ihr in den Sinn kam, aussprach. »Ich habe gehört, dass du mit deinen Kriegern auf dem Weg nach Wykynlo bist. Und gestern habe ich euch in Haugesund den Kübel der Verachtung auf die Hafenmemmen ausgießen sehen. Es hat mir gefallen.«

»Aha?« Kurz herrschte Stille, dann brachen die Männer, auch Einar, erneut in Gelächter aus. Dieses Mal klang es freundlicher.

»Nimm mich mit, so dass ich mit dir gegen die Christen kämpfen kann.«

Solvejg hoffte inständig, dass er ablehnte und sie mit einem Tritt in den Hintern davonjagte. Er tat es nicht. Stattdessen streckte er seine Hand aus, und einer seiner Leute reichte ihm ein Schwert. Einar hielt dem Mann auch die andere Hand hin. Im nächsten Augenblick pfiffen beide Klingen durch die Luft – und zwar gleichzeitig, in atemberaubender Geschwindigkeit, ohne dass sie einander berührt hätten.

Solvejg atmete langsam und zwang sich zu einem Blick der Bewunderung, während sie sein Geschick bestaunte. Er würde sie nicht umbringen – jedenfalls nicht, solang er Spaß daran hatte, aus ihr einen Narren zu machen. Plötzlich flog eines der Schwerter durch die Luft und bohrte sich direkt vor ihren Füßen in den Sand.

»Nimm's auf!«, befahl Einar.

»Ich kann nicht kämpfen, ich will es von euch lernen.« Das Eingeständnis klang kläglich, und genau so sollte es auch sein.

»Ach! Wir haben also ein Bübchen, das noch nie eine Waffe in der Hand gehalten hat, uns aber in Wykynlo den Sieg verschaffen will, den wir allein nicht erringen könnten. Habt ihr das gehört, Männer?« Einars Stimme wurde hart. »Heb's auf!« Jetzt lachte niemand mehr.

Solvejg bückte sich nach der Waffe.

»Und nun greife mich an.«

Sie legte die beiden Hände um den Griff, so wie ihr Vater es sie gelehrt hatte. Dann stieß sie die Spitze unvermittelt bis kurz vor die feindliche Brust. Einar schlug sie ihr im selben Moment mit seinem Schwert aus der Hand, die Waffe landete im Sand. Die Stille, die folgte, dröhnte in ihren Ohren. Sie sah, wie der Mann mit den Schlangenaugen abwog und zauderte.

»Mut hat er«, meinte einer seiner Leute.

»Also gut.« Er wandte sich zu einem drahtigen jungen Mann mit geschorenen Schläfen: »Bring dem Stockfisch bei, wie man kämpft, Steinbjorn.«

Der Angesprochene nickte.

Und sie lebte weiter.

2.

KAPITEL

Ein alter Mann wurde im Kirchenschiff der Kathedrale Saint-Étienne im Glanz zahlloser Fackeln und Kerzen und umgeben von einer Heerschar geistlicher Führer zum Bischof von Paris geweiht. Gauthier kniete in einer weißen Kasel aus Seidendamast, die mit einem golddurchwirkten purpurnen Band geschmückt war, vor dem Altar. In seinem grauen Haar spiegelte sich das Licht der Flammen. Sein Gesicht konnte Robert, der schräg hinter ihm saß, nicht erkennen.

Die Zeremonie, die auf der Île de la Cité stattfand, der Seine-Insel, auf der sich der Sitz der Grafen von Paris befand, galt als wichtig, denn Gauthier war einer der mächtigsten Männer im Fränkischen Reich. Er hatte Kaiser Karl dem Kahlen gedient und später Ludwig II., den sie den Stammler nannten. Nach Ludwigs Tod wurde er von dessen Sohn zum Erzkanzler ernannt und hatte für ihn die Teilung des Reichs betrieben. Und nun hatte ihn sein Weg nach Paris geführt.

Robert warf Odo, der der Weihung auf einem erhöhten Platz in der Nähe des Altars beiwohnte, einen verstohlenen Blick zu. Sein älterer Bruder strahlte vor Glück. Gauthier hatte ihn vor gut einem Jahr zum Grafen von Paris ernannt und damit vor aller Welt kundgetan, dass er sich mit ihm zu verbünden gedachte. Die Macht, die sie verloren geglaubt hatten, war damit wieder in greifbare Nähe gelangt. Und als Odo vorschlug, Gauthier seinerseits zum Bischof von Paris weihen zu lassen, hatte der Alte sofort zugestimmt.

Roberts Gedanken schweiften noch weiter in die Vergangenheit zurück. Er dachte an Aristid, den Mann, der sie nach dem Tod ihres Vaters aus Paris geschmuggelt hatte, um sie vor ihren Feinden zu retten, die nach dem Grafenthron gierten. Sie waren damals zwei kleine Jungen gewesen, eine leichte Beute für jeden Konkurrenten, und er hatte sie zu ihrem Schutz auf einem stillen Gut in der Nähe von Meaux aufgezogen. Aber als sie herangewachsen waren, hatte er dem Erzkanzler zeigen wollen, was aus den beiden kleinen Grafensöhnen geworden war.

Was war das für eine Aufregung gewesen, als der Erzkanzler sie zum ersten Mal aufgesucht hatte. Gauthier hatte sich ihnen wohlwollend zugewandt. Er hatte Odo ausgeforscht und versucht, ihn einzuschätzen, und Aristid schließlich erklärt, wie angetan er von dem Mut, der Glaubenstreue und dem klaren Verstand des gräflichen Sprosses sei. Nach wenigen Wochen kehrte er zurück – dieses Mal mit der Frage, ob Odo bereit sei, für das Erbe seines Vaters zu kämpfen. Sie setzten sich in das kleine Schreibzimmer des Guts und begannen Pläne zu schmieden, beschworen die Hilfe Gottes und priesen die Zukunft.

Nachdem Gauthier sich für die Nacht verabschiedet hatte und von Aristid zu seiner Kammer geleitet worden war, hatte Odo sein Schwert aus der Scheide gerissen und war damit wie ein Verrückter durch die Halle des alten Hauses getanzt. Robert, der ihm folgte, war darüber in Gelächter ausgebrochen und hatte ihn zu einem albernen Schwertkampf herausgefordert – bei dem er selbstverständlich von seinem hitzigen Bruder in die Ecke getrieben worden war.

Ein lautes Amen ließ Robert aufschrecken – die Weihung war vorüber. Gauthier erklomm zwei Stufen und leitete selbst die anschließende Eucharistiefeier. Er pries Gott, der den Gläubigen von Paris mit Graf Odo einen Beschützer gesandt hatte, so dass sie hoffen konnten, die Geißel der Gottlosen – damit meinte er die Normannen, die immer wieder ihre Ländereien überfielen – vom Erdboden zu vertilgen.

Auch dieser Teil des Gottesdiensts ging vorüber, und Odo erhob sich mit der steifen Feierlichkeit, die er sich in den letzten Monaten angewöhnt hatte, um sich vor Gauthier zu verneigen, als dieser an ihm vorüberschritt. Wenig später standen sie vor der Kathedrale im Freien.

Robert trat einige Schritte beiseite und atmete tief durch. Der feierliche Ernst der Machtübertragung in der Kirche wurde hier draußen durch ein rauschendes Vogelkonzert ersetzt. Hellgrüne Blätter krönten die Bäume, erste Krokusse steckten die bunten Köpfe aus der Erde, und ihm wurde leichter ums Herz. Er war anders als Odo. Die Aussicht auf die blutigen Schlachten, die ihnen vermutlich bevorstanden, konnte sein Herz nicht zum Glühen bringen. Er hasste Gewalt. Er hasste die Intrigen, die nötig waren, um sich unter den Großen des Landes durchzusetzen. Entsprechend froh war er, dass nicht ihm, sondern seinem Bruder der Grafenthron zustand. Er streckte die Schultern, dann folgte er langsamen Schritts der Gesellschaft ins Palais, wo in der großen Halle ein Festschmaus auf sie wartete.

Die junge Frau, die ihm gegenüber auf der anderen Seite der halbrunden Tafel saß, hieß Hedwig. Ihr blondes, fast weißes Haar war zu einem kunstvollen Knoten zusammengebunden, ihre Stimme klang so hell wie die der Vögel. Geschickt spießte sie das gebratene Hirschfleisch auf, bevor sie es zum Mund führte. Die Bewegung, mit der sie das Glas weiterreichte, war voller Anmut. Angeregt unterhielt sie sich mit dem Gast, der neben ihr saß, einem älteren Herrn, der sich sichtlich bemühte, ihr zu gefallen. Theodrada, Odos Gattin, hatte sie aus Flandern mitgebracht, wo sie einer aufstrebenden Familie angehörte, wenn er es richtig verstanden hatte.

»Robert?« Ein Ellbogen traf ihn am Arm. Freya, Aristids Ehefrau, die neben ihm saß, hatte ihn angestoßen.

»Bitte?«

»Ich fragte, ob er glücklich ist.« Seine Ziehmutter, eine ältere Frau mit rötlichen Haaren, in das sich erste graue Strähnen mischten, deutete mit dem Kopf zu Odo. Sein Bruder, der mit den Ehrengästen oben am Quertisch saß, war hungrig. Er spießte aus einer der Mulden im Tisch ein Stück Fleisch auf und lachte zu etwas, während er es sich in den Mund steckte. Im nächsten Moment wandte er sich einem Gast zu und schenkte ihm Wein ein … Er platzte vor Glück.

»Wieso fragst du? All seine Wünsche haben sich erfüllt.«

»Alle? Tatsächlich?«

Freya lächelte, aber Robert besaß ein Gespür für die Untertöne in ihrer Stimme. Sein Blick ging zu der Frau, die Odo auf Gauthiers Anraten vor einigen Monaten geheiratet hatte. Theodradas Taille war immer noch so schmal wie am Tag der Hochzeit, was für ordentlich Wirbel sorgte. »Irgendwann wird sich der Nachwuchs schon einstellen«, murmelte er so leise, dass allein Freya ihn verstehen konnte.

»Wenn es nur das wäre.«

»Bitte?« Er starrte erneut zu der jungen Frau. Sie war eine Tochter des Grafen von Troyes, eine ideale Verbindung, die Odo wehrhafte Verbündete eintragen würde, hatte Gauthier gemeint. Theodrada war weder hübsch noch hässlich, vielleicht ein wenig plump in ihren Bewegungen, was allerdings keine Bedeutung hatte, und Odo behandelte sie mit aller gebotenen Höflichkeit. Doch jeder wusste, dass die beiden einander nicht leiden konnten.

»Er hat sich für sie entschieden, nun müssen sie klarkommen«, flüsterte Robert, und sein Blick kehrte zu Hedwig zurück. Doch er merkte, wie sein Interesse erlosch. Warum sollte er mit ihr reden, ihr den Hof machen? Sie würde ihn, wenn sie den Verstand besaß, den er vermutete, kühl abweisen. Denn auch, wenn er diesen Gedanken gern beiseiteschob: Er saß ja ebenso in der Falle wie sein Bruder. Seine Heirat würde unter dem Gesichtspunkt des größtmöglichen Machtgewinns ausgehandelt werden und schloss sie damit aus. Aber auf ein Kurtisanenleben an der Seite eines Zweitgeborenen würde sie sich gewiss nicht einlassen. Er schob seinen Stuhl zurück. Plötzlich war ihm, als könnte er den Lärm im Palais keinen Moment länger ertragen.

»Wohin gehst du?«, fragte Freya.

»Nur einen Moment nach draußen.«

Robert sah, dass Aristid, der sich mit einem der Gäste unterhielt, ihm zuwinkte. Er hatte die Brauen hochgezogen. Befürchtete er, dass sein zweiter Ziehsohn sich zurückgesetzt fühlte, weil alle Aufmerksamkeit dem Grafen galt? Na, da konnte er unbesorgt sein!

Robert hob die Hand, dann schlängelte er sich an dem Lautenspieler, der mit flinken Fingern und einer samtweichen Stimme für Unterhaltung sorgte, vorbei und verschwand in den Hof. Hier draußen war der Teufel los. Etwa hundert Gäste mussten verköstigt werden. Die Leibeigenen schlängelten sich aneinander vorbei, jeder trug etwas zum Saal oder kehrte mit leeren Schüsseln zurück. In dem Küchenbau roch es nach etwas Angebranntem.

Er floh weiter und durchschritt mehrere Gärten des Palais, bis es stiller wurde. Sein Bedürfnis nach Ruhe hatte ihn zu der turmbewehrten Mauer geführt, die das Palais umgab. Über eine Wendeltreppe erklomm er den äußersten der Türme. Von hier hatte man einen freien Blick auf die Seine, die sich schäumend vor der Insel teilte und sie von beiden Seiten umfloss, als wollte sie ihre Arme schützend um die Stadt legen. Der Tag neigte sich, die Wellen wurden sanft von der Abendsonne beschienen, die auch die grünen Flächen am jenseitigen Ufer leuchten ließ. In dem kleinen Dorf, das sich hinter der Steinbrücke befand, herrschte die müde Geschäftigkeit nach einem langen Arbeitstag.

Er merkte, wie seine Anspannung nachließ, und wechselte zur Innenseite der Wehrplatte. Müßig beobachtete er das Gedränge zwischen dem Palais und den Arbeitsgebäuden und Ställen. Stimmen drangen zu ihm hinauf – ein monotones Rauschen, aus dem sich nur gelegentlich ein Fluch hervortat. Es war eine verschwenderische Menge an Essen vorbereitet worden – und alles musste in die Halle getragen werden. Kein Wunder, wenn gelegentlich jemandem der Geduldsfaden riss. Er beobachtete einen Mann, der ächzend ein Fass zur Küche rollte. Trotz seines schäbigen Kittels, der zerfransten blauen Wollkappe und der abgewetzten Stiefel rief eine der Mägde ihm ein Scherzwort zu. Sie lachte ihn an, aber er kehrte ihr ruppig den Rücken zu.

»Was ist los mit dir? Keine Lust zu feiern?«

Robert zuckte zusammen, als er plötzlich Aristids Stimme in seinem Rücken vernahm. Er drehte sich zu seinem Ziehvater um. »Ich dachte, ich könnte es verbergen.«

Aristid knuffte ihn und lehnte sich dann ebenfalls gegen das Mäuerchen. Eine Weile war es still zwischen ihnen. Der Mann in dem schäbigen Kittel verließ die Küche wieder – dieses Mal mit einem Weinkrug in der Hand. Wahrscheinlich suchte er eine der hübsch gekleideten Mägde, damit sie ihn zur Halle trug.

»Er ist der Erstgeborene.«

»Odo? Dem Himmel sei Dank.«

»Wirklich? Du bist nicht im Geringsten neidisch auf ihn?«

Robert lachte so schallend, dass Aristid sich entspannte. »Du bist mir ebenso lieb wie dein Bruder, ich hoffe, das weißt du, Söhnchen.« Er benutzte das Kosewort, mit dem er ihn in früheren Jahren immer aufgezogen hatte. »Allerdings verstehe ich dich nicht so gut wie ihn. Du hast gelernt zu fechten, du hast mir mit pflichtbewusster Aufmerksamkeit zugehört, als ich es dir beibrachte. Aber ich habe nie ein Feuer in deinen Augen gesehen.«

Der Knecht lief quer über den Hof und betrat einen Kuhstall. Unwahrscheinlich, dass er dort eine der Mägde finden würde.

»Widersprichst du gar nicht?«, fragte Aristid.

»Du hast kein Feuer gesehen, weil es keines gibt.«

»Bist du irgendwann gestorben, ohne dass ich es bemerkte, Robert?«

»Nein, ich …« Robert überlegte, bevor er weitersprach.

Es war nicht einfach, in Worte zu fassen, was ihm seit Jahren Kopf und Herz bewegte, aber Aristid schien aufrichtig interessiert. »Wie viel Kraft und Geschicklichkeit erfordert es, einen Menschen zu töten?«

»Sehr viel, wenn der Gegner stark ist.«

»Aber nicht die geringste, wenn er überrumpelt wird. Ein Ochse kann einen Menschen so treten, dass er stirbt. Um aber Verletzungen zu heilen, braucht es … Verstand. Wissen. Genauigkeit. Gefühl.«

»All die Eigenschaften, die dem Heerführer und seinen Kämpfern fehlen?«

Robert zuckte mit den Achseln.

»Ich hätte Freya nicht erlauben sollen, so viel Zeit mit dir zu verbringen.«

»Hätte sie es sich verbieten lassen?«

Aristid lachte. »Sie hat mir verraten, dass sie dir das Lesen beigebracht hat.«

»Ja, und ich bin ihr dankbar dafür.« Wieder blickte er in den Hof, wo gerade ein Sack voller Küchenabfälle in Richtung eines Misthaufens geschleppt wurde.

»Halte ihm die Treue«, sagte Aristid und drehte sich so, dass er Robert anschauen konnte. »Odo ist mutig, er entscheidet rasch, er denkt strategisch. Aber oft er ist auch ungeduldig. Und dann braucht er einen Ratgeber, der nicht dazu neigt, in einen Kampfesrausch zu verfallen. In solchen Zeiten braucht er dich.« Ohne eine Antwort abzuwarten, kehrte er mit der Schwerfälligkeit, die ihm in letzter Zeit zu schaffen machte und die sicher mit der Gicht in seinen Gliedern zu tun hatte, zur Wendeltreppe zurück. Und schon war er wieder verschwunden.

Robert sah zu, wie der Glanz der Sonne auf den Dächern

allmählich verblasste und sie hinter den Bäumen der Abtei Saint Germain verschwand. Es ging ihm gut. Er besaß Zieheltern, die ihn, beide auf ihr Art, liebten, und Odo, der ihm nicht nur ein Bruder, sondern auch ein Freund war. Er lebte zwischen Menschen, die ihn mochten und es gut mit ihm meinten. Jede Klage wäre eine Beleidigung Gottes gewesen, der ihn so reich gesegnet hatte. Es war wirklich nicht zu viel verlangt, in die Halle zurückzukehren, und mit den Gästen zu plaudern und Odo …

Sein Blick blieb an dem Stall haften, in dem der Mann mit der blauen Wollkappe verschwunden war. Er starrte auf die Tür, die der Knecht offenbar hinter sich geschlossen hatte. Dann wanderte er zur Küche zurück und anschließend wieder zum Stall. Was hatte ein Knecht mit einem Weinkrug dort drinnen zu suchen? Keine der Mägde würde es wagen, mit den Kleidern, die sie zum kostbaren Anlass des Festes trugen, durch Kuhmist zu stiefeln. Und Ställe waren voller Ungeziefer, das sicher auch von dem süßen Duft des Weins angezogen würde. Kein Mann mit Verstand würde mit einem gefüllten Weinkrug dort hineingehen. Außer …

Sein Herz begann zu pochen. Bestürzt drehte er sich um und rannte zur Treppe.

Er kam zu spät. Schon im Gang hörte er Hilferufe, und als er die Halle betrat, stieß er auf ein panisches Durcheinander. Niemand saß mehr an der Tafel. Die Menschen – Gäste wie Dienerschaft – drängten sich um den oberen Quertisch, an dem Odo, Theodrada, Gauthier und die wichtigsten Gäste getafelt hatten. Robert schob die Leute beiseite, bis er den

Tisch erreichte. Odo stand sicher auf beiden Beinen, dem Himmel sei Dank! Seine Gattin hatte sich neben Hedwig an die Wand gerettet, Gauthier hielt sich am Tisch fest – allerdings wohl wegen seiner schmerzenden Gelenke. Robert erblickte hinter dem gräflichen Tisch den rötlichen Schopf von Freya. Seine Ziehmutter kniete auf dem Boden. Natürlich, sie war die Person, die am ehesten helfen konnte, wenn tatsächlich ein Mensch, so wie er es befürchtete, vergiftet worden war.

Er eilte um den Tisch herum – und erstarrte, als er entdeckte, dass es Aristid war, der sich auf dem Boden krümmte. Freyas Gesicht war weiß, nicht einmal die Bräune ihres Gesichts, die die zahlreichen Sommer hinterlassen hatte, konnte die Blässe übertünchen. Aristid hatte sich erbrochen, er rang nach Atem und stöhnte vor Qual.

Robert lief zu ihnen und kniete neben Aristid nieder. »Was ist passiert?«

Freya blieb still, aber sein väterlicher Freund starrte ihn trotz der Schmerzen eindringlich an – und musste sich von Neuem übergeben. Aus dem Stöhnen wurden Schreie. Robert roch, wie sich der Darm des Gemarterten entleerte.

»Er braucht eine Decke«, sagte Freya mit tonloser Stimme. Es war Hedwig, die mit dem Gewünschten herbeieilte und sie ihr reichte. Freya breitete das wollene Tuch über Aristid aus.

»Er wurde vergiftet«, flüsterte Robert.

Freya nickte – und faltete die Hände still auf dem Schoß. Also gab es keine Rettung? Aristid schrie immer noch, doch die Laute wurden schwächer.

Der Mörder …

Robert erhob sich und quetschte sich erneut durch die Menschengruppe. Er hetzte ins Freie. Das Entsetzen in den

Gesichtern der Köche und Mägde, die vor der Küche standen, zeigte, dass die Kunde von dem Mordanschlag bereits zu ihnen gedrungen war. Hastig lief er zum Kuhstall. Was hatte ein Mann mit einem Krug köstlichen Weins, der sicher für die Feiernden bestimmt gewesen war, in einem Stall zu suchen gehabt? Natürlich hatte er dort das Gift in den Krug geträufelt, mit dem er Aristid ... nein, vermutlich eher Odo umbringen wollte. Sicher war der junge Graf Ziel des Anschlags gewesen.

Der Stall war leer bis auf die Kühe, die ihm muhend den Kopf zuwandten. Anderes war ja auch nicht zu erwarten gewesen. Der Mörder war nach seiner Tat gewiss sofort geflohen. Auf dem Weg zurück zur Halle hielt Robert zwei Männer auf, die er zu den Wehrtürmen bei den beiden Brücken der Insel sandte, nachdem er ihnen den Täter beschrieben hatte. Ein Mörder, ja doch!

Dann stand er wieder in der Halle. In dem Raum war es totenstill geworden. Immer noch starrten die Menschen zu der Stelle, an der Aristid zusammengebrochen war. Einige bekreuzigten sich. Robert zuckte zusammen, als ein weiterer Schrei ertönte. Dieses Mal hatte Odo ihn ausgestoßen. Sein Bruder, der hinter Freya stand, war sich mit den Händen in die Haare gefahren. Er weinte. O Gott, er weinte.

Robert eilte zu ihm. Bald waren sie von Menschen umringt. Etliche waren Freunde, erschüttert wie sie selbst. Aber viele auch Fremde, Edle aus dem westfränkischen Reich, die Gauthier eingeladen hatte, damit sie Odo besser kennenlernten. Und von denen durfte keiner zu dem Schluss gelangen, dass Aristids Tod zwei junge Männer zurückgelassen hatte, die wie Kinder zusammenbrachen, als man ihnen den Mann nahm, der sie gestützt hatte.

Hastig drehte Robert sich um und nickte einem alten Soldaten zu, den er als Kameraden seines Ziehvaters kannte. »Geh und hole eine Trage. Wir bringen Aristid in seine Kammer«, befahl er. Danach half er Freya auf die Füße und führte sie zu Theodrada. Er selbst legte Odo brüderlich die Hand auf den Arm.

Und plötzlich stand auch Gauthier neben ihnen. »Läutet die Glocke. Wir haben einen schweren Verlust zu beklagen. Hier ist ein Mord geschehen. Wir werden den Mörder suchen und mit Gottes Hilfe strafen. Wir werden ihn so hart bestrafen, dass er sich wünschen wird, niemals geboren worden zu sein! Tragt diese Botschaft in die Welt hinaus!«

3.

KAPITEL

Solvejg hatte die Tage und Nächte, die sie unterwegs waren, schon lange nicht mehr gezählt. Die Reise zog sich hin. Sie lernte in den Pausen, die sie an den Ufern des Meeres verbrachten, zu kämpfen. Nicht so hart und kraftvoll, wie es sich Steinbjorn, der jetzt ihr Lehrer war, gewünscht hätte, aber immerhin. Ihre Hände, die täglich die Riemen ergriffen, waren inzwischen schwielig geworden, ihre Muskeln hatten an Kraft gewonnen.

Die größte Schwierigkeit, mit der sie zu kämpfen hatte, bestand darin, zu pinkeln und zu kacken, ohne dabei preiszugeben, worin sie sich von den Männern unterschied. Schließlich gewöhnte sie sich daran, ihre körperlichen Bedürfnisse nachts am Heck des Bootes zu erledigen, wo selbst etwaige Ruderer ihr den Rücken zukehrten.

Es wurde wärmer, das immerhin. Sie rackerten und schufteten weiter, doch die Stimmung an Bord begann sich zu heben. Solvejg lauschte den Gesprächen, in denen die Männer von der Beute schwärmten, die sie in Irland zu machen hofften. Sie sind Krämer mit Schwertern in den Fäusten, dachte Solvejg. Ihre Ehre besteht darin, mehr zu ergattern als andere Männer, reicher zu werden, mächtiger. Einigen schien es auch wichtig zu sein, die Ehefrau daheim mit besonders kostbaren Geschenken zu beeindrucken. Sie waren ihr zuwider. Und doch ertappte sie sich dabei, wie sie sich freute, wenn man sie in die Gespräche mit einbezog, gar zuhörte, wenn sie über die Verteidigungsmöglichkeiten der Menschen im fernen Irland spekulierte.

Zweimal gerieten sie in ein Unwetter, dem die Männer mit grimmigem Respekt, aber ohne Furcht begegneten. In diesen Stunden, wenn Solvejg ohne Rücksicht auf den pfeifenden Sturm gemeinsam mit ihren Mitstreitern das Rahsegel einholte, errang sie sogar ihren Respekt.

Die meisten Tage allerdings verstrichen in einem mühseligen Einerlei. Steinbjorn lernte sie während ihrer Kampfübungen ein wenig genauer kennen. Er besaß in der Heimat eine schwangere Ehefrau, die er schmerzlich vermisste. Irgendwann erwähnte jemand, dass er einer von Einars Söhnen war, und Solvejg wunderte sich, dass er von seinem Vater wie alle anderen behandelt wurde. Konnte Einar ihn nicht leiden? Oder war es ein Zeichen des Respekts gegenüber dem Rest der Mannschaft, dass alle gleich geschunden wurden?

Weitere Zeit verstrich, und Solvejg fiel auf, dass die Männer schweigsamer wurden. Sie beobachtete sie, begriff ihr Verhalten aber erst, als plötzlich kreischende Möwenschwärme über ihre Boote zogen. Offenbar näherten sie sich der irischen Küste. Steinbjorn bestätigte ihre Vermutung. Die Männer begannen, den Landgang zu meiden, und einige Küstenabschnitte passierten sie erst, wenn es dunkel geworden war.

Nach mehreren Tagen erreichten sie eine einsame Bucht, wo Einar ihnen befahl, die beiden Boote auf den Strand zu ziehen und in einem Wäldchen zu verstecken. Sie bedeckten sie mit grünen Zweigen, wanderten noch ein Stück weiter und machten ein kleines Lagerfeuer, an dem sie die Nacht zubrachten.

Solvejg tat kein Auge zu. Immer wieder suchte sie nach einer Möglichkeit, sich still davonzumachen, aber Einar ließ je ein Drittel seiner Männer im Wechsel Wache halten und die Umgebung kontrollieren – sie hätte keinesfalls unentdeckt entkommen können. Und sie selbst wurde von den Wachdiensten ausgenommen. Weil man ihr immer noch misstraute?

Kurz vor Morgengrauen brachen sie auf. Als sie allerdings in der Ferne mehrere Schafhirten entdeckten, verkrochen sie sich in einer geräumigen Höhle, wo sie den Rest des Tages zubrachten. Erst bei Einbruch der Dämmerung marschierten sie weiter ins Landesinnere. Der Mond war in dieser Nacht so rund wie eine Scheibe. Er tauchte die baumbestandenen Täler in ein mildes, weiches Licht – ein Anblick, so schön, dass er ihr Herz weitete. Ein bisschen erinnerte die Landschaft Solvejg an ihre Heimat, nur dass in diesem Irland, das die Männer ihr als eine gewaltige Insel beschrieben hatten, alles sanfter und lieblicher erschien. Weiblicher, dachte Solvejg und grübelte eine Zeit lang, was sie zu diesem Schluss bewog. Auch hier gab es steile Berge, schroffe Steine und wilde Bäche und Flüsse. Genau wie Norwegen wirkte das Land, als hätte ein Riese es mit einer Axt zerhackt. Lag es vielleicht an dem schwachen Wind, der zärtlich über ihre Haut strich? Nein, dachte sie, es sind die vielen Blumen, Bäume und Sträucher.

Sie schreckte auf, als Einar plötzlich warnend die Hand hob. Die Männer duckten sich und starrten angestrengt

durch die Büsche, die ihnen Schutz gaben. Auf einem gras-
bewachsenen Hügel gegenüber erklomm ein junger Mann
in einem hellen Wams einen schmalen, vom Mond beschie-
nenen Weg, der einen Hügel hinaufführte. Sie schauten zu
Einar, und Steinbjorn zog fragend die Hand über die Kehle.
Doch ihr Anführer schüttelte den Kopf. Er hatte Größeres
im Sinn, als einem Wanderer aufzulauern. Der Ort, zu dem
es ihn zog – er nannte ihn Glendalough –, galt als reich, diese
Beute durften sie nicht durch Leichtsinn gefährden.

Sie warteten, bis der ahnungslose Bursche verschwunden
war, dann ging es weiter, die ganze Nacht, bis sie einen von
dorniger Wildnis umgebenen Teich erreichten, wo sie, gut
verborgen, den fehlenden Schlaf nachholten. Nur Steinbjorn
und ein weiterer Kamerad mussten weiterlaufen, um die
Lage in der Siedlung zu erkunden, die sie überfallen wollten.
Die beiden kehrten am Mittag des folgenden Tages zurück
und brachten gute Nachricht: Glendalough lag arglos und
offenkundig unbewacht im Tal.

Sie verbrachten die Zeit bis zur Dämmerung am Teich,
legten danach die letzte Strecke zurück und erreichten
schließlich ihr Ziel: Unter ihnen, in einem länglichen Tal,
leuchteten zwei lichtblaue Seen, an deren Rändern die Bewohner von Glendalough ihre Hütten errichtet hatten. Solvejg beobachtete durch die hellgrünen Blätter die Menschen,
die zu ihren Füßen ihren Tagesgeschäften nachgingen. Sie
schätzte, dass sich etwa dreihundert Menschen in der Siedlung aufhielten. Einige angelten, Frauen rupften Hühner, ein
schmaler Junge mistete einen Stall aus. Neben ihm lief ein
kleines Mädchen und plapperte ihm die Ohren voll.

Ihr Blick blieb an einem Bau am Rande des größeren Sees
hängen. Es handelte sich um ein Steingebäude – das einzige,

das sie entdecken konnte. Im Vergleich zu den Hütten wirkte es wuchtig und wehrhaft. Aus dem Dach ragte ein Turm, auf dem wiederum ein riesiges Holzkreuz thronte: das Zeichen des Christengottes, wenn sie sich recht erinnerte. Warum beteten Menschen ein Foltergerät an, mit dem man ihren Gott ermordet hatte?

Solvejg stellte wieder einmal fest, dass sie die Christen nicht mochte. Sie besaßen drei Götter, hatte Thjodoff ihr einmal erzählt. Den mächtigsten von ihnen nannten sie Gottvater, den anderen seinen Sohn, der dritte war ein Geist, der die Fähigkeit besaß, in die Köpfe der Menschen einzudringen und ihre Gedanken zu steuern. Vom Gottvater behaupteten sie, dass er allmächtig sei. Doch trotz dieser Allmacht hatte er es nicht für nötig befunden, seinen Sohn vor den römischen Soldaten zu retten, als sie ihn an das Kreuz nagelten. Vielleicht hat er es auch nicht gewollt, hatte Thjodoff spekuliert, weil er ihn insgeheim verachtete. Schließlich hatte dieser Jesus nicht einmal versucht, sich zu wehren, als er gefangen genommen wurde.

Jedenfalls waren die Menschen da unten fremd, und man sollte sie nicht bemitleiden. Solvejg wollte sich abwenden, doch ihr Blick glitt wieder zu dem Jungen mit der Mistforke. Er kaute jetzt an einem Hühnchenschenkel. Kein aufregendes Bild, aber … so vertraut. Litten die Leute dort Hunger? Hatte er den kleinen Happen aufbewahrt, bis er es nicht mehr aushalten konnte? Ihn gar gestohlen, wie es die Kinder der Armen manchmal taten?

Solvejg rieb über ihre Stirn, um die weichen Gefühle zu vertreiben. Sie drehte sich um – und blickte direkt in Einars Schlangenaugen. Hatte er sie beobachtet? Weil er ihr misstraute?

»Die Leute da unten sind wie schnatternde Gänse, die darauf warten, dass man ihnen den Hals umdreht«, sagte sie, in der Hoffnung, seinen Argwohn zu zerstreuen. Er nickte, aus seiner Miene ließ sich nichts ablesen. Doch kurz darauf war Steinbjorn wieder an ihrer Seite und ließ sie nicht mehr aus den Augen, bis die Dunkelheit hereinbrach und die Menschen in ihren Hütten verschwanden. Sie ließen noch etwas Zeit verstreichen, bis sie darauf hoffen konnten, dass die meisten schliefen. Dann gab Einar den Befehl zum Angriff.

An das, was nun folgte, sollte nur wenig in Solvejgs Gedächtnis haften bleiben. Zum einen der Moment, als sie den Hang hinabbrannten. Dann, wie sie neben Steinbjorn in einer Hütte stand und er ihre Hände um den Griff seines Schwertes legte und mit ihr gemeinsam einer alten Frau die Klinge in den Bauch rammte. Ein bellender Hund, den Steinbjorn ebenfalls niederstach. Ein weinender Mann. Und schließlich …

Einer ihrer Mitstreiter blies auf einem Horn. War das das Zeichen zum Rückzug?

»Sie kriegen Verstärkung!«, brüllte Steinbjorn sie an. Er hatte ihr eingehämmert, auf keinen Fall allein im Dorf zurückzubleiben, wenn die Dorfbewohner die Oberhand gewinnen sollten. Denn jeder, der ihnen in die Hände fiel, wurde auf übelste Weise massakriert. Natürlich.

Einars Sohn rannte aus der Hütte, und sie folgte ihm, von Panik erfüllt. Alles ging so schnell. Wohin war Steinbjorn verschwunden? Sie drehte sich um sich selbst. Ihre Kameraden hatten etliche Häuser in Brand gesetzt. Der Feuerschein beleuchtete die Wege. Sie begann zu rennen und blieb schließlich vor einem Holztor stehen. Angst- und Rache-schreie füllten die Luft. Reflexartig tastete sie nach ihrem Schwert. Wo, bei Odin, war es geblieben?

Ihr Blick fiel auf eine Leiche – ein junger Mann, der auf einen angespitzten Zaunpfahl gespießt worden war. Ein Mädchen stand kreischend bei einem Gatter, neben ihm lag ein weiterer Mann, stumm. Es beugte sich vor und fasste in sein Gesicht. Jemand, einer der Norweger, rannte an ihm vorbei und trat es dabei beiseite.

Solvejg wusste, sie musste ihrem Kameraden folgen, aber sie konnte nicht. Es war, als wäre alle Kraft aus ihren Muskeln geflossen. Sie merkte, dass sie in Halvdans weiche Lederhose pinkelte. Wenn sie nicht rannte, würde man sie massakrieren.

Da! Brand und Thorkel stürmte heran. Sie würde mit ih-nen laufen, sich in Sicherheit bringen …

Plötzlich stand das Kind vor ihr. Ein kleines Mädchen mit geflochtenen Zöpfen und so viel Blut in den Haaren und im Gesicht, als hätte man einen Kübel davon über ihm aus-gegossen. Entsetzt wandte Solvejg den Blick ab. Brand und Thorkel kamen näher, auf den Rücken die Säcke mit ihrer Beute. Sie brüllten ihren Triumph hinaus, gleichzeitig gin-gen ihre Blicke immer wieder über die Schultern auf der Su-che nach etwaigen Verfolgern. Sie schwangen ihre Schwerter.

Solvejg starrte erneut auf das blutverschmierte Gesicht des Mädchens. Es würde Brand und Thorkel nur einen Streich mit dem Schwert kosten, es niederzustrecken, nur einen Wimpernschlag Zeit. Und die würden sie sich nehmen, in der Raserei, in der sie sich befanden. Sie schob das Kind hin-ter sich, um es zu verbergen.

»Los, Junge, lauf!«, brüllte Thorkel, der sie erreichte. Als Solvejg sich nicht rührte, trat er mit einem harten Stoß das

Tor auf. In seinem Blick lag Verachtung: Der Junge, der sich so prahlerisch auf ihr Schiff geschlichen hatte, besaß, wenn es darauf ankam, keinen Mumm. Sollte er sehen, wo er blieb! Schon waren die beiden vorbei, und auf einmal lag das Kind in ihren Armen. Menschen kamen auf sie zu gerannt …

Das Nächste, an das sie sich später erinnern sollte, war ein dunkles Loch, in dem sie stöhnte und weinte.

Und dann kam der Moment, in dem man Solvejg wieder ins Freie führte. Die Sonne leuchtete so grell, als wollte sie sie mit ihrem Licht martern. Sie hatte Durst. Der Arm, mit dem sie die alte Frau und womöglich noch weitere Menschen getötet hatte, schmerzte. Aber ihr Kopf wurde schlagartig klar, als sie die Frühlingsluft einatmete. Sie ahnte, dass eine schlimme Stunde auf sie wartete, doch sie würde nicht weinen. Sie würde bei dem, was man ihr zufügte, die Zähne zusammenbeißen und ihre Schreie unterdrücken, solange es ging.

Auf dem freien Platz vor der Kirche, auf den man sie führte, standen Männer, Frauen und Kinder. Die meisten Gesichter waren vor Wut verzerrt, andere in Trauer versteinert. Sie sah sich selbst mit den Augen der Fremden. Was auch immer man über sie beschloss, sie hatte es verdient. Verstohlen blickte sie zu dem Kreuz über dem Kirchendach. Es war sicher groß genug, um sie daran festzunageln, wenn man es vom Turmdach holte. Aber das würden sie nicht machen. Thjodoff hatte ja erzählt, dass das Foltergerät ihnen heilig war.

Eine Frau trat vor. Sie sprach leise, sicher schilderte sie, was einer der ihren durch die Fremden hatte erleiden müssen.

Vielleicht ging es um die alte Frau, die durch Steinbjorns Schwert zu Tode gekommen war, vielleicht war es ihre Mutter gewesen. Auch andere kamen und sprachen. Die Stimmen bebten vor Hass.

Und dann war es vorbei. Grobe Hände packten Solvejg und zerrten sie quer durchs Dorf zu einer Felshöhle, deren Eingang mit einem dicken Eisengitter gesichert war. Der Mann, der zuvorderst ging, zog zwei Eisenstangen durch Metallringe und öffnete das Gitter. Sie wurde in die Höhle gestoßen und weitergeschubst. Nach wenigen Schritten senkte sich der Boden. Ihr Weg führte an Fässern vorbei, die wahrscheinlich Bier enthielten. Dann ging es um eine Ecke, mehrere grob behauene Stufen hinab, und schließlich standen sie in einem kleinen Höhlenraum, der von den Fackeln ihrer Wärter gespenstisch erhellt wurde. Der Mann, der die Riegel geöffnet hatte, trat sie zu Boden und schlang lederne Fesseln um ihre Beine. Ihre Handgelenke waren sowieso bereits zusammengebunden. Man ließ sie allein. Um sie herum wurde es erneut stockdunkel.

Die Zeit, die folgte, war schwer zu beschreiben. Männer kamen und bauten vor dem Loch, das ihr Gefängnis geworden war, ein weiteres Eisengitter ein. Warum? Sie konnte doch sowieso nicht fliehen. Die Lederbänder um Hände und Beine erlaubten nur wenig Bewegung. Ein einziges Mal schaffte sie es, sich zu erheben. Aber sie stolperte sofort wieder und stürzte und blieb von da an liegen.

Weitere Stunden verrannen. Viele Stunden, bald mochten es Tage sein. Solvejg verlor jegliches Gefühl für die Zeit.

Wenn sie Schritte hörte, weinte sie anfangs, weil sie glaubte, man käme, um sie nun doch an dem Kreuz festzunageln. Aber nach und nach wurde der Mann, der ihren rostigen Becher mit Wasser nachfüllte und sie mit trockenem Brot fütterte – es war immer derselbe – zu einer ersehnten Gestalt. Sie sprach mit ihm, er antwortete mit einem Wortschwall, der sicher aus Schmähungen bestand. Doch das war ihr gleich. Seine Stimme war wie Balsam in der luftschnürenden Haft. Sie merkte, dass sie den Tag, an dem sich die Nägel durch ihre Hände und Füße bohren würden, herbeizusehnen begann. Die Dunkelheit und die Einsamkeit verseuchten ihre Seele wie ein Gift.

Zumindest die Stille endete irgendwann. Als sie wieder einmal aus einem von Albträumen besetzten Schlaf hochschreckte, dröhnte plötzlich eine Frage in ihr Ohr. »*Wer, um alles in der Welt, bist du?*«

Solvejg schreckte auf, als sie fühlte, wie jemand ihren Körper betastete. Entsetzt schlug sie die Finger mit ihren gefesselten Händen beiseite.

Ein Lachen war die Antwort. »Ach, der Wikinger mit dem weichen Herzen! Was für eine köstliche Gesellschaft!«

Die Stimme, die sie verspottete, gehörte einem Mann. Jemandem, der ihre Sprache sprach, wenn auch mit einem sonderbaren Akzent. Solvejg hustete ihre belegte Kehle frei. Ein Mensch hockte neben ihr und sprach mit ihr.

Die Angst, der Fremde könnte sofort wieder verschwinden oder vielleicht gar nicht existieren, ließ sie überstürzt antworten. »Ich heiße Solmund. Und wer bist du? Warum hat man dich hier eingesperrt?«

Der Mann lachte grimmig. Er machte es sich neben ihr an der Höhlenwand bequem und antwortete mit einer Gegenfrage. »Ist Einar dein Vater? Oder warum in aller Welt bist du mit ihm nach Irland gesegelt?«

»Ich hasse ihn. Ich bin nur auf sein Boot gegangen, weil ich sonst gestorben wäre.«

Der Fremde lachte. »Natürlich hasst du ihn. Alle Besiegten hassen ihre Anführer, wenn sie in die Hände ihrer Feinde fallen.«

Solvejg biss sich auf die Lippen. Die Stille kehrte in die Höhle zurück, doch nicht für lange. Wieder war es der Fremde, der sie brach. »Man nennt mich Dhoire, Weib.«

Weib? Solvejg versuchte sich zu konzentrieren. Der Mann hatte sie *Weib* genannt. Sie war also entlarvt. Bedeutete das eine Gefahr für sie? Warum wusste er überhaupt um ihr Geheimnis? *Dumme Frage: Weil er mich betastet hat.* Einen Moment sah sie ihren Vater vor sich, wie er Snøfrids Leichnam liebkoste, und sie rang mit einem Brechreiz.

»Ich hätte nicht gedacht, dass du noch lebst«, murmelte Dhoire. »Sie waren wie von Sinnen vor Zorn. Hast du sie schreien hören, als sie dich zur Kirche schleppten? Sie wollten dein Blut. Alle Menschen, die von euch heimgesucht werden, wollen euer Blut. Und das ist ja auch verständlich. Ihr seid Raubtiere, die man vom Erdboden vertilgen sollte«, erklärte er, und sie hörte auch in seiner Stimme Hass.

Ihr fiel keine Antwort ein.

»Mich wundert, dass Coireall dich schont. Coireall? Das ist der Mann, der dich bewacht und dir Essen bringt. Ihr habt seinem Bruder, den er mehr liebte als sich selbst, den Arm abgehackt, so dass er verblutete. Ich war eigentlich sicher, dass er dich bereits umgebracht hat.« Nach einer Pause fuhr der Ire fort: »Vermutlich hält er seine Gefühle wegen Allanah im Zaum. Denn sonst fällt mir nichts ein. Und sogar das ...«

Er wartete. Weil er wollte, dass sie nachhakte? Machte ihm die Stille, auch wenn er sie wohl erst seit kurzer Zeit ertragen musste, ebenso wie ihr zu schaffen?

»Wer ist Allanah?«

»Erinnerst du dich nicht an sie? Die Frau, die zuerst – und übrigens auch als Einzige – für dich gesprochen hat? Als du vor der Kirche gestanden hast? Warum hast du es überhaupt getan?«

»Was denn?«

»Ihr Kind geschützt.«

Welches Kind? Es dauerte eine Weile, bis Solvejg es schaffte, die Nacht des Überfalls in ihren Kopf zurückzuholen. Ein Kind? Ja, sie hatte es hinter sich geschoben. Warum? Weil es ihr leidgetan hatte?

»Du hast gewusst, dass du nicht mehr entwischen würdest, und wolltest die Überlebenden milde stimmen«, sagte der Fremde, als hätte er ihren Gedanken gelauscht.

Brüsk wandte Solvejg sich fort.

Auch der Mann schien von der Unterhaltung genug zu haben. Einmal stöhnte er leise, als hätte er Schmerzen. Hatten sie ihn geschlagen? Verletzt? Es war ihr gleichgültig. Sein Leiden ging sie nichts an. Mochte er krepieren, so wie es auch ihr selbst beschieden war. Solvejg sackte in das Dämmern zurück, das zu ihrem gewohnten Zustand geworden war.

Es waren erneut die fremden Hände, die sie weckten. Dieses Mal wusste sie sofort, wer ihr Gesicht betastete.

»Du bist ja nur noch ein Gerippe«, meinte der Fremde.

Trotz der dummen Bemerkung kroch wieder das Gefühl

der Dankbarkeit in ihr Herz. Jemand sprach mit ihr. Zugleich beschwor sie sich, auf der Hut zu bleiben.

»Ich hasse Einar übrigens auch«, erklärte der Mann.

»Was hat er dir denn getan?«, fragte sie … Wie war gleich sein Name? Hatte er ihn überhaupt genannt? »Wie heißt du?«

»Ein Name gegen den anderen.«

Sie musste lachen, und ihr Herz wurde etwas leichter. »Solvejg.«

»Besitzt dieser Name eine Bedeutung?«

»Herrin des Hauses.« So hatte ihr Vater sie voller Liebe genannt, als man sie in seine Arme legte.

»Wie beeindruckend«, meinte der Mann.

»Und wie heißt du?«

»Dhoire.«

Ja, richtig, jetzt erinnerte sie sich. »Warum ist dir Einar so verhasst?«

Das war eine Frage, die er offenbar nicht beantworten wollte. Also stellte sie eine andere. »Warum haben die Iren dich hier unten eingesperrt? Oder … bist du ein Spion, der mich aushorchen soll?«, kam ihr plötzlich ein unangenehmer Gedanke. Im Gegensatz zu ihr trug er keine Fesseln.

»Was sollte ich von dir erfahren? Dass die Bastarde, mit denen du hierhergekommen bist, Diebe und Mörder sind? Und dass sie nach dem Überfall in ihre Heimat zurückkehren oder anderswo weiter nach Beute jagen wollten?« Er lachte.

Und er hatte recht. Sie war ein verhungerndes Nichts ohne Wert für die Menschen, die sie festhielten. »Und warum haben sie dich dann hier bei mir eingesperrt?«, wiederholte sie ihre Frage.

»Weil sie mein Wissen und meine Macht fürchten.«

Solvejg drehte den Kopf, obwohl sie den Mann ja nicht sehen konnte. »Das verstehe ich nicht.«

Er schwieg. Und antwortete auch auf keine anderen Fragen mehr.

Dann kehrte der Wärter zurück. Dhoire nannte ihn Coireall, es handelte sich also um den Bruder des Mannes, dem ihre Kampfgefährten den Arm abgehackt hatten und der deshalb gestorben war. Er steckte seine Fackel in eine Halterung an der Wand und kniete neben Dhoire nieder. Sie verstand nicht, was er sagte, sah aber, wie Dhoire die Augenbrauen hochzog.

Coireall knuffte ihn, doch es schien mehr ein Scherz zu sein als der Wunsch, ihm Schmerzen zuzufügen. Waren die beiden Männer befreundet? Jedenfalls unterhielten sie sich, ohne zu streiten und ohne Hohn. Plötzlich unterbrach Coireall seinen Wortschwall – er warf Solvejg einen Blick voller Hass und Ablehnung zu.

Dhoire, der es bemerkte, sagte etwas, wohl um den Mann zu beschwichtigen. Dann wandte er sich an Solvejg: »Coireall macht sich Sorgen. Ich habe gesagt, dass du kein Wort von dem, was wir sagen, verstehst. Das stimmt doch, oder?«

Sie nickte, und er übermittelte ihre Antwort dem Wärter. Es hörte sich an, als machte er sich über sie beide lustig.

Bald darauf ging Coireall, ließ aber die Fackel bei den Gefangenen zurück, und außerdem mehrere Scheiben Brot und einen Krug. Das Brot sah weicher aus als das, was sie sonst bekommen hatte. Solvejg erwartete, dass Dhoire sich auf das

Essen stürzen würde. Er musste ja ebenfalls unter Hunger leiden. Aber er machte keine Anstalten.

Sie musterte ihn verstohlen. Er besaß rotes Haar, das ihm wirr über die Schultern hing, mit einer breiten, grauen Strähne auf der rechten Seite. Die Augen wirkten verschlafen, die Lippen waren schmal, der Bart steif wie Schweinborsten. Über den Schultern trug er einen Pelz, an dessen linker Seite sich Bärenkrallen bogen. An einem Lederband am Hals baumelte ein kleiner gelber Knochen, der aussah wie der skelettierte Daumen einer menschlichen Hand.

»Worüber habt ihr gesprochen?«

»Coireall hat mich gewarnt.«

Er wartete, dass sie fragte, wovor, sie tat ihm den Gefallen.

»Die Mönche wollen mir ein Bad aufnötigen. Bevor ich nicht zustimme, lassen sie mich nicht frei.«

»Was?«

»Hast du noch nie davon gehört? Christen geloben ihrem wirren Gott die Treue, indem sie ein Bad nehmen. Nur wer sich von ihren Predigern halb ersäufen lässt, gilt ihnen als treuer Gefolgsmann.«

Solvejg versuchte aus seiner Miene zu lesen, ob er scherzte. Es sah nicht so aus. »Warum badest du dann nicht?«

Dhoire lachte trocken. »Weil es mir nicht behagt?«

»Du würdest sterben, um nicht baden zu müssen?«

»Ich bin durchaus ein Freund der Reinlichkeit, aber aufzwingen lasse ich mir nichts.«

Ihr fiel nichts ein, was sie darauf erwidern könnte.

Nach einer Weile sprach er weiter. »Ich lebe seit fast fünf Jahren hier in diesem Dorf, Mädchen. Und glaube mir – ich kenne die Mönche und auch die Bauern, die für sie arbeiten. Sie sind alle schwach. Ihre Kampfeskraft reicht weder an die der Wikinger heran noch an die der Kämpfer von Wessex.« Er lachte trocken. »Alfred von Wessex hat die Dänen mit blutiger Nase heimgeschickt, wusstest du das?«

Ja, sie hatte davon gehört. Aber sie wollte etwas über die Menschen erfahren, die sie gefangen hielten, nicht über die Schmach ihrer Landsleute. Dhoire schien es zu spüren.

»Dass mein Volk degeneriert, liegt an den verfluchten Christen, die unser Land überschwemmt haben«, meinte er verbittert. »Die Götter hatten uns mit Wissen und Scharfsinn gesegnet, aber das Geschwafel der Mönche hat den Verstand meines Volkes zu dem von Kindern schrumpfen lassen. Die Christen bilden sich viel auf ihre Weisheit ein, doch selbst die Wenigen unter ihnen, die die Kunst des Lesens und Schreibens erlernt haben, nutzen sie nur, um Kopien ihrer sogenannten Heiligen Schriften anzufertigen. Sie weigern sich, etwas anderes zu lesen, Neues, das ihren Horizont erweitern könnte. Die Gelehrsamkeit der Griechen und Araber, die das Wissen um die Gestirne, die Mathematik, die Heilkunde, ja, um alles, was uns die Welt erklärt, umfasst und sich auch in den Überlieferungen unserer Väter wiederfindet – sie behandeln sie mit Verachtung.«

Die Kunst des Lesens und Schreibens?

Dhoire lächelte über ihre Unsicherheit. Er stand auf, fuhr mit dem Finger über die Asche, die sich unter dem Fackelhalter gesammelt hatte, und begann, sonderbare Linien auf das Felsgestein zu malen. »Man nennt diese Zeichen Buchstaben – und aus diesen hier wird dein Name gebildet. Jeder, der lesen kann, würde ihn nennen können, wenn er dieses Wort sähe«, erklärte er geduldig.

Dunkel erinnerte Solvejg sich an die Runen, die Zeichen der Wikinger, die sie auf Steintafeln oder in kostbare Gegenstände ritzten, um ihre Nachkommen an Ereignisse und Menschen zu erinnern, die von Bedeutung gewesen waren. War es das, was er meinte?

Dhoire stöhnte, als sie ihn fragte. Er kehrte zur Fackel zurück und löschte sie, so dass es wieder finster wurde. Sollte das eine Strafe für sie sein? Widerte ihre Dummheit ihn an?

Es war gleichgültig. Solvejg widmete sich den wichtigen Dingen. Sie griff nach dem Brot und brach sich ein Stück davon ab, das sie gierig verschlang. Dann trank sie aus dem Krug. Dhoire nahm es hin, als wären Essen und Trinken für ihn eine Belanglosigkeit.

»Bist du ein Zauberer?«, fragte Solvejg.

Sie hörte ihn lachen und wartete auf eine Antwort. Als er still blieb, schlief sie wieder ein.

Die Zeit tröpfelte dahin. Irgendwann löste Dhoire auch ihre Fesseln. Er wollte, dass sie selbst mit der Asche auf ihrem Finger die Runen, die er Buchstaben nannte, an die Wand malte. Sie willigte ein. Rasch begriff sie, dass die Zahl dieser Buchstaben begrenzt war, und bald konnte sie mit mehreren von ihnen ein Wort zusammenstottern. Ihr Interesse flackerte auf, doch der Hunger und die Schwäche ließen es rasch wieder erlöschen.

Dhoire gab allerdings nicht auf. Er begann, ihr die Namen der Götter zu nennen, die er verehrte: Der Vater aller Götter sei Dagda, behauptete er, und dass er einen magischen Knüppel bei sich trage, mit deren einem Ende er seine Feinde töten konnte und dessen anderes Ende der Heilung diente. Dann gab es noch einen Gott der Künste und des Handwerks, der beim Meeresgott Manannan mac Lir aufgewachsen war, weil sein Großvater ihn hatte umbringen wollen. Die Göttin des Krieges hieß Morrigan und erschien oft in Gestalt eines Raben …

Solvejg fielen die Augen zu. Als sie wieder erwachte, war ihr Zellengenosse zornig und weigerte sich, mit ihr zu reden. Doch als die Zeit sich dehnte, nötigte er sie erneut zu schreiben. Dhoire redete und redete. Vieles begriff sie nicht, anderes war ohne Interesse. Und doch sickerte alles in ihr Gehirn.

Coireall brachte ihnen Brot — sie stopften es sich jetzt beide hinein.

Und dann offenbarte Dhoire ihr, dass er ein Druide war, ein heiliger Mann, der mit den Göttern in Verbindung stand, die ihm besondere Kräfte und Fähigkeiten übertragen hatten.

»Du bist also tatsächlich ein Zauberer?«, fragte Solvejg voller Unglauben.

»Ein Druide. Wir nennen uns Druiden. Ich sage doch: Wir sind die Mittler zwischen den Göttern und den Menschen. Früher, als in Irland noch die alte Ordnung herrschte, haben die Könige unseren Rat erbeten, wenn eine wichtige Entscheidung anstand — zum Beispiel über Krieg oder Frieden. Wenn ein Druide einen Menschen durch einen Dolchstich oberhalb des Zwerchfells tötet, kann er aus seinen Zuckungen die Zukunft vorhersagen.«

Solvejg starrte Dhoire an. Wenn er tatsächlich mit seinen Göttern so eng verbunden war — warum sorgten sie dann nicht dafür, dass Coireall ihnen öfter Nahrung in den Kerker brachte? Warum befreiten sie ihn nicht? Offenbar ging es Dhoire wie dem Sohn des Christengottes, dem sein Vater im Augenblick der Not ja auch nicht beigestanden hatte.

»Bitte deine Götter, Coireall zu töten, wenn er das nächste Mal hier runterkommt, so dass wir fliehen können.«

Dhoire runzelte die Stirn. »Er ist ein guter Mensch.«

»Er hält uns hier gefangen.«

»Nicht er – es sind die Mönche, und sie tun es, weil sie uns fürchten.«

»Dann willst du lieber selbst sterben, als unseren Kerkermeister …«

»Ich fürchte den Tod nicht!« Eine der Fackeln, die Coireall bei ihnen zurückgelassen hatte, brannte, sie konnte Dhoires Gesicht sehen. Er sprach die Wahrheit. »Ich fürchte ihn nicht, weil ich gar nicht sterben kann«, erklärte er ihr geduldig. »Die Mönche mögen meinen Körper töten, aber danach würde ich in einem neuen Körper auf die Erde zurückkehren. Vielleicht in der Gestalt eines Vogels oder eines anderen Tieres. Aber es wäre immer noch ich, der in diesem Leib wohnt.«

Die norwegischen Krieger wurden, wenn sie im Kampf fielen, in Walhalla aufgenommen, der Halle in Odins Palast Gladsheim bei den Asen. Dort feierten und kämpften die Helden bis in die Ewigkeit. Und die Iren verwandelten sich in Vögel?

»Was geschieht mit den Christen, wenn sie sterben?«

Dhoire lachte verächtlich. »Sie faseln von einem Himmelreich über den Wolken, die Narren. Weißt du, was dem Mönch widerfuhr, der dieses Kloster hier gegründet hat und die Menschen um sich sammelte?«

Wie sollte sie?

»Eines Tages verliebte sich eine schöne Frau in ihn. Aus Furcht vor ihrer Liebe floh er in die Berge. Als sie ihn dennoch aufspürte, hat er sie ertränkt. Das hätte man vielleicht noch verstehen können – wer weiß, wie aufdringlich sie gewesen ist, ob sie ihn gar bedrohte. Aber so war es nicht. In Wirklichkeit liebte er sie ebenfalls. Er tötete sie nur seinem Gott zu Gefallen. Als ihm aufging, was er getan hatte, zog er sich in die Einsamkeit zurück, um sich selbst zu strafen. Was ich damit sagen will: Die Christen sind verrückt, und ihr Glaube an dieses angebliche Himmelreich, das ihnen so kostbar ist, entspringt ihren wahnsinnigen Köpfen. Wenn ich dir etwas empfehlen kann: Spucke auf sie und halte dich an die alten Götter!«

Solvejg nickte ratlos.

KAPITEL 4.

Der Mann hieß Herive, und ihm war der Schädel gespalten worden, und zwar mit einer Wucht, dass sein Gehirn am Zaun eines Gärtchens klebte. Julie, seine kleinwüchsige Witwe, war trotz ihres Geschreis zunächst vom Gut gejagt worden, weil zur selben Zeit der Bote eingetroffen war, der die Nachricht von Aristids Ermordung gebracht hatte. Bei ihrem nächsten Versuch erreichte gerade der Karren mit dem Sarg das Gut, und sie kehrte bedrückt in ihre Hütte zurück. Anschließend war das Begräbnis gewesen … Nouel, dem Mann, der das Gut verwaltete, war von dem Verbrechen berichtet worden, er hätte sich kümmern müssen, aber es war ihm in der Aufregung schlicht aus dem Sinn gekommen.

Doch nun hatte Julie es geschafft, zum Grafen vorgelassen zu werden, und sie erzählte ihm unter Tränen von ihrem entsetzlichen Verlust. Odo starrte die bedauernswerte Frau an und versuchte sich auf ihr Unglück, das ja auch seines war, zu konzentrieren, aber Robert sah, wie schwer es ihn ankam. Aristids grausames Sterben hatte seinen Bruder verändert. Es war, als wäre er in den beiden letzten Wochen um Jahre gealtert.

»Der Mann jagte auf einem Pferd heran und hielt auf den Gutshof hier zu, Herr. Er trug eine Streitaxt am Gürtel, und als Herive ihn nach seinem Begehren fragte … Er fragte ihn nur, zu wem er denn hinwill … Nichts Dreistes oder was einen Menschen kränken kann. Ich war selbst dabei, ich stand in der Tür und kann es bezeugen, Herr! Der Mörder erblickte ihn und zog sofort die Axt und …«

Julie bebte vor Tränen, und Freya, die ebenfalls im Raum war, um sich das Ungeheuerliche anzuhören, trat zur ihr, um sie in die Arme zu schließen. »Es tut mir so leid«, flüsterte sie.

Jeder auf dem Gut kannte Herive. Er war ein besonnener, etwas einfältiger Mann gewesen, und Robert konnte sich beim besten Willen nicht vorstellen, dass er einen Fremden, der vermutlich zu seiner Herrschaft wollte, in einen Streit verwickelt haben könnte. Warum wurde er dann aber getötet? Fest stand, dass sein Mörder beritten gewesen war.

»Sah der Verbrecher wie ein gut betuchter Mann aus?«, fragte Odo.

»Wie ein elender Herumtreiber!«

»Gut gekleidet?«

»Das weiß ich nicht, Herr. Da habe ich doch nicht drauf geachtet.«

»Herive ist also getötet worden, kurz nachdem meine Nachricht vom Tod Aristids eintraf?«, vergewisserte Odo sich bei Nouel. Der nickte. In ihrer aller Köpfen arbeitete es.

»Sah der Mörder müde aus?«, wollte Robert wissen.

Julie starrte ihn verwirrt an.

»Sein Pferd … Sah es aus, als wäre es erschöpft? Als hätte es einen scharfen Ritt hinter sich gehabt?«

Sie blickte ratlos, und Robert wechselte einen Blick mit seinem Bruder. Sie waren sich inzwischen einig, dass der

Giftanschlag in Paris gar nicht Aristid, sondern seinem Pflegesohn, dem Grafen, gegolten hatte. Der Attentäter hatte den Becher mit dem vergifteten Wein auf dem Tisch abgesetzt, direkt vor Odo. Und der hatte ihn, weil er sich gerade mit Gauthier unterhielt, an Aristid weitergereicht, von dem er kurz drauf geleert worden war.

Konnte es sein, dass der Attentäter von Paris aus hierhergeritten war, um auf Odo zu warten und einen neuen Anschlag zu versuchen? Hatte er das Umfeld des Hauses auskundschaften wollen und Herive getötet, um … Ja, um was? Zu verhindern, dass es jemanden gab, der später sein Aussehen beschreiben könnte? Dann müsste es sich bei ihm um eine bedeutende Person handeln − um jemanden, der das Gut auch später offiziell besuchen und dabei hätte entlarvt werden können. Oder war das zu weit hergeholt?

»Das Verbrechen an deinem Gatten wird nicht ungesühnt bleiben«, erklärte Odo steif und entließ Julie.

Sie holten Gauthier aus dem Bett, in dem er einen Gichtanfall zu ertragen suchte, und wenig später standen sie in dem Schreibzimmer mit den hohen weiß gekalkten Wänden. Es war ein Raum ohne Prunk, ganz darauf ausgerichtet zu arbeiten. In der Mitte stand ein Tisch mit Federn, Tintenfässern, Pergamentrollen und dem gräflichen Siegel, drumherum Stühle. Ins Auge fiel auch eine Karte des Frankenreiches, die an eine der Wände gezeichnet worden war, und eine zweite direkt daneben, die in einem größeren Maßstab die Grafschaft Paris mitsamt ihren Ländereien, Dörfern und Klöstern zeigte. Natürlich waren auch Meaux und das Gut eingezeichnet worden, das Gut in herausstechender roter Farbe.

Gauthier ließ sich auf einen Stuhl gegenüber der Karte sinken, und auch Freya nahm am Tisch Platz. Die Trauer um

Aristid, ihren Ehemann, hatte sie genau wie Odo gezeichnet, doch auch ihr Blick war wieder scharf geworden. Sie starrten auf die Stelle an der Wand, an der sich das Gut abhob. Es befand sich außerhalb der Mauern von Meaux, aber genau wie die Stadt selbst in der Nähe des Marneufers, was ihnen schon öfter Sorgen bereitet hatte. Ein Fluss bot den Normannen oder Wikingern, wie sie sich selbst nannten, exzellente Möglichkeiten für einen überraschenden Überfall. Auf Meaux hatte bereits vor Jahren einer stattgefunden – und wenn das Raubgesindel erfuhr, dass sich in der Nähe der Stadt das Gut des Grafen von Paris befand, würden sie es sicher ebenfalls heimsuchen.

Das war es allerdings nicht, was sie zurzeit beschäftigte. Zwischen dem Gut und der Stadt verlief eine alte Römerstraße, die Paris mit dem Bischofssitz Reims verband. Gauthier überlegte laut: Vielleicht hatte der Attentäter – falls wirklich er es gewesen war, der Herive ermordet hatte – diese Straße genutzt, weil sein Auftraggeber in Reims lebte?

»Möglicherweise hat er auch gewusst, dass ich hier lebe, und wollte einen weiteren Versuch unternehmen, mich zu ermorden. Dann wurde er von Herive aufgehalten und hat ihn als Zeugen aus dem Weg geräumt«, mutmaßte Odo, was ja auch Robert schon durch den Kopf gegangen war.

»Aber nach dem Mord war ihm ein Anschlag hier auf dem Gut zu riskant vorgekommen«, spann Robert den Faden weiter.

Gauthier nickte mit schmerzstarrer Miene. Sein Blick hing immer noch an der Karte. »Fulko«, murmelte er.

Sie hatten in den letzten Jahren viele für Odos Aufstieg bedeutsame Menschen kennengelernt und noch mehr Namen von Menschen erfahren, die es werden könnten. Bei Fulko handelte es sich um den Erzbischof von Reims. Er war an König Karls Hof aufgewachsen und hatte ihm später gedient, galt aber als skrupelloser Intrigant. Ein Mann ohne Treue und Gewissen. An Odo hatte er bislang allerdings wenig Interesse gezeigt. Angeblich hatte er ihn einmal bei einem Fest als den Bauern von Meaux verspottet. »Wen schert es?«, hatte Odo kühl kommentiert, als man es ihm zutrug.

Nun allerdings schaute er aufmerksamer. »Welchen Vorteil könnte mein Tod ihm bringen?«

»Der Mann spielt Schach.«

»Bitte?«

»Viele Männer werden von Gier oder Ehrgeiz angetrieben. Oder Zorn. Oder Angst. Aber einige spielen auch einfach gern«, sagte der Bischof. »Sie haben Vergnügen daran, andere zu überlisten. Und zu diesen Menschen gehört Fulko. Dass sie ihn den Ehrwürdigen nennen, ist meiner Meinung nach reiner Hohn«, fügte er bitter hinzu. »Wenige Männer sind ehrloser als dieser das heilige Kreuz tragende Dreckskerl.«

Sie besprachen sich weiter, spekulierten, wie Fulko ihnen gefährlich werden könnte, doch das kurze Aufflackern von Tatkraft, erlosch bald wieder. Odo ging zum Fenster und starrte hinaus. Seine Schultern waren herabgesackt, er wirkte erschöpft. Die Ränke der Großen hatten ihn zum ersten Mal persönlich gestreift – und gleich so schmerzhaft.

Robert musste daran denken, was Aristid ihm bei seinem letzten Gespräch oben auf der Wehrplatte gesagt hatte. *Halte ihm die Treue, wenn er zu ungeduldig voranstürmen will.* Doch gerade jetzt war es nicht die Ungeduld, die seinen Bruder gefährdete, sondern seine ihn lähmende Trauer.

Robert brauchte den Rest des Tages, um zu einem Entschluss zu kommen, und er wartete, bis es dunkel geworden war und die Menschen sich in ihre Kammern verzogen hatten, ehe er ihn in die Tat umsetzte. Zuerst ging er hinauf zu den beiden Zimmern, in denen Freya wohnte. Er klopfte und trat, als keine Antwort kam, ein. Der kleine Wohnraum war leer, doch in der Kammer dahinter, in der das große Bett stand, brannten zwei Kerzen. Sie standen auf einem Tischchen direkt vor dem Fenster und sahen aus wie Lichter, die Aristid den Weg nach Hause zeigen sollten. Der Wind ließ sie leise flackern.

»Oh, Robert, mein Lieber.« Freya saß, noch völlig angekleidet, auf einem Stuhl, offenbar hatte sie die Kerzen ebenfalls beobachtet.

»Störe ich?«

Sie schüttelte den Kopf und wies auf eine Bank, die an der Wand stand und auf der eine braune Katze schlief.

Er hob das Tier auf den Boden, setzte sich und begann ihr zu erklären, was er sich überlegt hatte. Sie unterbrach ihn schon nach wenigen Sätzen. »Das kommt nicht infrage. Du bleibst hier, Junge.«

Er lächelte, beruhigend, wie er hoffte. »Solange wir nicht wissen, wer Aristid ermordet hat, können wir Odo nicht schützen. Wir würden uns ängstigen, sobald er einen Schritt aus dem Tor tut, wir würden jedem Besucher misstrauen … Odo ist nicht sicher, bis wir den Attentäter gefasst haben und wissen, wer ihn geschickt hat.«

»Und doch bleibst du hier!« Freya erhob sich, trat zu ihm und legte ihre Hände auf seine Schultern – eine Situation, die ihn dazu nötigte, zu ihr aufzusehen, was sicherlich auch in ihrer Absicht lag. »Wenn Erzbischof Fulko den Attentäter geschickt hat und er oder einer seiner Männer dich erkennen würde … Was denkst du, was er täte? Du bist nicht irgendwer, Robert. Du bist der zweite Sohn von Graf Robert, den sie den Tapferen nannten, und du wärest Odos Nachfolger als Graf von Paris. Zudem ein erwachsener Mann, der für sein Recht kämpfen würde. Dich aus dem Weg zu räumen wäre für Fulko … fast so erfreulich wie der Tod deines Bruders.«

»Ich werde vorsichtig sein. Mir geht es doch nur darum zu sehen, ob der Mann, den ich beobachtet habe und den ich für Aristids Mörder halte, tatsächlich zu Fulkos Haushalt gehört.«

»Und wofür brauchst du dann ein Gift?«

Ja, das war es, worum er sie gebeten hatte. »Nur für den Fall, dass sich eine günstige Gelegenheit ergibt.«

»Eine günstige Gelegenheit, diesen Mörder zu töten?« Freya schüttelte aufgebracht den Kopf. »Es geht dir also um Rache! Aber das wäre Aristid nicht recht. Er würde keinesfalls wollen, dass du dich aus diesem Grund in eine so große Gefahr begibst. Nein, Robert! Es reicht, dass ich einen Menschen verloren habe, den …« Sie brach ab und schüttelte den Kopf, als könnte sie so die Tränen zurückdrängen, die ihr in die Augen stiegen.

Robert schob ihre Arme von seinen Schultern und erhob sich. Er küsste sie auf die Wange, kehrte in den Gang zurück und ging von dort aus gleich weiter, eine Treppe hinab und zu der Kammer, in der Cosima wohnte. Diese junge Frau war als kleines Kind mit Freya aus Rom geflohen, nachdem man dort ihre leibliche Mutter ermordet hatte. Freya hatte sie wie eine Tochter aufgezogen, und für Robert und Odo war sie zu einer Art Schwester geworden, auch wenn sie das Wort nie aussprachen. Jedenfalls hatten sie einander gern.

Auch sie hätte bereits schlafen sollen, doch als er klopfte und eintrat, blickte sie ihm aus ihren dunklen Augen hellwach entgegen. »Robert! Lieber Himmel, ist was passiert?«

Die Frage klang nicht ängstlich. Cosima war eine Frau mit Courage. Auch das mochte er an ihr. Leise erklärte er ihr sein Vorhaben, und anders als Freya nickte sie. Da ihre Ersatzmutter sie von Kindesbeinen an zu den Kranken von Paris und später zu denen von Meaux mitgenommen hatte, kannte sie sich ebenfalls mit Giften aus – und ihr fehlten Freyas Skrupel.

»Dreh dich um!«

Er gehorchte. Als sie ihn kurz drauf am Arm berührte, sah er, dass sie sich nicht nur vollständig angekleidet, sondern sogar ihre Haare geflochten und ihre Haube aufgesetzt hatte. Er unterdrückte ein Lächeln. Alles, was Cosima tat, musste exakt sein, perfekt – das war eine weitere Eigenart von ihr. Sie mogelte sich niemals durch. »Komm mit!«, forderte sie ihn auf.

Leise schlichen sie über Treppen und durch Gänge ins Freie. Nicht weit vom Haupthaus entfernt lag der Kräutergarten, den Freya angelegt hatte, um die Heilpflanzen zu ziehen, aus denen sie ihre Medizin herstellte – im Zwielicht des Mondes wirkte er wie ein Gebirge aus schwarzen Bäumen, Büschen und Beeten. Sie schlichen über die Gartenwege zu einem abseits gelegenen Lehmhäuschen, in dem Freya die Menschen behandelte, die ihrer Hilfe bedurften und es von allein zum Gut geschafft hatten.

Cosima öffnete die Tür und leuchtete mit der Kerze, die sie mitgenommen hatte, ins Innere des Häuschens. Die hintere Hälfte wurde von einem großen Tisch eingenommen, auf dem Tontöpfe mit Deckeln standen, aber auch Behältnisse, in denen Pflanzen wuchsen – sicher die Heilkräuter. Cosimas Blick glitt suchend über die Tischplatte. Sie nahm mehrere

Töpfe in die Hand, öffnete sie und roch daran. Manchmal wiegte sie unschlüssig den Kopf, dann wieder schüttelte sie ihn entschieden.

»Wenn du Aristids Mörder gefunden hast – was hast du vor? Soll er rasch und lautlos sterben, oder soll er zuvor ebenfalls leiden? Oder denkst du gar an ein furchtbares Siechtum, das sich über Jahre zieht?« Cosima fragte nüchtern, wie es ihrer Art entsprach, aber er spürte den Zorn in ihrer Stimme. Auch sie hatte Aristid geliebt.

»Es soll ihn zum Schweigen bringen, am besten fast sofort, nachdem er es eingenommen hat. Aber es sollte ihn nicht umbringen.«

»Dann vielleicht die Alraune …«

Cosima entnahm einem der Tiegel ein Pulver, von dem sie ein wenig in ein kleines Glasfläschchen füllte. Anschließend goss sie einen Schuss Öl hinzu, schüttelte das Fläschchen und verschloss es mit einem Korken. Sie reichte es ihm zusammen mit einem winzigen Maß in Form eines Holzlöffels. »Halb gefüllt führt das Gift zu Schläfrigkeit und manchmal zu Bewusstlosigkeit. Eine größere Menge kann durch die Lähmung des Atems den Tod herbeiführen. Das genau zu dosieren ist aber schwierig, denn es hängt auch davon ab, wie schwer die Person ist, der du das Öl einträufelst, und von anderen Dingen wie dem Alter oder ob es sich um einen Mann oder eine Frau handelt.« Sie blickte ihn an. »Du musst vorsichtig sein. Bei manchen Menschen wirkt das Öl rasch, bei anderen kann es dauern.«

»Gut, habe ich verstanden.« Er lächelte. »Danke. Und das meine ich von Herzen, Cosima: Danke!«

Er kleidete sich um – etwas wenig Auffälliges, entschied er. Dann brach er auf. Er brauchte zwei Nächte und zwei Tage, um nach Reims zu gelangen. Als die Stadtmauer endlich vor ihm auftauchte, zügelte er sein Pferd. Er musterte die Wächter, die auf dem Wehrgang patrouillierten und misstrauisch die Umgebung beobachteten. Es gab viele von ihnen, und auch am Tor hielten sich mehr als ein Dutzend Männer auf. Die Angst vor den Normannen saß den Reimsern wie jedem im Frankenreich in den Knochen. Kein Wunder, deren Überfälle folgten immer rascher aufeinander. Sie waren wie Füchse, die einen Hühnerstall entdeckt hatten und sich dort ohne Unterlass mit Nahrung versorgten.

Für sein Vorhaben stellte diese besondere Wachsamkeit allerdings ein Problem dar. Wie sollte er den Mann, den er suchte – falls er ihn überhaupt im Gewimmel der Gassen ausfindig machen konnte –, aus der Stadt hinausbekommen? Er hatte die verschwommene Vorstellung von einem Karren gehabt, in dem er ihn, bewusstlos und unter Lumpen versteckt, an den Wachen vorbeischleusen könnte, um ihn nach Meaux zu bringen.

Skeptisch schüttelte Robert den Kopf. Seine Hand ging zu dem Fläschchen mit dem Gift, das in einem Beutel unter dem Stoff seines Hemdes hing. Gut, wenn die Entführung nicht gelingen sollte, würde den Dreckskerl zumindest seine gerechte Strafe treffen!

Langsam näherte er sich dem Tor. Die Wächter musterten jeden Neuankömmling und natürlich besonders die Fremden. Nur keinen normannischen Spion durchschlüpfen lassen! Robert wirkte mit seinem dunklen Haar und den ebenso dunklen Augen wohl unverdächtig. Und da die Männer außerdem von einem Betrunkenen abgelenkt wurden, der sie mit albernen Beleidigungen aufbrachte, winkte man ihn in die Stadt hinein.

Schon bei der nächsten Seitengasse stieg Robert vom Pferd und führte es am Zügel an den Lehmhütten vorbei, um weniger ins Auge zu fallen. Langsam durchquerte er die Stadt und schaute schließlich in eine Schenke hinein. Der Hunger bohrte. Da der Schankwirt vertrauenswürdig schien, bat er ihn, sein Pferd im Pferdestall unterstellen zu dürfen, dann stillte er seinen Hunger mit einer Schüssel Hirsebrei. Anschließend kehrte er auf die Straße zurück.

Und nun? Wurde es ernst!

Robert bewegte sich auf zwei Kirchtürme zu, die über die Dächer ragten, und erreichte einen Marktplatz. Die Kathedrale, die ihn beherrschte, war ein imposantes Gebäude, dessen Türme allerdings nicht spitz zum Himmel zeigten, wie er es aus Paris und Meaux kannte, sondern von Wehrplatten gekrönt wurden. Sicher nutzte man sie, um frühzeitig auf heranrückende Feinde aufmerksam zu werden. Heiligenfiguren, größer als lebende Menschen, schmückten die Fassade unterhalb der Türme. Gleich neben dem Kirchenbau erhob sich ein altes Palais, bei dem es sich zweifellos um den Wohnsitz des Erzbischofs handelte. Weitere Häuser, die sicherlich den Mächtigen der Stadt gehörten, drängten sich an den Rändern des Markts. Robert lehnte sich in der Gasse, in der er stand, an eine Hauswand, so dass er weniger sichtbar war und dennoch nicht wirkte, als wollte er sich verstecken.

Er fasste jeden Menschen, der durch das hohe Tor in den Hof des Palais einreiten oder ihn zu Fuß betreten wollte, genau ins Auge. Wenn es überhaupt möglich war, Aristids Mörder zu finden, dann an dieser Stelle. Viele Menschen konnte er sofort aussortieren: die Bauern, die ihre Körbe ins Palais schleppten, die dumpfen Leibeigenen, die ihre mangelnde Courage durch eine gebückte Haltung verrieten. Aristids Mörder musste ein Mann voller Selbstbewusstsein und vermutlich mit Kampfeserfahrung sein – sonst hätte man ihm eine riskante Mission wie ein Attentat kaum anvertraut. Und auch wenn er immer noch ärmlich gekleidet wäre, würde er sich durch seinen geraden Rücken verraten, davon war Robert überzeugt.

Irgendwann wurde er von hellen, harten Schlägen abgelenkt, die aus einer Schmiede drangen. Das Tor zum Hof der Werkstatt stand offen, und er entdeckte einen muskulösen Mann, der einen pechschwarzen Rappen beschlug. Unwichtig. Als sein Blick zum Palais zurückwanderte, fiel ihm eine Frau auf, die einen Holzeimer voller Blüten trug – vermutlich waren sie für die Tafel des Erzbischofs bestimmt. Hatte Fulko Gäste geladen? Oder umgab er sich einfach gern mit hübschen Dingen? Das Mädchen setzte ein Lächeln auf, als es durch das Tor des Palais trat, dann war es verschwunden.

In der Gasse hieb ein Mönch auf sein Pferd ein, einer dürren Frau fiel ein Korb mit gesponnener Schafwolle in den Schmutz. Auch das: unwichtig. Robert überkam eine unangenehme Erschöpfung, die sicher damit zu tun hatte, dass ihm klar wurde, wie wenig Aussicht auf Erfolg seiner Mission beschieden war. Weitere Zeit verrann, das Licht wurde weicher. Er zog die Kapuze seines Umhangs in die Stirn und kehrte in die Schenke zurück, wo ihm der Wirt ein Strohlager in einem Nebenraum zum Übernachten anbot.

Zwei weitere erfolglose Tage verstrichen. Robert machte sich von der Schenke auf den Weg zur Schmiede, wohin er am vergangenen Tag sein Pferd gebracht hatte, dem ein lockeres Hufeisen zu schaffen machte. Als er auf das Haus zustrebte, fiel ihm ein Mann mit einer Stirnglatze und abstehenden Ohren auf, der einen Hengst vom Palais ebenfalls zur Schmiede führte. Das Pferd war kostbar – ein Rappe mit einem weißen Fleck in Form eines Eichhörnchens auf der Stirn, ein muskulöses Tier. Und der Mann ... Roberts Herz schlug rascher. Handelte es sich um den Attentäter, der den Krug mit dem vergifteten Wein an Odos Tisch gebracht hatte? Er verzog sich erneut in eine der Gassen und stierte angestrengt zum Tor der Schmiede.

Der Kunde aus dem Palais wurde natürlich bevorzugt. Er kehrte schon bald mit dem frisch beschlagenen Tier auf den Marktplatz zurück. Und besaß eindeutig große Ähnlichkeit mit Aristids Mörder. Robert überlegte fieberhaft. Alles drängte ihn, dem Verdächtigen in den erzbischöflichen Palast zu folgen. Zu gefährlich, bremste er sich selbst.

Und am Ende erübrigte sich die Sache.

Der Rappe erschien erneut auf dem Platz. Dieses Mal war der Besitzer aufgesessen. Er trug jetzt wieder deutlich ärmlichere Kleider – und eine blaue Wollmütze. Robert folgte ihm mit den Blicken, bis er wusste, welche Richtung er einschlug. Dann hastete er zur Schmiede, band wortlos sein eigenes Tier los und trieb es, verfolgt von den Entschuldigungen des Schmieds, ins Freie. Er trabte zum Tor – und sah gerade noch, wie der Reiter mit der blauen Mütze das Tor passierte, das Richtung Meaux führte.

Er stellte ihn etwa eine Stunde später, als sie sich allein in einem kleinen, dunklen Waldstück befanden. Die Sache war einfach, weil der Mann sich sicher fühlte. Robert trieb sein Pferd voran und schlug dem Dreckskerl im Vorbeipreschen einen Knüppel gegen den Schädel. Sein Opfer stürzte aus dem Sattel. Es war bewusstlos, Jesus sei Dank. Robert fesselte ihn mit den eigenen Schuhriemen, und als er wieder zu sich kam, nötigte er ihm einen Schluck aus Cosimas Fläschchen in den Hals. Es dauerte nur kurz, bis der Mann erneut in sich zusammenfiel. Mit viel Mühe hievte Robert ihn quer über den Sattel. Dann machte er sich, den Rappen am Zügel, auf den Weg zurück nach Meaux. Wann immer der Mann ein Stöhnen von sich gab, flößte Robert ihm weitere Tropfen des Alraunenöls ein. Und so erreichte er über einsame Wege schließlich wieder das heimische Gut.

Zwei von den Mägden und Knechten, denen sie nach Roberts Rückkehr den Gefangenen zeigten, glaubten in ihm den Mörder mit dem Weinkrug wiederzuerkennen, den sie am Abend der Weihungsfeier allerdings für den Bediensteten eines ihrer zahlreichen Gäste gehalten hatten, wie sie mit betretenen Gesichtern erklärten.

Odo befahl, den Verbrecher in einen der muffig riechenden Erdkeller unter der Halle zu bringen, und nun standen sie um ihn herum – Odo, Gauthier, Freya, Cosima, Nouel und Robert. Der Gefangene war immer noch bewusstlos.

Vorwurfsvoll meinte Cosima: »Ich sagte doch: Gib ihm nicht zu viel von dem Öl.«

Robert bückte sich und hielt seinen Handrücken vor die Nase des Mannes. »Er atmet noch. Morgen wird er uns verraten, wer sein Auftraggeber war.«

»Kette ihn an«, befahl Odo, und Nouel bückte sich und befestigte einen rostigen Eisenring am Fußgelenk des Mannes. Sie schwiegen lange. Wie mickerig der Unhold wirkte, der ihnen den Ehemann und väterlichen Berater genommen hatte.

Odo murmelte in Roberts Richtung: »Du wirst nie wieder einfach fortreiten, ohne mir von deinen Plänen zu erzählen.«

Robert lächelte. Er war müde bis in die Knochen.

Und doch war ihm kein Schlaf vergönnt. Ein heftiges Pochen holte ihn aus den Kissen, kaum dass er sich in seiner Kammer aufs Bett gelegt und die Augen geschlossen hatte. Vom Fackellicht geblendet, hob er den Arm, doch der wurde sofort wieder beiseitegedrückt. Von Cosima. »Er ist tot«, schrie sie ihn an.

Benommen stemmte Robert sich hoch. »Wer?«

»Dumme Frage! Der Mörder natürlich!«

Er hatte ihm also doch zu viel von dem Alraunenöl eingeflößt? Robert stöhnte.

»Das bedeutet: Wir werden niemals erfahren, wer Aristid umgebracht hat. Verstehst du? Der Mann, der den Dreckskerl angestiftet hat, wird ungestraft davonkommen.«

Ja, doch! Nur mit seinem Hemd bekleidet hastete er die Treppen hinab. Die Tür zu dem Gewölbe, in das sie den Verbrecher gesperrt hatten, stand offen. Allerdings war kein anderer Gutsbewohner dort zu sehen, auch nicht Odo. Cosima, die ihm gefolgt war, hielt die Fackel über den Angeketteten. Der Gefangene rührte sich nicht. Robert beugte sich über ihn, um erneut zu prüfen, ob er noch atmete – und hielt inne. Entgeistert starrte er auf die Kehle des Mannes. Sie war durch eine klaffende Wunde entstellt, aus der immer noch helles, rotes Blut rann. Er stand selbst mit den Füßen in einer Lache.

»Irgendwie muss er es geschafft haben, sich umzubringen«, sagte Cosima.

Roberts Augen suchten reflexartig nach einem scharfen Gegenstand im Stroh, den der Mann benutzt haben könnte, um sich das Leben zu nehmen. Aber da gab es nichts.

5.

KAPITEL

Der Mensch, den Dhoire vor allen anderen verehrte, hieß Pythagoras. Er war ebenfalls ein Druide gewesen. Oder vielleicht doch nicht? Solvejgs Mitgefangener äußerte sich vage. In jedem Fall schien dieser Pythagoras schon von mehr als tausend Jahren gestorben zu sein.

»Er stand den Weisen des irischen Volks in einer Art nahe wie kaum ein anderer der Großen des Geistes, denn genau wie wir wusste er, dass die Seele des Menschen nach dem Tod in einen anderen Körper übergeht«, erklärte ihr Mitgefangener – und fuhr sie im nächsten Moment an: »Hör auf, mich auszufragen, du Unglückselige!«

Hatte sie ja gar nicht gemacht. Dafür war sie viel zu erschöpft und hungrig. Coireall, der Mann, der sie bewachte und zugleich mit Essen versorgte, kam momentan nur selten zu ihnen herab. Oder bildete sie sich das ein, weil ihr Magen so schmerzte? Ohne einen Blick nach draußen war es schwer, die Zeit zu schätzen.

Solvejg verstand inzwischen einige Worte, die ihr Wärter sagte. Besonders verhasst war ihr der Begriff *Mannach*. So nannte er die Mönche, die sie in dem kalten, dreckigen Loch verrecken lassen wollten. Es kam in jedem Gespräch vor, das Dhoire mit ihrem Bewacher führte, und sie hörte, dass auch ihr Kamerad im Leiden es mit großem Zorn aussprach. Dhoire hatte Freunde unter den Iren, sie setzten sich für ihn ein. Aber die *Mannach* wollten ihren Bitten nicht nachgeben. Er sollte das seltsame Bad nehmen, das er so leidenschaftlich verweigerte. Danach würde alles gut.

Doch Dhoire blieb stur. »Sie nennen es Taufe«, erklärte er ihr. »Es besteht darin, dass ein brabbelnder Mönch dich in einem ihrer Seen kurz untertaucht.«

»Dann lass es einfach geschehen. Ist doch nicht schlimm, ein bisschen Wasser in der Nase.«

»Närrin!«, erwiderte er grollend. »Was dieses Untertauchen tatsächlich bedeutet, ist: ein Verrat an den Göttern.«

Die Iren besaßen andere Götter als die Wikinger und die Christen wieder andere, auch das hatte sie inzwischen gelernt. Standen diese Götter miteinander in Verbindung? Bekriegten sie einander oder trafen sich zu Festen und Gelagen? Sie wusste es nicht und war zu matt, um es erfahren zu wollen.

Erschöpft drehte sie sich auf die andere Seite und schlief ein. Auf ihren Schlaf folgte unweigerlich das Erwachen, das sie hasste. Und dann erneut der Schlaf. Als sie das nächste Mal die Augen aufschlug und auf das schwarze Felsgestein starrte, war es, als drückte ihr eine Faust die Kehle zusammen.

Irgendwann vertrieb der Hunger die Angst. Es gab hier unten Ratten, einmal war es ihr gelungen, eine davon zu fangen und zu töten. Aber sie hatte es nicht über sich gebracht, sie roh zu verschlingen, und auch Dhoire hatte es abgelehnt. Er jedoch aus einem anderen Grund. »Weißt du nicht, dass auch in diesem Tier eine Seele steckt? Es könnte die deiner Mutter sein!«

Gekränkt hatte Solvejg sich abgewandt. Warum beleidigte er ihre Mutter? Sie war gestorben, als Solvejg noch ein kleines Mädchen gewesen war, und ihre Erinnerung an sie bestand nur aus wenigen Bildern, und doch traf Dhoires abfällige Bemerkung sie ins Herz. Setzte er nicht auch sie selbst damit herab?

Endlich tönten wieder Tritte auf dem Gestein. Coireall brachte ihnen ihr karges Essen.

»Frag ihn, ob die Mönche auch mich laufen lassen würden, wenn ich in ihrem See bade«, bat Solvejg.

Dhoire übersetzte, und die beiden Männer brachen in Gelächter aus. »Du gehörst zu einer Bande von Mördern. Sie hassen dich von ganzem Herzen und wollen, dass du bis zu deinem Tod hier schmachtest. Wenn du endlich tot bist, wirst du nach ihrer Überzeugung übrigens in einem ewigen Feuer brennen, nur damit du es weißt.« Er fügte eine Erklärung an: »Diese Höllenfeuer sind von einer Substanz, die sich nicht löschen lässt, auch wenn du Wannen voller Wasser darüber ausgießt.«

Coireall ging wieder hinaus, und mit dem Scharren des Riegels versickerte Dhoires Hohn. Da ihr Wächter wieder einmal die Fackel hatte brennen lassen, konnte sie sehen, dass der Druide sie beobachtete. »Du weinst«, stellte er fest.

Solvejg schüttelte den Kopf. Sie weinte niemals. Das Nasse, das aus ihren Augen lief, war von den Steinen getropft.

Dhoire rutschte neben sie und legte seltsamerweise den Arm um ihre Schulter. »Ich wollte dir keine Angst einjagen.« Seine stets feste Stimme klang plötzlich brüchig. »Verzeih mir. Es ist natürlich nur Gefasel, was Coireall behauptet. Der Ort der Verdammnis, den die Christen Hölle nennen, existiert gar nicht. Ich habe es dir ja schon erklärt: Wenn der

Körper stirbt, flieht die Seele und sucht sich einen neuen Körper.«

»Der eine sagt dies, der andere sagt das.« Sie wollte nichts mehr über Götter hören.

Mitfühlend rieb Dhoire ihre Schulter. »Vielleicht lassen sie dich irgendwann, wenn sie denken, du seiest genug bestraft, einfach laufen.«

Nein, das würden sie nicht tun.

»Oder sie verheiraten dich mit einem ihrer jungen Männer.«

Auch das würde nicht geschehen, denn bis auf Dhoire wusste ja niemand, dass sie ein Weib war. Er hatte darüber Schweigen bewahrt, und Solvejg hatte nicht vor, dieses Schweigen zu brechen. Zu schrecklich war das, was sie in den Langhäusern miterlebt hatte, wenn neue Sklavinnen von einem Raubzug mitgebracht worden waren.

»Du hast einen verständigen Geist, der schnell begreift«, schmeichelte Dhoire ihr.

Sie presste die Lippen zusammen – und empfand doch Bedauern, als ihr Kerkergenosse den Arm wieder von ihrer Schulter nahm. Doch er kehrte ihr nicht den Rücken, wie es so oft geschah, sondern griff nach einem der kleinen Steine, die sich in den Ecken des Höhlenbodens gesammelt hatten.

»Schau her!« Behutsam legte er ihn so neben sie, dass sie ihn betrachten konnte. »Und? Was siehst du?«

»Einen Stein.«

»Ja, doch, aber … Hör zu, was ich dir jetzt sage …« Er verstummte kurz, als fiele es ihm schwer, weiterzusprechen. »Schwöre mir, dass nichts von dem, was ich dir verrate, jemals über deine Zunge kommen wird.«

»Wird es nicht«, erwiderte sie verdutzt.

»Der elendste aller Tode soll dich ...«

»Ich hab doch gesagt: Ich verspreche es.«

»Also gut.« Noch einmal holte er Luft. »Strenge den geringen Verstand an, den du besitzt, und versuche zu begreifen: Der innerste Kern aller Dinge, die Grundlage von allem, was wir sehen, hören oder fühlen, ist ... die Zahl.«

Ratlos starrte sie ihn an.

»Ich weiß, dass es seltsam klingt. Aber nicht nur die Weisen meines eigenen Volkes – auch die Araber, die so viel Erkenntnis gesammelt und der Nachwelt in ihren Schriften hinterlassen haben, sind dieser Meinung. Und vor allem ...« Er unterbrach seinen Redeschwall erneut und musterte sie voller Misstrauen. »Du wirst es wirklich niemandem weitererzählen?«

Sie nickte.

»Also gut.« Dhoire senkte seine Stimme. »Das wichtigste Zeugnis stammt von jenem Griechen, von dem ich dir bereits erzählt habe – dem Mann mit dem Namen Pythagoras. Sein Geist war so umfassend, dass selbst wir Druiden bewundernd seinen Nachlass studieren. Und auch er hat festgestellt: Alles, was wir sehen oder hören oder durch unsere anderen Sinne wahrnehmen, beruht auf dem Geheimnis der Zahlen. Die Gestirne, die über uns kreisen, der Klang eines Liedes, das unser Herz berührt, selbst das kleinste Staubkörnchen, das wir niedertreten ...«

Dhoire schüttelte ungeduldig den Kopf und suchte nach einem einfachen Beispiel. »Nimm die Wendigkeit und die Geschwindigkeit der Schiffe, derer dein Volk sich rühmt. Wenn du die Männer, die sie bauen, fragen würdest, so würdest du erfahren, dass auch diese Eigenschaften auf dem Geheimnis der Zahlen beruhen. Wie lang eine Planke sein darf … wie dünn oder dick die Hölzer … an welcher Stelle die Nägel einzuschlagen sind … All das spielt eine Rolle, und sie würden dir diese Zahlen sogar nennen können. Natürlich nur die, die eure Schiffe betreffen, denn du stammst aus einem Volk von Piraten, nicht von Gelehrten.«

Wovon redete er? Sie verstand kein Wort. Zahlen? Der Schiffsbau beruhte auf der Erfahrung ihres Volkes. Sie hatten ausprobiert, wie die Schiffe am besten vorankamen, und so wurden sie dann gebaut. Dhoire schien ihre Vorbehalte zu spüren und darüber erbittert zu sein. Er wandte sich ab, und wieder kroch die Stille in ihr Verlies.

Stunden verstrichen. Vielleicht auch Tage oder Wochen oder die Hälfte ihres Lebens. Und dann – sie hatten gerade hungrig das Brot in sich hineingestopft, das Coireall ihnen gebracht hatte – hielt der Druide es nicht mehr aus und begann erneut von seinen Geheimnissen zu sprechen. Er sammelte einige Steinchen auf und schob sie ihr über den Felsboden zu.

»Zählsteine«, sagte er. »Pythagoras und seine Schüler benutzten Kiesel als Zählsteine, damit auch Menschen wie du begreifen können, worauf alles Leben beruht. Dieses hier ist *ein* Stein. Er steht für die Zahl 1, verstehst du das?«

Solvejg griff sich spöttisch an die Stirn. »Wie könnte ich. Darf ich versuchen, ihn zu zählen? Ich bin doch nichts als ein armes Weib, hinter dessen Stirn der Brei unsinniger Gefühle blubbert.«

Dhoire wischte ihren Hohn ungeduldig beiseite. »Also: Es gibt zwei Arten von Zahlen: Die sogenannten geraden

Zahlen und die ungeraden Zahlen. Die 1, die 3, die 5, die 7 ... sie sind ungerade. Die 2, die 4 und die 6 und so weiter dagegen ...«

»Ja, ja.«

Er versuchte ihr das Rätsel der Teilbarkeit von Zahlen nahezubringen, indem er die Steine in zwei Häufchen aufteilte. Wenn jedes Häufchen dieselbe Anzahl von Steinen bekommen konnte, dann war die ursprüngliche Anzahl der Steine gerade. Wenn aber eines übrig blieb ...

Was für ein wirres Zeug! Und doch: Alles war besser, als stumm die Felswand anzustarren und den Verstand zu verlieren.

Dhoire drückte ihr einen der grauen Kiesel in die Hand. »Siehst du? Hier handelte es sich um *einen* Stein. Nun nimm diese Steine hier ...« Er reichte ihr eine Handvoll weiterer Kiesel. »... und lege sie hinzu, und zwar in Form eines Winkelhakens. Verstehst du, wie ich es meine?« Er gab ihr gar keine Zeit zum Nachdenken, sondern platzierte die Steine selbst und ergänzte sie weiter, bis ein Viereck entstand. »Alle Seiten dieses Vierecks sind gleich lang. Schau hin! So etwas nennt man ein Quadrat. Es ist völlig egal, in welchem Abstand du die Steine legst: Wenn du nur die jeweils gleiche Anzahl von Steinen für jede Seite benutzt, entsteht durch die Winkelhaken immer die vollkommene Harmonie eines Quadrats.«

»Und?«

Der Druide platzierte die Steine neu. »Ein Dreieck. Dies hier nennt man ein Dreieck ...«

Weil es nur drei Ecken besaß. Solvejg langweilte sich.

»Und da ich es mit einem Winkelhaken geformt habe, bezeichnet man es als rechtwinkliges Dreieck. Und nun schau:

Ich lege über jede Seite des Dreiecks ein Quadrat. Was siehst du jetzt?«

»Steine.«

Verärgert klopfte er neben sich auf den Boden. »Du siehst ein Wunder. Natürlich kannst du es nicht begreifen, aber deshalb erkläre ich es dir ja auch. Wenn du jedes dieser Quadrate mit, sagen wir, Erbsen anfüllen würdest, würdest du erkennen, dass das Quadrat, das an der längsten Seite des Dreiecks liegt, exakt genauso viele Erbsen enthalten würde, wie die beiden anderen Dreiecke zusammen. Ihr Inhalt …«

»Ja, ja …«

»Es handelt sich um eine der unverbrüchlichen Wahrheiten in der Geometrie. Die Summe dieser beiden Quadrate entspricht in der Größe …«

Solvejg wischte die Steine mit einer schroffen Handbewegung beiseite. »Ich habe Hunger.«

Sie sah, dass Dhoire die Fäuste ballte, um sie nicht zu schlagen. »Die Alten hatten recht mit ihrem Verbot, das Wissen der Seher mit Narren zu teilen!«

Doch sein Zorn hielt nicht lange an. Seufzend meinte er: »Du bist ein unwissendes Barbarenkind. Wie solltest du also begreifen, welches Wunder ich vor dir ausbreite. Die erste ungerade Zahl, die 1, wird übrigens dem Manne zugerechnet, denn aus ihr entsteht das Symmetrische, das Kluge, das Vollendete. Die erste gerade Zahl symbolisiert die Frau. Aus ihr entsteht das Ungleiche, das Holprige. Und genau darin … Ach, ich spare mir meinen Atem.«

Er legte sich wieder nieder, um zu schlafen oder um wenigstens so zu tun.

Sie lernte weiter von Dhoire, unter anderem, dass es wichtig war, keine Bohnen zu essen. Pythagoras hatte nämlich herausgefunden, dass sie aus männlichen Geschlechtsteilen bestanden. Der Druide erklärte ihr auch diese Sache. Am Anfang, behauptete er, bestand die Erde aus einer schleimigen Masse, aus der sich zuerst der Mensch und dann eben die Bohne formte, die ihm danach als Same diente, zum Zwecke der Fortpflanzung.

Das Thema widerte sie an, und Solvejg war froh, als Dhoire es wechselte und von einem Dreieck in der Sphärenmusik zu sprechen begann. Das Wissen darüber beruhte auf einem Erlebnis des unvergleichlichen Pythagoras, der dem unterschiedlichen Klang von Hämmern in einer Schmiede gelauscht hatte und herausfand, dass der Klangunterschied auf dem Gewicht der Hämmer beruhte, nicht auf ihrer Form oder der Kraft des Hämmernden.

»Nur auf dem Gewicht? Allein das Gewicht bestimmt die Höhe des Klangs?«

Dhoire lachte, als er ihr Interesse bemerkte. Und fuhr sie im nächsten Moment an: »Schweig darüber!«

Ja, wem sollte sie denn davon denn erzählen?

Als Coireall das nächste Mal in ihre Höhle kam, begannen die Männer ein hitziges Gespräch. Etliche Male fiel dabei das Wort *Mannach*, und Solvejg sah, wie sich das Gesicht ihres Kerkergenossen mehr und mehr verdüsterte. Als der Ire gegangen war, brach es aus dem Druiden heraus.

»Die Mönche erwarten einen ihrer Bischöfe. Möge er in der Hölle braten, dieser weihrauchschlenkernde Schwachkopf!

Er ist zornig, sagen die Mönche, und das liegt angeblich an mir. Er ließ ihnen ausrichten, dass er tief bekümmert über ihren mangelnden Eifer sei, was die Bekehrung des ungläubigen Hexers angeht. Er erwägt, ihnen einige Zuwendungen zu streichen, die strebsameren Brüdern zustehen könnten. Die Mönche werden deshalb nach mir schicken, wenn er kommt, sagt Coireall, damit ich getauft werde, wenn der Bischof erscheint. Ein Bad ist doch nichts anderes als Wasser auf die Haut, sagt der Drecksack. Aber in Wahrheit ist es … ein Verrat an der Wahrheit! Solvejg …«

»Ja?«

»Es könnte sein, dass sie auch versuchen werden, mir die Geheimnisse meiner Vorväter zu entreißen. Nicht, um ihren Geist zu bereichern, sondern weil sie von meinem Schwur wissen, sie für mich zu bewahren. Ich werde natürlich schweigen, gleich welche Qualen sie mir zufügen. Aber die Frage ist: Wirst du es ebenfalls tun?«

Sie starrte ihn an, und er nickte und lächelte trübe. »Du hast Angst.« Nach einer Weile fügte er hinzu: »Willst du wissen, warum ich Einar Schlangenauge hasse? Weil er seinen Namen zu Recht trägt. Er ist tatsächlich verschlagen wie eine Schlange. Vor Jahren hat er sich an die Stadt Cill Mhantáin herangemacht, das ist ein Ort, hier ganz in der Nähe. Er hatte uns Frieden versprochen – und uns kurz darauf überfallen. Ich bin damals noch ein junger Bursche gewesen. Er hat mich gefesselt und nach Norwegen gebracht, und dort wurde ich sein Sklave. Er hat mich geschlagen, er hat mich gedemütigt und lächerlich gemacht. Schließlich konnte ich fliehen – doch die Schande zu vergessen war unmöglich.«

Solvejg nickte bedrückt.

»Ganz wehrlos war ich allerdings nicht, denn ich hatte bereits einige Jahre Unterricht von einem Druiden erhalten. Bevor ich ging, habe ich mich auf seine Lehren besonnen und einen Fluch über Einar ausgesprochen.«

»Was für einen Fluch?«

»Dass er eines entsetzlichen Todes sterben würde.«

»Aber das ist nicht geschehen.«

»Ich weiß. Ich bin hierhergekommen, als ich hörte, dass Schlangenauge diese Klostersiedlung überfallen hat, weil ich sehen wollte, ob er vielleicht dabei den Tod fand. Es hätte ja sein können, dass die Götter die Erfüllung des Fluchs auf den Tag verschoben haben, an dem er erneut irische Erde betritt. Doch ich habe nur dich gefunden. Der Mann, den ich mehr als alle anderen hasste, war entkommen.«

Der Druide erhob sich. Seltsamerweise löschte er die brennende Fackel. Verwundert zog Solvejg die Augenbrauen hoch. Und zuckte erschrocken zusammen, als Dhoire sich auf sie warf. Er begann sie gierig zu betasten. Überall, an jeder Stelle ihres Körpers. Als sie versuchte sich zu wehren, drückte er ihre Arme nieder, und als sie es weiter versuchte, schlug er sie. Er zerrte ihre Kleider herab, seine Begierde war grenzenlos, die Schmerzen entsetzlich.

Es dauerte lange, ehe er von ihr abließ.

Der Bischof kam. Sie merkten es daran, dass plötzlich Fetzen eintöniger Lieder zu ihnen in die Höhle drangen. »Die Mönche begrüßen ihren Herrn«, murmelte Dhoire finster. Dann wurde es wieder still. Wahrscheinlich waren die Männer im Kloster verschwunden.

Stunden verstrichen. Solvejg fürchtete sich. Noch schlimmer als ihre Angst war allerdings der Hass, der jetzt zwischen ihr und ihrem Kerkergenossen herrschte. Obwohl: War es wirklich Hass, was ihr die Kehle schnürte? Sie hatte die Fähigkeit verloren, ihre eigenen Gefühle zu deuten, so kam es ihr vor. In einem Moment umklammerte sie einen Stein, um sich wehren zu können, sollte Dhoire ihr noch einmal zu nahe kommen, und im nächsten sehnte sie sich nach seiner Stimme, die für sie noch wichtiger geworden war als das Brot und das Wasser. Ob er ähnlich fühlte? Sie wusste es nicht.

Schritte beendeten ihre Zerrissenheit. Coireall kam mit einigen Männern aus dem Dorf. Sie fesselten ihre beiden Gefangenen und führten sie hinauf ans Licht.

8

Nein, es gab gar kein Licht – der Himmel war von dunklen Wolken bezogen, die Sonne dahinter verschwunden. Und dennoch schloss Solvejg geblendet die Augen. Trotz ihrer Angst schmolz ihr Herz vor Glück über den Gesang der Vögel, der ihr aber zugleich seiner Lautstärke wegen die Ohren zerriss. Blumendüfte ließen ihre Nase aufquellen, das Kläffen eines Hundes schnitt in ihre Ohren. Alles war wunderbar und doch zu viel, so dass es schmerzte.

Sie hörte, wie jemand in ihrer Nähe lachte und etwas sagte. Obwohl sie die irischen Worte nicht verstand, spürte sie den Hohn darin und zwang sich, die Augen wieder zu öffnen. Sie würde bald sterben, das war ihr klar, aber niemand sollte sagen dürfen, dass Harald Schönhaars Tochter dabei ihre Würde verloren hatte.

Der Gang durch die kleine Siedlung war wie das Schreiten über zerbrochene Muscheln. Hasserfüllte Blicke trafen sie, als wären es züngelnde Flammen. Hatte der Mann, der sie anspie, jemanden verloren, den er liebte? War der andere, der sich auf Krücken stützte, von ihren Landsmännern zum Krüppel geschlagen worden? Warum hing der linke Ärmel am Kleid der Frau mit dem kleinen Mädchen an der Hand schlaff herab? Es spielte keine Rolle. Diese Menschen waren nicht Teil ihres Lebens.

Bedrückender war es, an ihren Vater zu denken, der sie in seiner Verblendung hatte umbringen wollen, oder an Halvdan, der sie vor ihm gerettet hatte, indem er ihr seine Kleider gab. Sie würde beide niemals wiedersehen und weder das Hässliche, das sie getrennt hatte, durch Versöhnung heilen noch dem Bruder ihren Dank ausdrücken können. Sie würde am Ende dieses Tages ... ausgelöscht sein, wenn sie Glück hatte. Oder in ewigen Feuern brennen oder andere Qualen erleiden. Wer wusste schon, welcher Gott ihr Schicksal in den Händen hielt?

Der Bischof, der Dhoires Bad erzwingen wollte, saß auf einem Thron, den man auf einer hölzernen Bühne aufgestellt hatte. Er hielt einen eisernen Stab in der Hand, dessen Spitze sich schlangenartig im Kreise wand – sie erinnerte an Einars Zeichen der Macht am Bug seiner Schiffe. Um ihn standen Männer in schwarzen Kutten mit schwarzen Kapuzen. Gewiss die Mönche, von denen Dhoire erzählt hatte. Ihre Mienen verfinsterten sich, als sie die beiden Gefangenen erblickten: den widerspenstigen Zauberer und den Plünderer, der Schmerz und Tod in ihre Mitte getragen hatte.

Der Bischof begann zu sprechen. In den Worten klangen Tadel, Entrüstung, Milde und Beschwörung durch ... Seine

Miene allerdings blieb immer gleich, nämlich steif vor Zorn. Schließlich wies er zu dem nahe gelegenen Seeufer.

Dhoire straffte den Rücken. Er bot ein Bild der Würde und Gelassenheit, das nur durch die fettige graue Haarsträhne getrübt wurde, die wie ein Dorn von seinem Kopf abstand. Solvejg hörte ihn etwas sagen, doch die Worte gingen in einem Donnergrollen unter. Coireall, der neben ihm stand, packte ihn an einem gefesselten Arm und führte den Druiden, begleitet von den Mönchen, hinab zum See. Dabei redete er die ganze Zeit auf ihn ein. Solvejg ahnte, was er sagte: *Es ist doch nichts als ein Bad. Rette dein Leben.* Würde Dhoire nachgeben?

Als wollten seine Götter ihm drohen, zuckte plötzlich ein Blitz über den Himmel, dem sofort ein weiterer folgte. Der Bischof blickte hinauf zu den Wolken. Er runzelte verärgert die Stirn und erhob sich. Gestützt auf seinen Krummstab starrte er zum Ufer des Sees hinab, wo Coireall versuchte, den widerspenstigen Druiden ins Schilf zu zerren. Plötzlich begann es zu regnen, und zwar sofort mit einer Macht, als würden Eimer voller Wasser über sie ausgegossen. Dhoires Stimme drang zu ihnen, es hörte sich an, als verfluche er die Männer, die ihn in den See nötigten.

Solvejg schloss die Augen, als erneut ein Blitz die Dunkelheit teilte. Als sie die Augen wieder öffnete, stand Dhoire bereits im Schilf – dieses Mal ohne Fesseln, mit erhobenen Armen. Sie stierte zu der verhungerten Gestalt – und fuhr herum, als sie hörte, wie die schwarzen Mönche plötzlich zu schreien begannen. Sie hatten jede Würde verloren. Einige rannten zu ihrem Bischof oder im Gegenteil genau in die andere Richtung. Der Mann, dem sie dienten, lag auf dem Boden. Sein Körper rauchte, aus seiner Robe schoss eine

Flamme empor, die gierig auf das Holz der Bühne übergriff. Die Luft füllte sich mit dem Geruch brennenden Fleisches.

Niemand achtete mehr auf Solvejg, auch nicht die Männer, die sie und Dhoire vor den Bischof gebracht hatten.

Sie wartete kurz ab, dann stahl sie sich leise davon in die Nacht.

6.

KAPITEL

Aristids Mörder war neben einem ehemaligen Schweinestall außerhalb des Guts verscharrt worden. Kein Priester
hatte einen Segen gesprochen oder das Grab geweiht, der
Mann war der Vergessenheit anheimgegeben worden und litt
nun vermutlich die Qualen, die die Hölle für einen gewis-
senlosen Sünder bereithielt.

Doch Freyas Schmerz konnte das nicht lindern. Aristid
war fort. Er würde sie nie wieder in die Arme schließen,
sein Lachen und seine Klugheit waren aus ihrem Leben verschwunden, es gab niemanden mehr, der ihre Freude über
die beiden jungen Männer und das Mädchen teilte, die sie
als ihre Kinder betrachtete. Der Kummer darüber fraß an ihr
wie ein Krebsgeschwür.

Sie fing an, die Gesellschaft anderer Menschen zu meiden.
Wann immer jemand Aristids Namen aussprach, war ihr, als
tropfe Säure auf eine offene Wunde. Allerdings besuchte sie
aus Pflichtgefühl weiter die Kranken und stellte schon bald
fest, dass ihr diese Arbeit guttat. Sie hörte die Klagen ihrer Schützlinge an, verordnete Medizin, schiente gebrochene
Knochen, renkte ein, was ausgerenkt war – es lenkte sie ab.

Diese Stunden, in denen das Bild des sterbenden Aristid sie nicht mehr folterte, waren wie ein Trank, der ihr Leid betäubte.

An einem dieser Tage – sie verließ gerade die Hütte mit den Heilpflanzen – tauchte Cosima auf und bot an, sie zu begleiten. Sicher geschah das aus Sorge um sie, aber trotzdem begann Freyas Haut vor Ungeduld zu kribbeln. Bedauerlicherweise besaß ihre Ziehtochter nur wenig Gespür dafür, wann sie störte. Sie schritt neben ihr und klang wie ein plätschernder Bach, der Fluss ihrer Worte war nicht aufzuhalten.

Freya war froh, als sie endlich vor dem Strohlager des Knechts standen, der sie hatte rufen lassen. Er krümmte sich vor Schmerzen, und als Freya seinen Bauch abtastete, stellte sie rasch fest, dass sein Darm verstopft war. Er fühlte sich unter der dünnen Haut wie ein prall gefüllter Schlauch an.

»Er braucht eine Suppe aus Lauch, Zwiebeln und Pökelfleisch, damit das, was sich in ihm ballt, wieder flüssiger wird«, riet sie seiner noch sehr jungen Ehefrau, die verängstigt neben ihnen stand.

»Und Knoblauch? Sollte nicht noch Knoblauch hinzufügt werden?«, wisperte Cosima ihr ins Ohr.

Natürlich. Scharfe Speisen – und darunter fiel auch der Knoblauch – verursachten Blähungen, und diese bewirkten einen dünnen Stuhlgang. Genau das, was der Mann jetzt brauchte. Freya fügte die Knolle ihrer Liste hinzu.

»Gut, dass du mich erinnert hast«, sagte sie zu Cosima, als sie wieder im Freien waren und sich auf den Heimweg machten. Das Gesicht ihrer Ziehtochter hellte sich auf. Auch das war eine Eigenart von ihr: Sie sehnte sich nach Lob.

»Du bist erschöpft, du solltest dich schonen«, meinte sie zärtlich, während sie sich bei Freya unterhakte.

»Mir endlich Ruhe gönnen, damit ich die Stunde, in der Aristid starb, wieder und wieder erleben kann?«

Ach, hätte sie die Bemerkung doch heruntergeschluckt. Cosima begann sich sofort wortreich zu entschuldigen.

»Lass gut sein«, fiel Freya ihr mühsam beherrscht ins Wort. »Es ist nur: Ich komme nicht darüber hinweg, dass wir nicht wissen, wie der Mörder seines Mörders es in unser Haus geschafft hat. Wenn Erzbischof Fulko hinter den Untaten steckt … Ich kann mir vorstellen, wie es ihm gelungen ist, seinen Attentäter in das Palais in Paris einzuschleusen. Es waren ja viele Gäste auf Île de la Cité. Aber wie hat er es geschafft, einen seiner Handlanger an den Wachen vorbei auf unser Gut zu bringen? Und woher wusste er, in welchem Keller wir Aristids Mörder eingesperrt hatten?«

Cosima nickte ratlos. Sie hatten schon oft darüber gegrübelt, ohne eine Antwort zu finden.

»Und du hast wirklich niemanden gesehen, als du unten im Gewölbe warst?«

Auch diese Frage hatten sie bereits ein Dutzend Mal gestellt, und Cosima beantwortete sie auf die gleiche Weise wie immer: Sie war zu dem Unhold im Keller gegangen, weil doch die Möglichkeit bestand, dass er bereits erwacht war und sich wegen des Alraunenöls in einem Zustand befand, in dem sein wirres Gehirn ihn ausplaudern ließe, was er mit klarem Verstand verschweigen würde. Sie hatte sich gewundert, dass die Tür zum Gewölbe nur angelehnt gewesen war, und sie vollends aufgestoßen. Das Licht ihrer Fackel hatte ausgereicht, die Wunde am Hals des Toten zu erkennen. Danach war sie entsetzt hinauf zu Robert gerannt. Doch sie hatte weder im Gewölbe noch später auf der Treppe oder in den Fluren eine Menschenseele bemerkt.

»Was mir zu schaffen macht ...« Freya zögerte. »Was, wenn der Mann, der Aristids Mörder die Kehle durchschnitt, womöglich gar kein Fremder war, sondern jemand aus unserer eigenen Mitte?«

»Einer der Bediensteten? Ja, ich habe tatsächlich auch schon daran gedacht. Sicher wäre es für den Erzbischof nicht schwer gewesen, jemanden zu finden, der gegen eine Handvoll Silber bereit gewesen wäre, ihm alles zu melden, was sich hier tut. Und der beschlossen hat, den Mann umzubringen, der Fulko und vielleicht auch ihn hätte verraten können.« Cosima besaß tatsächlich einen nüchternen Verstand.

Doch Freya beschäftigte seit Tagen ein anderer, noch weitaus hässlicherer Verdacht. Sollte sie Cosima weiter ins Vertrauen ziehen? Nein, unmöglich, da könnte zu viel zerstört werden. »Jedenfalls bin ich froh, dass dir noch die Sache mit dem Knoblauch eingefallen ist. Das wird dem armen Burschen helfen«, meinte sie lahm.

Nachmittags jätete sie in dem kleinen Kräutergarten Unkraut. Ihre Hände wurden dreckig, die Fingernägel schwarz, aber ihre Gedanken begannen sich, wie oft, wenn sie an der frischen Luft arbeitete, zu klären. Weder Mitgefühl noch Angst durften sie davon abhalten, ihrem Verdacht nachzugehen. Was Aristid geschehen war, hatte sie nicht verhindern können, doch Odo und Robert ... Sie schrubbte ihre Hände, zog sich ein sauberes Kleid an und machte sich auf den Weg.

Als sie das Gutshaus betrat, hörte sie Lautenklänge. Sie lugte durch die Tür zur Halle und sah Robert, der die Saiten zupfte und ein leises, melancholisches Lied dazu sang. Dass die jungen Frauen in seiner Nähe sich dabei miteinander unterhielten, schien ihn nicht zu stören. Er legte ja wenig Wert darauf, vor anderen zu glänzen. Manchmal kam es Freya so vor, als folgte sein Mangel an Ehrgeiz einer Strategie. Auch bei den Waffenübungen drängte er sich nie in den Vordergrund. Wollte er es vermeiden, den älteren Bruder in den Schatten zu stellen?

Ach, das spielte keine Rolle. Nicht jetzt. Sie eilte die Treppe hinauf zu den privaten Kammern der Familie und klopfte bei Theodrada. Als niemand antwortete, öffnete sie die Tür. Odos Weib war gerade dabei, sich die Haare zu kämmen. Allerdings auf eine seltsame Art. Ihre Bewegungen wirkten ruppig, grob, als wäre es ihr egal, wenn es ziepte. War das Inbrunst? Zorn? Oder Verzweiflung? Die junge Frau war so in ihre Gedanken vertieft, dass sie Freya erst bemerkte, als diese vor sie trat. Erschrocken fuhr sie zusammen.

»Störe ich dich?«

Kurz sah es aus, als wollte Theodrada nicken, doch dann zwang die junge Frau sich zu einem Lächeln. »Du bist mir zu jeder Zeit willkommen. Willst du dich nicht setzen?« Sie deutete steif zu einem Schemel vor dem Fenster und zupfte dabei ihr Seidenkleid zurecht, das so sittsam geschneidert war, dass es alles verbarg, was die Trägerin vielleicht an Reizen zu bieten hatte. Und dann kam es so wie immer, wenn Freya sich mit ihr unterhalten wollte: Theodrada ließ sich jeden Satz aus der Nase ziehen, sie hielt ihre Antworten so knapp wie möglich, und wenn sie sich tatsächlich einmal zu einer eigenen Bemerkung durchrang, klang sie … einfach nur banal.

»Wie schön, dass es wärmer geworden ist.«

»Ja, in der Tat.«

»Der Sommer ist meine liebste Jahreszeit. Nie ist das Land so lebendig und fröhlich.«

Die Gräfin nickte.

»Unten in der Halle versucht sich Robert als Sänger. Magst du ihn nicht ein bisschen unterstützen? Mir ist während der Messe aufgefallen, was für eine schöne Stimme du hast.«

»So schön ist sie gar nicht.«

Freya lächelte. Und fand sich albern. Wie war sie nur auf den Gedanken gekommen, dass ein derart einfältiger Mensch in ein Mordkomplott gegen den eigenen Gatten verwickelt sein könnte? *Weil ich weiß, dass sie Odo verabscheut.* Und warum war sie davon so überzeugt? *Weil ich ihr Gesicht gesehen habe, wenn Odo sie berührt.*

Aber was, wenn diese Frau ihre Dummheit nur spielte, um sich nicht verdächtig zu machen? Freya warf einen Blick zum Fenster, hinter dem die Sonne schien, und fragte: »Reitest du gern?«

Sie hatte fest damit gerechnet, dass Theodrada den Kopf schütteln würde. Doch stattdessen trat ein Leuchten in das junge Gesicht.

Zu Freyas Überraschung entpuppte Theodrada sich als exzellente Reiterin. Sie jagten gemeinsam über die Wiesen mit dem Weidevieh, an Äckern vorbei, und durch Wälder, deren Laub sich im Wind wiegte ... Schließlich, am Ufer eines seidig blauen Sees zügelten sie ihre Pferde und ließen sie im Schritt weitertraben. Theodrada merkte, dass es ihren Schimmel zum Wasser zog, und sie lachte. Es war das ehrlichste Gefühl, das Freya bei ihr je wahrgenommen hatte.

»Wollen wir den Pferden einen Moment Ruhe gönnen?«

Theodrada nickte. Ihr Schleier war ihr in den Nacken gerutscht. Als sie aus dem Sattel geglitten war, rückte sie ihn zurecht und wandte sich ihrer Schwiegermutter zu – und ihr Gesicht fror wieder ein. Aber das musste ja nicht so bleiben. Freya plauderte über die Biber, die sich gegenüber durchs Ufer wühlten, und erzählte, dass sie eine Weile in Rom gelebt hatte. Aber keine Frage kam. Odos Weib hatte sich erneut in ihrer Einsamkeit versteckt.

»Es tut mir leid, dass dir noch nicht das Glück einer Schwangerschaft zuteilwurde.«

Theodrada erstarrte. Wenn sie ein wenig mehr Mut besessen hätte, hätte der Ärger sie wohl in den Sattel gebracht, und sie wäre davongaloppiert. So ging sie einfach ein Stück, aber sie kehrte fast sofort wieder um.

»Was ist denn los?«, fragte Freya.

Die junge Frau band ihr Pferd los, und Freya tat es ihr gleich. Danach liefen sie ein Stück am Ufer entlang. Odos Weib war Freya ein Rätsel, doch die Vorstellung, dass sie dazu fähig sein könnte, einem Menschen die Kehle zu durchtrennen, kam ihr inzwischen absurd vor. Sie unternahm einen letzten Versuch, vielleicht noch etwas Gutes aus diesem verlorenen Tag zu holen.

»Es gibt Möglichkeiten herauszufinden, woran es liegt, wenn sich kein Kind im Bauch einer Frau entwickeln will. Manchmal ist die Eingangspforte in die Gebärmutter der Frau zu eng. Aber da kann man durch einfache Maßnahmen …«

»Ich mag so etwas nicht.«

»Was denn?« Dumme Frage. Viele Männer benahmen sich wie Flegel, wenn sie das erste Mal zu ihren Frauen ins Bett stiegen. Sie hätte nur nicht erwartet, dass Odo sich unbeherrscht anstellen könnte. Warum nur hatte sie nicht vor der

Hochzeit mit ihm über die Ängste junger Ehefrauen gesprochen? Oder war es gar nicht sein Ungestüm, das sie abstieß? Litt Theodrada womöglich wirklich an einer zu engen Scheide oder …

Freyas Gedanke versickerte – sie starrte zum Ufer. Theodrada hatte eine Stelle gefunden, die sich zum Tränken des Schimmels eignete. Aber das Schilf dort war auseinandergebogen und weitflächig in den Boden gepresst worden. Es sah aus, als wäre ein Walfisch aus dem Wasser gekrochen. Sie hob den Blick und ließ ihn über den See schweifen. Die Ufer waren still bis auf die Enten und Schwäne, die vor dem gelbgrünen Bewuchs über das Wasser glitten. Ihr Blick kehrte zu der plattgedrückten Stelle im Schilf zurück. Kein Wal, dachte sie. Ein Schiff. Und zwar ein leichtes, so wie die Wikinger sie bauten, wenn sie über die Flüsse in ein Land eindringen wollten, um zu morden und zu plündern.

Mit trockenem Mund drehte sie sich um. »Aufs Pferd und zurück zum Gut«, befahl sie leise. »Und wenn uns jemand aufzuhalten versucht – jage dein Pferd, als wäre der Teufel hinter dir her.«

7.

KAPITEL

Sie fühle sich wie ein von Jagdhunden gehetzter Hase. Und das seit Tagen — seit die Mönche Dhoire hatten taufen wollen und er ihren Bischof mittels seines Fluchs getötet und ihr damit die Flucht ermöglicht hatte.

Inzwischen hatte Solvejg das Ufer der irischen See erreicht, an dem sie mit Einar und seinen Männern vor Monaten angelandet war, und stand nun am sandigen Strand. Das Meer erschien ihr wie eine ausgestreckte Hand, bereit zu helfen. Verwegene Gedanken gingen durch ihren Kopf. Sie würde sich ein Boot beschaffen. Und dann fort, nur fort von hier. Doch bald folgte die Ernüchterung: Wie sollte sie so ein Boot finden?

Dass sie Irland verlassen musste, weil man sie an ihrer Sprache sofort als Feind erkennen und töten würde, stand fest. Aber Norwegen war für eine einzelne Person in einem Boot unerreichbar. Außerdem würde ihr Vater sie umbringen, wenn er sie erwischte. Sollte sie die kommenden Jahre damit zubringen, in der eigenen Heimat vor ihm zu fliehen? Weit im Norden gab es eine Insel namens Island. Dort hatte sich vor Jahren eine Handvoll Wikinger niedergelassen. Doch um diesen Zufluchtsort zu erreichen, bräuchte es ebenfalls ein mit vielen Ruderern bestücktes Boot.

Entmutigt kehrte Solvejg in den Wald zurück, um ihre Pläne zu überdenken und sich außerdem mit allem, was irgendwie essbar erschien, vollzustopfen. Sie war so mager und schwach geworden! Angespannt streifte sie durch die Büsche. Gerade als sie sich über einige Holunderbeeren neigte, hörte sie ein Rascheln. Sie duckte sich, und wie immer, wenn sie etwas Verdächtiges hörte, begann ihr Herz zu stolpern. *Nie wieder Gefangenschaft!* Ihre Hände krallten sich in die Zweige des Busches. Als sie merkte, dass sie aufgehört hatte zu atmen, zwang sie sich, Luft zu holen. Es war ein Hirsch, der dort durchs Unterholz strich. Oder ein Wanderer, der sie in ihrem Versteck aber übersehen würde. Oder …

Oder Dhoire, dessen Zauberkräfte ihn befähigen, die unsichtbaren Spuren einer Fliehenden zu erkennen?

Solvejg wusste, dass er es war, noch bevor er um die große, alte Tanne bog. Und als sie es begriff, hätte sie sich ihm fast ergeben, weil ihr jeder weitere Versuch zu entkommen, lächerlich erschien. Und doch konnte sie sich nicht überwinden. Sie fühlte erneut seine erbarmungslosen Hände auf ihrem Leib, die sich nicht abwehren ließen, und das Gewicht seines Körpers. Als er stehen blieb und sich stirnrunzelnd umblickte, verschmolz sie mit dem Gebüsch. Doch dann das unfassbare Glück: Plötzlich machte er kehrt und wandte sich zum Strand hinab.

Solvejg erhob sich und huschte so tief in den Wald hinein, bis sie sich sicher fühlte.

Es folgten sonderbare Tage. Sie wanderte die Küste entlang und blickte sich dabei ständig um, voller Furcht, dass Dhoire erneut hinter ihr auftauchen könnte. Was wollte er? Warum ließ er sie nicht in Ruhe?

Schließlich erreichte sie ein Dorf, das am Rande einer Bucht vor sich hin dämmerte. Sie starrte auf die schmutzig gelben Strohdächer und auf ein Mädchen, das Ziegen aus einem Garten trieb. Der Ort erinnerte sie an Avaldsnes, sie fühlte einen Stich des Heimwehs.

Langsam ging sie einen sandigen Weg hinab. Es war nicht viel los zwischen den Häusern. Erst als sie den Strand erreichte, traf sie auf Menschen. Ein hagerer Glatzkopf stand vor einem von mehreren Holzstegen, an denen Schiffe ankerten, und redete mit ausladenden Gesten auf eine Handvoll Männer ein. Skeptisch hörten sie ihm zu. Solvejg gesellte sich zu ihnen, und nach einer Weile glaubte sie zu begreifen, dass der Glatzkopf Männer für eine Fahrt auf dem größten der Schiffe anwerben wollte. Zwei seiner Zuhörer traten auf den Steg und nahmen es in Augenschein, aber Begeisterung war nicht zu spüren.

Sie hörte, wie der Name Neustrien fiel, und merkte auf. In ihrer Erinnerung tauchte eine Landkarte auf, die Svasi auf die Lederbespannung seines Schilds gezeichnet hatte und die die erfolgreichsten Plünderfahrten seines Volks zeigte.

Ihr Vater hatte ihr die Karte erklärt. Südlich der normannischen, englischen und irischen Inseln lag etwas, das er als Neustrien, Flandern, Friesland, Aquitanien und mit weiteren fremdländischen Namen bezeichnet hatte – ein gewaltiges Stück Erde, viel größer als alle Länder der Wikinger zusammen. Die Reiche wurde von Königen und Bischöfen beherrscht, deren Schätze jede Vorstellung übertrafen. Wollte der Mann, der die Ruderer anwarb, dorthin? In eine Fremde, wo niemand sie kannte?

Solvejg überlegte nur kurz. Sie ging zu dem Seefahrer, deutete auf ihren Mund, brachte einige krächzende Laute hervor und wies zu seinem Boot.

Er fragte etwas, vermutlich, ob sie stumm sei. Vielleicht auch, ob sie ihn begleiten wolle. Sie krächzte erneut und nickte heftig. Wenig begeistert glitt sein Blick über ihre Gestalt, dann wies er zu einer Gruppe Männer, die Säcke von einem Karren hoben und auf das Boot schleppten. Solvejg gesellte sich zu den Trägern. Sie konnte nichts Schweres tragen. Nicht als Frau und vor allem nicht als ein Mensch, der eine lange Zeit gehungert hatte. Trotzdem packte sie einen der Säcke, und es gelang ihr, ihn anzuheben. Allerdings nur fußhoch.

In ihrem Rücken erklang ein Lachen. Ein Mann kam auf sie zu, breitschultrig, mit einem filzigen blonden Bart, der sein halbes Gesicht bedeckte. Er sah aus wie ein Bär. Aber wie ein gutmütiger. Der Sack, den er selbst trug, schien ihn keine Kraft zu kosten, und er brauchte nur eine Hand, um ihn zu halten. Mit der freien Hand stützte er ihren eigenen Sack. Sie marschierte dankbar neben ihm aufs Boot. Und noch einmal und noch einmal, bis alle Säcke unter Deck gebracht worden waren.

Ihr Begleiter blickte zu dem Glatzkopf, der zögerte kurz, dann nickte er. Lachend schlug der Bär Solvejg die Pranke auf den Rücken, und sie folgte ihm zurück auf den Steg. Dort hielt sie inne und starrte auf das schwankende Boot. Es war schwer und stark, doch ob es im Wind ebenso graziös tanzen konnte wie die Schiffe ihres eigenen Volkes? Dhoire hatte davon gesprochen, dass die Wikinger besonders geschickte Bootsbauer seien, mit geheimnisvollen Kenntnissen über die Magie der Zahlen. Vielleicht musste dieses Schiff den Nachteil, dass es nicht tanzen konnte, in einem Sturm damit bezahlen, dass es sich zur Seite neigte und auf den Grund des Meeres sank?

Der Bär gab ihr einen Stoß und wies auf eine Luke. Was wollte er? Dass sie sich unter Deck einen Platz für ihre Habseligkeiten suchte, die sie gar nicht besaß? Es war gleichgültig, sie folgte seinem Wink.

Als sie den Fuß auf die Leiter setzte, die in den Schiffsbauch hinabführte, hielt sie erneut inne und warf einen letzten Blick auf das Dorf. Zwischen den Gebäuden, gut sichtbar für jeden, der hier anlanden wollte, erhob sich ein riesiges Holzkreuz. Es stand ein bisschen schief, als hätte der Christengott oder sein Sohn sich vor den Booten verneigen wollen.

Und dann … Solvejg blinzelte. Einen Moment kam es ihr vor, als stünde ein hagerer Mann mit leuchtend rotem Haar auf dem Kopf und einer Bärenkralle über der Schulter neben einem der Häuser. Aber im nächsten Moment war er schon wieder verschwunden. Oder nie da gewesen? Hatten ihre Ängste sie genarrt? Der Bär trat sie gutmütig ins Kreuz, und sie fiel von der kleinen Leiter auf einen Stapel Felle, die neben dunklen, nach Wein riechenden Fässern aufgestapelt worden waren.

Unbeholfen wälzte sie sich auf die Füße. Es war unmöglich, dass Dhoire es geschafft hatte, ihr zu folgen. Ihre Wege hatten sich getrennt. Sie musste sich von diesem Wahn befreien.

Da sie angeblich nicht reden konnte, erwartete keiner der Männer von ihr eine Beteiligung an den Gesprächen. Umso aufmerksamer lauschte sie, wenn sie sich miteinander unterhielten oder Befehle gebrüllt wurden. Bald fiel ihr auf, dass ihre Sprache – die Sprache der meisten von ihnen – anders klang als die von Coireall und Dhoire, geschmeidiger, weicher. Handelte es sich bei der Besatzung womöglich um die Bewohner eines der Länder auf dem Kontinent? Hatte der Kapitän in dem irischen Dorf nur nach Ruderern gesucht, weil er eigene Leute durch Krankheit verloren hatte?

Solvejg begann, sich Wörter und Wortfolgen einzuprägen. *Merde* – das Wort, das sie besonders oft hörte, stellte offenbar einen Fluch dar. Bald kannte sie auch die Bezeichnungen für Brot, Bier und Wein und wusste, was gemeint war, wenn die Männer angewiesen wurden, die großen, viereckigen Segel an den drei Masten zu hissen oder einzuholen. Sie lernte, wie der Raum unterhalb der Schiffsdecks genannt wurde, und schließlich, wenn auch mit Unbehagen, die Sätze, die die Seeleute dreimal am Tag auf den Knien sprachen und mit denen sie wohl den Segen ihrer Götter herabflehten. Dieses Murmeln endete stets mit dem Wort »Amen«, das meist gebrüllt wurde, entweder aus Erleichterung, dass man sich wieder erheben konnte, oder um die Schwüre zu bekräftigen, die sie abgelegt hatten. Bald begann Solvejg zu den Worten die Lippen zu bewegen, als versuchte sie, sie mitzusprechen – nur nicht auffallen!

Als nach etlichen Tagen eine Küste vor ihnen auftauchte, begann ihr Herz vor Glück zu holpern. Wenn dort tatsächlich das Land der Christen begann, lag die Zeit des Leidens hinter ihr. Und die Zukunft … Wer konnte sagen, ob sie nicht Ruhe und Sicherheit bot? Sie ruderte mit neuer Kraft, als sie merkte, dass das Schiff auf eine Flussmündung zuhielt. Anstelle der grenzenlosen, blaugrauen Weite des Meeres blickte sie plötzlich auf fruchtbare Landschaften, die sich rechts und links der Ruderbänke ausbreiteten. Felder, auf denen das Getreide vom Wind gestreichelt wurde, Wiesen und immer wieder Wälder. Die Landschaft ähnelte der ihrer Heimat – und war dennoch anders. Hier gab es keine Berge, wenig Fels, kaum etwas Schroffes. Ein liebliches Stück Erde – grüner und wärmer als Norwegen und sogar als Irland.

Immer öfter klang neben ihr auf der Bank ein Name auf, sicher der des Ortes, den sie ansteuerten: Rouen. Handelte es sich um den Heimathafen der Männer? Ihre Vermutung sollte sich bestätigen. Sie erreichten eine reiche helle Stadt, hinter deren Mauern mehrstöckige Steinhäuser aufragten. Die Männer vertäuten das Schiff, und etliche von ihnen verschwanden sofort in den angrenzenden Gassen, als würden sie nach Hause laufen.

Auch Solvejg verließ das Boot – und betrat die schönste Stadt, die sie je gesehen hatte. Die Häuser wirkten, als würden sie jedem Unwetter trotzen, ihre Bewohner waren fröhlich und lebhaft, die Luft um sie herum voller Lachen und Freundlichkeit.

Der Teil der Mannschaft, der in Rouen keine Familie besaß, wurde vom Kapitän eingeladen. Sein Eheweib, das ihnen die Tür öffnete, wirkte allerdings wenig erfreut. Sie führte die Neuankömmlinge in eine vom Haus abgetrennte längliche Halle, an deren Wänden Werkzeuge hingen, und eine Magd trug ihnen nach ewigem Warten zwei Eisentöpfe an den Tisch, in denen welkes Gemüse in Wassersuppe schwamm. Während sie aßen, umrundete die Hausfrau sie wie ein Wolf und fuhr die Männer, die sich gar zu hungrig bedienten, keifend an. Der Kapitän hatte sich wohlweislich schon vor der Mahlzeit verabschiedet, und auch seine Mannschaft machte sich bald davon.

Schließlich erhob Solvejg sich ebenfalls. Sie trat ins Freie und lief auf einem mit Bohlen belegten Pfad, bis sie ein majestätisches, von einem Kreuz gekröntes Gebäude erreichte. Beim Anblick des hölzernen Christensymbols lief ihr sofort wieder der altbekannte Schauer über den Rücken. Dhoire hatte, als er den irischen Bischof mit seinem Fluch tötete, bewiesen, dass seine Götter stärker waren als die Christengötter. Und doch mussten auch diese über große Macht verfügen. Wie sonst hätten sie die Iren in deren eigenem Land so erfolgreich bedrängen können?

Solvejg fuhr herum, als jemand sie in den Rücken boxte. Zum Glück war es nur der Bär. Sein Name war übrigens Josce, wie sie inzwischen wusste, und obwohl er auf sie oft tapsig und ungeschickt wirkte, hatte sie gesehen, dass der Kapitän ihn fast immer um seine Meinung fragte, wenn sich auf See das Wetter verschlechterte. Josce sagte etwas und bedeutete ihr gestenreich, ihm zu folgen. Zu seinem eigenen Haus?

Solvejg verdrängte die Zweifel, die sie kurz überkamen. Irgendwo musste sie unterkommen, und Josce war ein freundlicher Mann. Seine Hütte befand sich nicht in der Stadt, sondern vor den Mauern, wie er ihr gestenreich erklärte. Das war allerdings wenig überraschend. Er war gewiss kein reicher Mann. Sie folgte ihm und lauschte mit halbem Ohr seinem Plaudern. Seine Freundlichkeit lullte sie ein wie die wiegende Mutter ihren Säugling. Erst als sich der Tag neigte und sie immer noch zwischen wildblühenden Wiesen und einsamen Gehöften liefen, kehrte ihr Misstrauen zurück.

Und doch scheute sie sich, ihr Heil in der Flucht zu suchen. Zu groß war ihre Angst davor, allein zurückzubleiben.

Schließlich erreichten sie ein Wäldchen, wo der Bär ihr gestenreich bedeutete, sich neben ihm schlafen zu legen. Sie tat es mit einem Abstand, der ihr jederzeit die Flucht ermöglichen würde, falls er zudringlich werden sollte. Bald wurde es dunkel, der Mond ging auf, und sie hörte Josce schnarchen, Stunde um Stunde, bis zum Morgengrauen.

Die drei folgenden Tage und Nächte verliefen ähnlich. Wo bei allen Göttern befand sich das Haus des Mannes? Glücklicherweise fanden sie reichlich Nahrung. Solvejg merkte, dass ihre Knochen weniger hervorstachen und ihr Körper seine normalen Formen zurückgewann. Auch ihre Angst vor Josce verlor sich. Er war einfach ein Kamerad, der ihr Zuneigung entgegenbrachte, und dabei war er verlässlich wie der Wechsel zwischen Tag und Nacht. Dass es so etwas auf Erden gab!

Am Ende eines wolkenreichen Tages erreichten sie ein kleines Dorf, ärmlich, mit Hütten, die aussahen, als könnte der nächste Windstoß sie umstoßen. Die Menschen, die vor die Türen traten, als sie sich näherten, blickten zunächst misstrauisch, dann begannen sie zu lachen. Josce wurde umarmt, und auch sie selbst, als wäre sie ein Freund. Diese helle Stimmung hielt bis zum Abend und auch am nächsten Tag an.

Sie hatte einen Ort des Friedens erreicht.

Die Menschen von Gournay, wie das Dorf sich nannte, fanden es völlig natürlich, dass sie bei Josce einzog, was allerdings kein Wunder war, denn sie trug ja die Kleidung eines Manns und benahm sich wie ein Mann, und bald arbeitete sie auch auf dem Feld, das er sich mit zwei Nachbarn teilte, wie ein Mann, wenn auch wie ein schwächlicher. Für die Bauern im Dorf war sie einfach Josces Freund.

Eines allerdings trübte ihre Freude, und zwar eine Krankheit, deretwegen sie immer wieder ihr kostbares Essen erbrach. Sonst schien sie glücklicherweise keine Beschwernisse mit sich zu bringen, und Solvejg gewöhnte sich daran, ihr Brot erst dann zu essen, wenn die Übelkeit nachließ, was meist im Lauf des Vormittags geschah. Es dauerte erstaunlich lange, ehe sie sich daran erinnerte, dass auch Snøfrid sich gelegentlich übergeben hatte, und zwar immer dann, wenn in ihrem Bauch ein Kind heranwuchs. Der Schreck fuhr ihr in die Glieder.

Da die Zeit der Ernte herangerückt war, wurde jeder Arm gebraucht, und Solvejg schuftete bis an den Rand ihrer Kräfte, um den Dörflern zu beweisen, dass sie tatsächlich ein Mann war, und auch, um nicht mehr daran denken zu müssen, dass der Druide womöglich ein unerträgliches Zeichen seiner Überlegenheit in ihr zurückgelassen hatte. Irgendwann, während sie auf den Feldern die Sense schwang, stellte sie erleichtert fest, dass die Übelkeit verschwunden war. Offenbar hatte sie sich umsonst gesorgt.

Doch dann traf sie ein weiterer Schlag. Sie hatte ihre Sense beiseitegelegt und sich in ein nahes Wäldchen verzogen, um unbeobachtet von den anderen Bauern ihr Geschäft verrichten zu können, als plötzlich eine Nachbarin mit einem Korb voller Champignons vor ihr stand. Sie gaffte auf ihren entblößten Unterleib, begann zu kichern – und rannte mit lauten Rufen Richtung Dorf.

Solvejg wollte ebenfalls fort, nur in die andere Richtung. Sie tat einige Schritte und sackte dann auf einen Baumstumpf, als hätte sie ein Knüppel in die Kniekehlen getroffen. Wieder fliehen müssen, wieder versuchen, zwischen Menschen, die sie hassten oder verachteten oder bestenfalls fürchteten, zu überleben ... Sie wischte über ihre Augen. Die Geräusche um sie herum hatten einen feindseligen Klang bekommen. Sie zitterte und verachtete sich dafür und ...

... sah plötzlich, wie eine Gruppe Frauen mit wehenden Röcken heraneilte. Allen voran die Pilzsammlerin. Die Dörflerinnen lachten und umringten sie und sagten Dinge wie: »Du Dummköpfchen«. Ein Wort, mit dem sie ihre Kinder tadelten und das so oft fiel, dass Solvejg es sich gemerkt hatte. Als jemand sie in die Arme nahm, wollten ihr vor Erleichterung erneut Tränen kommen, die sie sich aber auch jetzt nicht gestattete. Sie weinte niemals!

Auf dem Weg zurück ins Dorf kam ihnen Josce mit zwei Nachbarn entgegen. Er hörte sich an, was die Frauen ihm zu berichten hatten, und sagte dann gutmütig und ein wenig überrascht »Idiote!« zu ihr.

Ihr Geheimnis war also gelüftet, und niemand nahm es ihr übel oder betrachtete sie mit Argwohn. Als es Abend wurde, suchte Josce nach ihr. Er fand sie unter der Linde, neben der die Dorfbewohner ihren von einem soliden Zaun umgebenen alten Stier hielten, kam heran, schob seine schwere Hand unter ihre Achsel und führte sie in sein Haus zurück. Ihr Beine zuckten vor Verlangen danach, fortzurennen. Aber Josce deutete auf ihr Strohlager, dann legte er sich auf sein eigenes, drehte sich zur Seite und schlief ein.

Am folgenden Tag brachten die Frauen ihr ein altes Kleid, und Solvejg merkte, wie einige Blicke kühler wurden, als sie sich weigerte, es anzuziehen. Sie verstand sogar, was die Frauen zueinander sagten: »Das schickt sich nicht.« Starköpfig schüttelte sie den Kopf und stotterte Worte, von denen sie annahm, dass sie etwas wie »Ich will das so« bedeuteten. Sie erntete neue Verwunderung, weil der stumme Mann, der in Wirklichkeit eine Frau war, jetzt auch noch sprechen konnte. Hatte man eine Lügnerin und Täuscherin aufgenommen?

Doch plötzlich begann Abra, die Frau, die mit dem reichsten Bauern verheiratet war und die sie eigentlich nicht mochte, zu lachen. Sie boxte Solvejg spielerisch, sagte etwas zu ihren Freundinnen – ein Satz, in dem Josces Name fiel –, dann verließen sie kichernd das Haus.

Und danach kehrte, erstaunlicherweise, der Alltag einfach zurück.

Es war etliche Tage später. Josce goss einen Kübel schwieriger Wörter über Solvejg aus. Als sie den Kopf schüttelte, weil sie kaum etwas verstand, zog er sie mit sich hinaus aus dem Dorf. Sie liefen Feldwege entlang, kamen an dem Ententeich vorbei, aus dem das Dorf sich mit Fischen versorgte, dann an eine am Vortag zerbrochene Egge, und schließlich durchquerten sie einen sumpfigen Birkenwald. Wohin wollte Josce mit ihr gehen?

Er schritt weiter aus, bis sie schließlich ein winziges Tal inmitten bewaldeter Hügel erreichten. Unsicher blieb Solvejg stehen. Im Tal stand eine Ruine. Sie war von einem mit uraltem Holz verschalten Graben umgeben, der die Form eines Quadrats hatte und etwa bis zur Hälfte mit dünnflüssigem Schlamm gefüllt war. Die Ruine selbst besaß ein von Säulen getragenes, verwittertes und teilweise zerstörtes Dach. Als Zugang zu dem Gelände diente eine Brücke aus Holz, die aussah, als sollte man nicht einmal ein Hühnchen darüber laufen lassen.

»… ist das?«, fragte sie.

Stumm hörte sie sich an, was Josce ihr zu erklären versuchte. Sie meinte das Wort *Tempel* zu verstehen. War das hier ein ehemaliges Heiligtum der Christen?

»Christus?«, fragte sie.

»… gehört ganz sicher nicht dem Herrn Jesus!«, brummte Josce verächtlich.

Aha. »Wem?«

Dieses Mal kam seine Antwort nicht ruhig, sondern klang wie eine Reihe von Flüchen, in denen oft das Wort *merde* vorkam. Und dann noch ein anderes. *Dhoire.* Hatte sie das richtig verstanden? Hatte er gerade wirklich den Namen des Druiden genannt?

Sie gab sich einen Ruck und fragte nach. »Dhoire?«

»Kennst du ihn?«, fragte er überrascht.

Nach kurzem Zögern entschloss Solvejg sich zur Wahrheit und nickte.

»Dhoire, den Druiden?«, fragte er und benutzte dabei das irische Wort für den Zauberer, damit sie ihn auch wirklich verstand.

Sie nickte erneut, und Josce wirkte niedergeschlagen, als hätte sie ihm bestätigt, was er bereits befürchtet hatte. Er packte ihren Arm und überquerte mit ihr die wacklige Brücke. Dort kam es zu einem weiteren Wutausbruch, bei dem er mehrfach das Wort *Massacreur* aussprach. Er bemerkte ihre Ratlosigkeit und wiederholte langsamer, was er zu sagen hatte: Dhoire hatte jemanden getötet. Sie hörte das Wort *foudre,* was wohl *Blitz* bedeutete, denn seine Hand malte dabei einen Zacken in die Luft.

Benommen nickte sie. Josce wusste also von dem Tag, an dem Dhoire den Bischof mithilfe eines Blitzes getötet hatte. Offenbar war die Kunde davon durch das ganze irische Land gedrungen. Und die Leute hatten dabei sicher auch den jungen Wikinger erwähnt, in dessen Gesellschaft der Druide vorher eingekerkert gewesen war.

Josce schritt mit ihr auf die Ruine zu. Sie besaß an der Vorderseite einen dreieckigen Giebel, in dessen Mitte ein Ast eingemeißelt war, an dem wiederum ein rundes Gebilde, ähnlich einem aus Blättern geformten Bienennest, hing. Sonderbar. Das Dach wurde von sechs Säulen getragen. Eine davon war in Schieflage geraten, weshalb sich die Dachbalken ein Stück nach innen neigten. Voller Unbehagen musterte Solvejg das marode Gebäude. Josce allerdings schien keine Angst zu verspüren. Er ging in die Mitte des Raums, wo sich eine mächtige Grube auftat, und winkte ihr, ihm zu folgen.

»Regarde ça!«, befahl er, und sie schaute ebenfalls in die Grube hinein.

Halb verborgen zwischen dunklem und hellem Sand befanden sich Waffen. Allerdings in einem jämmerlichen Zustand. Sie sah verbogene, von Rost zersetzte Schwertscheiden, zerrissene Schwertketten, Lanzenspitzen und Reste von Schilden … Ausnahmslos alles war entweder zerschmettert oder mit Gewalt zerteilt worden. Ihr Blick fiel auf einen Knochen, der zwischen den metallenen Gegenständen ruhte. Ein Stück weiter lag ein zweiter. Menschliche Knochen? Sie wirkten uralt – und als hätte man sie ebenso zerteilt wie die Waffen. Hatte in diesem Haus ein Kampf stattgefunden, dessen Überreste niemand beseitigen wollte?

Josce nickte düster, als hätte er ihre Gedanken erraten. Er holte sich einen Stock, der an einer der Säulen lehnte, und stocherte damit in der Grube. Dann angelte er einen Schädel heraus. Einen menschlichen Schädel. Das Ende seines Stocks lugte aus den Augenhöhlen. Nachdem Solvejg Zeit gehabt hatte, das grausige Relikt eines Toten anzuschauen, ließ er es in die Grube zurückgleiten und bekreuzigte sich. »Druiden!«

»Was?«

Josce deutete auf den Schädel, zog mimisch eine Klinge über die Kehle und spuckte erneut das Wort *massacreur* aus. »Ja, Druiden haben das getan.« Dann beugte er sich hinab, um ihr in die Augen sehen zu können, und stellte eine Frage. Als sie ihn ratlos anstarrte, tippte er auf seine Brust, sagte »Josce« und nickte ihr aufmunternd zu.

»Solvejg.«

»Aaah … Wikingerin.« Er seufzte, als hätte sie damit endgültig seinen Argwohn bestätigt: Dass sie nämlich die Norwegerin war, die gemeinsam mit dem irischen Druiden geflohen war, nachdem er den Bischof ermordet hatte. Immer noch gebückt fuhr Josce langsam und betont fort: »Ich sehe, was ich sehe. Du hilfst … bist freundlich … Bleibe!«

»Was?«

»Bleib hier!« Er ließ die Arme schweifen, um zu zeigen, dass er nicht diese Ruine, sondern das Land meinte, in dem er wohnte.

»Bei dir?«

»Oui.« Er lächelte.

Josce versuchte auch in den folgenden Wochen niemals, sich ihr körperlich zu nähern. Besuchte er andere Weiber, die hübscher waren als sie? Oder gehörte er zu den Männern, die keinerlei Leidenschaft empfanden, wenn sie eine Frau ansahen? Sie wusste es nicht und war einfach nur froh.

Die Frauen von Gournay allerdings änderten ihr Verhalten, nachdem sie begriffen hatten, dass sie es mit einer Geschlechtsgenossin zu tun hatten. Sie zerrten sie mit in ihre kleine Kirche, deren Prunkstück, natürlich, wieder aus einem Kreuz bestand – dieses Mal war es aus einem goldleuchtenden Metall gefertigt.

Solvejg übersah es geflissentlich. Dafür betrachte sie neugierig das in Stein gemeißelte Bild einer Frau, die sich gramerfüllt über die Leiche eines jungen, mit Wunden übersäten Mannes beugte. Ihr Kummer war so lebendig dargestellt worden, als könnten sich die steinernen Tränen im nächsten Moment in Wasser verwandeln. Solvejg fühlte sich seltsam berührt. Sie meinte plötzlich, auf dem Stein die Trauer aller Frauen zu sehen, die ihre Kinder verloren hatten. Und den Dörflerinnen schien es ähnlich zu ergehen, denn sie knieten vor der Stele nieder und sprachen mit der Frau aus Stein, als wäre sie eine Freundin.

»Maria. Mutter von Jesus«, flüsterte eine von ihnen, die Solvejgs Interesse bemerkte. Der Gott der Christen besaß also eine Mutter? Die Vorstellung gefiel Solvejg.

Was ihr weniger behagte, war die Tatsache, dass die Dorfbewohnerinnen sie bedrängten, ebenfalls das Bad zu nehmen, das sie Taufe nannten. Sie erklärten, dass ein Mann, den sie Priester nannten, ihr Dorf regelmäßig besuchte. Wenn Solvejg sich bei seinem nächsten Kommen taufen ließ, würden die Frauen ihr weiches, süßes Gebäck backen. Also?

Die Entscheidung wurde ihr abgenommen.

Es war am Morgen des Tages, an dem der Priester kommen wollte. Solvejg verließ gerade das Haus, um am Dorfbrunnen einen Krug mit Wasser zu füllen, als sich vor der Tür von Josces Haus etwas Spitzes schmerzhaft in ihre Fußsohlen bohrte. Sie lehnte sich mit verzerrtem Gesicht an die Wand und entfernte zwei kleine helle Steine aus der Haut. Was sie erst stutzig machte und ihr dann den Mund austrocknete, war die Entdeckung weiterer Steine von ähnlicher Form und Farbe, die jemand auf der Steinplatte vor der Tür niedergelegt, und zwar … Sie blinzelte. Man hatte die Steine so sortiert, dass sie die Form eines Winkelhakendreiecks hatten, wobei sich an jede Seite des Dreiecks ein Quadrat mit der entsprechenden Seitenlänge anschloss.

»Ist was?«, hörte sie Josce von seinem Lager aus fragen.

»Nein.«

Verängstigt blickte Solvejg sich um. Sie sah eine Mutter, die, begleitet von zwei kleinen Töchtern, mit einem Holzeimer zwischen den Hütten entlangging, und auf dem Dach der winzigen Kirche spazierte eine Amsel, die den neuen Tag besang … Alles war wie immer.

Bis auf das Winkeldreieck des Pythagoras.

Sie stieß sich von der Wand ab, starrte noch einmal kurz auf die Zählsteine und umrundete sie so vorsichtig, als wären es mit Gift getränkte Stachel. Dann begann sie zu rennen. Es war keine Entscheidung von ihr, sie wurde von purer Angst vorangetrieben.

Oder von einem fremden Willen?

Warum sonst wäre sie zum Ententeich gelaufen, an der zerbrochenen Egge vorbei, durch den Birkenwald und hinab in das Tal mit der Tempelruine der Druiden? Als sie sie erreichte, trat Dhoire hinter einer der Säulen hervor. Er breitete mit einem Lächeln die Arme aus, als hätte er sie erwartet, und sie schritt zur Brücke und über die knarrenden Bohlen auf ihn zu, als würde sie von unsichtbaren Stricken gezogen. Er senkte die Arme wieder, als sie ihn erreichte, doch sein Lächeln blieb.

»Wir sind gerettet«, sagte er in der vertrauten norwegischen Sprache und nahm ihre Hand.

Was anschließend geschah, war so wirr wie die Geschichte eines betrunkenen Skalden. Dhoire führte sie zur Grube und nötigte sie, sich davor auf den Boden zu setzen. Er nahm neben ihr Platz und lobte sie für ihre Tapferkeit in Irland und die Klugheit, mit der sie an diesem Morgen sein Zeichen vor der Tür richtig gedeutet hatte. Dann begann er von der innigen Vertrautheit zu reden, die sie miteinander verband und die sie, Solvejg, zweifellos auch bewogen hatte, zu diesem Heiligtum zu kommen.

Als sie immer noch schwieg, begann er zu erklären, mit welcher Magie er den irischen Bischof niedergestreckt hatte.

»Es hätte mir nichts ausgemacht, an jenem Tag zu sterben. Wahrlich nicht, denn ein Leben, das endet, geht sofort nach dem Tod in ein neues Leben über, wie du ja weißt. Doch dann gab mir Aillén, der Dämon des Feuers, ein Zeichen, ich streckte den Arm aus, und der verfluchte Christenmann, der mir Gewalt antun wollte, sank, vom Blitz getroffen auf den Boden. Wir beide waren gerettet.«

Ja, das stimmte. Solvejg starrte Dhoire an und fürchtete sich vor ihm, obwohl er nichts als Wohlwollen ausstrahlte. Aber er hatte ihr Gewalt angetan. Was hätte dieses furchtbare Erlebnis auslöschen können? Dhoire erhob sich, griff erneut nach ihrer Hand und führte sie wieder aus der Ruine hinaus. Vor dem Tor drehte er sich um und zeigte hinauf zum Giebel, wo sich der Ast mit dem blättrigen Bienenkorb befand.

»Du weißt nicht, was das ist, richtig?« Er murmelte ein Wort, *Mistel*, dessen Bedeutung sie nicht kannte, und begann von seinen Vorfahren zu erzählen, die vor über tausend Jahren diesen Tempel zur Ehre der Götter errichtet hatten, der wahren Götter, und ihn zum Zwecke von Weissagungen über die Zukunft ihres Volkes genutzt hatten und auch, um die Götter mit Opfern zu ehren.

Solvejgs Blick fiel auf den Schädel neben der Grube, den Josce vor Tagen dort herausgefischt hatte und der immer noch auf den brüchigen Steinen lag. War der Mann, dem er gehört hatte, von den Druiden umgebracht worden? Ihre Abscheu musste sich in ihrem Gesicht spiegeln, denn in Dhoires hagerem Gesicht zuckte Ungeduld auf. Die graue Strähne löste sich aus dem roten Haar und fiel über sein rechtes Auge. Er wischte sie fort.

»Du weißt, warum ich dir von Irland aus gefolgt bin?«

Sie schüttelte den Kopf.

»Weil ich Unrecht getan habe«, erklärte er düster. »Ich habe dir, von Mitleid wegen deiner Einsamkeit und Trauer überwältigt, in dem Felsenverlies in Glendalough Geheimnisse anvertraut, die ich für mich hätte behalten müssen. Das ist eine schwere Schuld, Solvejg. Sie wurde aus meiner Schwäche geboren, und diese Schwäche – ich will, dass du das verstehst – beruhte auf der Zuneigung, die ich für dich empfand. Ein reines und gutes Gefühl hat mich dazu verleitet, zu reden, wo ich hätte schweigen müssen.« Er machte eine kurze bedrückte Pause. »Als ich geweiht wurde, habe ich den Schwur getan, die Geheimnisse der Alten für mich zu behalten. Auch unter der Folter und gleich, welche Begierden mich leiten. Ich habe ihn gebrochen.« Er wandte sich ihr zu, und plötzlich begann er wieder zu lächeln. »Doch es gibt einen Ausweg, denn ich weiß, wie die Götter zu besänftigen sind, Mädchen. Wie ich die Schuld, die ich auf mich geladen habe, tilgen kann.«

Er will mich töten.

»Du kommst mit mir, Solvejg. Wir werden gemeinsam nach Irland zurückkehren und dort einen Hain an einem der bergigen, waldreichen Plätze aufsuchen, in die sich nie jemand hin verirrt, weil die Wege zu steil oder gar nicht vorhanden sind. Dort werden wir leben, nur wir zwei. Und es wird niemanden geben, der dich in Versuchung führen könnte, die heiligen Geheimnisse zu verraten, denn wir beide werden, bis unsere Seelen unsere Körper verlassen, nur noch einander sehen.«

Sein Lächeln war milde, die Hände, die er ihr entgegenstreckte, zum Willkommen ausgebreitet. Und doch wollte ihm eines nicht gelingen: seine Augen zu kontrollieren. Was las sie darin? Liebe, Abscheu, Begehren, Wut, Zärtlichkeit, Verschlagenheit … So vieles, so unterschiedliches. Die Geschwindigkeit, in der seine Gefühle wechselten, war verstörend. *Er wird mich töten, und wenn nicht jetzt, dann in einem anderen Augenblick, wenn der Hass alles Gute verdrängt.*

Solvejg lächelte so falsch wie der irische Hexer, als sie seine Hände ergriff und ihn zurück in die Tempelruine und zu der Grube zog. Kurz starrten sie beide hinein, dann löste sie ihre Hand aus seiner und stieß ihn mit aller Kraft, die sie aufbringen konnte, über den Rand.

Sein Schrei drang ihr durch Mark und Knochen. Sie rannte los, verfolgt von seinen Flüchen. Erst hinaus aus dem Tempel, dann über die Brücke, wo sie stürzte und sich wieder erhob … Im Birkenwäldchen musste sie anhalten, keine Luft mehr in den Lungen. Sie blickte in die Richtung, in der das Dorf lag. Und wusste, dass sie es nie wieder würde betreten können. Wenn Dhoire in der Grube nicht umkam – und es gab keinen Grund, darauf zu hoffen –, würde er ihr weiter auf den Fersen bleiben. Und wenn sie ins Dorf zurückkehrte, könnte sein Zorn auch die Menschen dort treffen, die in den letzten Wochen ihre Zuflucht gewesen waren.

Sie musste fort.

8.

KAPITEL

Robert war mit Odo, Gauthier und anderen Männer los-
geritten, um die Spur im Schilf zu begutachten, von der seine
Mutter nach ihrem Ausritt mit Theodrada berichtet hatte.
Sie kamen rasch zu dem Schluss, dass Freya mit ihrem Urteil
richtiglag. Was sie sahen, glich besorgniserregend dem, was
sie bereits seit Jahren dort entdeckt hatten, wo die Wikinger
ihre Schiffe an Land zogen, um sie zu verstecken, während sie
die umliegenden Ortschaften plünderten: auf breiter Fläche
niedergedrückten Uferbewuchs. Aber sie fanden noch mehr:
Abdrücke von Stiefeln, mehrere zerrissene Säcke und den
mit Runen bemalten Griff einer Streitaxt, den jemand fort-
geworfen haben musste. Das beseitigte die letzten Zweifel.

Nach ihrer Heimkehr schickten sie einen Boten nach Paris zu Ramon, dem Mann, der Odo dort während seiner
Abwesenheit vertrat, und weitere Männer in die Dörfer der
Umgebung. Dort löste die Warnung vor den Normannen
erhebliche Aufregung aus, denn auf den Feldern musste das
Getreide geerntet werden. Kräftige Dorfbewohner mit Ästen
und Knüppeln bewachten nun die Männer und Frauen, die
mit der Sense das Getreide schnitten. Die besten Kämpfer

des Guts suchten unterdessen die umliegenden Flüsse auf, um nach den Drachenschiffen der Feinde Ausschau zu halten. Nur von dem Moor, das wenig entfernt südöstlich hinter dem nächstgelegenen Dorf begann, hielten sie sich fern. Die Normannen waren kalt planende Räuber. Sie würden sich kaum in das gefährliche Gelände hineinwagen.

So verstrichen Tage und bald Wochen, aber nichts geschah. Hatten die Normannen bemerkt, dass sie entdeckt worden waren? Vielleicht hatten sie Freya und Theodrada am See gesehen und waren geflohen? Dann konnte man von Glück sagen, dass sie nicht über die beiden Frauen hergefallen waren.

Ein heißer Sommertag brach an, und Robert beobachtete von einem der oberen Fenster aus die Bauern, die sich weiter um die Ernte mühten. Er sah die Männer, die misstrauisch an den Rändern der Felder nach dem Feind Ausschau hielten. Die Angst vor den Normannen war groß. Kaum einer, der nicht Freunde oder Familienmitglieder durch die Barbaren verloren hatte. Aber die Zahl der Erntenden war zu gering. Wenn es in diesem Tempo weiterging, würde das Getreide zu verdorren beginnen, und im Winter stünde ihnen eine Hungersnot ins Haus.

Er ging zu Odo, und der ließ am späten Nachmittag die Bauern und Leibeigenen zur Gutskapelle kommen, wo er befahl, dass jetzt jeder, der zwei Hände hatte, zu den Sensen greifen müsse. Es war eine bedrückende Versammlung.

»Warum sollten sich die Normannen davongeschlichen haben? Wäre ich einer von ihnen, dann würde ich still abwarten und zuschlagen, wenn die Aufmerksamkeit nachlässt«, meinte einer der von der Arbeit gestählten Männer. Andere nickten. Doch als sie in Odos hartes Gesicht blickten, schlichen sie davon.

Robert seufzte. Er teilte die Sorge der Bauern. Die Feinde warteten nur darauf, dass die Wachsamkeit ihrer Opfer nachließ, darauf hätte er sein Wams verwettet. Besorgt blickte er seinem Bruder nach, der die Kapelle verließ und im Gut verschwand. Und nun? Er beschloss, nach einem Fohlen zu sehen, das in einem der Ställe stand und kränkelte. Wenn Odo in schlechter Stimmung war, hatte es keinen Zweck, mit ihm zu reden.

Auf dem Weg zum Pferdestall hörte er die erboste Stimme seines Bruders aus einem der oberen Fenster dringen. Die Wörter *Ausritt* und *Leichtsinn* fielen. Machte er Theodrada etwa nach all der Zeit Vorwürfe, weil sie allein mit Freya ausgeritten war? Dumm von ihm. Auch wenn es zwischen den beiden keine Zuneigung gab – er würde mit ihr weiter zusammenleben und das Bett teilen müssen. Gut, aber das war seine Sache.

Robert betrat den Stall – und blieb stehen. Hedwig, Theodradas hübsche Gesellschafterin, hob gerade einen Sattel auf eine Ablage. Offenbar war sie von einem Ausritt heimgekommen. Sie ist so leichtsinnig wie ihre Herrin, dachte er. Und hält sich an keinerlei Verbote. Aber genau das zog ihn wohl an, wie er sich widerwillig eingestand. Sie kam auf ihn zu, grüßte müde, und schon war sie im Hof und gleich darauf im Haus verschwunden.

Robert wandte sich dem Fohlen zu. Er fand, dass es bereits viel lebhafter als noch am Morgen wirkte. Vorsichtig hielt er ihm etwas Stroh vors Maul, an dem es zu zupfen begann. Seine Gedanken waren aber immer noch bei Hedwig. Hätte er sie ansprechen sollen?

Gauthier hatte ihm kürzlich mehrere Frauen vorgeschlagen, die für die Ehe eines zweitgeborenen Grafensohns infrage kämen. Seine Heirat war ja bereits überfällig. Eine der Damen hieß Beatrix; Robert hatte sie während eines Gottesdienstes beobachtet, wo man sie zu genau diesem Zweck in seiner Nähe platziert hatte. Ja, sie war hübsch gewesen, sicher freundlich, ihrem unermüdlichen Lächeln nach zu urteilen. Nur leider umweht vom … Gestank der Langeweile.

Er hatte das Odo und Gauthier gegenüber erwähnt. Sein Bruder hatte ihn ausgelacht, und der Bischof hatte gereizt die Stirn in Falten gezogen. Ehefrauen waren dazu da, für den Nachwuchs einer Familie zu sorgen. Ja, das wusste er auch. Er hatte sie wegen Hedwig gefragt. Doch der Vater der jungen Frau lebte als Ritter ohne Bedeutung am flandrischen Hof, und sie war für das, was Gauthier plante, wenig hilfreich. Der Bischof hatte erwähnt, was eigentlich jeder wusste: dass man den Regenten nachsah, wenn sie den Frauen, die mit ihnen bei Tisch saßen, schöne Augen machten und sie einluden, ihre Betten zu wärmen und sie auf den Reisen zu begleiten.

Was hinderte ihn daran, diese Beatrix oder wen auch immer zu heiraten und Hedwig nach ihrer Meinung über zarte Bande jenseits eines Ehegelöbnisses zu fragen? Gewiss nicht die eigene Frömmigkeit. War es vielleicht, weil er über so viele Jahre Aristid und Freya beobachtet hatte? Hatte sich ihm dabei eine Sentimentalität ins Herz gegraben, eine unstillbare Sehnsucht nach einer … Ja, verflucht, nach was? Liebe war ein so abgedroschener Begriff …

»Teufel nochmal. Pass doch … Oh! Robert.«

Ein Mann, der sein Pferd in den Stall führte, hatte ihn angerempelt. Waltger, ein Vetter um drei Ecken, der mit ihnen auf dem Gut lebte. Seine Mutter war – tja, tatsächlich! – eine Kurtisane gewesen, die kurz nach dem Tod des Onkels auf rätselhafte Weise ums Leben gekommen war. Aristid und

Freya hatten ihn ebenfalls nach Meaux geholt und ihn genauso dezent vor der Welt verborgen wie die beiden Grafensöhne. Eine tiefe Freundschaft war zwischen ihnen allerdings nie entstanden, was vermutlich daran lag, dass Waltger einige Jahre älter war.

»Ich glaube nicht, dass die Dreckskerle uns heimsuchen werden. Ich meine diese verfluchten Normannen!« Waltger streichelte seinem Pferd beruhigend durch die feuchte Mähne. »Wie Aristid sie damals mit einem Fußtritt aus Paris verjagt hat, das steckt ihnen noch heute in den Knochen, darauf kannst du Gift nehmen! Als sie merkten, dass sie entdeckt waren, haben sie sich wahrscheinlich auf den Weg in den Süden ...«

Robert unterdrückte ein Gähnen. Waltger war ein freundlicher Kerl, aber er litt leider unter einer schier unstillbaren Redelust. Ihn längere Zeit zu ertragen fiel schwer.

»... ist ein beachtlicher Kämpfer, wenn es um die Normannen geht. Der tritt sie in den Hintern, dass sie zurück bis nach Dänemark fliegen. Balduin kennt sie besser als sie sich selbst, heißt es in Flandern. Zu schade, dass er sich mit Fulko verbündet hat. Der wird ihm sicher nichts Gutes über Odo berichten.«

Balduin?

Waltger sah, dass Robert aufmerkte. »Hast du noch nichts davon gehört?« In seiner Stimme klang heimlicher Triumph, dass er die Nachricht als Erster verkünden konnte. »Es heißt, dass Balduin in Lille Hof hält – und dass Fulko die ganze Zeit um ihn herumscharwenzelt.«

Was?

Balduin war der Graf von Flandern – einer ihrer nächsten Nachbarn und nicht der angenehmste. Sein Vater Karl hatte

Flandern als Lehen erhalten, nachdem er eine Frau aus königlichem Haus entführt und später geheiratet hatte, und Balduin stand ihm an Skrupellosigkeit und Ehrgeiz in nichts nach. Er hatte es geschafft, eine Tochter Alfreds des Großen von Wessex zu ehelichen, und seit diesem Prestigegewinn glitten seine gierigen Augen über die benachbarten Grafschaften.

»Seit wann?«, fragte Robert.

»Fulko in Lille ist? Nun schon eine ganze Weile, so wie ich es verstanden habe.« Waltger war nicht dumm, er grinste. »Ich nehme an, er ist zu Balduin geritten, kurz nachdem man unserem Attentäter die Kehle durchgeschnitten hat. Er wird befürchtet haben, dass wir ihm auf die Schliche gekommen sind, und sich erst mal in Sicherheit gebracht haben«, erklärte er, für den Fall, dass Robert nicht schlau genug war, um die Zusammenhänge zu begreifen.

»Und woher weißt du das alles?«

»Von einem Ritter, der in Balduins Diensten steht. Ich habe den Mann gestern Abend in einer Schenke in Paris getroffen.« Es folgte ein schwer zu unterbrechender Sermon über einen Betrug mit einem Pferd, den der Ritter Balduin übel genommen hatte, weshalb es ihm ein Vergnügen gewesen war, dem Grafen …

»Sieh zu, dass du den Mann hierher nach Meaux bringst.«

»So war mein Plan, natürlich. Nur ist er plötzlich zum Pinkeln raus, und danach war er leider verschwunden. Ihm wird aufgegangen sein, dass er das Maul zu weit aufgerissen haben könnte, schätze ich«, erwiderte Waltger.

Wie ärgerlich! »Weiß Odo schon von der Sache?«

»Ich bin gerade erst aus Paris zurückgekommen.« Waltger streichelte sein schweißnasses Pferd, das gierig zu dem Heu stierte. »Übrigens, nur unter uns: Es wäre gut, wenn Odo bald in die Stadt zurückkehrte. Die Leute dort haben mitbekommen, dass sich hier in der Gegend Normannen rumtreiben, und ihnen sitzt natürlich die Angst in den Knochen, dass die Mörder sich erneut Paris als Ziel aussuchen könnten.«

Robert nickte. Er hob die Hand zum Gruß und eilte ins Haupthaus und hinauf zu Odos Räumen. Leider erreichte er sie im unglückseligsten Moment, den man sich denken konnte: Theodrada lief gerade weinend aus der Kammer seines Bruders. Verlegen trat er zur Seite, um sie vorbeizulassen. Ihre Röcke wehten, und sie stolperte gegen den Türrahmen. Als sie sich wieder gefangen hatte, verschwand sie in ihren eigenen Räumen.

Mit einem unterdrückten Seufzer trat Robert über die Schwelle und schloss die Tür.

Auf Odos Gesicht lagen Schatten. »Sie hasst mich«, knurrte er gereizt. »Aber was soll ich denn machen? Glaubt sie, sie ist die Jungfrau Maria und ich der Heilige Geist? Ich kenne nur *eine* Möglichkeit, einen Erben zu zeugen, und ...«

»O Gott ...«

»Ja, genau! Freya hat angedeutet, dass etwas mit ihrer Eingangspforte nicht in Ordnung sein könnte.«

Robert brauchte einen Moment, um zu verstehen, was er meinte. »Sie hat mit Theodrada darüber gesprochen, warum sie nicht schwanger wird? Im Ernst?«

»Na, was glaubst du, warum sie außer sich ist! Aber dass sie deshalb über Freya herfällt!«

»Theodrada hat sich über sie beschwert?«

»Nein, sie heult nur. Diese Hedwig hat mir die Hölle heißgemacht. Was für ... ein anstrengendes Weib!« Odo hob theatralisch die Hände. »Warum lachst du?«

Robert schüttelte den Kopf und wechselte das Thema. Er erzählte ihm von dem Mann in der Pariser Schenke, den ihr Vetter getroffen hatte.

»Bischof Fulko und Graf Balduin?« Odos Stimmung schlug um. Unter der Wucht des Verdachts, den Waltger geäußert hatte, verblassten seine ehelichen Sorgen. »Da haben sich also zwei Halsabschneider zusammengetan.« Er legte die geballten Fäuste auf den Tisch und starrte auf die in Jahrzehnten dunkel gewordene Tischplatte.

»Der Bischof hat den Meuchelmörder ausgesucht und auf den Weg geschickt, aber Balduin hat ihn dazu angestiftet – das ist meine Meinung.«

Odo nickte. »Gut, aber einen offenen Krieg vom Zaun brechen – das wird Balduin sich nicht trauen. Sein Land wird noch schlimmer als unseres von den Normannen drangsaliert. Seine Küste ist für sie wie ein gedeckter Tisch.«

»Glaubst du, sie werden einen zweiten Versuch unternehmen, dir einen Mörder …?«

Robert wurde durch einen Aufschrei unterbrochen, der aus Richtung der Küche kam. Sie eilten zum Fenster. Ein Pferd tänzelte zwischen Küche und Pferdestall, sein Reiter brüllte, er müsse zum Grafen – dringend.

Odo beugte sich aus dem Fenster. »Bringt ihn rauf!«, schrie er und fügte leise hinzu: »Kein guter Tag heute.«

Der Bote kam von Ramon. In Paris war gemeldet worden, dass normannische Schiffe die Seine aufwärts unterwegs waren. Sie hatten offenbar einige Tage zuvor nachts die Mündung des Flusses passiert. Dann hatten sie sich, ihrer Strategie entsprechend, tagsüber irgendwo verborgen und waren nach Einbruch der Dunkelheit die nächste Strecke gerudert. Da der Fluss viele enge Bögen schlug, über die sie ihre leichten Boote tragen konnten, war es ihnen gelungen, den gräflichen Spähern lange Zeit zu entgehen. In der Nähe eines Dorfes wurden sie allerdings von einem Ziegenhirten gesichtet, der seine Beobachtung gemeldet hatte.

Odo rief alle waffenfähigen Männer in der Halle zusammen. »Wir müssen nach Paris!«

Innerhalb kürzester Zeit wurde das Gut zu einem aufgescheuchten Wespennest. Robert nutzte die kurze Zeit, die ihm blieb, um nach Hedwig zu suchen. Ihr Vater war, wenn auch in unbedeutender Position, Teil des gräflichen Haushalts. Hatte sie bei ihm gelebt und Balduin in dieser Zeit kennengelernt? Sein eigenes Wissen über den Mann beschränkte sich auf einen kurzen Besuch Balduins vor einem Jahr, bei dem er sich im Pariser Palais als stummer Beobachter präsentiert hatte.

Er fand die junge Frau in einer Ecke der Halle, wo sich auch andere Frauen gesammelt hatten, die aufregt über das nahende Unheil sprachen. Nur Hedwig starrte still zu Boden. Als er sich neben ihr auf einen Schemel setzte, hob sie den Kopf. »Hat er sich über mich beschwert?«

»Odo?«

»Es ist ein Unrecht, immer den Frauen die Schuld zu geben, wenn eine Ehe keine Kinder hervorbringt.«

Robert seufzte. »Sie leiden beide, Hedwig, die Prüfung, die Gott ihnen auferlegt hat, ist schwer zu ertragen. Und Freya wollte nur helfen.«

»Das hat sie aber nicht.«

»Offenbar«, gab er zu. Er musterte sie verstohlenen. Wie

alt mochte Hedwig sein? Siebzehn oder achtzehn Jahre, schätzte er. Nicht viele Menschen besaßen in diesem Alter einen so klaren Blick. Er fand sie rätselhaft. Ihr Gesicht war ebenmäßig, ihre Haare schmiegten sich so weich gegen ihre Wangen, als wollten sie sie liebkosen. Die zarten Hände, die kleinen Füße in den Sandalen … Und auf der anderen Seite ihr klarer Verstand und ihre Kampfeslust, mit der sie verteidigte, was sie als richtig erkannt zu haben glaubte. Vielleicht war es ihre Treue zu der weinerlichen Theodrada, die ihn am meisten berührte. Eine Löwin, die ein Lamm verteidigte, ohne dass es ihr Vorteile gebracht hätte.

Durch die Fenster schollen die Rufe der Knechte, die die Pferde sattelten. Er musste sich beeilen. »Kennst du Graf Balduin von Flandern?«, kam er zu seinem eigentlichen Anliegen. »Bist du ihm schon einmal persönlich begegnet?«

Hedwig zuckte mit den Schultern. »Nur wenige Male. Mein Vater hat mich vor zwei Jahren an den Hof des Grafen kommen lassen, wohl in der Hoffnung, mich dort verheiraten zu können. Aber das hat nicht geklappt.« Sie sah nicht aus, als würde sie es bedauern. »Damals war Theodrada mit ihren Eltern zu Gast. Wir haben uns kennengelernt, und weil sie mich mochte, hat sie mich später darum gebeten, sie nach Paris zu begleiten. Aber Balduin …« Sie zuckte mit den Schultern. »Er war meist abwesend – und ich das unwichtige Kind eines unwichtigen Mannes. Aber ich mochte ihn nicht.«

»Warum?«

»Wegen eines Welpen. Ein Hündchen, das für die Jagd herangezogen werden sollte. Der Kleine hat ihn ins Bein gezwickt. Ich bin selbst nicht dabei gewesen, aber Balduin soll ihn gepackt und lebendig in eines der Feuer geworfen haben, das die Halle wärmte. Er soll ihn mit der Klinge seines

Schwerts so lange in die Glut gedrückt haben, bis er sich nicht mehr bewegte.«

»Das ist … grausam.«

»Wie schön, dass es dir auffällt«, spöttelte sie.

»Wie steht Theodrada zu Balduin?«

»Meine Herrin? Ich weiß es nicht. Er hat ihre Hochzeit mit Odo befürwortet, was damals als Glück galt, und sie war ihm dankbar dafür. Sie …« Hedwig zögerte.

»Ja?«

»Ach, nichts … Musst du nicht fort?«

Tatsächlich. Draußen wurde nach ihm gerufen. Odo hatte es eilig. »Pass gut auf dich und deine Herrin auf«, bat er, berührte ihre Schulter und eilte ins Freie.

9.

KAPITEL

Solvejg hatte seit zwei Tagen kaum etwas gegessen – die Furcht vor Dhoire hinderte sie daran, nach Nahrung zu suchen. Wie war es ihm gelungen, ihr aus Irland zu folgen? Wie hatte er erfahren, wohin das Schiff aus Neustrien unterwegs war? Und wer hatte ihm gesagt, dass sie in dem kleinen Dorf gelandet war?

Es gab natürlich Erklärungen: Vielleicht hatte er sie ja tatsächlich in dem irischen Hafen aufs Boot klettern sehen. Sie hatte doch selbst gemeint, ihn zwischen den Häusern auszumachen. Dann mochte er die Leute gefragt haben, wem das Schiff, auf dem sie angeheuert hatte, gehörte und wohin es steuerte. Er war ihr möglicherweise mit einem der nächsten Boote gefolgt. In Rouen hatte er nach dem Kapitän gesucht und von ihm erfahren, dass der junge Bursche mit einem der Ruderer gegangen war und wo dieser Josce wohnte. Und als er das Haus erreichte, hatte er sie mit dem Winkeldreieck des Pythagoras zum Tempel seiner Druiden gelockt.

Wenn er aber tatsächlich derart schlau und vor allem hartnäckig war – würde es ihm dann nicht gelingen, sie überall zu finden? Wenn nicht mithilfe seines Scharfsinns, dann vielleicht mittels seiner Magie? Er hatte doch gesagt, dass er in die Zukunft schauen konnte. Vielleicht beobachtete er in seinen Visionen den Weg, den sie nahm, und verfolgte sie?

Dass sie es nicht wusste, löste eine rasende Unruhe in ihr aus, die sie daran hinderte, Pausen einzulegen, außer in den wenigen Stunden, in denen die Müdigkeit sie in den Schlaf zwang. Doch irgendwann knurrte ihr Magen gar zu heftig, und als sie ein Feld erblickte, auf dem Apfelbäume Früchte trugen, konnte sie sich nicht mehr beherrschen. Ohne sich umzuschauen, rannte sie drauflos.

Die Gier gab Solvejg die Kraft, einen Baum zu erklimmen. Sie streckte den Arm nach einer der rotwangigen Früchte aus, pflückte sie und riss mit den Zähnen Stücke heraus, die sie kaute und schluckte. Aber was war ein Apfel gegen das hungrige Loch in ihrem Magen? Sie ließ das Kerngehäuse fallen, reckte sich nach der nächsten Frucht – und hörte im selben Moment zornige Rufe unter sich. Jemand hängte sich an ihre Beine und riss sie vom Ast. Der Aufprall auf den Boden nahm ihr den Atem, einen Moment war sie so benommen, dass sie nichts mehr sehen konnte.

Dann schälten sich mehrere zerlumpte Gestalten aus dem Nebel vor ihren Augen. Die Männer rissen sie auf die Füße und traten sie wieder zu Boden, immer wieder. Sie sprach die fränkische Sprache inzwischen gut genug, um ihre Flüche zu verstehen. Sie wollten wissen, ob sie einer der verdammten Normannen sei.

Normannen? Das war der Name, den die Franken ihrem Volk gegeben hatten.

Solvejg tat, womit sie schon einmal durchgekommen war: Sie gab krächzende Laute von sich, als könnte sie nicht sprechen. Doch es nutzte nichts. Erst als ein älterer Bauer hinzukam, ließen die Jungen von ihr ab. Der Mann, mager, mit einem Gesicht voller Leid, musterte sie.

Solvejg war sich bewusst, dass sie nicht wie die meisten Menschen in Neustrien aussah. Ihr Haare waren zwar schwarz, aber ihre Haut viel heller, als es hier üblich war, und ihre Augen so blau wie die Federn eines Eisvogels. Oder fiel den Männern etwas anderes auf? Hatte sich die Grausamkeit ihrer plündernden und mordenden Landsleute auch in ihre Gesichtszüge geprägt?

Der Bauer fragte sie nach ihrem Namen. Sie krächzte etwas und wies auf ihren Mund. Misstrauisch quetschte er seine Finger seitlich an ihren Zähnen vorbei. Als er die Zunge fühlte, lachte er höhnisch. Wusste der Mann nicht, dass es viele Gründe gab, warum Menschen nicht sprechen konnten? Sie hatte einen gekannt, der von Geburt an keinen Laut hervorgebracht hatte – und der hatte durchaus eine Zunge besessen.

»Packt ihn auf meinen Esel«, sagte der Alte.

Die Jungen stießen Solvejg zu einem mageren Tier, warfen sie wie einen Sack über seinen Rücken und schnürten ihre Hände und Füße unter dem Leib des Tieres zusammen. Dann begann eine qualvolle Reise. Bei jedem Schritt, den der Esel tat, schmerzte ihr Leib, das Blut staute sich bei den Handgelenken.

Irgendwann musste sie das Bewusstsein verloren haben, denn sie schreckte auf, als jemand mit einem Messer den Strick an ihren Handgelenken zertrennte. Man zerrte sie auf die Füße, stützte sie, als sie taumelte, warf sie grob gegen die Wand eines Hauses und herrschte sie an, sie solle … Ja, was? Solvejg mühte sich zu begreifen, was um sie herum geschah, und fand es unmöglich.

Stumpf stierte sie auf die Männer, die sie hierhergebracht hatten, und auf andere, sehr *viele* andere, die an ihnen vorbeidrängten. Um sie herum standen überall Häuser, und sie erkannte, dass sie sich am Ende einer steinernen Brücke auf einer gepflasterten Straße befand. Neben der Brücke erhoben sich Wehrmauern, ähnlich wie in Rouen – nur dass diese hier höher und wuchtiger waren als alles, was sie je erblickt hatte. »Normannen ...« Bildete sie es sich nur ein, oder tönte in dem Gebrüll um sie herum auch immer wieder das Wort *Normannen* auf?

Ihr Interesse flaute allerdings fast sofort wieder ab. Bei allen Göttern, wie ihr Körper sie schmerzte! Der Rücken war verkrampft, Hals und Nacken bereiteten ihr eine gemeinsame Hölle. Kaum, dass sie es schaffte, den Kopf zu bewegen.

Sie schrie auf, als der Mann, dem der Esel gehörte, ihr eine Ohrfeige versetzte. »Dreckskerl«, brach es aus ihr heraus – zu spät biss sie sich auf die Lippe. In welcher Sprache hatte sie ihn beschimpft? Das höhnische Grinsen des Alten bewies, dass es die ihrer Väter gewesen sein musste. Er zog eine Axt aus dem Gürtel, und Solvejg wusste, dass er nun vollenden würde, wovor er bisher noch zurückgeschreckt war. Entsetzt presste sie sich gegen die Mauer. Als die Axt auf sie niederpfiff, warf sie sich zur Seite. Der stählerne Kopf traf die Mauer, brach ab und polterte auf das Pflaster. Mit einem Fluch ließ der Alte auch den Griff fallen. Er hielt einen der Kämpfer auf, die zur Brücke eilten, und brüllte das Wort Normanne, während er auf sie zeigte.

Der Krieger blieb stehen. Er war noch jung, sein Gesicht verschwitzt, die braunen Haare klebten am Kopf, aber seine Augen blickten klarer, als sie es bei Menschen in gefährlichen

Situationen gewohnt war. Obwohl es ihn weiterzog, nahm er sich kurz Zeit, sie anzuschauen.

»Wo kommt er her?«

»Wir haben ihn erwischt, als er Äpfel klaute.«

Der Mann lachte ungläubig.

»Er war mir gleich verdächtig, Herr, deshalb habe ich ihn hierhergebracht! Und eben beginnt er zu fluchen, und er hat's tatsächlich in der Sprache der Normannenhunde getan! Ich sag dir, Herr, dieser Bursche ist gekommen, um uns auszukundschaften.«

Der Krieger warf einen unruhigen Blick zur Brücke. Er hielt einen seiner Kameraden an und brüllte ihm etwas zu. Der Mann nickte, packte Solvejg und zog sie entgegen dem Menschenstrom die Straße hinauf. Ihre Beine waren immer noch wie taub, sie stolperte und wurde von ihrem Bewacher wieder und wieder hoch- und weitergerissen. Schließlich erreichten sie einen prachtvollen Bau, an dessen Tor es von Bewaffneten wimmelte. Erneut fiel das Wort *Normanne*.

Sie wurden einem der Wächter übergeben, und der schleifte sie weiter zu einem großen Gitterkäfig voller Hunde. Die Tiere sprangen auf und kläfften, als er den Riegel an der Tür zurückschob und sie grob ins Rudel stieß. Die geifernden Biester mit den spitzen Zähnen versammelten sich um sie wie Wölfe ums Schaf und knurrten sie an.

Und dann fielen ihr merkwürdigerweise die Augen zu.

Als Solvejg erwachte, leuchteten über ihr an einem schwarzen Himmel die Sterne. Der Mond, zur Sichel geschrumpft, bildete ihr Zentrum. Es sah aus, als wären die Himmelslichter in der Bewegung erstarrte Tänzer, und durch Solvejgs Kopf zogen Erinnerungen an Josces Dorf, wo man die Feste mit anmutigen Tänzen feierte.

Dann irrten ihre Gedanken zu Pythagoras, dem griechischen Weisen. Hatte der Mann nicht behauptet, dass sowohl die Musik als auch der Aufbau des Kosmos auf Zahlenverhältnissen gründeten? Wie klug musste Dhoire sein, dass er so schwierige Dinge erforschte. Sie spürte einen Funken Sympathie in ihrem Herzen aufflackern …

… der allerdings erlosch, als sie ganz in ihrer Nähe ein leises Schnarchen hörte. Solvejg drehte den Kopf und erblickte die Hunde. Glücklicherweise waren sie eingeschlafen. Ihre Schnauzen zuckten im Schlaf, als spürten sie im Traum einem Wild nach. Erst jetzt merkte sie, dass einer der Kläffer es sich auf ihrem Bein bequem gemacht hatte, aber sie traute sich nicht, ihn zu verscheuchen.

Es dauerte eine Weile, ehe ihr bewusst wurde, wie ruhig es in der Stadt geworden war, in die man sie gebracht hatte. Gelegentlich wehte ein Ruf oder eine Frage durch die Nacht, auf die manchmal eine Antwort kam, ansonsten hörte sie nur die Schreie jagender Nachtvögel oder das Miauen streifender Katzen. Die Panik, die die Stadt bei ihrer Ankunft erschüttert hatte, war verschwunden. Hatten die Männer den Feind zurückgeschlagen? Nein, dann würden sie ihren Sieg feiern. Ach, was kümmerte es sie!

Der Hund auf ihrem Bein bewegte sich plötzlich. Er blickte in die Richtung, in der Solvejg das Tor des Prachthauses vermutete, dann sprang er auf und begann zu kläffen. Die anderen Hunde schreckten hoch und taten es ihm nach. Etwas quietschte, jemand öffnete das Tor.

»He du, komm raus«, hörte Solvejg eine gelangweilte

Stimme. Als sie sich nicht rührte, trat ein Mann zu ihr. Er sagte etwas, das sie nicht verstand, aber offenbar wollte er, dass sie aufstand. Sie stemmte sich hoch und trottete erschöpft mit ihm in einen Innenhof und von dort in ein vielstöckiges Steinhaus. Es ging eine Treppe hinauf – ihre Beine begannen wieder zu zittern –, und schließlich erreichten sie einen geräumigen Saal.

Solvejgs Blick fiel zuerst auf ein Podest mit einem wuchtigen, thronartigen Stuhl am schmaleren Ende des Raums. Solche Prachtstühle schien sich jeder Herrscher für seinen Hintern zu wünschen, gleichgültig, woher er stammte. Ein breiter, bunter Teppich, der hinter dem Podest an der Wand hing, fiel ihr ins Auge. Er zeigte einen Kampf. Die Krieger zur Linken trugen kostbare Schwerter, bunt verzierte Schilde und silbern glänzenden Rüstungen, etliche waren beritten, die Gesichter wirkten edel, die Tiere feurig. Der Feind gegenüber war aus anderem Holz gestrickt. Von den Gesichtern waren nur die Münder und Augen zu sehen, der Rest war unter eisernen Helmen verborgen. Die Kämpfer trugen ebenfalls Schilder, rot bemalt in der Farbe des Krieges, aber keine Rüstungen. Einige waren gar nackt. Sie leckten sich die blutverschmierten Zähne, krümmten sich vor Kampfeswut, und wenn sie Hufe gehabt hätten, hätten sie wohl mit ihnen gescharrt. Es waren Männer ihres Volkes. Wikinger. Der Teppich zeigte einen Kampf der Franken gegen ihr Volk.

Solvejg fühlte kalten Zorn in sich aufsteigen. Aber sie wusste nicht, wem er galt. Den geifernden Gestalten, die sie so schmerzlich an ihren Vater, ihre Brüder und ihre Freunde erinnerten, oder dem Mann, der den Teppich geknüpft und den Wikingern in seiner Darstellung jegliche Menschlichkeit genommen hatte. Waren sie denn bösartige, hirnlose Tiere? Die Nacht in Glendalough, dem irischen Dorf, kam ihr in den Kopf, in das sie mit Einar und seinen Männern eingefallen war. In diesen grausamen Stunden ... Ja, da waren sie Tiere gewesen, schlimmer als Tiere.

Das Spiel einer Laute riss sie aus ihren Gedanken. Solvejg drehte den Kopf. Zwischen zwei Fenstern an der Außenwand des Saales stand ein wuchtiger Tisch mit mehreren Schemeln drum herum. Dort saß ein junger Mann. Seine Finger glitten wie fließendes Wasser über die Saiten, aber seine Augen waren auf die Tür gerichtet. Er starrte sie an, als versuchte er, in ihren Zügen zu lesen, was sie dachte, und das, was er entdeckte, zu sortieren. Sie glaubte in ihm den Mann zu erkennen, der sie vor Stunden zum Palast hatte bringen lassen, damit sie dort eingesperrt würde. Offenbar ein Skalde. Unwichtig.

Neben ihm stand eine ältere Frau. Auch sie war für ihr Schicksal vermutlich bedeutungslos. Wichtig war der Dritte im Bunde, ein ebenfalls noch junger Mann, der an der Wand lehnte und finster mit dem Fuß wippte. Er strahlte Macht aus. Und Zorn. Als hätte er nur darauf gewartet, ihren Blick einzufangen, löste er sich von der Wand und schritt auf sie zu.

Der Wächter, der Solvejg in das Palais gebracht hatte und immer noch neben ihr stand, stieß sie zu Boden, als wäre ihm plötzlich aufgefallen, wie hochmütig sie sich vor seinem Herrscher verhielt. Sie rappelte sich sofort wieder auf – ihr Schicksal lag in den Händen der Götter. Sie hatten sie in dieses Haus geführt, vielleicht, um ihren Tod zu begaffen, vielleicht aus anderen Gründen. Aber sie wollte weder ihnen noch den Fremden den Triumph gönnen, sich an ihrer Angst zu weiden. Gleich, was geschehen war – sie war die Tochter König Haralds von Norwegen. Sie …

… hielt den Atem an, als der Mann vor ihr stehen blieb. »Wer bist du?«

Solvejg schwieg.

Die Hand des Franken zuckte, als wollte er sie schlagen. »Steht es schon so schlecht um euch, dass ihr Kinder schickt, um uns auszuspionieren?«, fragte er mit beißendem Spott.

Reden war Angst, Schweigen Würde. Solvejg blickte an ihm vorbei ins Leere.

»Wie ist dein Name?«

Schweigen.

»Nun komm schon«, sagte eine weichere Stimme. Die Frau war zu ihnen getreten. »Deine Mutter hat dir einen Namen gegeben, Junge. Wir würden ihn gern wissen und von dir hören, was dich nach Paris gebracht hat.«

Solvejg blickte sie verstohlen an. Sie hatte in der Sprache der Franken gesprochen – allerdings mit einem dänischen Akzent, wenn man ihn auch kaum noch erahnen konnte. Stammte sie womöglich von den dänischen Wikingern ab? War sie vielleicht eine Sklavin, die es unter ihren Herren zu Ansehen gebracht hatte? Womöglich eine Verbündete?

Die Frau schob den Herrscher von Paris beiseite und legte Solvejg die Hände auf die Wangen. »Du siehst furchtbar aus.«

Der Mann duldete ihr Verhalten nicht nur, er begann sogar zu lächeln. Was er dann allerdings sagte, kam noch kälter als zuvor. »Wir sperren ihn in einen der Keller, bis er den Mund aufmacht. Und wenn das nicht von allein geschieht …«

»Odo, das ist doch …«

Er legte der Frau den Arm um die Schulter. »Dein Herz

ist zu weich, Freya. Du siehst ein unglückliches Bengelchen, ich eine Person, die unsere Stadt ins Verderben reißen kann.«

»Aber er …«

»… spricht die Sprache unserer Feinde – und offenbar auch unsere eigene. Ist das nicht Grund genug, ihm zu misstrauen?«

»Du glaubst, dass er uns verstehen kann?«

»Na, schau ihn dir doch an.«

Die Klänge der Laute verstummten, der Skalde legte sein Instrument beiseite und kam ebenfalls zu ihnen ans Podest. »Wie heißt du?«, wiederholte er die Frage der Frau.

Der Hundewächter stieß Solvejg in den Rücken. Sie hielt weiter den Mund und kam sich dumm vor.

»Was hattest du mit dem Mann zu tun, der dich gestern mit der Axt erschlagen wollte?«

Wie es schien, hatte er nicht mehr mit ihm sprechen können. Wahrscheinlich war der Bauer in der Menge verschwunden.

»Wer flucht, der denkt nicht, und wer nicht denkt, plappert in seiner Heimatsprache. Ich habe dich reden hören, Bürschchen – du kommst aus einem der nordischen Länder.«

Na und?

Der Skalde wartete, dann drehte er sich zu dem anderen Mann. »Tja, Odo, ich verstehe dein Misstrauen. Aber schau dir den Burschen an. Das ist kein Wolf, höchsten ein bissiger Welpe.«

»… sagte der Schäfer, bevor er seine Herde verlor.«

»Gut, dann sperren wir ihn also ein und geben ihm Zeit, seine Lage zu überdenken. Wenigstens ein paar Tage, bevor wir zu anderen Mitteln greifen.«

Der Mann, den er Odo nannte, zögerte. Und plötzlich wirkte er nur noch müde. »Also gut, Robert, tu, was du denkst. Aber …«, fügte er mit einem ironischen Lächeln hinzu, »leg dem Welpen eine Leine an. Und pass auf deine Waden auf!«

Solvejg war überrascht und von Herzen glücklich, als der Mann, Robert, sie nicht in ein fensterloses Loch in den Kellern sperrte, sondern zu einem Turm brachte, wo er sie eine Wendeltreppe hinauf nötigte. Über unzählige Stufen erreichten sie schließlich den obersten Raum. Er war schmucklos, aber besaß mehrere Strohlager, auf denen Decken lagen, und einige Schemel und einen kleinen Tisch. Vor allem aber gab es zu jeder Seite hin Fenster. Unwillkürlich trat Solvejg an eines davon heran. Draußen war es immer noch dunkel. Eine Wolke hatten sich vor den Mond geschoben, dessen Licht ihr einen Strahlenkranz verlieh.

Sie drehte sich um. Der Fremde, Robert, sammelte einige Schwerter von der Wand und brachte sie in den Gang hinaus. Es folgte eine Kiste voller Pfeile, außerdem zwei Armbrüste. Sicher Waffen, die zur Verteidigung des Turms dienten.

»Du wirst nicht so dumm sein und aus dem Fenster springen?«, fragte er, als die Sache erledigt war.

Natürlich nicht. Sie wollte nicht sterben. Die Götter schienen ihr wieder gewogen zu sein.

»Wenn du irgendwie sonst aus diesem Turm entfliehen könntest, ließen die Wachen dich nicht über die Brücken. Verstehst du? Mach also keinen Blödsinn.«

Dummkopf, sie konnte schwimmen.

»Warum könnt ihr nicht einfach zu Hause bleiben und Ruhe geben?«, fragte er mit einem Seufzer.

Weil sie, also die Männer ihrer Heimat, keine Sklaven waren, die sich auf den Feldern zu Tode schufteten. Raubfahrten waren die beste Möglichkeit, Macht und Reichtum zu mehren. Die Iren und Franken und wie sie alle hießen waren dagegen Feiglinge, nicht einmal fähig, ihr Land und ihre Güter zu verteidigen, und gar zu gern bereit, hohe Lösegelder zu zahlen, damit die Helden aus dem Norden wieder abzogen. Sie hatten ihr Schicksal verdient.

Natürlich sprach sie diese Gedanken nicht aus. Ihre Kenntnis der Frankensprache reichte, dass sie es zumindest stotternd hätte tun können, aber warum sollte sie die Tür in die Freiheit, die sich plötzlich einen Spalt weit geöffnet hatte, sinnlos wieder zuschlagen?

Robert zog den Schlüssel aus dem Schloss. Er verließ den Raum, sperrte von draußen ab, und seine Tritte verklangen auf der Treppe. Erst jetzt spürte Solvejg wieder ihren schmerzenden Rücken. Sie ging zu einem der Strohhaufen und verschob ihn so, dass sie durch das Fenster den Himmel sehen konnte, als sie sich niederlegte. Was geschah ihr gerade?

Die Wolke gab den Mond wieder frei, kurz leuchtete er auf, dann schob eine andere Wolke sich vor die goldene Sichel. Der leuchtende Herrscher der Nacht ließ es gleichmütig geschehen. Sie sollte von den Gestirnen lernen. Was ihr geschah, lag nicht in ihren Händen.

Ein argwöhnischer Mann, der sie nicht leiden konnte, versorgte sie mit Wasser und einem süß schmeckenden Brei. Sie aß, sie schlief, sie aß, sie schlief ... Bis sie irgendwann beschloss, dass es an der Zeit sei, ihren Körper wieder zu stärken. Sie versuchte es, indem sie im Kreis an den Wänden entlanglief, wobei sie erst einen Schemel und später den Tisch trug und sich anschließend dehnte und zusammenbog, bis ihr die Sehnen wehtaten. Einmal zog es auch in ihrem Unterleib, aber das hörte bald wieder auf und war unwichtig, neben dem Glück, das sie verspürte, weil ihr Körper allmählich die alte Kraft zurückgewann.

Nach einem dieser Tage brachte ihr Bewacher unter dem Glockenklang, mit dem die Christen ihre Götter ehrten, eine Suppe aus grünen Bohnen in das Turmzimmer. Sie starrte in den Topf und schob ihn angewidert beiseite. Und genau an diesem Tag erklomm der Skalde – wie hieß er gleich? Robert? – erneut die Treppe zum Turmzimmer.

»Keinen Hunger?«, fragte er mit einem Blick auf die grüne Brühe.

»Nur ein Ferkel würde so etwas runterbringen.«

»Ah ja?« Er nahm den Holzlöffel, der neben der Schale lag, und probierte die Suppe. »Du hast einen verwöhnten Gaumen«, meinte er mit hochgezogenen Brauen.

Gaumen? Das Wort kannte sie nicht, und sie wollte sich sowieso lieber wieder ins Schweigen flüchten, den Dummschwätzer ertragen, wie der Mond die Wolken ertrug. Aber so, wie sie mit Dhoire gesprochen hatte, als ihr die Stille gar zu laut in den Ohren dröhnte, drängte es sie nun auch, Roberts Stimme im Zimmer zu halten.

»Du schlürfst deinen eigenen Samen.«

»Bitte?«

Er wusste es nicht einmal, der eingebildete Franke! »Zu Beginn, als diese Erde entstand, war sie eine faulende Masse, aus der sich erst der Mensch und dann eine Bohne entwickel-

ten, die er nutzte, um sich zu mehren. Das sagt Pythagoras –
und er ist der weiseste aller Menschen gewesen.«

Robert brach in Gelächter aus. Wegen ihrer holprigen
Sprache oder wegen ihrer Meinung zu Pythagoras? Solvejg
begann zu begreifen, warum Dhoire seine christlichen Mit-
menschen so hasste. Sie drehte sich zum Fenster, verschränkte
die Arme und blickte über die Stadtmauern hinaus zu dem
kleinen Dorf und den Wäldern, die – lockend und unerreichbar fern – am jenseitigen Ufer begannen.

»Es war Gott, der Himmel und Erde geschaffen hat. Er
brauchte dazu sieben Tage, und am letzten schuf er den Menschen nach seinem Abbild«, behauptete Robert.

»Und das glaubst du wirklich?« Dhoire hatte ihr erklärt,
wie Pythagoras die Sache mit der Bohne, von der er auf seinen Reisen erfahren hatte, durch eigene Experimente un-
termauerte. Er hatte eine Bohne zerkaut und sie dann für
einige Zeit der Sonnenwärme ausgesetzt. Als er zurückkehrte, roch sie tatsächlich nach dem menschlichen Samen.
Doch damit hatte er sich nicht zufriedengegeben. Er hatte
von einer keimenden Bohne einige schwärzliche Blüten ge-
pflückt, sie in ein Tongefäß gelegt und für neunzig Tage in
der Erde vergraben. Als er sie wieder herausnahm, hatten sich
daraus Köpfe von Kindern gebildet und aus einigen das Ge-
schlechtsteil der Frau. Damit hatte er die Überlieferungen
der Alten als bewiesen betrachtet.

Und doch erinnerte sie sich auch an ihre eigenen Zweifel, als Dhoire ihr von der Bohne erzählt hatte. In ihrer Heimat sangen die Skalden von Niflheim, der kalten Welt aus
Eis, und von Muspelheim, der Welt, die aus Feuer bestand.
Als beide Welten aufeinandertrafen, gebaren sie den Frost-
riesen Ymir, und aus dessen Schweiß wiederum entstanden

Mann und Frau. Warum redete einer so und der andere anders?

Robert trat neben sie. »Du bist wahrhaftig eine rätselhafte Frau.«

Sie lachte verächtlich – und brauchte mehrere Atemzüge, bis ihr dämmerte, was er gerade gesagt hatte. Eine rätselhafte Frau … eine *Frau* …

Als sie nicht antwortete, fuhr er mit seiner Hand über ihren Busen, der sich wegen ihrer gekreuzten Arme leicht unter dem Stoff abhob. Er ließ sie mit einem Seufzer wieder sinken. »Woher weißt du von Pythagoras?«

»Jemand hat mich seine Weisheit gelehrt. Ein irischer …« Alles unwichtig! Der Franke hatte erkannt, dass sie eine Frau war. Ihr wurde schlecht, wenn sie daran dachte, welche Rechte er sich nun herausnehmen könnte.

»Kannst du lesen?«

Lesen war die Fähigkeit, unterschiedliche Krakel als Laute wiederzugeben, die man Buchstaben nannte, und aus diesen Buchstaben Wörter zu schaffen, die in ihrer Folge Sätze ergaben. Eine Spielerei, die Dhoire so sehr geliebt hatte, dass er ihr die Grundzüge ebenfalls beibrachte. »Ja.«

Robert nickte. Sie standen nebeneinander. Wenn er sie noch einmal berührte …

»Eines unserer Klöster besitzt eine Bibliothek – das ist ein Raum voller Bücher. Ich werde dir von dort eine Bibel bringen.«

Als sie nicht antwortete, wandte er sich zur Tür und ließ sie wieder allein.

Er kehrte tatsächlich bereits am folgenden Tag zurück und brachte ihr unzählige mit Buchstaben übersäte Pergamentblätter mit, die durch zwei Holzplatten vor Beschädigung geschützt wurden.

»Geh vorsichtig damit um, du hältst einen Schatz in den Händen. Die Bibel enthält die Worte Gottes.«

Solvejg schlug die beiden Hölzer auseinander und starrte auf schwarzen Krakel. Warum sollte sie sich damit befassen?

»Kannst du dieses Wort hier lesen?« Robert deutete auf das Blatt.

Es war nicht schwer: »*Aanffang* ...«

Robert nickte. Er verließ das Turmzimmer wieder und ließ sich in der folgenden Zeit nicht mehr blicken. Die Langeweile brachte sie dazu, das Buch erneut in die Hand zu nehmen. Zuerst konzentrierte sie sich nur auf einzelne Wörter, doch schon bald konnte sie einen kompletten Satz entziffern. Und dann einen zweiten und einen dritten und weitere.

Ihr ging auf, dass die Sätze eine Geschichte erzählten, so ähnlich wie die Sagas der Skalden, und zwar von einem Mann namens Daniel. Es war mühsam, sich das Geschehen zusammenzustammeln, und doch konnte sie nicht aufhören. Denn diesem Daniel war Unglaubliches geschehen. Er war ein Großer unter den Führern seines Landes gewesen, und bei seinem König Darius beliebt wie kein anderer. Neidische Konkurrenten überredeten Darius, ein Gesetz zu erlassen, nach dem jeder sterben sollte, der einem anderen huldigte als ihm selbst. Als Daniel, wie er es gewohnt war, zu seinem Gott betete, nahmen sie ihn gefangen, und der betrübte König musste ihn in eine Grube voller Löwen werfen lassen. Doch der Christengott versperrte den Löwen das Maul, und als Darius am nächsten Morgen heraneilte, fand er Daniel am

Leben. Daraufhin ließ er ihn aus der Grube ziehen und warf stattdessen die anderen Fürsten in die Grube, so dass sie mitsamt ihren Frauen und Kindern von den Löwen zerrissen wurden.

Es brauchte viele Tage, bis Solvejg den Sinn der Saga begriffen hatte. Doch während sie ihr zu Beginn mit gespannter Aufmerksamkeit gefolgt war, stockte sie beim Ende. Mitsamt den Frauen und Kindern? Was hatten die Kinder getan, dass sie ein so grausames Schicksal erleiden mussten? Warum hatte der Christengott ihnen nicht ebenfalls geholfen?

Sie hätte Robert sein Buch gern vor die Füße geworfen, doch die Zeit zog sich, ohne dass er zurückgekehrt wäre. Und als es endlich geschah, war die Dänin bei ihm. Die beiden blieben in der Tür stehen und musterten Solvejg, ihre Gesichter waren nicht zu entziffern. Schließlich trat Robert zum Tisch. Er betrachtete das Buch und sagte, während sich ein Lächeln in seine Mundwinkel schlich: »Ich hab doch gesagt, dass sie lesen kann.«

Solvejg erhob sich von ihrem Strohlager. Sie ging zum Tisch, klappte die Bibel zu und schob sie an den Rand des Tischs. Was sollte ihr ein Gott, der kein Mitgefühl für Kinder besaß!

»Sie kann lesen«, stellte die Frau fest, »aber es gefällt ihr nicht, was sie in dem Buch entdeckt.«

»Warum befasst sie sich dann damit, Freya?«

»Weil mich die Langeweile tötet«, erklärte Solvejg finster. »Der Christengott rettet Daniel, den Krieger eines Königs, vor den Löwen, zu denen man ihn in eine Grube geworfen hat, das verstehe ich. Aber warum lässt er zu, dass die Kinder von Daniels Feinden von Löwen zerrissen werden? Kinder!

Es waren Kinder. Euer Gott ist ein Ungeheuer. Ich hasse ihn!«

Es wurde totenstill im Zimmer. Schließlich wandte Robert sich um und verließ den Raum. Die Frau, die er Freya genannt hatte, blieb allerdings. Sie setzte sich auf einen Schemel an den Tisch, und sie musterten einander. Freya war bereits alt – vielleicht fünfzig Jahre. Und die Falten in ihrem Gesicht ließen darauf schließen, dass ihr Leben nicht immer einfach gewesen war. Warum war sie nicht ebenfalls hinausgegangen?

»Wie geht es dir?«

Eine reichlich dumme Frage an eine Gefangene, die täglich damit rechnen musste, umgebracht zu werden.

»Du bist nicht gerade redselig. Willst du mir nicht zumindest deinen Namen verraten, damit ich weiß, wie ich dich anreden kann?«

Als Solvejg die Lippen zusammenpresste, erhob sie sich, kam zu ihr und nötigte sie, mit ihr zu einem der Fenster zu gehen – dieses Mal mit Blick auf das Palais, das hinter einem Garten mit seinen Türmen protzte.

»Hört man mir noch an, dass ich genau wie du aus dem Norden komme?« Freya wartete. Die Stille lastete auf ihnen. »Hast du Angst?«

»Vor einem alten Weib?«

»Du strengst mich an, Kind. Du redest, ohne zu denken. Der Christengott mag die Kinder von Daniels Feinden nicht gerettet haben, aber die nordischen Götter lassen ebenfalls zu, dass die Männer deines Volks über ihre Feinde herfallen und Frauen und Kinder töten.«

Solvejg fiel keine Antwort ein. Sie hatte es ja selbst erlebt, in Glendalough. Aber nicht alle Wikinger töteten Kinder.

Oft nahmen sie sie auch als Beute mit. Dann mussten sie allerdings für ihre neuen Herren schuften, was auch kein schönes Los war. Warum verschwand diese hochnäsige Frau nicht einfach?

»Meine Mutter war die Sklavin eines dänischen Wikingers«, sagte Freya. »Er war ein grausamer Mann, ich habe ihn gehasst, seit ich denken kann. In einer Nacht, von der ich wünschte, ich könnte sie mir aus dem Kopf reißen, hat er meine Mutter ermordet. Ich habe ihn danach umgebracht und bin mit meiner Schwester in das Land unserer Mutter geflohen. Das Ziel unserer Hoffnung hieß Dorstadt. Wir haben es erreicht – und ich musste auch von dort fliehen. Dann habe ich eine Frau getroffen, die ich von allen Menschen am meisten bewundere. Ihr Name war Johanna. Weißt du, was sie getan hat?«

Der Stolz verbot es Solvejg zu fragen, doch ihr Gesicht schien ihre Neugierde zu zeigen.

»Sie hat den Thron erobert, der den Christen am meisten bedeutet: den des Papstes, des obersten Hirten der Christengemeinschaft, den des Mannes, der mit Gott spricht.«

»Aber das war sie doch gar nicht. Ich meine, ein Mann«, meinte Solvejg verblüfft.

»Du hast recht, und ich habe mich oft gefragt, wie sie darüber gedacht haben mag. Niemand wusste von ihrem Geheimnis, so wie ich es verstanden habe. Fast niemand. Lastete vielleicht die Furcht auf ihr, dass Gott sie wegen ihrer Anmaßung strafen könnte? Oder hatte der Herr ihr einen Engel gesandt, bevor sich die Frage mit dem Thron stellte? Und hatte der ihr offenbart, dass Gott ihr Tun gutheißen würde? Ich weiß es nicht, Solvejg. Ich weiß nur, dass es heißt, sie sei für die Stadt Rom und die gesamte Christenheit ein

Segen gewesen. Sie handelte klug und hatte zugleich Mitleid mit den Hungernden und Kranken, so wie auch unser Herr Jesus. Und wie er hätte sie niemals zugelassen, dass in ihrer Gegenwart einem Kind ein Leid zugefügt wurde.«

»Aber euer Gottvater ist anders. Er hat die Kinder in der Löwengrube grausam sterben lassen.«

»Er wird sie in sein Himmelreich aufgenommen haben.«

»Dann war es also gar nicht schlimm für die Kleinen, von scharfen Zähnen zerrissen zu werden?«

Freya lehnte sich vor, sie faltete die Hände auf dem schmalen Fenstersims. »Gott ist allwissend und allmächtig. Vielleicht fielen nur die Körper der Kinder in die Löwengrube, aber er hat ihre Seelen zu sich genommen, bevor sie Angst oder Schmerz verspüren konnten.«

Man konnte sich alles zurechtdenken. Was, wenn der Gott der Christen einfach Freude daran hatte, Menschen leiden zu sehen? Wenn er die Menschen hinterging, so wie Loki es mit den Göttern in Asgard getan hatte? Solvejg wollte Freya fragen, ob in der Bibel stand, dass der christliche Gott auch den Namen Loki trug. Würde das nicht viel erklären? Doch die Frau kam ihr zuvor.

»Ist dir manchmal, besonders morgens, übel?«, wollte sie wissen.

Solvejg runzelte die Stirn. Ihr war ja tatsächlich eine Zeit lang nach dem Aufstehen schlecht geworden. »Jetzt nicht mehr«, meinte sie wortkarg.

»Und deine Blutungen, die haben auch ausgesetzt, ja?«

Solvejg starrte Freya an. Und plötzlich traten ihr Tränen des Ekels in die Augen.

10.

KAPITEL

In Einar rumorte es. Er lag im Bauch seines größeren Schlangenschiffs auf einem der Strohsäcke zwischen seinen Kriegern, die Wellen wollten ihn in den Schlaf wiegen, aber er kam einfach nicht zur Ruhe. Die Ereignisse des vergangenen Sommers zogen durch seinen Kopf und beunruhigten ihn, obwohl eigentlich vieles gut gelaufen war.

Sie hatten nach Glendalough einige irische Siedlungen weiter nördlich geplündert, bis hinauf nach Dublin. Dort hatte sich allerdings vor Jahren ein Norweger namens Sichfrith eingenistet, mit dem Einar sich nicht anlegen wollte, denn er galt als jähzornig und besaß zu viele Unterstützer. Also hatten sie kehrtgemacht und waren an Britannien vorbei nach Friesland gesegelt. Es hatte ihnen nicht geschadet. Sie hatten die Dörfer rund um Utrecht überfallen, und der Beutezug hatte ihnen reiche Beute gebracht.

Nein, was ihm zu schaffen machte, war König Harald. Immer wieder musste er an den Tag zurückdenken, an dem er von dessen Männern so schmählich aus dem Hafen von Haugesund gejagt worden war – wegen einer Frau. Einer *toten* Frau! Wozu, verflucht, diese Aufregung? Er war besoffen gewesen, als ihm die Bemerkung über Snøfrid und die seltsamen Liebesgelüste des Königs herausgerutscht war. Und doch hatte Harald ihn und seine Männer wie Hunde aus der Halle von Avaldsnes prügeln lassen. Morgen wird alles wieder in Ordnung sein, hatte Einar gedacht – und sich leider geirrt. Als sie am folgenden Tag vom Boot gekommen waren, hatten Haralds Männer erneut einen Streit vom Zaun gebrochen, und sie waren gezwungen gewesen, unter dem Gelächter ihrer Gegner ein zweites Mal zu flüchten.

Eine Ratte huschte an Einars Gesicht vorbei. Er schlug nach ihr, obwohl er wusste, dass er sie nicht erwischen würde, und drehte sich erschöpft auf den Rücken. Wie weit mochte die Kunde der schmählichen Ereignisse von Avaldsnes wohl gedrungen sein? Würde man ihn zu Hause mit dem Jubel empfangen, den er nach einem Raubzug gewohnt war, oder würden die Nachbarn mit Fingern auf ihn zeigen? Hatte sein schmähliches Versagen womöglich gar die Runde durch ganz Norwegen gemacht? Waren seine Ehre und damit seine Hoffnung auf eine Ausweitung seiner Macht zunichtegemacht?

Er hatte darüber am vergangenen Tag mit Steinbjorn, seinem Sohn, dem Einzigen, der ihm immer treu geblieben war, gesprochen, und der hatte versucht, ihn zu beruhigen. Einar hatte so getan, als wäre es ihm gelungen, doch eine Wunde unter einem Gewand zu verbergen, hieß nicht, sie zu heilen. Während er die Ratte an etwas nagen hörte, beschloss er, dass es Zeit war, die Nesseln, die ihn banden, zu zerreißen. Er würde am kommenden Morgen, wenn sie sich dem Haugesund näherten, seinen Kameraden erklären, dass sie nicht direkt in ihre Heimat fahren, sondern vorher noch nach Avaldsnes abbiegen würden.

Um dort was zu tun?

»Wir werden den Hochmut von Harald Schönhaar brechen«, würde er sagen. »Wir werden ihn heimsuchen und seine hochmütige Fratze in die Pisse drücken und seine Weiber schänden!«

Die Männer lachten, als sie, Bootswand an Bootswand, unter einem strahlenden Herbsthimmel seinen Plänen lauschten. Erleichtert und endlich wieder mit etwas Glück im Herzen sah er sie auf den Planken tanzen, während sie brüllend ihre Zustimmung gaben. Doch sie waren nicht nur feurig – sie besaßen auch Verstand. Bald wandten sie ein, dass ihre Zahl nicht ausreichen würde, um vom Hafen aus Haralds Festung zu stürmen. Sie würden nicht einmal in die Nähe kommen, denn sobald der Feind sie herannahen sah und die Schlangen an ihren beiden Booten entdeckte, würden er sie mit brennenden Pfeilen versenken.

»Wir werden woanders ankern, weiter westlich, an einer einsamen Stelle am Sund, und uns anschleichen, nachts und zu Fuß«, erklärte Einar.

Und dann hatte Steinbjorn einen weiteren Einfall, der so kühn wie verlockend war und Einar gleichzeitig einen ordentlichen Schrecken einjagte. Während der sommerlichen Beutefahrt hatte ein Bauer seinem Sohn in einem der friesländischen Dörfer mit einer Mistforke die Wange aufgeschlitzt. Um die Wunde besser ausheilen lassen zu können, hatte er seinen Bart rasiert. Geblieben war ihm eine knallrote Narbe, die sein struppiges Gesicht völlig entstellte. Es war unwahrscheinlich, dass man ihn in Haralds Haus erkannte. Er würde sich dort als Bote aus Tröndelag vorstellen, der ein

Angebot seines Herrn überbringen solle, sich mit König Harald zu verbünden, um das norwegische Reich endlich vollständig zu einen. Die Geschichte, die er herbeiphantasierte, während seine Kameraden mit offenen Mündern lauschten, handelte von Verrat und Feigheit. Es würde ihm leichtfallen, Harald damit den Verstand zu vernebeln. Als Steinbjorn seinen Plan zu Ende gebracht hatte, brach auf beiden Schlangenbooten Jubel aus.

Also ruderten sie in der folgenden Nacht in eine der schmalen Buchten an der Westseite der Insel von Avaldsnes. Sie lenkten die Schiffe zu einigen Uferweiden, wo sie sie unter tief hängenden Ästen und Zweigen verbargen. Einar nahm Steinbjorn beiseite. Er küsste ihm die Stirn und entließ ihn zu seinem gefährlichen Auftrag. Dann begann die Zeit des Wartens.

Am Ende war es ein Hund, der sie ins Verderben riss. Er streunte zwischen den Hügeln umher, roch die Fremden und begann aufgeregt zu bellen. Tjorbörn, der ihm am nächsten war, stieß ihm sein Schwert in den Leib, aber er zielte nicht richtig, und so konnte das Tier noch jaulende Schmerzlaute von sich geben, bis er ihm die Kehle durchtrennt hatte.

Angestrengt horchten sie in die Nacht hinaus. Es blieb so lange still, dass sie schon glaubten, noch einmal davongekommen zu sein. Der Angriff der Männer von Avaldsnes kam dann für sie wie aus dem Nichts. Harald hatte umsichtig gehandelt und auch noch die Leute aus dem Hafen zusammengetrommelt, ehe er über sie herfiel. Die Feinde waren ihnen zahlenmäßig weit überlegen, die Schreie der Sterbenden gellten durch die Nacht ...

Wenig später lag Einar gedemütigt vor Harald auf dem Bauch, die Hände stramm auf den Rücken gefesselt. Er wartete darauf, dass man ihn umbrachte. Seine Männer waren in einem der Keller festgesetzt worden, auch Steinbjorn, der durch ihre Entdeckung ebenfalls entlarvt worden war. Doch ihn selbst hatte der König oben behalten. Harald ließ sich Zeit, viel Zeit. Er schickte seine Männer nach und nach hinaus, und je mehr sich der Raum leerte, umso stärker wich Einars verletzter Stolz nackter Angst. Plante Harald ihn auf eine Weise umzubringen, die selbst in ihrem Volk als zu grausam angesehen würde, so dass sie seinem Ruf schaden könnte?

Er starrte auf eine Ameise, die auf dem grauen Lehmboden kroch. Als Harald ihn schließlich packte und auf die Füße zog, mühte er sich um eine starre Miene. Keine Muskelzuckung sollte zeigen, wie sehr er sich ängstigte. Harald ließ ihn los und kehrte zu seinem Thron zurück, wo er mit grüblerischer Miene Platz nahm. Endlich begann er zu sprechen. »Dein Leben ist verwirkt.«

Das waren schwache Worte, und seine Stimme klang gleichgültig. Einar starrte den Mann an, der die Macht hatte, ihn zu vernichten. Wann endlich kamen die Vorwürfe und Drohungen?

»Du kannst aber auch weiterleben«, sagte Harald.

Was?

»Allerdings nur, wenn du einen Auftrag von mir erfüllst.«

Wollte er ihn quälen? Ihm Hoffnung machen, um ihn danach in umso größere Verzweiflung zu stürzen?

»Es gibt jemanden, der mich bedroht, und ich will, dass du diesen Feind für mich tötest und mir seinen Kopf bringst, als Beweis, dass er wirklich nicht mehr lebt.«

Einar dachte an die Menschen, die er liebte. Es gab nicht viele, eigentlich nur Steinbjorn. Wollte Harald ihn locken, seinem geliebten ältesten Sohn den Kopf abzuschlagen, um selbst überleben zu können – gemartert für den Rest seines Lebens von dem Wissen, aus Furcht vor Schmerzen das eigene Kind geopfert zu haben?

»Dieser Feind hat sich mir in der Stunde meiner größten Bedrängnis entgegengestellt. Ich hatte ihm vertraut, ihm alles gewährt, was er begehrte, und er hat mich verraten, in der furchtbarsten Nacht meines Lebens.« Harald verstummte, er blickte ins Nichts, eine ganze Weile. Als er weitersprach, hatte seine Stimme jede Farbe verloren. »Ich spreche nicht von einem Mann, sondern von einer Frau. Von meiner Tochter Solvejg. Und vielleicht hat sie mich nicht nur in der Nacht, von der ich sprach, verraten, sondern schon zuvor. Mein Weib war gestorben, ich hatte es nicht wahrgenommen. Wer würde da nicht an Zauberei denken? Gab es eine eifersüchtige Zauberin von meinem eigenen Blut, die an meinem Verderben wirkte, während sie mit mir bei Tische saß und plauderte?«

Einar starrte ihn an. Dann platzte er heraus: »Aber wie sollte ich sie finden? Ich weiß doch nicht, wohin sie verschwunden ist.«

Harald wandte ihm das Gesicht zu und begann zu lachen. »Du hast gar nicht gewusst, wer sich bei deiner Flucht aus unserem Hafen auf dein Schiff gestohlen hat? Bei Odin, konnte das durchtriebene Weib also auch dich täuschen? Hast du tatsächlich während deiner Fahrt nicht bemerkt, was für eine Kröte dir aufs Schiff geschlüpft ist?«

Einar brauchte einige Augenblicke, um zu begreifen. Ging es um diesen Bengel, um Solmund, der sich in Avaldsnes in seinem Schiff versteckt hatte und beim ersten Ankern plötzlich nach draußen gekommen war ... Der mit ihnen nach Irland gefahren und dort in der Nacht ihres Erfolgs verschwunden war, von den Iren niedergemetzelt, wie er vermutete? Möglich war es. Er hatte Haralds Tochter in der dunklen Halle des Langhauses, als sie ihren Vater brüskierte, ja kaum gesehen. Er starrte den König an, und ihm wurde klar, dass er keinesfalls von Solmunds Tod berichten durfte, denn dann hätte er die einzige Hoffnung auf sein Überleben verspielt.

»Ich werde dir, wie du es wünscht, ihren Kopf bringen.«

»Und das soll ich dir glauben, weil zwischen uns beiden so ein übergroßes Vertrauen herrscht?« Harald lachte. Dann erhob er sich und kam zu ihm. Er fasste ihm wie einem Kind ans Kinn und hob es an.

»Du hast tatsächlich sonderbare Augen, Einar Schlangenauge. Sie verbergen deine Gedanken, statt stolz und offen von ihnen zu künden. Ist es Loki gewesen, der deine Mutter geschwängert hat?«

Einar hätte ihn angespuckt, wenn Haralds Faust es nicht unmöglich gemacht hätte.

»Du willst mir also den Kopf meiner Tochter bringen. Aber wo steckt sie überhaupt? Jedenfalls nicht unter deinen Männern, die unten in dem Keller jaulen.«

»Ich habe ihr misstraut, und sie hat es gemerkt. Als wir die Iren überfallen haben, hat sie sich abgesetzt. Sie wird bei ihnen geblieben sein. Ich werde sie finden und tun, was du wünschst.«

»Ah, ja.« Harald nickte. Er besann sich kurze Zeit, dann traf er seine Entscheidung. »Deine Männer können mit dir segeln und dir helfen, den Kopf der Verräterin zu erbeuten.

Aber dein Sohn wird hierbleiben. Steinbjorn wird in meinen Kellern faulen und kein Sonnenlicht sehen, bis du wieder hier erscheinst, um ihn gegen Solvejgs Kopf auszutauschen.« Kurz hielt der König inne. »Ich gebe dir ein Jahr, um deinen Auftrag zu erfüllen, Einar Schlangenauge. Danach wird jeder Tag für Steinbjorn eine neue Qual bringen. Jeder Tag. Und es wird lange dauern, bis sein Flehen um den Tod Gehör findet.«

11.

KAPITEL

Der Herbst neigte sich dem Winter zu. Die Bäume waren inzwischen kahl geworden, auf dem Boden lag ein Hauch von Schnee, und über der Marne, einem breiten Fluss, der sich an dem Ort, wo Solvejg nun wohnte, durchs Land schlängelte, schwebte ein Nebel aus kalter, feuchter Luft. In ihrer Heimat oben im Norden, wo es kälter als im Frankenreich war, würde man jetzt bereits auf schmalen Brettern aus Birkenholz von den Hügeln in die Täler gleiten. Sie hatte es selbst oft genug getan.

Langsam schritt Solvejg am Flussufer entlang, zerrissen zwischen ihrer Sehnsucht nach Norwegen und der Dankbarkeit, in Roberts Familie eine so freundliche Aufnahme gefunden zu haben. Sie nahm an, dass vor allem Freya darauf gedrungen hatte, sie mit zu dem abgelegenen Gut der Familie zu nehmen, als der Graf und seine Männer Paris verließen. Und warum hatte sie es getan? Solvejg wusste es nicht. Misstrauen hatte sich in ihre Seele gefressen, seit ihr Vater versucht hatte, sie umzubringen, und sie konnte sich so wenig davon befreien wie von ihren Knochen oder Sehnen. Anfangs war sie fest entschlossen gewesen, bei der ersten

Gelegenheit das Weite zu suchen, doch Freyas unwandelbar freundliches Verhalten hatte sie abgehalten.

Und auch ihre Ziehsöhne schienen ihr nichts Böses antun zu wollen. Zumindest Robert. Odo ... Ach, egal.

Solvejg setzte sich trotz der Kälte auf einen der Stege, die das Ufer der Marne säumten. Sie dachte an das Julfest, das man bald in Avaldsnes feiern würde. Auch hier im Meaux sollte es ein Fest geben, aber was für eines! Sie nannten es Weihnachten, und es bestand aus einer Messe, die drüben in der Kirche in Meaux zelebriert werden würde und dessen Höhepunkt darin bestand, dass ein Sänger unter Glockengeläut den Stammbaum Jesu rezitierte. Seit Tagen wurde darüber gestritten, welchem Mann diese Ehre zuteilwerden sollte. Wie sonderbar! Nun, zumindest würde es anschließend auf dem Gut einen Festschmaus geben. In diesem Punkt schienen sich alle Völker der Erde zu gleichen.

Solvejgs Aufmerksamkeit wurde durch ein paar Männer abgelenkt, die ein Stück entfernt vor ihr, dort, wo die Marne einen Bogen schlug, mit einem Boot ans Ufer stakten. Als sie zu ihr hinüberschauten, erhob sie sich. Die Normannen hatten sich im Herbst zurückgezogen, ohne einen Angriff auf Paris und die umliegenden Städte zu wagen, aber sie würden wiederkommen. Und sie ahnte, dass die Leute vom Gut über die Normannin tratschten, die Odo ihnen ins Haus geholt hatte ... War sie womöglich eine Spionin, die nur auf die Rückkehr ihrer Landsleute wartete, um ihnen bei ihrem nächsten Raubzug zum Erfolg zu verhelfen?

Sie schlug den Weg zu einem Wäldchen ein, das sich ganz in der Nähe an einem Hügel hochzog. Als sie zwischen den Bäumen verschwunden und für die Angler nicht mehr zu sehen war, strich sie mit der Hand über ihren Bauch. Er wölbte sich aus ihrem mageren Körper – es war nicht mehr zu übersehen, dass sie ein Kind gebären würde. Dhoires Kind.

Als ihr jemand erzählt hatte, dass Freya bei Entbindungen half und auch Mittel kannte, mit denen sich eine Schwangerschaft beenden ließ, hatte Solvejg sie um Hilfe gebeten. Doch Freya hatte abgelehnt. Kinder wuchsen in den Bäuchen ihrer Mutter heran, aber was zu Beginn nur wie ein formloses Gewächs wirkte, entwickelte sich bald zu einem kleinen Menschen. Arme, Beine und Köpfchen – alles war vorhanden und bewegte sich. »Es sind kleine Jungen und Mädchen«, hatte sie gesagt. »Sie ohne Grund zu töten ist mir unmöglich.« Und für Solvejg würde es unmöglich sein, die Frucht, die sie nun austragen musste, zu lieben oder auch nur zu versorgen. Sie hoffte von ganzem Herzen, dass Dhoires Balg umkam, während er ihren Körper verließ. Oder dass …

Ein Rascheln schreckte sie auf. Sie fuhr herum und starrte zu den wintergrünen Büschen, aus denen das Geräusch gedrungen war. Robert hatte von einem Bären gesprochen, der die Gegend unsicher machte. Das Untier hatte bereits Schafe gerissen und war nachts in einen Stall eingedrungen. Nervös tastete Solvejg an ihrem Gürtel nach dem Schwert, das dort so lange gehangen hatte, aber inzwischen gab es an dieser Stelle nur noch den Stoff, unter dem sich ihr schwellender Bauch verbarg. Odo hatte darauf bestanden, dass sie sich wie eine Frau kleidete.

Schon wieder ein Rascheln …

Im selben Moment bahnte sich Cosima, Roberts Ziehschwester, ihren Weg durch das Gebüsch. Solvejg lächelte sie an – und wunderte sich nicht, dass ihre Freundlichkeit ohne Erwiderung blieb. Cosima konnte sie nicht ausstehen. Vielleicht neidete sie ihr die Zeit, die sie mit Freya verbrachte –

der Frau, die Cosima als ihre Mutter ansah. Oder war es die Aufmerksamkeit, die Robert ihr schenkte? Die beiden behandelte einander wie Bruder und Schwester, aber deshalb konnte sie natürlich trotzdem eifersüchtig sein, besonders da sie nicht geheiratet hatte.

Cosima drängte sich wortlos an ihr vorbei, und nachdem sie verschwunden war, machte auch Solvejg sich auf den Heimweg. Kurz bevor sie das Wäldchen wieder verließ, wurde sie erneut durch ein Rascheln aufgeschreckt. Sie fuhr herum – und konnte auch jetzt weder einen Bären noch sonst eine Gefahr entdecken. Sie musste aufhören, sich verrückt zu machen. Unwillkürlich kam ihr wieder die Warnung in den Kopf, die ihr Vater so oft ausgesprochen hatte: *Angst ist das Gift, das die Schwachen tötet.*

Robert, den sie auf dem Gut beim Pferdestall traf, runzelte die Stirn, als er hörte, dass sie im Wald gewesen war. In ungewöhnlich scharfem Tonfall fragte er: »Warum läufst du da draußen in der Einsamkeit herum?«

»Was stört dich daran? Ich finde …«

»Lass das bitte sein!«

»… dass es ohne Menschen angenehmer ist.«

»Herr im Himmel!« Er blickte ungeduldig zum Stall, ging einige Schritte – und machte wieder kehrt. »Du weißt doch, dass hier in der Nähe ein Bär gesehen wurde. Für den siehst du aus wie ein leckerer Happen – und genauso würde er dich auch behandeln.«

Solvejg zuckte mit den Schultern und ließ ihn stehen, allerdings mit einem schlechten Gefühl. Er hatte ja recht.

Jedenfalls hätte sie das Gut nicht ohne Waffe verlassen dürfen. Beim nächsten Mal würde sie zumindest ein langes, scharfes Messer mitnehmen.

Auf dem Weg zu ihrer Kammer meldete sich ihr schlechtes Gewissen. Warum hatte sie Robert so abweisend behandelt? Anders als Dhoire hatte er sie noch nie in demütigender Weise bedrängt. Das mochte daran liegen, dass er sie hässlich fand, und das wäre ihr nur recht. Andererseits verging kaum ein Tag, ohne dass er sie ansprach. Musste sie sich da nicht Sorgen machen?

Es gab noch eine zweite Sache, die sie beunruhigte. Als er entdeckt hatte, mit welcher Leidenschaft sie in der Bibel las und wie begierig sie auch jedes andere geschriebene Wort studierte, hatte er – unter dem Vorwand, den eigenen Geist bilden zu wollen – aus der Abtei von Jouarre einige weitere Bücher entliehen. Offenbar hatten sich die Mönche anfangs gegen seinen Wunsch gesträubt, schließlich aber nachgeben müssen. Nur, warum hatte er diese Mühe auf sich genommen, wenn sie ihm gleichgültig war?

Solvejg hatte die Bücher eine Weile ignoriert, schließlich aber nicht widerstehen können. Da sie das Lesen inzwischen beherrschte, machte ihr das Verständnis keine Mühe. Und sie war fasziniert von dem, was sie erfuhr.

Besonders das Schicksal einer Königstochter fesselte sie. Diese Emma war einem byzantinischen König zur Ehe versprochen worden, aber sie hatte sich in den Schreiber am Hof ihres Vaters verliebt. Die beiden Liebenden verbrachten eine Nacht miteinander. Doch am nächsten Morgen war Schnee gefallen, so dass der Mann ihre Räume nicht mehr unbemerkt verlassen konnte. Um ihm das Leben zu retten, trug Emma ihn auf den Armen zu seinem Haus und kehrte in den eigenen Fußspuren zu ihrer Kammer zurück. Tragischerweise hatte ihr Vater die beiden durch ein Fenster beobachtet. Es stand also das Schlimmste zu befürchten. Doch als der Schreiber kurz darauf um seine Entlassung bat, gab der König ihm die Erlaubnis, Emma zu ehelichen.

Was mochte ihn dazu bewegt haben? Emma hatte Schande auf ihren Vater geladen und wichtige Pläne von ihm durchkreuzt. Hatte womöglich der Christengott den König zu dieser Großmut angespornt? Sein Sohn hatte die Jünger ja angewiesen, einander nichts nachzutragen. Vielleicht hing Gottvater inzwischen ähnlichen Gedanken nach? Reuten ihn die Grausamkeiten, die er im Alten Testament befohlen hatte? Kurz wurde ihr Herz von der Vorstellung überwältigt, dass es inzwischen eine Macht geben könnte, die aus reiner Milde bestand.

Doch kurz darauf las sie in einem anderen Buch von einer Königin Brunhilde, die von einem der christlichen Könige fälschlich beschuldigt worden war, dass sie seinen Vater ermordet habe. Der Mann ließ sie mit den Haaren, einem Fuß und einem Arm an ein Pferd binden, und man schlug auf das Tier ein, bis sie von ihm zertrampelt wurde. Warum hatte Gott dieser Frau nicht geholfen, die die Verbrechen, derer man sie beschuldigte, nicht einmal begangen hatte? Sie fand es schwer zu verstehen.

Solvejg erreichte den winzigen Raum im Dachgeschoss des Gutshofes, den man ihr vermutlich überlassen hatte, weil sich die anderen Gutsbewohner weigerten, mit einer wie ihr eingepfercht zu werden. Sie ging zu dem kleinen Fenster und starrte in den Hof hinab. Von dem rätselhaften Robert war nichts mehr zu sehen. Ob er sich über ihr Verhalten geärgert hatte?

Ach, was kümmerte es sie? *Warum bleibe ich überhaupt hier?* Das war die Frage, die sie sich beantworten musste. Es hatte schon hundertfach Gelegenheit gegeben, sich davonzustehlen, und genau das musste sie endlich auch tun. Sie wusste doch, wie flüchtig es um die Zuneigung der Menschen bestellt war, sie hatte es ja bei ihrem eigenen Vater erlebt. Selbst eine innige Liebe konnte sich innerhalb weniger Stunden in Hass verwandeln. Nein, sie musste das Gut verlassen. Und vielleicht nach Gournay zurückkehren? Zu Josce, dem Gutmütigen, der bewiesen hatte, dass er ihr niemals ein Haar krümmen würde?

Solvejg wandte sich vom Fenster ab. Bald, sehr bald würde sie Schritte in eine neue Zukunft wagen.

Der folgende Tag brach an, und Solvejg half in der Küche bei der Zubereitung der Weihnachtsspeisen, so wie es jede Frau tat, die nicht unabkömmlich war. Da das Essen nicht nur für die Gutsbewohner, sondern auch für zahlreiche Gäste und sogar für herumstreifende Bettler reichen musste, drängten sie sich mit fast zwanzig Personen in dem Raum mit den schwarz verrußten Wänden und den vom Schlachtfleisch blutigen Tischen. Es wurde gerupft, zerteilt und zerhackt, und in den Kesseln, die an langen Ketten über den Kochfeuern hingen, garten Fleisch und Gemüse. Der Koch rührte eine Suppe aus Eiermus zusammen, die er mit Pfefferkörnern, Safran und Honig verfeinerte, und eine Frau bereitete eine Mandelmilchsoße zu, die zum Rindfleisch gereicht werden sollte.

Kurzzeitig gab es Panik, als sich eine Magd zu dicht übers Feuer bückte und eine Flamme nach ihrer Schürze griff, aber glücklicherweise goss Johannes, der Sohn des Kochs, geistesgegenwärtig einen Kübel Wasser über ihr aus, und als man sah, dass die Frau unverletzt geblieben war, verflog die Aufregung wieder.

Als Solvejg die Küche endlich verließ, ging es bereits auf Mitternacht zu. Jeder Knochen tat ihr weh, und sie sehnte sich nach ihrem Strohlager. Doch gleichzeitig verspürte sie ein weiches Glück. Bevor sie ging, hatte ihr eine der Mägde eine gute Nacht gewünscht, eine andere hatte ihr kurz zugewinkt. Und kein einziges Mal hatte sie das Wort Normannin gehört. Was, wenn doch alles gut ausginge? Wenn man aufhörte, in ihr die Normannin zu sehen, deren Landsleute fränkischen Städte und Dörfer überfielen?

Der Weg hinauf in ihre Kammer führte sie an der Halle vorbei, und ihr Blick fiel erneut auf Robert, der mit verschränkten Händen vor dem Kaminfeuer saß, in dem die letzte Glut noch Wärme verströmte. Kurz überlegte sie, ob sie hineingehen und ihm sagen solle, dass sie sich seine Warnung wegen des Bären zu Herzen nehmen würde – eine Art Entschuldigung.

Doch dann entdeckte sie, dass er nicht allein war. Auf der anderen Seite des wärmenden Kamins saß Freya, die ein Loch in einem Wams stopfte. Und auch Odo befand sich in der Halle, er hatte es sich trotz der Kälte auf einer der steinernen Bänke in den Fensternischen bequem gemacht und starrte ... Solvejg verrenkte den Hals, um es herauszufinden. Zu Cosima! Obwohl die Frau Solvejg den Rücken kehrte, war seltsamerweise sie es, die sie zuerst entdeckte. Sie brach mitten in ihrem Satz, in dem es um Vertrauen und die Tugend der Frauen, den größten Schmuck eines Hauses, ging, ab und zischte: »Na bitte, da ist sie ja. Wie wäre es, ihr würdet sie einfach fragen, die kleine Schlampe?«

Die Worte waren wie Eiswasser, das auf Solvejgs Haut spritzte. So also redete Freyas Familie über sie, wenn sie nicht dabei war? Als sie merkte, dass alle sie anstarrten, machte sie kehrt und hastete zur Treppe.

In ihrem Rücken hörte sie Cosimas überschnappende Stimme. »Ich habe den Kerl doch gesehen. Mit eigenen Augen! Und warum sonst sollte sie in einen Wald gehen, in dem sich ein Bär herumtreibt, wenn nicht, um ihn zu treffen?«

»Warum bist *du* denn dort gewesen, Cosima?«, hörte Solvejg Roberts Stimme.

»Weil ich dem Weib nicht traue! Ich bin ihr gefolgt. Bruder, du bist blind geworden, du merkst nicht einmal, wenn sich eine Natter in deinen Fersen festbeißt. Lass dich doch warnen! Ich …«

Solvejg hatte die letzte Stufe erreicht. Die Worte waren zu leise geworden, um sie noch zu verstehen. Sie rannte in ihre Kammer, wo sie die Tür hinter sich zuschlug und sich auf ihr Bett warf. Allmählich beruhigte sich ihr Herzschlag. Was hatte Cosima mit ihren Worten andeuten wollen? Dass sie sich mit einem Liebhaber getroffen hatte? Nein, mit einem Spion ihres Volkes! Obwohl – das eine schloss das andere ja nicht aus. Ach, zur Hölle mit diesem Weib!

Zeit verstrich, gewiss einige Stunden. Dann hörte sie die Tür in ihren Angeln quietschen. Eine schwarze Gestalt füllte sie aus, Robert. Als er sie entdeckte, murmelte er: »Ah, da bist du ja.« Er zog sich einen Schemel heran und setzte sich neben sie.

»Es stimmt nicht, was Cosima sagt. Ich war nicht im Wald, um mich mit jemanden aus meinem Volk zu treffen.«

»Das weiß ich doch.«

»Woher denn? Du warst ja nicht dabei.«

Robert lachte. Es war ihr unangenehm, ihn so dicht an ihrem Körper zu spüren, doch das ließ sich nicht ändern, es sei denn, sie wäre aufgestanden und fortgegangen. Und das wollte sie nicht.

»Ich weiß es trotzdem, weil ...« Robert überlegte. »Dir das Talent fehlt, dich zu verstellen, Solvejg. Aus deinen Augen schaut deine Seele. Du müsstest dich einmal selbst sehen können. Wenn du wütend bist, dann lodern sie; wenn du etwas komisch findest, glitzern sie. Sie glänzen, wenn du dich über etwas freust ... Egal, was dein Mund sagt oder was für Grimassen du ziehst – deine Augen verraten dich.«

»Das denkst du dir aus!«

»Nein, ich kann in dir lesen wie in einem Buch.«

»Wenn es so wäre, müsstest du auch wissen, dass ich euch nicht ausstehen kann. Warum jagst du mich dann nicht vom Hof?«

»Du magst uns also nicht – und bist trotzdem noch hier?«

»Ich habe längst beschlossen, fortzugehen.«

»Wohin? Zurück zu deinem Volk?« Er schüttelte den Kopf.

»Warum jagst du mich nicht vom Hof?«, wiederholte sie ihre Frage.

»Weil ich dich mag.«

Solvejgs Haut kräuselte sich. Ihre Kehle verengte sich. Wieder wurde ihr bewusst, wie dicht an ihrem Körper seine Hände waren.

»Weißt du, wer Guntram ist?«, fragte er.

Natürlich. Ein ständig greinender Junge, verkrüppelt von Geburt an, der die Menschen mit seiner schlechten Laune behelligte. »Bei uns hätte man ihn ersäuft, als er das Licht der Welt erblickte. Er wird niemals jemandem von Nutzen sein.«

»Vermutlich«, stimmte Robert ihr zu. »Warum hast du dein Brot mit ihm geteilt?«

»Das stimmt doch gar nicht!«

»Ich habe es selbst gesehen. Ich habe auch gesehen, wie du die Äpfel aufgehoben hast, die Judith aus dem Korb gefallen sind. Es wäre nicht nötig gewesen, sie hätte sich selbst bücken können, du hast aus Freundlichkeit gehandelt. Diese Freundlichkeit ist eine Eigenart von dir, die du allerdings verbergen willst, merkwürdigerweise. Du …«

»Hör auf!« Solvejg stemmte sich von ihrem Bett hoch und schob ihn zur Seite. Sie wollte zur Tür, doch Robert packte ihren Arm. »Was hat man dir in deiner Heimat angetan?«

Sie starrte ihn an, dann sagte sie leise: »Verschwinde!«

Er zögerte. Schließlich nickte er, löste die Hand und verließ den Raum.

Sie hatte ihn verärgert, und das war gut. Zuneigung, womöglich gar Liebe war wie ein Gift. Sie schläferte ein, um heimlich ihre Gestalt zu verändern und sich in eine Bestie zu verwandeln, die schließlich unvermutet mit aller Härte zuschlug. Das wusste sie doch. Liebe war ein Dreck!

Als Solvejg auf ihr Lager zurückkroch, stand ihr Entschluss fest: Sobald die Menschen am nächsten Tag hinüber nach Meaux zur Weihnachtsmesse gingen, würde sie das Durcheinander und die damit verbundene Nachlässigkeit der Wachen nutzen und das Gut verlassen.

Der Morgen kam bald. Solvejg stopfte ihre wenigen Habseligkeiten in einen Sack. Sie brannte vor Eifer, endlich fortzukommen. Doch als sie zur Tür kam, hielt sie inne. In der

Nähe von Roberts Räumen befand sich eine Kammer, die als Schreibstube diente. Und dort lagen die Bücher, in denen sie mit solcher Leidenschaft las. Die meisten Gutsbewohner waren bereits auf den Beinen, allerdings wohl in den unteren Stockwerken beschäftigt oder bereits im Hof.

Sie verdrängte ihr schlechtes Gewissen, huschte die Treppe hinab und eine andere, prunkvollere wieder hinauf, bis sie vor der Stube mit den Schätzen stehen blieb. Noch einmal zögerte sie. Sie ahnte, wie schwer es Robert treffen würde, wenn sie das Kloster, dem er sich verpflichtet hatte, bestahl. Aber wer überleben wollte, musste hart sein können.

Die Schriften, auf die es ihr ankam, lagen in einer Truhe. Solvejg hob den schweren, mit Schnitzereien verzierten Deckel an. Das Buch, das sie gerade am meisten fesselte, handelte von einem Mann namens Platon, der weder die Christengötter noch die Götter ihrer Heimat oder die der Iren kannte. Und genau das machte ihn für sie so interessant. Anders als in den Schriften, die sie zuvor gelesen hatte, hatte Platon seine Lehren nicht selbst niedergeschrieben, sondern andere Menschen hatten die Gespräche festgehalten, die er mit ihnen führte. Solvejg las also zuerst Platons Meinung und dann, wie ihr widersprochen wurde und was er darauf erwiderte. War allein das nicht beglückend? Das zögernde Sich-Herantasten an die Wahrheiten, auf denen das Leben beruhte?

Sie stopfte das Buch in ihren Sack und verließ die Kammer wieder. Ein Blick aus dem Fenster zeigte ihr, dass sich die Gutsbewohner bereits im Hof versammelt hatten. Sobald sie zum Tor hinaus waren, würde es von den Wachen wieder verschlossen werden. Sie musste sich also beeilen – und kam gerade noch rechtzeitig. Odo und Robert hatten ihre Rappen bereits bestiegen, und neben der Sänfte, in der Freya und Cosima saßen, sammelten sich vier kräftige Kerle. Solvejg fiel auf, wie festlich gekleidet die Menschen um sie herum waren. Sogar die Bauern und Leibeigenen. Ihre Wämser waren sauber und die meisten ohne geflickte Stellen, als hätte man sie nur für diesen heiligen Tag in den Truhen aufbewahrt. Solvejg ließ ihren Sack mit den Habseligkeiten unterm Umhang verschwinden und mischte sich unter die Menge.

Ein Ruf von Odo, und sie schritten durch das graue Tor und wandten sich hinüber nach Meaux, wo die Kirche mit den beiden herrschaftlichen Türmen auf sie wartete. Solvejg hatte angenommen, sie könnte sich unauffällig in die Büsche schlagen, doch das wurde schwieriger als gedacht. Die Menschen hatten sich in einer langen, gerade ausgerichteten Reihe aufgestellt, wobei jeweils vier Personen nebeneinander schritten. Selbst die größeren Kinder, die bereits mit zur Kirche durften, hatten sich eingeordnet. Es war ausgeschlossen, den Zug zu verlassen, ohne auf sich aufmerksam zu machen. Erst als sie die Kirche in Meaux erreichten und den Raum mit den Fackeln und dem geschmückten Altar betraten, löste der Zug sich auf.

Doch nun erschien die Flucht noch unmöglicher. Viele der Gottesdienstbesucher stierten sie unverhohlen an. *Die Normannin betritt eine Kirche?* Solvejg stellte sich neben eine Säule und blickte nach vorn, wo ein riesiges Kreuz hinter einem Altar aufragte. Gauthier schritt herein, andere Geistliche folgten ihm, menschliche Raben mit strengen Gesichtern. Ihr Blick glitt zur gräflichen Familie, die allein seitlich des Altars auf Stühlen hatte Platz nehmen dürfen. In der Mitte Odo, der sie vermutlich am liebsten davongejagt hätte. Rechts von ihm Freya, die Cosima liebte und sich deshalb von ihr überzeugen lassen würde, dass die doppelzüngige Normannin Ränke flocht. Links Robert …

Sie brauchte sich das Herz nicht mehr schwer zu machen. Nach dem Gottesdienst würde sie auf Nimmerwiedersehen verschwinden.

Die Geistlichen hatten den Altar erreicht und umringten ihn, und der Sänger, der für die Messe ausgewählt worden war, hob seine Stimme. Als er fertig war, begann Gauthier zu beten, dann sang er ebenfalls, manchmal allein, oft auch im Wechsel mit den anderen Geistlichen … Singen … beten … selbst die Leute vom Gut stimmten gelegentlich ein.

Solvejgs ungeduldiger Blick blieb am Altar hängen. Man hatte ihn, weil um diese Zeit keine Blumen blühten, mit Tannenzweigen geschmückt, die zu Girlanden gebunden worden waren. Rote Schleifen gaben dem Meer aus grünen Nadeln ein wenig Farbe. Es wirkte hübsch, viel weniger streng als der Rest des Kirchenbaus, und trotzdem wurde ihr plötzlich unbehaglich zumute. Was störte sie?

Der Sänger vom Gut hob erneut die Stimme, dieses Mal schwoll sie zu beachtlicher Lautstärke an. Er sang Namen − war das der Stammbaum Jesu? Doch sie hörte kaum hin. In der Mitte des Altars wirkten die Tannenzweige plötzlich geordneter, so kam es ihr vor. Und zugleich schienen sie die Harmonie der übrigen Gestecke zu beeinträchtigen. Sie eckten an. Sie kamen ihr vor wie …

… *ein Spott.*

Solvejg spürte, dass sich der Schlag ihres Herzens veränderte. Erst pochte es langsamer, dann begann es zu rasen. Die Umrisse der Zweige hoben sich aus ihrer Umgebung plötzlich ab, es war, als würden sie zu glühen beginnen. Man hatte für diesen Teil des Altarschmucks besondere Zweige ausgewählt.

Ausschließlich gerade Zweige. Sie waren zu einem Dreieck zusammengebunden worden, wobei die beiden kleineren Zweige in jenem besonderen Winkel zusammenstießen, den Dhoire als Winkelhaken bezeichnet hatte. An den Seiten des Dreiecks waren weitere Zweige zu erkennen, die dezent, aber deutlich erkennbar Quadrate nachbildeten.

Solvejg spürte ihre Beine zucken, der Drang, loszurennen und sich zu verstecken, war überwältigend. Und musste doch beherrscht werden. Sie schaute sich so unauffällig wie möglich um, konnte aber keinen Mann entdecken, der Dhoire ähnlich gesehen hätte. Der Druide musste ihr von Gournay aus gefolgt sein, aber er befand sich nicht in der Kirche.

Ein lautes Amen aus vielen Kehlen beendete den Gesang am Altar. Die Messe war offenbar zu Ende. Zuerst gingen die Priester Richtung Tür, dann folgte die Grafenfamilie und schließlich das gemeine Volk. Auf dem Vorplatz strömten die Menschen in Gruppen zusammen, um mit ihren Freunden zu plaudern. Jetzt wäre der Moment gewesen, sich davonzuschleichen. Aber wie hätte sie das wagen können, mit dem Wissen, dass Dhoire ihr wieder auf den Fersen war? Ihr kam ein hässlicher Gedanke. War er es gewesen, der ihr bereits am Vortag durch den Wald gefolgt war? War sie ihm womöglich nur entkommen, weil plötzlich Cosima aufgetaucht war?

Solvejg kehrte gemeinsam mit den Franken aufs Gut zurück. Sie brachte das Buch über Platon wieder in die Schreibstube, trug den Beutel in ihre Kammer zurück und ließ sich in düsterster Stimmung auf ihr Strohlager sinken, während aus der Halle die Geräusche der Weihnachtsfeier zu ihr hinaufdrangen.

»Willst du mich begleiten?«

Solvejg hob den Kopf und ließ den schmutzigen Kessel los, den sie gerade geschrubbt hatte. Freya stand in der Tür des Küchenhauses, einen Korb am Arm, die große dunkle Schürze, die sie immer trug, wenn sie ihre Kranken besuchte, unter dem Mantel.

Sie nickte. »Ich hole meinen Umhang«, sagte sie, wusch die Hände in einem Trog mit Wasser und eilte hinüber zum Haus. Kurze Zeit später schritt sie neben Freya hinaus.

Draußen pfiff ein kalter Wind. Es störte sie nicht. Sie hatte das Gut seit der Weihnachtsmesse nicht mehr verlassen. Stattdessen hatte sie sich in der Küche nützlich gemacht, in ihren freien Stunden gelesen – und sich für ihre Furcht vor Dhoire verachtet. Sie grübelte und zweifelte. Hatte sie am Altar wirklich Zweige gesehen, die dem Dreieck des Pythagoras glichen? Oder war das nur eine aus ihrer Angst geborene Täuschung gewesen? Da Dhoire die Macht besaß, einen Blitz auf einen Menschen niederfahren zu lassen, warum hatte er seine Götter dann nicht auch um einen Blitz gebeten, um sie selbst niederzustrecken? Oder die ganze Kirche niederzubrennen?

»Was ist?«, fragte Freya.

»Nichts, ich dachte nur gerade an die Weihnachtsmesse.«

»Ah ja?«

»Ist aber nicht wichtig.«

Sie sprachen nicht viel. Freya erklärte, dass die Frau, zu der sie gingen, gebären sollte. Und da sie schon älter war und es sich um ihre erste Entbindung handelte, musste man mit Schwierigkeiten rechnen. Solvejg nickte, es war ihr gleichgültig. Bald tauchte am Rand des nächstgelegenen Dorfs die Hütte auf, zu der sie gebeten worden waren. Aus den beiden winzigen, mit Schweinsblasen abgedichteten Fenstern drangen Schreie. Freyas Schritte wurde schneller.

Es folgten Stunden voller Qual, die damit endeten, dass das Weib ein blutverschmiertes Scheusal zwischen den Beinen aus ihrem Bauch presste. Solvejg holte einen Kessel mit Wasser vom Feuer, das sie auf Freyas Anordnung erhitzt hatte. Voller Abscheu blickte sie auf das zerknitterte Ding, das von Freya begutachtet wurde. Die Mutter weinte, ob vor Glück oder wegen der ausgestandenen Schmerzen, war nicht zu erkennen. Als Freya nach einem Messer griff – warum auch immer –, ging Solvejg hinaus.

Es dunkelte bereits, als Freya endlich wieder durch die Tür trat. Der Ehemann trug ihr einen Korb voller verschrumpelter Äpfel hinterher, den er ihr förmlich aufdrängen musste, wohl weil sie ahnte, dass in der Hütte bittere Armut herrschte. Solvejg nahm ihr den Korb ab, und sie trotteten müde durch die anbrechende Dämmerung heimwärts. Plötzlich ließ Freya sich auf einem der Baumstümpfe nieder, die vor Wochen zurückgeblieben waren, als man in dem Wäldchen Holz für den Winter geschlagen hatte. Ihr Gesicht war angestrengt vor Erschöpfung. »Weißt du, wie die Blase heißt, in der ein Säugling heranwächst, bis er zur Geburt bereit ist?«, fragte sie.

Solvejg zuckte gleichgültig mit den Schultern. Stumm sah sie zu, wie Freya sich einen Zweig griff und etwas in die feuchte Erde zu zeichnen begann. Einen Sack, in dem sich ein Kind zusammenkrümmte.

»So lebt ein Säugling, kurz bevor er geboren wird.« Freya schrieb Buchstaben neben die Zeichnung, und Solvejg beugte sich unwillkürlich vor. *Gebärmutter,* formten ihre Lippen.

Freya nickte. »Und die Verbindung zur Mutter, über die es

ernährt wird, nennt man Nabelschnur.« Sie reichte ihr den Stock.

»Was soll ich damit?«

»Ich will wissen, ob du nur lesen oder auch Wörter, die du hörst, schreiben kannst.«

Solvejg zuckte mit den Schultern, das war leicht. Sie tat wie geheißen.

»Ah ja. Und nun schreibe bitte: *Wenn sich das Kind …* Mach schon! *Wenn sich das Kind ein wenig von dem durch die Geburt erlittenen Schock erholt hat …*«

»Mich interessiert das nicht.«

»*… soll man es aufheben und die Nabelschnur durchtrennen.*«

Solvejg rollte mit den Augen – und konnte doch nicht widerstehen, ihr zu beweisen, wie leicht ihr die Kunst des Schreibens mittlerweile fiel. Als sie fertig waren, starrten sie beide auf die Buchstaben in der schwarzen Erde.

»Ich will dir einen Vorschlag machen«, sagte Freya schließlich. »Die Augen von Odos Schreiber sind schwach geworden, und ich denke schon länger darüber nach, ob du ihn ersetzen könntest. In dieser Position wärest du nützlicher als in der Küche.«

Solvejg lachte auf. »Odo soll ausgerechnet die Schlange, die nur darauf lauert, sein Volk an die Wikinger auszuliefern, in die Bündnisse einweihen, die er mit seinen Nachbarn schließt?«

»Robert verbürgt sich für dich.«

»Ha!«, stieß sie höhnisch hervor und konnte doch nicht verhindern, dass ein heißer Stich der Freude durch ihre Brust flog.

»Und ich tue es auch.«

»Warum?« Dieselbe Frage, die sie auch Robert gestellt

hätte. Aber Freya ließ sie unbeantwortet und erhob sich, um weiterzugehen.

Solvejg packte sie am Arm. »Selbst wenn du und Robert mir trauen würdet – Cosima hasst mich und wird immer Neues anführen, um mich anzuschwärzen. Irgendwann wird man ihr glauben.«

Freya drehte sich zu ihr um. »Erinnerst du dich an die Frau, von der ich dir erzählt habe? Johanna? Die Päpstin?«

Solvejg nickte.

»Ich weiß nicht, ob es Gott war, der ihr den Auftrag gegeben hat, nach der Papstkrone zu greifen, oder ob sie selbst darin eine Möglichkeit sah, das Schicksal der ihr anvertrauten Menschen zum Guten zu wenden. Doch fest steht: Sie hat die Möglichkeit, die sich ihr bot, ergriffen.«

»Aber Cosima …«

»Johanna hatte zweifellos ebenfalls Bedenken, und sie wogen schwerer als die, die dich gerade bedrücken. Aber manchmal muss der Mensch auch dann springen, wenn er nicht weiß, ob das Wasser unter dem Fels tief genug ist, den Aufprall zu mildern. Wer nichts wagt, fühlt sich sicher, doch in Wirklichkeit stirbt er bereits in dem Moment, in dem er sich für ein Leben in Feigheit entscheidet.«

Solvejg starrte sie an, und Freya begann zu lächeln.

»Cosima hat ihren eigenen Kummer, der sie manchmal reizbar und unfreundlich macht. Aber ich habe schon eine Idee, wie ich ihn lindern kann.«

Sie erhob sich, und den Rest des Weges legten sie schweigend zurück.

12.

KAPITEL

Steinbjorn würde sterben. Sein Sohn würde den quälenden Tod erleiden müssen, den Harald Schönhaar ihm angedroht hatte, für den Fall, dass man ihm den Kopf seiner verfluchten Tochter nicht in Jahresfrist nach Avaldsnes brachte.

Einar hatte getan, was möglich war. Er war zurück nach Glendalough gesegelt und hatte dort mehrere von Unwettern und Kälte geschüttelte Wochen damit verbracht, den Iren zu finden, der ihm und anderen Wikingern gelegentlich gegen gestohlenes Silbergerät verriet, wie sich die politische Lage in seinem Land veränderte und wo es am meisten Beute mit dem geringsten Widerstand zu holen gab. Einar verachtete den Mann, aber seine Angaben hatten sich stets als zuverlässig erwiesen.

Tatsächlich hatte Adair Plaudermaul ihm weiterhelfen können. Anfangs war er verwirrt gewesen, weil Einar nach einer Frau fragte, die bei ihrem letzten Überfall zurückgeblieben war. Offenbar hatte man auch in Glendalough nicht bemerkt, dass es sich bei dem angeblichen Krieger, den sie gefangen genommen hatten, in Wirklichkeit um ein durchtriebenes Weibsstück gehandelt hatte.

»Ihr Name ist Solvejg.«

Als die Sache geklärt war, begann der Mann von einem Druiden zu schwafeln, der mit dieser Solvejg zusammen im Kerker gesessen hatte, und dann ... Adair legte eine Pause ein, um die Spannung zu erhöhen. »Die beiden wurden vor einen Bischof geführt, der über sie zu Gericht saß. Aber als der Druide – sein Name ist Dhoire, ein bekannter Mann in diesem Teil von Irland – getauft werden sollte, hat er einen Fluch ausgesprochen, und der Bischof wurde durch einen Blitzschlag getötet. Die beiden Gefangenen haben die Verwirrung genutzt und sind geflohen.«

»Gemeinsam?«

Der Mann wiegte den Kopf und erzählte, dass der Druide wenig später in einer Siedlung namens Wicklow gesichtet worden war und dort ein Schiff bestiegen hatte, das ihn hinüber nach Neustrien bringen sollte. Möglicherweise nach Rouen.

»Und Solvejg ging mit ihm?«

Adair wusste es nicht. Aber er klopfte mit der Hand auf sein Herz, wohl um anzudeuten, dass er eine Liebesgeschichte vermutete.

Doch Einar zweifelte. Was der Mann erzählte, klang in seinen Ohren gar zu geschmeidig. Nach dem Gespräch war er eine ganze Woche mit sich zu Rate gegangen. Dann hatte er seine Leute, obwohl die Herbststürme bereits über die Nordsee fegten, überredet, hinüber nach Rouen zu fahren. Dort angekommen, hatte er ihnen befohlen, in der Nähe der Seinemündung auf ihn zu warten. Er hatte auf einem nahen Gut ein Pferd gestohlen und war damit nach Rouen geritten, wo er sich umhorchte, tagelang. Nachts, wenn er in Scheunen oder Ställen schlief, plagten ihn Alpträume, in denen er die

Qualen sah, die Harald seinem Sohn zufügen könnte. Wenn der Morgen kam, verscheuchte er sie, indem er weiter durch die Gassen strich und nach Solvejg Ausschau hielt und außerdem nach dem Druiden, so wie Adair ihn beschrieben hatte. Ein Rothaariger, der ein mit Krallen versehenes Bärenfell als Mantel trug.

Doch bald merkte Einar, dass die Leute anfingen, ihn misstrauisch zu mustern, und er war gezwungen, Rouen wieder zu verlassen, ohne etwas über Solvejgs und Dhoires Aufenthaltsort zu erfahren. Er kehrte zur Seinemündung zurück – dieses Mal zu Fuß, denn das Pferd war ihm gestohlen worden –, und seine Männer lauschten seinem entmutigenden Bericht. Als er fertig war, schlugen sie vor, da sie schon hier waren, trotz der kalten Jahreszeit nach Sluis zu segeln, einem kleinen Ort an der flandrischen Küste. Vielleicht ließ sich ein wenig Beute machen, ein Trost für die vergebliche Reise.

Niedergeschlagen gab Einar ihren Wünschen nach. Sie machten sich auf den Weg. Und dort, in der Nähe von Sluis, wandten sich ihm die Götter wieder zu, indem sie ihm Hagano über den Weg schickten.

Es war ein nebliger Wintervormittag. In der zurückliegenden Nacht hatten sie ein kleines Kloster geplündert. Keine große Beute. Neben dem gepökelten Fleisch, das sie in ihre Säcke stopften, und einigen warmen Decken besaßen nur ein paar Silberleuchter echten Wert. Auf dem Rückweg zu ihrem Schiff erblickten sie zwei Reiter, die an einem Feld entlangritten. Der eine war ein dicklicher, kleiner, noch junger Mann, bei dem vor allem der Umhang aus weichem Schaffell und sein Ärmelrock darunter auffielen, der mit Schmuckborten und Silbergarnen verziert war. An seiner Seite befand sich ein Hüne mit wachem Blick und schweren Waffen, dessen Aufgabe unverkennbar darin bestand, seinen Herrn zu beschützen.

Einar und seine Männer ließen sich mitsamt ihrem Gepäck in den hohen Strandhafer sinken. Zum Glück waren die Reiter abgelenkt. Ein Wolfsrudel heulte in einem nahen Wald, auf den sie zuritten. Der Hüne zog einen Pfeil aus dem Köcher, legte ihn aber noch nicht an. Die Viecher wagten ja selten einen Angriff.

Einars Männer hingegen zögerten nicht. Thorkel Thorwaldsson hob den Bogen, spannte ihn und blickte Einar fragend an. Als der nickte, zischte sein Pfeil von der Sehne. Der Hüne brüllte auf, er wand sich kurz, dann stürzte er aus dem Sattel und rührte sich nicht mehr. Ein goldener Schuss! Sein Schimmel floh in Panik, das andere Pferd stieg auf die Hinterhufe.

»Den auch?«, fragte Thorkel.

»Nur sein Pferd. Den Reiter brauchen wir vielleicht noch.«

Gesagt, getan. Das Tier brach zusammen, der Dicke stürzte in den Sand. Während Einars Männer losrannten, um ihn zu holen, kehrte der Schimmel zurück, vielleicht wegen des Wolfsgeheuls. Sie warfen ihren Gefangenen auf den Sattel des Pferdes und marschierten zum Ufer zurück. Grinsend packte Thorkel den Burschen am Gürtel und schleuderte ihn in den Strandhafer. Einar hatte einen Weichling erwartet, jemanden, der heulend um Erbarmen flehte, aber er sah sich getäuscht. Der Mann kam sofort wieder auf die Füße. Er verbarg die Schmerzen, die ihn nach dem Sturz vom Pferd quälen mussten, und strich den Schmutz aus seinen Kleidern. Wirklich, kein Anzeichen von Furcht. »Normannen«, meinte er mit einem dünnen Lächeln und blickte in Richtung See, als könnte er dort ihre beiden versteckten Schlangenboote entdecken.

»Wie ist dein Name?«, fragte Einar.

»Hagano, ich bin der Herr von Sluis. Und außerdem ...« Er machte eine bedeutungsvolle Pause. »... der Berater Graf Balduins, des mächtigen und gütigen Herrschers von Flandern.«

»Bald wirst du nur noch ein Festschmaus für die Aaskrähen sein.«

»Das liegt in Gottes Hand.«

»Oder in der meinen.« Einar lächelte. »Mich nennt man Einar Schlangenauge, und ich pisse auf deinen Grafen, Hagano Großmaul.«

Die Hand seines Gefangenen glitt über einen der Metallfäden in seinem Wams, er versuchte, klar zu denken, einen Plan zu fassen, das konnte man ihm ansehen. Sein nervöser Blick wanderte zu den Beutesäcken und blieb an den Spitzen der Leuchter hängen, die aus einem davon ragten. »Einen großen Ehrgeiz scheinst du nicht zu besitzen, Schlangenauge. Wenn du dir Kerzen in silberne Leuchter stecken kannst, ist das natürlich etwas Schönes, aber ... Verzeihung, gibt es nicht größere Träume?«

»... fragte der Mann, der um sein Leben zitterte.«

»Ich sagte es schon, dieses Leben liegt in Gottes Hand. Aber ich überlege ...« Die Hand an dem Metallfaden zitterte vor Nervosität und widerlegte den Hochmut der Stimme. »Einar Schlangenauge ... dein Name klingt mir bekannt in den Ohren. Du bist schon früher hier in Flandern gewesen, richtig? Oder in Neustrien?«

»Ich befahre die ganze Welt.«

»Und raffst Kerzenleuchter an dich. Nein, Einar, warte ...«

Der Dreckskerl, der um sein Leben winseln sollte, hob beschwichtigend die Hände. »Verzeihe, meine Zunge ist ein Kobold. Ich stehe nicht hier, um dich zu schmähen. Was mich beschäftigt …« Er starrte in Einars Gesicht, als wollte er in seinen Augen lesen. Man konnte förmlich sehen, wie Gedanken durch seinen Kopf flogen, verworfen wurden und wieder hochkochten. Vorsichtig begann er von Neuen: »Die Zeit, in der wir leben, die Jahre, die vor uns liegen … Ich weiß nicht, ob du davon gehört hast, Einar, aber sie verheißen Großes. Reichtum, der Schatzkammern füllt, dazu Ehre und Ruhm, wie sie nur die Altvorderen kannten. Was ich sagen will, ist: Im kommenden Jahr stehen den tapferen Männern dieser Welt Türen offen, die bisher verschlossen waren. Allerdings wird es einen überwältigenden Mut erfordern, durch eine von ihnen zu treten. Wie viele Schiffe besitzt du?«

Einars Hand zuckte. Der Drang, den Schwafler abzustechen, war überwältigend – und doch nicht so groß wie seine Neugierde. »Mehr als du zählen kannst – sobald der Frühling zurückkehrt.«

»Du hast das Kloster von Glendalough ausgeraubt«, murmelte Hagano, als wäre es ihm gerade eben erst eingefallen. Er hatte also von dem kleinen Feldzug gehört? Die Christen unterhielten einen regen Austausch an Boten. Aber dass in Glendalough seine Glaubensbrüder gestorben waren, schien ihn nicht zu stören. Im Gegenteil, sein Lächeln hatte sich vertieft. »Ich mache dir einen Vorschlag, Schlangenauge: Begleite mich zu meinem Herrn, dem Grafen von Flandern. Es soll dein Schade nicht sein.«

Einar lachte laut auf. Nur ein Narr würde sich in die Burg eines Feindes begeben!

»Du hast recht«, meinte Hagano, als könnte er seine Gedanken lesen. »Du wirst allein gehen und mich bei deinen Leuten zurücklassen. Wenn du am Ende des morgigen Tages nicht zurückgekehrt bist, sollen sie mich töten.«

»Und was erwartest du von mir?«

»Verlange, dass man dich zum Grafen führt, und sage Balduin, dass Hagano dich schickt. Erkläre ihm, dass du bereit bist, im kommenden Frühling mit einem schwimmenden Heer zu kommen und ...« Er stockte und zögerte – und fuhr schließlich mit leiser Stimme fort: »... die Ratte zu zertreten, die ihm die Tage verdirbt.«

Einar sah aus dem Augenwinkel, dass die Wölfe aus dem Wald geschlichen kamen und sich über den verreckten Hünen und Haganos totes Pferd hermachten. Er befahl seinen Leuten, das Fressen zu beenden und die Pfeile aus den toten Leibern zu ziehen, um zu verschleiern, wie sie ums Leben gekommen waren. Während sie seinen Befehl ausführten, nutzte er die Zeit zum Nachdenken.

»Bringt die schleimige Assel auf unser Schiff«, befahl er, als die Männer schließlich zurückkehrten. »Und stecht ihn ab, sollte ich bis morgen Abend nicht wieder bei euch sein! Aber langsam, damit er es genießen kann.«

Einar erreichte Burg Gravensteen, die Residenz des Fürsten von Flandern, am späten Nachmittag. Er hatte von der Festung bereits reden hören, sie aber noch nie mit eigenen Augen gesehen. Staunend, den Kopf im Nacken, betrachtete er die wuchtigen weißgrauen Bruchsteinmauern, auf der in geringen Abständen Verteidigungstürme thronten. Hinter den Mauern erhob sich eine Kirche und außerdem ein zweiter, noch größerer Bau – der Palast. Zwei Flüsse und ein Festungsgraben schützten die Anlage.

Kurz zögerte er, dann gab er sich einen Ruck und führte den Schimmel in das Gebüsch eines nahe gelegenen Wäldchens, wo er ihn festband. Im Zwielicht einer nebligen Dämmerung überschritt er die Steinbrücke, die sich über einen der Flüsse spannte. Seine Kleider, das Kettenhemd und vor allem die sich ringelnden Schlangen, die er sich mit Nadeln auf die beiden Schläfen hatte stechen lassen, erregten sofort Aufsehen. In den Gesichtern der Wächter, die sich ihm in den Weg stellten, malten sich Hass, Furcht und misstrauisches Staunen. Einer der plündernden Drecksäcke aus dem Norden begehrte den Grafen zu sehen? Einar ließ mit einem hochmütigen Lächeln den Namen Hagano fallen. Er wartete, während die Männer sich besprachen und schließlich einen der Ihren in die Burg schickten. Als der Mann zurückkehrte und nickte, packten sie Einar und führten ihn durch einen Tortunnel.

Dahinter tat sich ein Hof voller kleiner und größerer Treppen, Ställe und Wohngebäude auf, in denen es von Dienstboten und Bewaffneten wimmelte. Er spürte die hasserfüllten Blicke auf der Haut. Aber was scherte es ihn! Über eine breite Steintreppe ging es ins Haupthaus hinein. Teppiche und Fackelhalter schmückten hier die Wände, die wuchtigen Türen waren mit eisernen Ranken verziert und wurden durch armdicke Riegel geschützt. Hinter offen stehenden Türen entdeckte er Kamine, in einem großen Saal befand sich gar auf halber Höhe ein schmales, weiteres Geschoss, das von armdicken Säulen getragen wurde und gewiss von Balduin und hohen Gästen benutzt wurde, wenn sie ein Fest feierten. Er lief treppauf, dann wieder treppab, durch unzählige, oft schmale Flure. Die Burg des flandrischen Grafen kam ihm wie ein Bienennest vor.

Schließlich erreichten sie einen abgelegenen Raum. Abgelegen, aber nicht ärmlich – im Gegenteil. Verstohlen musterte Einar mehrere mit Pelzen gepolsterte Stühle, die um einen wuchtigen Eichentisch standen. Vor Kurzem musste hier noch getafelt worden sein, denn es hing ein Geruch nach Fleischsoße in der Luft, der ihn schmerzlich den eigenen leeren Magen spüren ließ.

Vor einem schmalen Fenster, das den Blick auf die hügelige Landschaft preisgab, stand ein Mann in einem weinroten, spitzenverzierten Wams. Auf seiner Brust prangte eine goldene Fibel, die mit einem aus Edelsteinen geformten Hirsch verziert worden war. Balduin, zweifellos. Trotz seiner kostbaren Kleidung wirkte er auf den ersten Blick wenig beeindruckend – vielleicht, weil er bereits eine angehende Glatze besaß. Sein Körper war dürr, die Ärmel hingen schlaff über wenig muskulösen Armen. Er war kein Kämpfer, sondern eine schwache Memme. Ein zweiter, genauerer Blick brachte Einars Meinung allerdings ins Wanken. Balduin besaß keine Schlangenaugen wie er selbst, aber sie weckten dennoch Aufmerksamkeit. Er meinte, darin eine gewisse Verschlagenheit zu entdecken, ein kaltes Abwägen, eine Willensstärke, die auf erhebliche Härte hindeutete.

Der Graf beugte sich zu einer schwarzen Katze, die um seine Beine schlich. Bereitwillig ließ sie sich von ihm aufnehmen, und während er sie streichelte, wandte er sich dem zweiten Menschen zu, der sich im Zimmer befand, einem weibisch wirkenden Mann in einem bodenlangen weißen Rock, über dem er ein rotes, mit schwarzen Kreuzen besticktes Übergewand trug. Vermutlich ein Bischof, wie die

Christenvölker die Mittler zwischen sich und ihrem Gott nannten.

»Wer hätte das gedacht? Einer der nordischen Schildbeißer beehrt uns mit seinem Besuch, Fulko. Was mag sein Anliegen sein? Will er uns womöglich mit sabberndem Gebrüll aus der Burg jagen? Huch, ich merke, wie ich zu zittern beginne.«

Die Worte waren kränkend und wirkten zugleich ein bisschen dumm, aber Einar nahm vor allem die Neugierde darin wahr. Hochmütig erwiderte er: »Wie ich hörte, ist der Graf von Flandern in Not geraten. In eine so arge Not, dass sein Berater diesen Schildbeißer aufsuchte und ihn anflehte, seinem Herrn aus der Patsche zu helfen.«

Balduin begriff sofort. »Ist Hagano bei guter Gesundheit?«

»Seine Mutter könnte ihn nicht liebevoller hätscheln.« Es hatte keinen Sinn, sich in einem Reigen von Schmähungen zu verlieren. Also trat Einar, bedrängt von den misstrauischen Wächtern, an den Tisch. Langsam begann er, seine Waffen darauf abzulegen. Zuerst das Schwert, dann die Streitaxt, die beiden Messer aus seinem Gürtel, den Köcher mit den Pfeilen. »Ich würde gern mit dir über Dinge reden, Balduin, Graf von Flandern, die nicht sofort in jedes Dorf getragen werden dürfen, falls du mich verstehst.«

Balduin starrte auf die scharfen, glänzenden Schneiden. Er trat näher und nahm das längere Messer in die Hand. Fast liebevoll strich er mit dem Zeigefinger über die Klinge. »Wie ist dein Name?«

»Man nennt mich Einar Schlangenauge – ich bin der Herrscher eines der Völker oben im Norden.« Es konnte nicht schaden, ein bisschen zu übertreiben. Die nächsten Worte sprach er langsamer und betonte sie. »Außerdem bin ich Befehlshaber einer bedeutenden Flotte.«

Balduin nickte. Er schwieg eine Weile, mit einem Ausdruck im Gesicht, als blickte er in sich hinein. Dann nickte er den Wächtern zu und deutete auf die Waffen. »Nehmt sie und bringt sie zum Tor.«

Der Impuls, nach dem Schwert zu greifen, war fast übermächtig, aber Einar widerstand ihm, und um seinen Gleichmut zu unterstreichen, ging er zum Fenster. Es hatte zu schneien begonnen, und er starrte in die dicken, weißen Flocken, die vom Himmel fielen. Plötzlich musste er an Steinbjorn denken, seinen Sohn, der verloren war, weil es keine Möglichkeit gab, herauszufinden, wohin Haralds verfluchte Tochter mit dem Druiden verschwunden war. Wenn er sie doch bereits damals getötet hätte, als sie aus dem Bauch seines Schiffs gekrochen war! Dann hätte er allerdings ihren Kopf aufbewahren müssen, um ihren Tod zu beweisen, und das hätte er gewiss nicht getan. Die Lage war von Beginn an hoffnungslos gewesen. Und inzwischen war die Hexe im Nirgendwo verschwunden, so wie die Schneeflocken, die vor ihm im Wind tanzten. Vielleicht verweste sie in irgendeinem Graben, und niemand würde es jemals erfahren.

Balduin begann zu sprechen, und Einar drehte sich zu ihm um. Der Mann plante einen Angriff auf die Stadt des Grafen von Paris, der ihm offenbar im Kampf um die Macht über das Westfrankenreich in die Quere gekommen war. Er wollte einen seiner Verbündeten, einen Markgrafen namens Guido, zum König krönen lassen. Doch der Graf von Paris sammelte Männer um sich, die bereit waren, ihn selbst zum Gegenkönig zu krönen.

»Ich könnte Odo seine Anmaßung auch austreiben, indem ich ihn mit meinem Heer angreife, doch das würde womöglich übel aufgenommen. Viele Edle sind noch unschlüssig.«

Wie offen er zu einem Fremden sprach. Der Mann in dem weißen Rock schien ähnlich überrascht, denn er mischte sich mit einem Räuspern ins Gespräch. »Balduin, wenn herauskäme, dass einer der führenden Männer der Christenheit ein Bündnis mit den Christenmördern aus dem Nor…«

»Ach ja, Fulko, und was schlägst du vor?«

»Wie könnten die … die Person, die …« Der Mann trat zum Grafen und senkte seine Stimme zu einem Flüstern.

Balduins Antwort allerdings kam deutlich und laut. »Ich soll meine Zukunft einem Weib anvertrauen? Einem *Weib*? Bist du von Sinnen?«

»Sie hat bewiesen, dass sie dir treu ergeben ist und wagemutig dazu …« Wieder senkte Fulko die Stimme, doch schon nach wenigen Worten donnerte Balduins Faust auf den Tisch. »Schweig!«

Fulko wich zurück, als hätte ein Hund nach ihm geschnappt, und Balduin wandte sich wieder seinem Besucher zu. »Was also begehrst du von mir, und was bietest du mir dafür?«

Einar nannte die Einzelheiten. Bei der Zahl der Schiffe, die ihm angeblich folgen könnten, übertrieb er, aber Balduin schien ihm zu glauben und nannte ihm den Lohn, den er für seinen Beistand erhalten würde: die Plünderung von Paris und die sichere Rückkehr in die heimischen Gewässer. Es klang wie ein gutes Geschäft. Eines, das nicht nur meinen Reichtum und meinen Ruhm mehren würde, dachte Einar, sondern … Ein zweiter Gedanke schlich in seinen Kopf, zögernd, mit Hoffnung und Zweifel behaftet. Würde dieser Raubzug seinen Reichtum und sein Ansehen und damit seine Macht unter den Norwegern so sehr stärken, dass er seinen Sohn mit Gewalt aus Haralds Händen retten könnte?

13.

KAPITEL

Und daher wäre es mir angenehm, dich und deine Gemahlin an diesem besonderen Tage auf der Île de la Cité willkommen zu heißen.«

Odo stand mit auf dem Rücken verschränkten Händen am Fenster und blickte hinab in den weiß verschneiten Gutsgarten, während er Solvejg die Botschaft an einen Edlen namens Heribert diktierte, der in Compiègne regierte. Er lächelte, während er sprach – Solvejg hörte es am Klang seiner Stimme. In letzter Zeit lächelte er oft, und es hätte sie brennend interessiert, ob es wegen der unvermuteten Schwangerschaft der Gräfin war, die ihm neue Hoffnung auf einen Nachkommen gab, oder weil die Edlen Neustriens ihm immer zahlreicher zu verstehen gaben, dass sie es schätzen würden, ihn auf dem Königsthron zu sehen.

Die Stimmung auf dem Gut hatte sich in den letzten beiden Monaten jedenfalls gewaltig verändert. *Unser Graf – der König des Westfrankenreichs!* Allerdings fiel Solvejg auch auf, dass sich einige Menschen – und es waren nicht die dümmsten, auch Freya gehörte dazu – Sorgen machten. Odo würde den Königsthron erobern und ihn anschließend verteidigen müssen, und das würde womöglich Krieg bedeuten. Schlachten, in die man die freien Bauern schicken würde, und Gefahren auch für die Unfreien, die von einem gewaltbesoffenen Heer möglicherweise niedergemetzelt würden.

»… richte bitte auch Aledram aus, welche Freude es mir wäre, ihn wieder einmal sehen zu können.«

Solvejg schrieb, ohne sich viel konzentrieren zu müssen. Die Feder glitt über das Pergament wie ein sechster Finger. Wenn sie fertig war, würde Odo die Botschaft von Robert oder Freya, die beide des Lesens kundig waren, kontrollieren lassen, das wusste sie, aber es war ihr gleich. Allen war klar, dass niemand die Kunst, mit leichter Hand elegante Buchstaben zu malen, besser als sie beherrschte.

So, die Nachricht war fertig geschrieben – und offenbar war es die letzte dieses Nachmittags, denn Odo eilte nach einem flüchtigen Blick auf das honigfarbige Pergament hinaus.

Solvejg bewegte die verkrampften Schultern und rieb die Hände gegeneinander. Ihre Finger waren kalt, da half auch der Kamin nicht, in dem ein kleines Feuer brannte. Und doch spürte sie eine seltsame, lang entbehrte Ruhe in sich. Die Angst, die länger als ein Jahr ihre Tage verdunkelt hatte, war vergangen und blitzte nur noch selten wieder auf. Sie befand sich in Sicherheit. Allmählich gewann sie offenbar das Vertrauen der Gutsbewohner. Man sprach sie an, scherzte sogar gelegentlich mit ihr. Selbst Odos Miene hatte sich entspannt.

Dass Robert sie seit der Weihnachtsnacht nicht mehr bedrängte, war natürlich ebenfalls eine Erleichterung. Die Grafenfamilie verbrachte oft Zeit in Paris, und einige der Gäste, die Odo in seinen Palast auf der Seine-Insel einlud, reisten mit ihren Töchtern an. Robert fiel es nicht schwer, mit seiner galanten Freundlichkeit ihre Herzen zu gewinnen, und zweifellos würde er eine von ihnen in nicht allzu ferner Zeit heiraten. Vielleicht würde er gleichzeitig eine Kebsehe mit Hedwig eingehen, der Kammerzofe der Gräfin, mit der Solvejg ihn oft zusammensitzen sah. Die Vertrautheit, die zwischen beiden herrschte, war Ursache vieler Spekulationen.

Sie erhob sich, um die Gänsekielfeder von der schwarzen Eisengallustinte zu reinigen, als ein plötzlicher Schmerz zwischen den Beinen sie an das einzige Übel erinnerte, das nicht weichen wollte, sondern sie im Gegenteil immer stärker bedrängte. Das Kind, das Dhoire ihr eingepflanzt hatte, würde bald geboren werden. Nur noch wenige Wochen, dann ist es so weit, hatte Freya gesagt.

Solvejg fürchtete den Moment, wenn sie ihr das winzige Ebenbild des Hexers in die Arme legen würde. Freya war voller Zuversicht, dass der Anblick des kleinen Geschöpfs, wie sie den Unhold mit dem Lächeln der Unwissenheit nannte, das Herz seiner Mutter in Liebe entbrennen lassen würde. Doch da irrte sie. Die Zeugung von Dhoires Sohn war ein Akt der Gewalt und Demütigung gewesen. Aber was noch schlimmer war: Solvejg ahnte, dass der Druide eine Absicht verfolgt hatte, als er ihr seinen Samen einpflanzte: Er hatte etwas von seiner schmutzigen Magie in sie eindringen lassen, damit es in dem Säugling Gestalt annähme. Sie wusste nicht, wie genau seine Pläne aussahen, aber sie ahnte, dass sein reger Geist in jener Nacht nicht nur von männlicher Leidenschaft getrieben worden war.

Mit düsterer Miene legte sie das gesäuberte Arbeitsgerät zum Trocknen auf eine Schale und verstaute das kostbare

Pergament, das sie nicht benutzt hatte, in einer Holzschatulle. Dann ging sie eine breite Treppe hinab und zwei weitere schmale wieder hinauf, bis sie ihre Kammer erreichte. Wieder trat das ungeborene Kind sie. Sie hasste es mit jeder Faser ihres Herzens.

Wenige Tage später, als Solvejg einen Krug am Brunnen mit Wasser füllen wollte, sah sie, dass vor den Ställen mehrere Ochsenkarren mit Truhen und Säcken bepackt wurden.

»Was ist los?«, fragte sie Hildegard, eine ältere Frau, die in der Küche das Geflügel rupfte und Fische säuberte und ausnahm. Sie erfuhr, dass der Graf nach Paris reisen würde, ja, noch am selben Tag.

»Wo hast du bloß deine Ohren? Wir reden seit Tagen von nichts anderem«, lachte die alte Frau.

Solvejg blickte zum Himmel, an dem sich graue Schneewolken zusammenballten. »Bei diesem Wetter?«

»Was soll's dir? Du fährst doch nicht mit!« Hildegard tippte mit dem Finger auf ihren vorgewölbten Bauch. »Sonst allerdings fast jeder.« Einen Moment lang veränderte etwas wie Sehnsucht ihre Miene. »Ich wäre auch zu gern dabei. Zu sehen wie Cosima und Waltger vor dem Bischof knien … Die Hochzeit wird bestimmt glanzvoll.«

Sie wollte weitereilen, aber Solvejg hielt sie auf. »Cosima wird heiraten?«

Hildegard hob Solvejgs Haare an und rief übertrieben erstaunt: »Tatsächlich, jemand hat dir das Ohr abgebissen! Kein Wunder, dass du nichts mehr hörst. Natürlich heiraten sie! Hast du davon wirklich nichts mitbekommen?«

Solvejg schüttelte den Kopf. Sie hatte bemerkt, dass die beiden einander zugetan waren und auf die Erlaubnis zur Ehe hofften. Aber dass diese in einem so atemberaubenden Tempo geschlossen werden sollte … »Warum haben sie es denn so eilig?«

»Na, weil der Frühling naht. Sie wollen nicht, dass ihnen etwas dazwischenkommt.« Kurz senkte sich ein Schatten über Hildegards Gesicht. Mit *etwas* meinte sie gewiss die Überfälle der Normannen.

Hildegard hastete weiter, und Solvejg füllte ihren Krug und kehrte damit in ihre Schlafkammer zurück, den stillen Rückzugsort, an dem niemand sie mehr störte, seit sie Odo als Schreiberin diente. Waltger, dachte sie. Sie hatte Odos Vetter bisher kaum wahrgenommen. Ihr war aufgefallen, dass er redete, als wollte er die Menschen mit seinem Geplapper ertränken, ansonsten war er unscheinbar und wenig wichtig, da sein Vater ihn nie als legitimen Nachkommen anerkannt hatte. Empfanden die beiden tatsächlich Zuneigung füreinander? War Cosima zu einem so zärtlichen Gefühl überhaupt fähig?

Solvejg schämte sich ihrer unfreundlichen Gedanken. Mit einem Stich des Unbehagens fragte sie sich, ob sie Cosima das Eheglück womöglich neidete. Sie blickte sich in dem Zimmer, in dem sie lebte, um. Es war leer bis auf das Strohlager, einen Schemel und die verschrammte Truhe, die ihre wenigen Kleider enthielt. Oft hinterließen Ratten und Mäuse in den Ecken ihren Kot. Der einzige Reiz des winzigen Raums bestand darin, dass sie hier völlig ungestört war. Von allen abgeschnitten. Allein.

Als Dhoires Bastard sie erneut trat, kniff sie mit aller Macht in ihre Bauchdecke. Ein weiterer Schmerz durchfuhr sie. Dieses Mal allerdings im Rücken. Es war ein Ziehen, sonderbar, unangenehm. Bald war es wieder verschwunden – und kehrte nach einigen Stunden zurück. Und dann erneut und noch einmal und wieder, in immer kürzeren Abständen. Es dauerte erstaunlich lange, ehe sie begriff, dass die Geburt eingesetzt hatte.

Freya kam. Vermutlich wollte sie sich verabschieden, bevor sie in den Sattel stieg, um Cosima nach Paris zu begleiten. Doch ihr war nichts zu verheimlichen. »Das ist ein wenig früh«, sagte sie und ging, um zu holen, was sie für die Entbindung benötigte. Die Reise war vergessen.

Es folgte eine Nacht der Qual, die damit endete, dass Solvejgs Körper herauspresste, was die Ursache ihrer Schmerzen war. Ein Plärren gellte ihr in den Ohren. Freya griff zu einer Schere, und während ihre Patientin sich vor Angst zusammenkrümmte, durchschnitt sie die Nabelschnur. Kurz drauf folgte ein letzter Schmerz, der eine weitere eklige Masse aus Solvejgs Körper schob, und dann war alles vorbei. Solvejg starrte ins Leere, sie zog sich eine Decke über den kalten Leib und empfand – gar nichts.

Nach endloser Zeit kam Freya zu ihr, ein in Windeln gewickeltes Bündel auf den Armen. »Es ist ein Mädchen«, sagte sie.

»Es ist der Dreck eines Hexers, das Gefäß seiner Boshaftigkeit, das seine Grausamkeit zurück in mein Leben tragen …«

Freya versetzte ihr eine so heftige Ohrfeige, dass ihr Kopf zur Seite flog. Dann verließ sie mit dem Bündel das Zimmer.

Niemand kam, um nach ihr zu sehen, und Solvejg war froh darüber. Sie schlief, sie wachte wieder auf, ihr Blut beschmutzte das Laken und sickerte durch das Stroh auf den Boden. Aber ihr Bauch war wieder flach geworden, und das machte sie schwindlig vor Erleichterung. Dhoires Brut war aus ihrem Leib verschwunden.

Irgendwann kehrte Freya doch zurück. Sie nötigte sie, die Beine zu spreizen, und untersuchte sie. Dann verschwand sie wieder. Später erfuhr Solvejg, dass sie − nur in Begleitung eines Bauern − der Hochzeitsgesellschaft gefolgt war, um Cosimas Eheschließung doch noch beiwohnen zu können.

Es dauerte zwei Wochen, ehe die Familie zum Gut zurückkehrte. Die ersten Krokusse steckten da bereits die Köpfe aus der Erde, und die Kälte ließ nach.

Schon am nächsten Morgen wurden Vorbereitungen getroffen, um das von der Kirche gesegnete Ehepaar auch in dem Haus, in dem es aufgewachsen war, mit einem Fest zu ehren. Solvejg hörte, wie die Menschen unten im Saal Tische und Stühle rückten und sich unterhielten. Aus dem Küchengebäude stieg der Geruch von gebratenem Fleisch und Gebackenem in die Dachkammer hinauf. Sie stand auf, säuberte sich sorgfältig mit dem Wasser, das sie in einer der vergangenen Nächte aus dem Brunnen geschöpft hatte, und zog ein sauberes Hemd und darüber ihren Rock an. Dann packte sie einen Sack mit ihren wenigen Habseligkeiten.

Solvejg wusste, dass sie Freyas Wohlwollen verspielt hatte, als sie sich von dem Säugling abwandte. Und das von Robert ja ohnehin. Aber was tat's? Ihr war immer klar gewesen, dass ihr Aufenthalt im Haus der Grafenfamilie begrenzt sein würde. Allerdings hatte sie dieses Mal nicht die Absicht, sich davonzustehlen. Sie würde während des Festes vor die Gutsbewohner treten, und zwar vor alle, und erklären, dass sie weiterziehen würde.

Sie wartete, bis die Geräusche aus der Halle verrieten, dass das Bankett begonnen hatte. Entschlossen packte sie ihren Sack, trug ihn die Treppen hinab und versteckte ihn in einer Ecke hinter den Stufen. In der Tür zur Halle blieb sie stehen. Etliche Männer und Frauen waren noch dabei, die ihnen zugewiesenen Plätze einzunehmen, aber Waltger und Cosima saßen bereits in der Mitte des quer stehenden Tischs oberhalb der beiden Tischreihen. Der Graf und die Gräfin, denen diese Plätze normalerweise zustanden, hatten sich an ihren Seiten niedergelassen, Robert hatte sich zu Theodrada gesellt, und Erzbischof Gauthier strebte soeben auf das andere Ende des Tisches zu.

Solvejg sah, dass Waltger seine Hand auf die von Cosima gelegt hatte, während er mit Odo redete. Seine frischgebackene Ehefrau hatte ihren Stuhl so dicht an ihn herangerückt, dass sie seinen Körper ständig mit wie zufällig wirkenden Bewegungen berührte. Nüchtern berichtigte Solvejg ihre gehässigen Vermutungen: Die beiden waren miteinander glücklich.

»Erfreulicherweise ändern viele Dinge sich auch zum Guten«, hörte sie plötzlich jemanden in ihrem Rücken sagen, als hätte ihr Gedanke sich eine Stimme verschafft. Sie drehte sich um. Freya stand hinter ihr. Sie packte sie am Arm, zog sie zu einer der Fensternischen in der Außenmauer, in der sich zwei steinerne, mit Kissen gepolsterte Bänke gegenüberstanden, drückte sie auf eine davon und setzte sich ihr gegenüber. Das feine Linnen, das als Schutz gegen die Kälte vor die Öffnung gespannt worden war, wurde vom Wind nach innen gedrückt. Solvejg fröstelte.

»Hast du Beschwerden?«

»Was?« Solvejg starrte schon wieder zum Brautpaar. Der Lautenspieler war vor ihren Tisch getreten, und als die Stimmen im Raum verstummt waren, begann er, ein Loblied auf den Herrn und die heilige Ehe zu singen. Wenn er fertig war, würde sie aufstehen, seinen Platz einnehmen und erklären, dass sie das Gut verlassen würde. Oder … nein, es wäre ungehobelt, sich in einer Stunde wie dieser mit ihrem Anliegen in den Vordergrund zu drängen. Sie musste bis zum Ende des Festes warten.

Ihr wurde der Blick versperrt, als jemand mit einem Krug Wein auftauchte, den er für sie in zwei Becher füllte. Freya wartete, bis der Mann wieder fort war, dann wechselte sie den Platz, drängte sich neben Solvejg und wisperte: »Was ich dir sagen will: Es ist unrecht, ein Kind zu hassen. Denn Kinder tragen niemals Schuld. Sie sind nicht fähig, Schuld auf sich zu laden, Solvejg, weil ihnen das Verständnis für gut und böse fehlt.«

Solvejg blieb stumm. Die Frau, die sie so schätzte, wusste nicht, was geschehen war, und ihr fehlten die Worte, um es zu erklären.

Als die Lautentöne verklangen, sah sie, dass Odo sich für eine Rede erhob. Er schenkte Theodrada ein liebevolles Lächeln, das allerdings wohl weniger seinem Weib als seinem Nachfolger galt, den sie in sich trug. Was der Graf vortrug, erregte Staunen. Man hatte erwartet, dass er das Fest nutzen würde, um seinen Vetter zu beschenken, indem er ihn vielleicht als Laienabt eines Klosters einsetzen würde. Stattdessen begann er erstaunlich offen darüber zu sprechen, dass ihre

Heimat, die Grafschaft Paris, zu der auch Meaux gehörte, bedroht wurde. Die Gesichter der Anwesenden wurden ernst. Als der Name Balduin fiel, des Grafen von Flandern, verdüsterten sie sich weiter. Offenbar versuchte dieser Mann von Gent aus, seine Macht zu vergrößern, und kannte dabei keinerlei Skrupel.

»Und ganz sicher hat dieser Teufel auch Aristid auf dem Gewissen«, sagte Freya leise.

Odo begann über seinen Vater zu sprechen, Graf Robert, den sie den Tapferen nannten, weil er als Herrscher von Paris Außerordentliches geleistet hatte, als es galt, die Stadt vor den Normannen zu bewahren. Er war bei einer der Schlachten ums Leben gekommen. Sein Blick ging zu Freya, während er Erinnerungen heraufbeschwor, von denen sie ihm erzählt haben musste, denn er war damals, als die Normannen versuchten, die Stadt seines Vaters zu plündern, noch ein kleines Kind gewesen. Offenbar hatte Aristid den Kampf um Paris nach Roberts Tod zu einem glücklichen Ende geführt und dessen Kinder anschließend auf das Gut hier in Sicherheit gebracht, um sie vor Roberts skrupellosem Nachfolger zu schützen. Das Lächeln, das Odo Freya schenkte, war voller Zärtlichkeit, und zum ersten Mal begriff Solvejg, wie stark die Bande sein mussten, die die gräfliche Familie zusammenhielten. Sie lauschte, während Odo hervorkramte, was er mit seiner Ziehschwester, dem Vetter und Robert erlebt hatte.

»Schau mich an!« Freya stupste sie mit dem Ellbogen.

Widerstrebend drehte Solvejg den Kopf. Sie hätte gern weiter gelauscht.

»Ich habe gesehen, dass du einen Sack unter der Treppe versteckt hast. Du willst also fort?«

Sie wurden abgelenkt, weil Odo plötzlich lauter sprach.

Er drehte sich zu dem Mann, dem er für diesen Tag seinen Stuhl überlassen hatte. »Wir beide, Waltger, sind Blut vom selben Blut«, erklärte er mit ungewohnter Feierlichkeit. »Ich vertraue dir wie wenigen.« Er legte eine dramatische Pause ein. In der Halle war es plötzlich so still, dass man ein Blatt hätte zu Boden fallen hören können. Kam jetzt der Moment, in dem Waltger eine Abtei geschenkt bekäme?

»Und deshalb möchte ich dich bitten ...« Noch eine Pause. »Ich bitte dich, nach Laon zu gehen. Ich wünsche, Waltger, dass du dort für unser Haus, das Haus der Robertiner, die Herrschaft übernimmst. Und dass du die Stadt, sollte es nötig sein, gegen die Truppen Balduins von Flandern verteidigst.«

Die Stille hielt an, bis einer der Gäste mit der Hand auf den Tisch zu schlagen begann. Andere folgten ihm, Rufe wurden laut, Beifallsbekundungen, Lachen. Keine Abtei — dem frischgebackenen Ehemann wurde eine ganze Stadt geschenkt. Noch dazu eine so wichtige! Waltger strahlte, und Cosima wischte sich verstohlen eine Glücksträne aus dem Augenwinkel. Auch Odo begann zu lachen. Er beendete die Mahlzeit, indem er beide Arme hob, und die Leute sammelten sich in kleinen Gruppen, in denen lebhafte Unterhaltungen begannen.

Als Solvejg ebenfalls aufstehen wollte, hielt Freya sie zurück. »Ich bin noch nicht fertig mit dem, was ich sagen wollte. Sieh mich bitte an.« Sie wartete, bis Solvejg gehorchte. »Wir stammen beide aus demselben Volk, Kind. Dort haben wir Schreckliches erlebt. Ich zumindest, und ich ahne, dass dir ein ähnlich schmerzliches Schicksal zuteilwurde. Wir waren gezwungen zu fliehen. Aber den Mut, den das erforderte, haben wir uns auch hier in der Fremde bewahrt. Wir kämpfen, wenn es nötig ist.«

Solvejg nickte unwillkürlich. Freya sprach von ihrem Volk. Die anderen Menschen im Raum wurden bedeutungslos.

»Ich sehe allerdings, dass die Bürde der Vergangenheit immer noch auf dir lastet, und das bedrückt mich.« Kurz hielt sie inne, als wollte sie Solvejg die Möglichkeit zu einer Erklärung geben. Als die nicht kam, fuhr sie fort: »Zwischen dir und Cosima gibt es keine Freundschaft, leider, denn ich habe sie großgezogen, und mit den Jahren wurde sie wie ein Kind für mich, als hätte ich sie selbst geboren. Mit dir ist es anders, du warst bereits erwachsen, als wir einander trafen. Und doch sind auch wir durch ein starkes Band miteinander verbunden.« Sie suchte nach Worten. »Du bist wie der Mensch, der ich einst gewesen bin. Wenn ich dich anblicke, ist mir, als schaute ich in einen Spiegel. Das bedeutet mir viel. Du bist meinem Herzen nahe. Und deshalb hat es mich verstört, als ich dich vorhin mit dem Reisesack gesehen habe. Ich bitte dich: Tue es nicht. Bleib bei mir. Ich … einen Moment.«

Cosima eilte auf sie zu, und Freya umarmte sie und wünschte ihr Glück. Waltgers Frau strahlte, und als auch Solvejg sich ein Lächeln abrang, trat sie zu ihr und drückte ihre Hände. Der seltsame Moment dauert nicht lang. Menschen strömten auf sie zu, auf Cosima prasselten Fragen ein. Würde sie mit Waltger gemeinsam nach Laon übersiedeln? *Aber ja!* Man würde sie vermissen. Ihre Zauberhände, die die Kranken heilten … *Ein betont demütiges Lächeln.*

Robert und einige andere Männer gesellten sich zu ihnen. Sie sprachen über die strategisch wichtige Position der Stadt Laon und das Glück, dass sie dort endlich einen verlässlichen Mann aus ihren Reihen wissen würden.

Irgendwann sonderte Solvejg sich ab. Sie kehrte in den Gang zurück und kramte den Sack hinter der Treppe hervor, verwirrt und voller Zweifel. Die Wärme, die ihr Herz füllte, machte ihr Angst. Man wurde so oft enttäuscht. Aber Freya hatte davon gesprochen, dass sie die gleichen Wurzeln hatten, und von einem Spiegel, in dem sie sich selbst erkannte, wenn sie sie, Solvejg, anschaute. Sie war kein Mensch, der heuchelte.

Solvejg trug den Sack die Treppen hinauf und legte sich auf ihr Strohlager.

Das Unglück ereignete sich zwei Tage später. Es begann damit, dass Theodrada und Hedwig am Vormittag, als sie ein strahlend blauer Himmel ins Freie lockte, beschlossen, einen Spaziergang zu machen. Odo hatte verboten, dass seine Frau das Gut verließ – seine Sorge um den Nachkommen, der sich endlich ankündigte, war beträchtlich. Aber das konnte Theodrada nicht aufhalten.

Solvejg, die in der Küche aushalf, sah die beiden in einem Moment, in dem die Torwächter abgelenkt waren, unter dem Torbogen hinausschlüpften. Sie konnte sie verstehen. Es juckte sie ja selbst, endlich wieder einmal im Wald zwischen den Seen die reine Luft des nahenden Frühlings einzuatmen. Doch es war ihr wichtig, ihre Arbeit zu Ende zu bringen – sie hasste den Gedanken, dass man sie für eine Schmarotzerin halten könnte.

Als es allerdings Mittag wurde, ohne dass die beiden Frauen zurückkehrten, wurde sie unruhig. Eigentlich war es noch zu früh für die Männer ihres Volks, auf Raubfahrt zu gehen. Andererseits könnte es sie aber auch gereizt haben, ihren schwedischen oder dänischen Konkurrenten zuvorzukommen. Und hatte Odo nicht auch von einem Balduin gesprochen, der möglicherweise Böses im Schilde führte?

Sie legte den letzten Topf, den sie blank geschrubbt hatte, auf dem schmalen Wandtisch in der Küche ab, nickte einem Mann zu, der in einer Eisenwanne ein Schwein zerlegte, und nahm, als er gerade nicht hinschaute, ein Schlachtmesser von der Wand. So bewaffnet machte sie sich ebenfalls auf den Weg hinaus aus dem Gut. Keiner der Wächter hielt sie auf. Sie war nicht wichtig, außer für Freya.

Bei dem ersten Dorf, das in der Nähe der Brücke lag, hielt sie an. Welchen Pfad mochten die beiden Frauen genommen haben? Vermutlich waren sie nicht auf dem breiten Weg nach Meaux weitergelaufen – dafür wäre die Furcht zu groß, Menschen zu begegnen, die ihren Spaziergang später Odo gegenüber erwähnen könnten. Und die Felder, die auf der linken Seite die Wege säumten, boten einen freien Blick bis hin zum Gut. Wahrscheinlich waren sie in den nahen Wald gegangen.

Solvejg lief los, nicht so rasch wie gewöhnlich, weil ihr das Blut, der Fluch der Frauen, der sie nach ihrer Flucht aus Glendalough eine Zeit lang verschont hatte, nun wieder aus dem Unterleib an den Beinen entlangrann, aber doch in einiger Hast. Bald erreichte sie die ersten Bäume. Der Wald lag still, keine Menschenseele war zu sehen. Sie hörte eine Drossel zwitschern, und kurz blitzte die Erinnerung auf, wie sie vor einem Jahr aus dem Land der Samen geflüchtet war. Aber: weg damit! Sie lebte jetzt bei den Franken.

Der Wald wurde bald dichter, und schließlich verengte sich der Weg zu einem Trampelpfad. Wurde auch der Boden weicher? Es kam ihr so vor. Möglicherweise näherte sie sich einem Moor. Solvejg blieb stehen und lauschte, ob irgendwo Frauenstimmen aufklangen. Aber da war nichts. Sie hörte nur die Drossel, in deren Gesang sich irgendwann das *Krschäääh* eines Eichelhähers mischte.

Ernüchtert zog sie die Stirn in Falten. Die Frauen suchen zu wollen war ein dummer Einfall gewesen – das Gelände war viel zu groß für eine zufällige Begegnung. Also kehrtmachen und wieder heimgehen? Nach einem letzten Blick zwischen die Bäume setzte sie ihren Entschluss in die Tat um.

Und dann, plötzlich: ein Schrei, gellend, voller Panik. Weitere Schreie folgten, alle stammten aus weiblichen Kehlen. Solvejg zog ihr Messer und bahnte sich hektisch einen Weg zwischen Büschen hindurch in die Richtung, aus der die Laute kamen. Was sie irritierte: Sie hörte nur diese Schreie, aber kein verächtliches Männerlachen, keine drohenden Rufe, kein Flehen um Verschonung. Das war sonderbar, falls die Frauen tatsächlich überfallen worden waren. Rasch durchquerte sie eine Senke, duckte sich noch tiefer, als sie sie wieder verließ, und spitzte argwöhnisch die Ohren. Einen Moment meinte sie hinter sich das alte Herbstlaub rascheln zu hören. Sie fuhr herum. Aber da war nichts.

Weiter, sie musste sich um die Bedrohten kümmern. Doch plötzlich verstummten die Schreie, und Solvejg blieb stehen. Unsicher fuhr sie sich mit der Hand durchs Haar. Hatte sie die Laute vielleicht falsch gedeutet? Wenn sie von Theodrada oder ihre Gesellschafterin ausgestoßen worden waren, konnte es sich auch um Schreie der Begeisterung über die Stunden der Freiheit handeln, die sie sich gestohlen hatten. Also umkehren?

Ein tiefes Röhren setzte ihrem Grübeln abrupt ein Ende. Es war ein … Brummen, ein behäbiger Laut des Zorns. Nicht in unmittelbarer Nähe, aber bedrohlich. Sie dachte an den Bären, der zu Beginn des letzten Winters die Gegend unsicher gemacht hatte. Auf das Brummen folgte mit etwas Verzögerung das Wimmern einer weiblichen Stimme. Solvejg umklammerte das Messer jetzt so fest, dass ihre Knöchel schmerzten. Hatte der Bär die Gräfin und Hedwig ins Visier genommen? Kurz dachte sie an Flucht, doch in Theodradas Leib wuchs das Kind des Mannes, der sie aufgenommen hatte, als sie vor seinem Gut gestrandet war. Besaß sie nicht eine Verpflichtung?

Sie eilte so geräuschlos wie nur irgend möglich an winterkahlen Bäumen vorbei, bis sich vor ihr, im Schatten einer von Flechten übersäten Felswand ein sichelförmiger Platz auftat. Vor dem Fels stand der Bär. Er hatte sich gekrümmt, aber als er sie erblickte, knurrte er bösartig und richtete sich zu voller Größe auf. Solvejg sah, dass aus einer Wunde an seinem Bauch helles, rotes Blut schoss. Nur wenige Schritt von ihm entfernt duckte Theodrada sich gegen das Gestein, die Hand auf den Mund gepresst, als wollte sie ihre Schreie ersticken.

Wer hatte das Tier verwundet?

Aus den Augenwinkeln sah Solvejg Hedwigs hellen Rock flattern – und entdeckte Robert, der neben ihr stand, die Augen zusammengekniffen und in den Händen ein blutiges Schwert. Sein Wams und die Beinlinge waren von roten Spritzern übersät. Der Bär, dem wieder bewusst wurde, wer sein gefährlichster Feind war – nämlich der Gegner, der ihm Leid zugefügt hatte –, tappte auf ihn zu. Die Schmerzensschreie des Tieres hätten Erbarmen wecken können, wenn ihm nicht die Mordlust in den Augen gestanden hätte.

Solvejgs Messer war fast so lang wie ein kleines Schwert. Sie meinte Steinbjorns Stimme zu hören. *Nicht denken – die Schwachstellen erkennen und zustechen.* In diesem Fall bestand die Schwachstelle aus der ungeschützten Seite des Tiers. Sie stürmte voran und rammte dem abgelenkten Bären die Klinge mit aller Kraft ins Fleisch. Zu ihrem Entsetzen glitt der Stahl allerdings sofort ab − wahrscheinlich war er auf einen der riesigen Knochen des Tiers geprallt. Der Bär gab ein gepeinigtes Stöhnen von sich und schwenkte zu ihr um. Er strauchelte und fing sich wieder und versuchte erneut, sich zu strecken … Doch plötzlich schien er die Sinnlosigkeit eines weiteren Angriffs zu begreifen. Kurz taumelte er im Kreis, dann brüllte er auf und flüchtete zwischen Bäume und war verschwunden.

Solvejg starrte zu Theodrada. Die Gräfin hielt immer noch die Faust vor dem Mund, als hätte sie Angst, einer der Schreie, die sie erstickt hatte, könnte sich den Weg ins Freie bahnen und das braune Untier zurücklocken. Robert ließ das Schwert sinken. Solvejg hatte erwartet, dass er zu seiner Schwägerin gehen würde, stattdessen kam er zu ihr selbst hinüber. »Wer war das?«, wollte er wissen.

Eine unsinnige Frage, auf die ihr keine Antwort einfiel.

Plötzlich klangen in der Ferne Männerstimmen auf, die Theodradas Namen brüllten. Sicherlich Leute vom Gut. Robert antwortete, und als die Bewaffneten den Platz vor der Höhle erreichten, wies er in die Richtung, in die der Bär verschwunden war. Das todgeweihte Tier schien nicht weit gekommen zu sein, denn sie hörten schon bald die Jagdschreie der Männer, die ihm den Garaus machten.

»Bei Gott und allen Engeln, bist du unverletzt?«, fragte Hedwig ihre Herrin. Die Gräfin nickte mit kalkweißem Gesicht.

Wenig später kehrten sie gemeinsam zum Gut zurück. Die Gräfin wurde dabei von Robert und Hedwig gestützt, doch kurz bevor sie das Tor erreichten, löste sich Robert von seiner Schwägerin. Stattdessen zog er Solvejg mit sich, und während die beiden Frauen und ihre Begleiter vom Gut hinter dem Torbogen verschwanden, nötigte er sie auf den Weg, der hinab zur Marne führte.

»Woher kommt das Blut an deinen Kleidern?«, fragte sie.

Er hob abwehrend die Hand. »Nichts von Bedeutung, das meiste stammt vom …«

Sie drückte auf seinen Bauch, auf die Stelle, wo sich das meiste Blut befand. Er schrie leise auf, dann lachte er, wenn auch mit einer Grimasse.

»Du musst zu Freya gehen«, sagte Solvejg.

»Mache ich. Aber vorher beantwortest du meine Frage. Was war das für ein Mann, der dir gefolgt ist?«

Sie verstand ihn immer noch nicht.

»Er hat sich hinter dir befunden, als du bei uns aufgetaucht bist. Und er trug eine Axt in der Hand, aber ganz sicher nicht wegen des Bären. Dem hat er nämlich kaum einen Blick gegönnt. Er hat *dich* angestarrt, Solvejg, dich! Warum?«

Sie schluckte. »Wie hat er ausgesehen?«

Robert war ein Mensch mit der Gabe, auch dann noch genau hinzuschauen, wenn um ihn herum die Welt in Scherben fiel. Er beschrieb Dhoire, mitsamt dem Bärenfell, der Bärenklaue über der Schulter, dem roten Haar, in dem die graue Strähne leuchtete …

Und Solvejg wurde schlecht vor Angst. Sie dachte an das Dreieck des Pythagoras, das sie während der Weihnachtsmesse am Altar entdeckt hatte. Sie hatte also recht gehabt: Der Druide war ihr von Gournay aus gefolgt. Aber warum hatte er sie nicht schon damals, als sie auf dem Weg hierher gewesen war, überfallen? Nein, er musste ihre Spur verloren haben, und es waren seine Götter gewesen, die ihm verrieten, dass sie sich auf einem Gut in der Nähe von Meaux verkrochen hatte. Dort hatte er sie dann aber nicht angreifen können, denn sie war ja die meiste Zeit im Haus oder in Gesellschaft anderer Menschen gewesen. Also hatte er geduldig gewartet, bis er sie allein erwischen konnte. Um sie zu töten. Anders konnte man Roberts Hinweis auf die Axt nicht deuten.

Solvejg merkte kaum, wie sie den Fluss erreichten, aber sie ließ sich ohne Protest neben Robert auf einer kalten, feuchten Holzbank nieder, die dort stand. Das Eis, das eine Zeit lang den Fluss bedeckt hatte, war längst getaut, bald würden hier wieder Enten und Gänse mit ihren Küken schwimmen. Das Leben nahm seinen Lauf, gleichgültig, was den Menschen, die auf der Erde lebten, widerfuhr. Morde, Hass, blutige Schlachten … alles wurde vom Wind der Zeit fortgeblasen und verschwand im Nichts, wenn es nicht irgendwo niedergeschrieben wurde.

»Was will der Mann von dir, Solvejg? Warum verfolgt er dich?« Robert war hartnäckig.

Und so begann sie zu erzählen. Von ihrem Vater, dessen Weib gestorben war, und dass er mit der Leiche wochenlang weiter sein Bett teilte. Davon, wie die Liebe zu seiner Tochter in Hass umschlug, als er in den Wahn verfiel, dass sie, Solvejg, es gewesen sei, die ihn verblendet hatte. Von ihrer Seefahrt nach Irland und dem Morden in Glendalough. Von der Kerkerzeit mit dem Druiden. Von ihrer Flucht und dass sie dachte, sie wäre ihm entkommen.

»Aber warum hasst der Mann dich so?«

Unwillkürlich glitt ihre Hand zu ihrem Bauch.

»Ist dein Kind von ihm?«

»Ist es inzwischen tot?«

Er runzelte die Stirn. »Das Kind trägt keine Schuld an dem, was der Mann, der es zeugte, dir angetan hat.«

»Es ist nicht nur ein Kind. Dhoire ...« Wie sollte sie erklären, was sie selbst kaum verstand? »Er besitzt bösartige Kräfte, die ihm von seinen Göttern verliehen wurden. Und er hat sie dem Jungen übertragen, davon bin ich überzeugt. Das wird auch der Grund sein, warum er mich sucht. Er will ihn finden.«

»Und dich umbringen, in der Hoffnung, so seinem Ziel näher zu kommen?«, fragte Robert mit leichtem Spott.

Als sie nicht antwortete, beugte er sich zu ihr. »Du hast keinen Jungen, sondern ein Mädchen geboren.«

Sie schüttelte den Kopf.

»Ich habe die Kleine gesehen. Sie hat anders als die meisten Säuglinge schwarzes Haar und außerdem denselben Schwung der Lippen wie du. Das fand ich erstaunlich. Die meisten Säuglinge gleichen ihren Eltern erst, wenn sie herangewachsen sind – und manchmal überhaupt nicht.«

Er log. Nur hatte er dazu keinen Grund. Und außerdem spielte es keine Rolle. Vielleicht hatte sie eine kleine Hexe geboren, die ihre eigenen Züge besaß, aber deren Seele der des verdorbenen, hasserfüllten Vaters ...

»Warum quälst du dich?«

»Warum gehst du nicht und lässt deine Wunde verbinden?«

»Ich fürchte, ich habe Schwierigkeiten, wieder auf die Füße zu kommen. Mir ist schwindlig.«

Solvejg stand auf und bot ihm ihre Hand und dann ihre Schulter an. Es war sonderbar, Roberts Gewicht zu spüren, seinen erschöpften Atem so dicht an der eigenen Wange. Aber was ihr vor wenigen Wochen noch zuwider gewesen wäre, fühlte sich plötzlich ... angenehm an.

14.

KAPITEL

Einar stand am Bug seines Schlangenschiffs und starrte, mit den Ellbogen auf die hölzerne Reling gestützt, hinüber zur fränkischen Küste. Hinter einem weißen Sandstrand wuchsen Gräser, dann folgten Wiesen, die am Horizont in einen lebensstrotzenden Sommerwald übergingen. Er wusste, dass sich in dem Wald ein Kloster befunden hatte, das vor Jahren von den Dänen überfallen und zerstört worden war. Es war nicht wieder aufgebaut worden, und auch sonst gab es in der Nähe kaum Siedlungen. Genau deshalb hatte er seine Schiffe und die seiner Verbündeten in der kleinen Bucht, die sich hier befand, vor Anker gehen lassen.

Die Monate, die zurücklagen, hatten an seinen Kräften gezerrt. Die Fahrt von der flandrischen Küste über den Vik-Fjord hinauf nach Tønsberg war eine Kraftanstrengung gewesen. Ein Schneesturm hätte sie fast auf den Meeresgrund geschickt, etliche seiner Männer hatten Erfrierungen erlitten. Aber das hatte ihn nicht aufhalten können.

Sobald sie die Stadt erreichten, hatte er Boten zu den umliegenden Stämmen geschickt und mit einem Raubzug gelockt, der den beteiligten Kämpfern ein Übermaß an Reichtum bescheren und ihnen sämtliche Lebensträume erfüllen würde. Dass einer der fränkischen Großen sie unterstützen würde, hatte er ebenfalls gestreut.

Hrolf der Geher hatte Interesse gezeigt – ein Riese von Mann, der angeblich so schwer war, dass ihn kein Pferd tragen konnte, weshalb er zu einem ausdauernden Läufer geworden war. Er war kein Stammesfürst, besaß aber viele Freunde unter den Mächtigen Norwegens. Und so hatte er es geschafft, mehr als zweitausend Mann um sich zu sammeln, von denen jeder Einzelne begierig darauf war, die Stadt Paris zu erobern.

Außerdem hatte ein Kämpfer namens Sigfried an seine Tür geklopft, ein älterer Mann, der schon zahlreiche Schlachten unter den Christenvölkern geschlagen und etliche davon gewonnen hatte.

Bevor die beiden zu seinem Langhaus kamen, hatte Einar aus den Kammern seines Hofs die besten Beutestücke hervorgekramt, die er im Lauf seines Lebens gehortet hatte, und sie auf die Bänke in der Halle gelegt und dann an die langsam heranströmenden Gäste verteilt: Das seien Kleinigkeiten, die er bei seinem Raubzug nach Flandern so nebenbei eingesackt hatte. Doch der große Schlag würde erst in einigen Monaten folgen, im späten Frühling. Und wer über einen festen Mut, ein scharfes Schwert, tapfere Krieger und natürlich über ein eigenes Schiff verfüge, sei von Herzen willkommen, hatte er gesagt.

Gemeinsam mit seinen Verbündeten hatte er siebenunddreißig Schiffe zusammenbekommen, darunter vierzehn seiner eigenen Boote, die seine Leute während des Winters repariert hatten – die Schlangenschiffe, wie sie allgemein wegen der goldenen Schlangen an den Vordersteven genannt wurden. Die Augen der eisernen Reptilien glichen seinen eigenen: Sie waren rund und wurden durch einen schwarzen Strich in der Mitte geteilt. Sogar ihm selbst lief ein Schauder über den Rücken, wenn er sie betrachtete. Auf seine Gegner mussten sie wirken, wie … Vorboten der Vernichtung, hoffte er. Die Boote von Hrolf dem Geher hatten den Namen *Kormoran* bekommen, weil er seine Steven mit Abbildern der schwarzen Wasservögel schmückte. Die von Sigfried endeten etwas einfallslos in Drachenköpfen, wie so viele Wikingerschiffe.

Gleich wie: Jedes der Boote hatte zwischen fünfzig und hundert Mann an Bord, und das war stattlich. Vielleicht würde Balduin sie auch noch mit eigenen Kämpfern unterstützen, die sich ebenfalls als Wikinger ausgeben könnten. Wer die Schwerter führte, die die Pariser töteten, würde hinterher ja kaum feststellbar sein.

»Wir sollten die Nacht abwarten, bevor wir in den Fluss einfahren.« Hagano, den Balduin ihm als Begleiter aufgenötigt hatte, um sicherzugehen, dass die Norweger tatsächlich in seinem Sinne handelten, war aus dem Bauch der Schlange gekrochen. Und wieder einmal schaffte er es nicht, das Maul zu halten. Einar verachtete den Mann von Herzen. Er mochte gewitzt sein, was das Spinnen von Intrigen anging, aber seine Muskeln waren schlaff wie leere Säcke, und jeder kleine Wind trieb ihn unter Deck, wo er sich furchtsam an seinen Schlafsack krallte.

Einar rang sich eine Antwort ab. Natürlich würden sie nicht jetzt, bei Tageslicht, in die Seine einlaufen. Deshalb hatte er ja mit seiner Flotte die einsame Bucht angesteuert. Sie würden hier auf die Nacht warten und dann zur Mündung des fränkischen Hauptflusses segeln, wo sie im Schutz der Dunkelheit die Boote so weit wie möglich ins Land hineinrudern würden. Wenn der Morgen anbrach, würden sie sie in unwegsamem Gelände verstecken, um in der folgenden Nacht weiter voranzukommen. So könnten sie sich wie Geister voranschleichen, bis sie Paris erreicht hatten.

»Wenn wir entdeckt werden, bevor …«

»Ich weiß«, unterbrach Einar Hagano grob. Zum Glück schien der fein gekleidete Wicht keinen Wert auf weitere Gespräche zu legen. Er verkroch sich wieder unter Deck, wo er sich im Heck des Schiffs eine Ecke mit Decken ausgepolstert hatte, die seine verweichlichten Knochen schützen sollten.

Thorkel Thorwaldsson kam den Gang zwischen den Ruderbänken hinaufgeschlendert. Er spuckte über die Reling – seine Art, die Meinung über Balduins Mann kundzutun. Eine Weile schwiegen sie und beobachteten, wie die Männer auf Hrolfs größtem Kormoran sich unter Deck verkrochen, um vielleicht zum letzten Mal für lange Zeit in Ruhe auszuschlafen. Von einem der Boote drang ein leises Lied zu ihnen hinüber.

»Als die Dänen vor sechzehn Jahre versucht haben, Paris zu erobern, mussten sie eine bittere Schmach hinnehmen«, murmelte Thorkel.

»Wir werden es besser machen. Unser Vorteil ist, dass wir völlig überraschend kommen.«

Seine Antwort war mehr als ein müder Versuch, Thorkels Stimmung zu heben. Dass sie relativ spät unterwegs waren, würde sich nach Einars Überzeugung als wichtiger, vielleicht entscheidender Vorteil herausstellen. Seit der Frühling begonnen hatte, waren bereits Monate verstrichen, ohne dass Paris bedrängt worden wäre. Vermutlich wiegte dieser Odo sich inzwischen in selig-dummer Sicherheit wie Hühner, die eine Weile vom Fuchs verschont geblieben waren. Aber sie würden ihn aufwecken. Und vielleicht …

Einar schoss eine neue Idee durch den Kopf: Was, wenn sie versuchten, den Grafen lebendig gefangen zu nehmen, statt ihn, wie von Balduin verlangt, zu töten? Womöglich könnten sie ihn als Pfand benutzen, um von seinen Unterstützern Säcke voller Silber zu erpressen. Die Geschichten über die feigen Angebote der Franken, sich bei ihren Feinden freizukaufen, waren legendär. Wenn er dann reich und ruhmbedeckt nach Norwegen zurückkehrte, würde es ihm womöglich gelingen, mithilfe neuer Verbündeter Harald zu entmachten und Steinbjorn tatsächlich mit Gewalt zu befreien.

In den letzten Monaten hatte Einar sich bemüht, nicht an seinen geliebten, bedauernswerten Sohn zu denken – er wäre sonst verrückt geworden. Der Lichtblick, den er nun zu erkennen meinte, brachte sein Herz zum Rasen.

15.

KAPITEL

Theodrada hatte eine Fehlgeburt erlitten. Es war mitten in der Nacht geschehen, sie hatte geweint und geschrien, war völlig außer sich gewesen. Freya hatte versucht, sie zu trösten – aber es war unmöglich gewesen, den Strom der Tränen auch nur abzuschwächen.

Odo allerdings nahm ihr das Herzeleid nicht ab. »Warum musste sie das Gut verlassen und zu der verfluchten Bärenhöhle rennen!«, brüllte er ohne Rücksicht auf die Tatsache, dass seine Frau im Nebenzimmer lag und jedes Wort mit anhörte.

»Seit ihrem unglückseligen Spaziergang sind fast drei Monate verstrichen«, erklärte Freya mit so viel Geduld, wie sie aufbringen konnte. »Die Sache damals hat nichts mit diesem neuerlichen Unglück zu tun.«

»Es ist ihr Temperament«, meinte Odo etwas leiser, aber nicht weniger erbittert. »Sie begeht Dummheiten, ohne die Folgen zu bedenken. Wer weiß, was sie gestern getan hat!«

Freya dachte mit Schaudern daran, wie Odos nächster Versuch, mit seinem Weib einen Nachkommen zu zeugen, verlaufen würde. Sie hätte ihn am liebsten geschüttelt. Stattdessen packte sie ihn am Arm und nötigte ihn in einen der hinteren Räume, in den er gelegentlich Berater und Gäste zu vertraulichen Unterredungen bat. Sie wollte ihn ermahnen, aber er ließ sie nicht zu Worte kommen.

»Vielleicht sind es ja gar keine Dummheiten«, redete er hitzig auf sie ein. »Vergangenes Jahr hat man versucht, mich zu vergiften. Der Täter, den Robert uns brachte und der uns hätte Aufklärung geben können, von wem er angestiftet worden war, wurde in unserem eigenen Keller umgebracht. Es gab also jemanden in diesem Haus, der mit ihm unter einer Decke steckte. Jemanden, der mich hasst! Und da wunderst du dich über mein Misstrauen?«

Freya wollte erneut widersprechen. Aber war ihr dieser Verdacht, dass die Gräfin den Anschlag, dem Aristid zum Opfer gefallen war, zumindest ermöglicht haben könnte und dass sie später auch den Attentäter tötete, nicht ebenfalls gekommen? Andererseits war Odos Weib eine Frau, die sich in schwierigen Situationen in Tränen flüchtete. Hätte sie tatsächlich die Stärke aufgebracht, einem gefesselten Mann die Kehle zu durchtrennen? Nichts war bewiesen! Doch da Odo seine Frau verabscheute, würden vernünftige Argumente nichts bringen. Sicher war nur, dass Theodrada darunter litt, erneut ein Kind verloren zu haben.

Plötzlich hatte Freya das Gefühl, die Zwietracht und den Hass dieser Ehe nicht länger ertragen zu können. Sie drückte Odos Hand und eilte zurück in ihre eigenen Räume.

Ihr Herz wurde leichter, als sie das leise Plappern von Solvejgs Tochter hörte. Sie hatte dem Säugling inzwischen den Namen ihrer verstorbenen Schwester Asta gegeben, und … ja, sie war völlig vernarrt in die Kleine. Genau wie zuvor in Cosima, Robert und Odo. Die Liebe zu Kindern lag ihr im Blut. Leise öffnete sie die Tür. Isabelle, die junge Amme, die ihr Kind kurz vor Solvejg zur Welt gebracht hatte und glücklicherweise einen Überfluss an Milch in ihren Brüsten vorhielt, war mit dem Stillen fertig. Ihr eigener Sohn lag in einem Körbchen und brabbelte, und als wollte sie sich mit ihm unterhalten, begleitete Asta sein Stammeln mit ihrem fröhlichen Glucksen.

Freya nahm das kleine Mädchen aus den Kissen. Seine Bäckchen waren rundlich geworden, die Haut zart – als sie darüberstrich, fühlte sie sich an wie Seide. Asta sah ihrer Mutter so ähnlich, wie sie es noch nie zuvor bei einem Säugling erlebt hatte. Diese Ähnlichkeit beruhte vor allem auf den ungewöhnlich vollen Lippen und einem kleinen Grübchen am Kinn. Bei Solvejg fand dieses Grübchen wegen ihrer oft grimmigen Miene kaum Beachtung, aber bei Asta sprang es sofort ins Auge, besonders wenn sie lachte. Auch die für ein so kleines Kind ungewöhnlichen dunklen Haare, die ihr Gesicht wie ein Kranz aus Blumen umrahmten, erinnerten an die Mutter. Freya küsste mit einem Lächeln die kleine Wange und winkte Isabelle, die sich verabschiedete und mit ihrem eigenen Säugling hinauseilte.

Und nun? Draußen lockte einer der ersten richtig warmen Sommertage des Jahres, an dem die Sonne andererseits noch nicht so stark brannte, dass es dem Säugling schaden könnte. Freya befestigte ein Tuch schräg über ihrer Schulter und legte Asta hinein.

Tatsächlich tat ihr der Spaziergang gut. Freya schlug den Weg hinunter ans Marne-Ufer ein. Bald würde es dort von Mücken nur so wimmeln, aber jetzt war es einfach nur herrlich ruhig. Die einzigen Menschen in der Nähe waren Flussfischer, die mit ihren mehrzinkigen Speeren Jagd auf Hechte und Forellen machten, und zwei Frauen, die Schilf schnitten. Und außerdem ... Freya hatte soeben einen halb verfallenen ehemaligen Schafstall umrundet, als sie bei einem der Bootsstege, die die Fischer benutzten, zwei tanzende Gestalten entdeckte. Einen Mann und eine Frau. Allerdings ... Die beiden tanzten nicht, sie fochten miteinander, schwangen silbern glitzernde Klingen.

Ungläubig starrte Freya auf Robert, der an seinem hellblauen Wams und den braunen schulterlangen Haaren leicht zu erkennen war. Und noch erstaunter auf seine Gegnerin. Es handelte sich um Solvejg. Sie schwang ihre Klinge mit einer Eleganz, die Freya ihr niemals zugetraut hätte. Und Kraft schien sie auch zu besitzen, denn Robert mochte ihr überlegen sein, aber sie sah, wie stark er sich konzentrieren musste, um auf ihre Hiebe zu reagieren.

Freya setzte sich ins Gras und beobachtete die Kämpfenden. Seit die Sache mit dem Bären passiert war, hatte sie die beiden schon häufiger bei einer Unterhaltung ertappt. Es hatte sie gefreut, denn Solvejg benötigte Menschen, denen sie vertrauen konnte, genau wie sie selbst vor Jahren. Doch die Art, wie die zwei dort umeinander herumtänzelten, völlig versunken, in einem verstörenden Einklang ...

Es war nötig, dass Robert bald heiratete. Bischof Gauthier brachte immer öfter das Gespräch darauf und schlug die Töchter einflussreicher Männer vor. Und sie alle wunderten sich über Roberts Zögern. Eine Zeit lang hatte er sich auffallend oft mit Theodradas Gesellschafterin Hedwig herumgetrieben, und Freya hatte spekuliert, ob er mit ihr eine

Kebsehe eingehen wollte – eine Liebesehe neben der offiziellen, die dem Machterhalt diente und die von allen, selbst von den Kirchenoberen, geduldet wurde. Sie hatte sogar überlegt, ihn darauf anzusprechen, dann aber davon Abstand genommen. Robert ließ sich ebenso wenig raten wie Odo.

Ihr Blick glitt zu Solvejg, und für einen Moment durchströmte sie Ärger. Robert mochte seine Zuneigung schenken, wem er wollte. Sie selbst fühlte sich zu Solvejg ja auch hingezogen. Doch gleich, wie hart das Schicksal das Mädchen getroffen haben mochte – es war herzlos von ihr, so zu tun, als ginge ihre eigene Tochter sie nichts an. Kurz überlegte Freya, ob sie zu ihr gehen und ihr Asta einfach in die Arme drücken sollte. Es war doch unmöglich, dass sich in solch einem Moment keine Gefühle in ihr regten! Aber was, wenn Solvejg hart blieb?

Asta begann, leise zu weinen, und Freya beschloss, sich auf den Rückweg zu machen. Als sie sich erhob, bog ein Mönch um die Wand des Schafstalls. Der Mann ging gebückt und langsam, als hätte er eine lange Wanderung hinter sich, der Stock, den er brauchte, um sich zu stützen, war staubig. Doch anders als viele Geistliche schien er ein geselliger Mensch zu sein, denn nachdem er sie erreicht hatte, blieb er stehen und entbot ihr seinen Gruß. Sein Blick ging zu dem Kind, und sie sah, wie er zu lächeln begann.

»Wenn ihr nicht werdet wie die Kinder, so kommt ihr nicht ins Himmelreich«, zitierte er fromm den Heiland. »Was für ein entzückender kleiner Bursche.«

»Ein Mädchen«, korrigierte Freya lächelnd.

Der Mann ließ sich, ob aus Erschöpfung oder aus Sehnsucht nach Gesellschaft, auf einem Holzklotz nieder und begann zu plaudern. Von den Kindern seiner Schwester, von ihrem

Gram, als sie nur eines davon heranwachsen sehen konnte, weil der Herr ihr die anderen schon früh durch Krankheit und Hunger genommen hatte. »Nur das Wissen, dass die Engel ihre kleinen Seelen ins Himmelreich führten, konnte sie trösten«, erklärte er. Der Mönch sprach einen anderen Dialekt als die Westfranken, und sie fragte ihn, woher er käme.

»Aus einem Kloster hoch im Norden. Dem Erzbistum Hamburg.« Seine Miene verdunkelte sich. »Als ich ein Kind war, wurden das Kloster und die Dörfer, die zu ihm gehörten, von den Normannen heimgesucht, der Geißel, die der Herr uns schickte, um unseren Glauben zu prüfen. Aus meiner Familie überlebte ich als Einziger. Doch die Mönche, die das Kloster anschließend wieder herrichteten, waren gütig, sie nahmen mich in ihrer Mitte auf und lehrten mich die Kunst des Schreibens und des Lesens. Im vergangenen Herbst allerdings …« Seine Stimme, die eben noch vor Dankbarkeit hell geklungen hatte, verdüsterte sich. »… schickte man uns einen neuen Erzbischof. Er ist ein frommer Mann, ohne Zweifel, doch er brauchte mich nicht mehr. Er … Ach was. Vergangen ist vergangen! Darf ich das Kind einmal halten?«

»Es ist eingeschlafen.« Freya lächelte, und einen Moment schauten sie beide auf das friedliche kleine Wesen, das sich im Traum bewegte. »Wohin willst du gehen? Hast du ein Ziel?«, wollte sie wissen.

»Ja. Es heißt, dass in Paris ein neuer Graf an die Macht gekommen ist. Womöglich braucht er einen Schreiber.«

»Leider kann ich dir wenig Hoffnung machen. Odo hat schon jemanden in seinen Diensten, der sich um diese Dinge kümmert.« Freya blickte seitlich zum Ufer, konnte Robert und Solvejg allerdings nicht mehr entdecken.

»Dann werde ich mich wohl an eines der Klöster in der

Nähe wenden«, meinte der Mönch, ohne sich seine Enttäuschung anmerken zu lassen. »Ist die Kleine deine Enkeltochter?«

»Das Kind einer Freundin.«

Hinter einigen Brombeerbüschen zwischen dem Ufer und der Hütte klangen Stimmen auf. Robert und Solvejg hatten sich offenbar auf dem Heimweg gemacht. Freya hörte, wie Solvejg ein Lachen ausstieß, das erstaunlich unbeschwert klang.

»Genug des Müßiggangs, ich muss weiter.« Der Mönch erhob sich. Mit einem Lächeln in seinem von Bartstoppeln übersäten Gesicht packte er den Stock fester.

»Hast du auf deinem Weg gehört, ob sich irgendwo hier in der Gegend Normannen herumtreiben?«, hielt Freya ihn auf. Die Frage, die jedem Durchreisenden gestellt wurde.

»Etwas weiter im Westen wurde von Schiffen gemunkelt, die allerdings mehrere Tagesmärsche entfernt gesichtet worden sein sollen, und sicher, ob es sie wirklich gab, war man sich auch nicht.« Der Mann hob den Arm zum Gruß, dann humpelte er seines Weges.

Freya hatte ihn schon im nächsten Moment vergessen, denn Solvejg und Robert bogen um die Büsche herum. Sie seufzte und wappnete sich für die Enttäuschung, die sie erleben würde, wenn Solvejg sich auch jetzt ruppig von dem Kind abwenden würde. Die beiden erreichten sie, blieben vor ihr stehen und starrten auf das kleine Bündel. Robert hatte Asta schon oft gesehen, er wusste natürlich, um wen es sich handelte. Doch auch Solvejg stellte keine Fragen. Gewiss war ihr klar, bei wem ihr Kind aufwuchs. Außerdem gab es ja diese frappierende Ähnlichkeit … Wobei: Wer kannte schon das eigene Gesicht?

»Was war das für ein Mann, mit dem du eben gesprochen hast?«, fragte sie.

»Ein Mönch, der sich Odo als Schreiber anbieten wollte. Ich habe ihm gesagt, dass wir seiner nicht bedürfen.«

Ihre kratzbürstige Landsmännin starrte wie unter Zwang auf ihr Kind.

»So musst du ausgesehen haben, als du geboren wurdest«, meinte Freya.

Obwohl Solvejg das kleine Gesicht mit den Blicken förmlich aufsog, rührte sich in ihrem Gesicht kein Muskel.

»Sie gedeiht gut. Ich habe sie Asta genannt. Das ist der Name meiner Schwester, die leider viel zu früh verstorben ist. Sie kam mit mir aus dem Norden, aus unserer Heimat.«

Robert hob Asta vorsichtig aus dem Tuch, das Freya um die Schulter gebunden hatte, und als sie dabei unruhig wurde, begann er sie zu wiegen.

»Was hat der Mann eben zu dir gesagt?«, fragte Solvejg.

»Dass weiter im Westen möglicherweise Wikingerschiffe gesichtet wurden. Aber er schien nichts Genaues zu wissen.«

»Wir werden Odo trotzdem Bescheid geben«, sagte Robert. »Die unsichtbaren Feinde sind die gefährlichsten.«

Solvejg nickte und wollte weitergehen, an ihm und dem Säugling vorbei.

»Nun nimm sie doch wenigstens einen Moment auf den Arm«, platzte es aus Robert heraus.

Solvejg schüttelte den Kopf und schob ihn beiseite. Als sie zehn oder zwölf Schritte gegangen war, rief sie über die Schulter: »Man soll das Kind Emma nennen.«

16.

KAPITEL

Der Abend kam, und der Säugling schien plötzlich überall zu sein. Er schrie und brabbelte in der Halle des Gutshauses, er lachte im Garten, er jammerte in den Fluren …

Kurz argwöhnte Solvejg, dass Freya sie dazu verführen wollte, sich mit ihm zu befassen. Aber als sie ihre Kammer verließ und den Lauten folgte, sah sie, dass es Hedwig war, die mit dem in Windeln eingepackten Bündel unterwegs war. Der Anblick versetzte ihr einen heißen, bösen Stich der Eifersucht. Sie starrte aus der Ecke, in die sie sich geflüchtet hatte, auf die junge Frau mit dem weißblonden Haar und dem hinreißenden Lächeln. Ihr war schon oft aufgefallen, mit welchem Geschick Theodradas Gesellschafterin Robert in Gespräche verwickelte und wie leicht es ihr fiel, ihn zum Lachen zu bringen. Die Frau schien zu spüren, wenn ihm schwer ums Herz war, und er ließ sich nur zu gern von ihr aufheitern. Aber warum kümmerte sie sich um einen fremden Bastard?

Hedwig verschwand zur Treppe und ging hinab in die Halle. Solvejg folgte ihr und spähte verstohlen in den hohen, düsteren Raum hinein. Es befanden sich nur wenige Menschen dort. Eine Frau wischte die Tische ab, ein Mann wechselte niedergebrannte Fackeln aus. Die ersten hungrigen Gutsbewohner ließen sich mit von der Arbeit schweren Gliedern auf die Bänke in den Fensternischen sinken. Solvejg sah, wie auch Hedwig sich mit dem Kind dort niederließ. Sie scherzte mit ihm und hob das Köpfchen an ihre Lippen, um es zu liebkosen.

Eine der Frauen rief ihr etwas zu. »Bald wird es dein eigenes Würmchen sein, das du küsst.«

Hedwig lachte zustimmend. Weil es ihr bereits gelungen war, Robert den Kopf zu verdrehen?

Zornig machte Solvejg kehrt und vergrub sich wieder in ihrer Dachkammer.

Der Abend ging in die Nacht über, der Morgen kam. Als Solvejg in die Küche ging, um sich einen Haferbrei zu holen, hörte sie, dass Odo Boten in die umliegenden Klöster geschickt hatte, damit sie den Mönch suchten, der etwas über Wikinger aufgeschnappt hatte. Außerdem hatte er Männer nach Meaux und in die Dörfer gesandt, um die Bewohner zur Vorsicht zu mahnen. Robert war nach Paris geritten, weil er Odos Statthalter Ramon warnen sollte, dass womöglich die Gefahr eines erneuten Normannenüberfalls drohte. Solvejg verließ die Küche bald wieder und begann nach ihrem Kind zu suchen.

Hedwig schien an diesem neuen Tag kein Interesse an Emma zu haben – sie fand den Säugling in Freyas Räumen, wo sich eine Amme namens Isabelle um seine Bedürfnisse kümmerte, wie Solvejg erleichtert feststellte, als sie kurz in die Kammer hineinblickte.

Doch als Robert abends zurückkehrte, tauchte auch Theodradas Gesellschafterin wieder mit dem Kind im Arm auf. Die Männer verzogen sich in Odos Räume, um auszutauschen, was sie erfahren hatten, kehrten jedoch schon bald in die Halle zurück, um ihre Sorgen mit Wein hinunterzuspülen. Und Solvejg, die sich auf eine der Steinbänke am hintersten Fenster gesetzt hatte, musste erneut Hedwigs Getue um das Kind mit ansehen – das zweifellos allein dem Zweck diente, Roberts Gunst zu gewinnen. Sie sah, dass die Gutsleute ihr Blicke zuwarfen. Da saß eine Mutter abseits, während eine Fremde ihr Kind mit Zärtlichkeit überschüttete? Solvejg spürte ihre Verachtung. Sie harrte dennoch auf ihrer Bank aus. Es war, als hätte man sie dort angekettet.

Schließlich ließ Robert sein Glas mit frischem Wein füllen und kam zu ihr hinüber. Er setzte sich neben sie und reichte es ihr. »Versuch mal, er ist süß.« Sie nahm einen Schluck, dann verfielen sie in Schweigen, das er schließlich mit den Worten brach: »Odo hat den Mönch gefunden, mit dem Freya gesprochen hat. Er ist in der Abtei St. Denis gestrandet. Mein Bruder meint, dass wir seine Warnung ernst nehmen sollten, und deshalb werden wir in den nächsten Monaten mit allen wehrfähigen Männern im Pariser Palais wohnen, um die Stadt im Ernstfall verteidigen zu können.«

Solvejg nickte.

»Das Gut hier wäre dann allerdings nahezu schutzlos.«

»Ich verstehe.«

Sein Blick folgte ihrem eigenen und blieb an Hedwig und dem Säugling haften. »Warum quälst du dich so?«

»Tue ich das?«

Hedwig hob Emma mit beiden Armen in die Höhe und ließ sie in der Luft tanzen. Das Kind begann zu greinen.

»Warum lässt sie die Kleine nicht einfach in Ruhe?«

»Sie will mit ihr spielen, ihr ein bisschen Freude schenken.«

»Und merkt nicht, dass sie sie erschreckt?«

Robert seufzte. Wieder wurde es still zwischen ihnen. Solvejg hoffte, dass er ging, und hatte gleichzeitig Angst, dass er es tatsächlich tun könnte.

»Wir können nicht beide schützen, das Gut und die Stadt«, wiederholte Robert seinen Gedanken. »Aber wenn tatsächlich Normannen die Seine hinaufsegeln, werden sie zunächst versuchen, Paris zu belagern, bevor sie weiter nach Meaux rudern – falls sie das überhaupt vorhaben – was weiß man schon?«

Wollte er, dass sie ihm erklärte, wie die Mörder aus dem Norden dachten und planten? Weil sie ja zu ihnen gehörte? »Merkst du gar nicht, wie es die Leute ärgert, dass du dich mit der Schlächterin aus dem Norden unterhältst?«

»Hör auf, so zu reden, Solvejg! Selbst wenn es stimmte – was nicht der Fall ist –, würde es mich nicht kümmern. Ich möchte dich bitten, dass du mit Emma ebenfalls nach Paris gehst. Darum geht es mir. Ihr wäret dort sicherer. Und außerdem … könnten wir beieinander sein.«

Beieinander … Sie drehte das Wort in ihrem Kopf. Was meinte er damit? Sie hatten in den letzten Monaten festgestellt, dass sie sich um dieselben Dinge sorgten und ihre Scherze einander ähnelten. Sie trafen sich so oft zum Fechten, dass es dafür keine vernünftige Erklärung gab, außer dass sie einander … in ungewöhnlichem Maße … zugetan waren. Sie …

Robert nahm ihre Hand und hauchte einen Kuss darauf.

Eines war ihr an diesem Abend klar geworden: Gleich, wie sehr sie sich vor dem Kind in den Windeln fürchtete, sie musste es kennenlernen – und sei es, um zu erfahren, welche Gefahren ihr von dem Spross des Druiden drohten. Mit diesem Vorsatz machte Solvejg sich am folgenden Morgen auf den Weg zu Freyas Wohnräumen.

Emma schlief in ihrem Korb. Offenbar war sie gerade gestillt worden, denn die Amme war Solvejg auf dem Weg entgegengekommen. Das Mädchen war so fest in seine Windeln geschnürt worden, dass es sich kaum rühren konnte. Solvejg beugte sich vor und löste zwei kleine Knoten. Sofort schreckte Emma auf und begann zu weinen. Sie starrte sie an. Das winzige Geschöpf sah nicht aus, als würde es etwas planen – es zappelte einfach und schrie. Vorsichtig griff Solvejg unter die nackten kleinen Arme und zog das Kind aus dem Korb. Es hörte auf zu brüllen. Sie hielt es auf Armeslänge entfernt und betrachtete es. Emma ähnelte ihrer Stiefschwester, die Harald mit der schönen Snøfrid gezeugt hatte.

Solvejg griff nach einer Windel, wickelte das Kind hinein und ging mit ihm hinaus. Sie verließ das Gut und nahm den Weg zum Fluss, wo sie und Robert so viele schöne Stunden verbracht hatten. Emma schlief während des Wegs wieder ein. Erst als Solvejg sie auf die Planken des kleinen Bootsstegs legte, erwachte sie wieder. Neugierig blickte sie zum Himmel.

»Ich traue dir nicht«, sagte Solvejg.

Emmas Hand geriet gegen den Mund, und sie begann, an ihren Fingern zu lutschen. Solvejg dachte an den Abend, an dem ihr Vater mit der Axt in der Hand auf den kleinen Ulf zugeeilt war, um ihn zu töten, weil er argwöhnte, dass sein Sohn ihn verhext haben könnte. Sie hatte es verhindert, indem sie den Jungen fortbrachte – und hatte ihren Vater in diesem Moment verabscheut. Aber hatte sie nicht genauso gehandelt wie er?

Emma drehte den Kopf und starrte auf eine Ente, die sich auf dem Fluss treiben ließ. Ein Kind, das staunend die Welt betrachtete. Ein Kind, das dem Samen eines Zauberers entsprungen war.

∞

Odo hatte es eilig, nach Paris zu kommen – sie verließen das Gut schon am nächsten Morgen. Emma legte die Reise in ihrem Korb zurück, der zwischen den Kleidersäcken und Vorräten verstaut worden war. Das Ruckeln des Wagens schien ihr zu gefallen, denn wenn sie nicht gerade hungrig an den Brüsten der mitreisenden Amme saugte, schlief sie.

Der Zug aus Reitern und Karren erreichte am Nachmittag die große Steinbrücke, die auf die Île de la Cité führte, und Solvejg fiel auf, wie nervös die Wächter waren. Ihre Anzahl hatte sich verdoppelt oder verdreifacht, seit sie das letzte Mal auf der Seine-Insel gewesen waren.

Langsam ritten sie die Straße hinab. Paris weckte so viele Erinnerungen. Als sie seitwärts zum Ende einer quer zum Hauptweg verlaufenden Straße schaute und den Turm erblickte, in dem sie die Kunst des Lesens und Schreibens vervollkommnet hatte, wurde ihr Herz weicher. Sie ritten durch das Tor des Palais, und dann gingen alle Gefühle in den hektischen Gesprächen und Sorgen unter, die ihnen entgegenschlugen.

In der Halle, wo es etwas ruhiger wurde, erfuhren sie, dass Bauern aus den flussabwärts liegenden Dörfern bei den schlangenartigen Bögen der Seine, an denen ihre Höfe lagen, mehrere Male Spuren im Schilf entdeckt hatten, die offenbar von Schiffen stammten. Einem war eine breite Bresche, die durch ein ufernahes Dickicht ging, aufgefallen, und er war überzeugt, dass sie von Normannen stammte, die ihre Boote über eine Landzunge getragen hatten. Er zeigte Odo ein Messer, das er dort gefunden hatte und an dessen Griff seltsame Schriftzüge seinen Argwohn geweckt hatten.

»Das sind keine Runen«, sagte Solvejg. »Solche Zeichen habe ich noch nie gesehen.« Nach kurzem Zögern fügte sie hinzu: »Die Normannen haben Handelskontakte zu den Rus im Osten. Vielleicht stammt das Messer von dort.«

Robert besprach sich mit seinem Bruder, dann beschlossen sie, dass er mit einer Handvoll Männern am nächsten Morgen aufbrechen und die verdächtigen Flussufer selbst in Augenschein nehmen sollte. Sie berieten sich, sie schmiedeten Pläne …

Irgendwann erhob sich Solvejg und schlenderte hinüber in den Garten zwischen dem Palais und der Mauer. Der Tag war ungewöhnlich heiß gewesen, doch allmählich kühlte die Luft ab. Sie setzte sich auf eine Bank, stellte allerdings bald fest, dass sie zu unruhig war, um die Stille zu genießen. *Emma und der Mann, der sie zeugte.* Ihre Angst beruhte wohl vor allem darauf, dass sie so wenig über Dhoires Magie wusste. Als man sie und den Druiden hatte hinrichten wollen, war ein Blitz vom Himmel gefahren, der ihren Richter erschlug. Natürlich war sie außer sich vor Erleichterung, aber auch vor Entsetzen gewesen. Dhoire hatte seine magischen Kräfte bewiesen.

Andererseits: Schlugen nicht immer irgendwo Blitze ein? Solvejg dachte an die Boote ihres Volks, die regelmäßig von ihnen getroffen und in Brand gesetzt wurden. Natürlich war es möglich, dass auch der Christengott Blitze benutzte, um die Feinde seiner Anhänger zu bestrafen. Aber wenn er so mächtig war, warum hatte er dann zugelassen, dass Dhoire seinen eigenen Bischof erschlug?

Sie erhob sich mit schweren Gliedern und verließ den Garten wieder. Die Sehnsucht trieb sie zurück in Freyas Räume. Die Amme lag schnarchend auf ihrem Strohbett, neben sich zur Linken Emma und zur Rechten ihren eigenen Sohn. Das Licht, das durch die schmalen Fenster fiel, war milder geworden, doch bis zur Dunkelheit blieben noch einige Stunden. Leise nahm Solvejg ihre Tochter auf. Der mögliche Normannenüberfall beschäftigte die Leute, niemand achtete auf die schmale Frau, als sie mit ihrer Tochter das Palais und über die östliche Steinbrücke die Île de la Cité verließ.

Der Lärm und der Gestank der Stadt blieben hinter ihr zurück, stattdessen strich ein warmer Wind über ihre Haut. Solvejg schritt die Straße entlang, sie wurde immer schneller und erreichte bald das Lehmhüttendorf, wo Schweine die Wege entlangtrotteten und Hühner in eingezäunten Gärten flatterten, und danach eine kleine Brücke, hinter der die Straße sich fortsetzte.

Einer der Mönche aus den umliegenden Klöstern kam ihr forschen Schritts entgegen. Diese Kirchenmänner schienen wie Ungeziefer überall herumzukrabbeln. Der Mann sang ein Lied, krächzend, mit lauter Stimme, und nickte ihr mit einem breiten Lächeln zu, als er sie erreichte. Die vordere Hälfte seines Schädels war geschoren, so wie Solvejg es bei dem irischen Bischof und seinen Mönchen gesehen hatte. Sein Anblick ließ all die Pein wieder hochkochen, die sie auf der Insel erlebt hatte, und sie wandte schroff den Kopf ab. Wenige Schritte später schlug Emma die Augen auf. Sie blinzelte in den Himmel, dann entdeckte sie das Gesicht der Frau, die sie trug, und lachte.

»Ich bin deine Mutter«, sagte Solvejg.

Das Kind bestaunte das Licht, das im Geäst der Bäume flirrte, während sie spazieren gingen. Der Weg, auf dem sie sich befanden, war allerdings belebt, überall Leute, die sie verstohlen musterten. Solvejg bog in einen Seitenpfad ein, der hinaus in unbestelltes Land mit kleinen Waldinseln, wildem Buschwerk und einem See führte. Eine Weile genoss sie die Einsamkeit, doch dann überkam sie wieder die Unruhe, die zu ihrer Begleiterin geworden war, seit sie vor ihrem Vater geflohen war. Allein zu sein hieß auch, ohne Schutz zu sein.

Sie dachte an den mit Tannenzweigen geschmückten Altar in der Kirche, in der sie die Weihnachtsmesse gefeiert hatten, an die Zweige, die die Quadrate des Pythagoras nachgebildet hatten. Bei dem Mann, den Robert bei der Bärenhöhle gesehen und den er ihr beschrieben hatte, schien es sich tatsächlich um Dhoire gehandelt zu haben. Es war ihm also, wie auch immer, gelungen, ihr zu folgen.

Beklommen blickte Solvejg sich um und schämte sich gleichzeitig ihrer Angst. Wollte sie den Rest ihres Lebens wie ein gehetztes Reh verbringen? Sie widerstand dem Impuls, in das Dorf zurückzukehren, und folgte weiter dem einsamen Weg. Leise begann sie mit ihrer Tochter zu sprechen. Emma drehte den Kopf und blickte sie an, und Solvejgs Nervosität wich einem unsicheren Glück. In ihren Armen lag der einzige Mensch, der wirklich zu ihr gehörte. War es nicht so?

Ein Fuchs kreuzte ihren Weg, mehrere Eichhörnchen flitzten Baumstämme hinauf. Und schließlich tauchte vor ihr ein Steg aus Holzbohlen auf. Solvejg brauchte einen Moment, um zu begreifen, dass sie sich offenbar in mooriges Gelände verirrt hatte. Tatsächlich entdeckte sie bald jenseits ihres Pfads eine Wasserblänke und dahinter noch eine weitere.

Sie mochte keine Moore. In ihrer frühen Kindheit war sie einmal an der Seite ihres Vaters durch eines geritten, und plötzlich waren Moorgeister aus Feuer aufgetaucht, die sie höhnisch umtanzten. Nachdem sie den brennenden Scheusalen entkommen waren, erzählte ihr Vater, dass arglose Wanderer von solchen Geistern an besonders gefährliche Stellen tiefer in die Sümpfe gelockt wurden, bis sie einsanken und jämmerlich ihr Leben aushauchten. Solvejg hatte damals zum ersten Mal bei ihm Anzeichen echter Furcht gesehen. Kein Wunder also, dass sie jetzt stehen blieb. Plötzlich fiel ihr auch auf, wie gefährlich nahe die Sonne bereits den Baumwipfeln gekommen war. Nicht mehr lange, und es würde dunkel sein. Entschlossen machte sie kehrt.

Und diese hastige Bewegung, mit der sie sich umdrehte, war es wohl, die sie den Mann entdecken ließ, der etwa hundert Schritte hinter ihr ging. Ein Fremder in armseligen, zu dünnen Kleidern mit einer Mütze auf dem Kopf. Er starrte sie kurz an – dann schlug er sich wie ertappt in die Büsche. Solvejg starrte auf die Stelle, an der sie ihn gerade noch gesehen hatte. Sie blinzelte. Wer war das gewesen? Und warum diese hastige Flucht? Sie presste Emma an sich und verfluchte sich für ihren Leichtsinn. Andererseits: Bei dem Mann hatte es sich nicht um Dhoire gehandelt, das stand fest. Vielleicht war es ein menschenscheuer Sonderling gewesen, der keinen Ärger haben wollte.

Sie hastete den Weg zurück und erreichte wohlbehalten die breite Straße, die von der Île de la Cité nach Meaux führte. Emma begann zu quengeln – gewiss hatte die Kleine Hunger. Sie passierten eine Schafsweide, dann die hölzerne Brücke und gelangten, gerade als es dunkel wurde, in das Dorf, wo die Menschen müde zu ihren Hütten schlurften oder sich bereits zum Schlafen zurückgezogen hatten.

Der irische Mönch, den Solvejg auf dem Hinweg getroffen hatte, saß vor einer der Hauswände. Sein Kopf war ihm auf die Brust gesunken, die Augen waren geschlossen. Seine Kutte verschmolz mit der dunklen Lehmwand, an der er lehnte. Hastig eilte sie an ihm vorüber. Und war nur wenige Schritte weiter, als sie hinter sich das Trappeln von Hufen auf der Brücke hörte. Sie trat zur Seite und drehte sich dabei um. Eine düstere Gestalt in einem wallenden, dunklen Gewand, das sich ebenfalls kaum noch von der nächtlichen Umgebung abhob, galoppierte auf sie zu. Ein Bote, der wichtige Nachrichten für den Grafen brachte? Sie drückte sich an eine Bretterwand in ihrem Rücken, aus Angst, von dem Mann übersehen zu werden. Auch der Wandermönch schreckte auf. Gähnend kratzte er sich die kahle Stirn.

Der Reiter hatte sie erreicht – und sein Pferd stieg plötzlich auf die Hinterhufe. Hatte sie es erschreckt? Der Mann im Sattel hob seinen Arm. Was hielt er in der Faust? Eine Axt?

Solvejg duckte sich, als die Waffe auf sie niedersauste, aber die Bewegung war zu überhastet. Sie geriet ins Stolpern und stürzte. Gerade, dass es ihr noch gelang, Emma zu schützen, indem sie sich auf den Arm fallen ließ, mit dem sie das Kind hielt. Ein harter Schmerz fuhr ihr bis in die Schulter. Gequält drehte sie sich. Der Reiter sprang aus dem Sattel, die Faust immer noch um die Axt geballt. Seine Kapuze war ihm in den Nacken gerutscht. Sie sah ein bartloses Gesicht und streng zurückgebundenen Haare – und erkannte trotz der Dunkelheit die rötliche Färbung mit der grauen Strähne darin. Schützend beugte sie sich über ihr Kind. Emma schrie zum Erbarmen …

Aber nicht nur sie. Jemand brüllte Warnrufe, Drohungen, empörte Beschimpfungen. Solvejg wartete auf den Hieb, doch er blieb aus. Und als sie den Kopf wieder hob, sah sie, dass der Mönch mit der Halbglatze sich an die Axt klammerte, die Dhoire immer noch zu schwingen versuchte. Er kreischte um Hilfe – die auch tatsächlich kam. Männer und Frauen, einige mit Knüppeln bewaffnet, eilten aus den Hütten.

Der Rappe stieg erneut, und Dhoire kämpfte um sein Gleichgewicht. Fluchend ließ er die Axt fahren. Dann sprang er aus dem Sattel und beugte sich über Solvejg. Der Schmerz ließ sie wimmern, als er Emma aus ihrem Arm riss. Sie musste zusehen, wie er sich zurück auf den Pferderücken schwang. Er gab dem Tier die Sporen und floh mit ihm an den Bauern vorbei zurück zur Brücke.

Emmas Schreie erfüllten die Nacht.

Bewaffnete aus der Île de la Cité eilten herbei. Der fremde Mönch brüllte: »Etwas ist mit ihrem Arm. Vorsichtig, nun passt doch auf!« Sie redeten, sie wiesen in die Richtung, in die der Reiter geflohen war, dann tauchte auch Robert auf. Er half Solvejg auf die Füße und brachte sie zurück auf die Insel und zum Hospital, wo sie sich auf das Bett in dem

Raum legen musste, in dem Freya ihre Patienten behandelte.

»… und die Leute sagen, dass du seinen Namen gerufen hast: Dhoire. Stimmt es? War es der Druide, der Emma geraubt hat?« Vermutlich hatte Robert diese Frage schon dutzendfach ausgesprochen. Aber sie war unfähig zu antworten. In ihrem Arm drehten sich stählerne Klingen, ihre Lippen schmeckten nach Blut, vor ihren Augen kreiste das Gesicht ihres entführten Kindes …

Freya trat an ihr Bett. Ein kurzer Blick, und sie füllte einen Trank in einen Becher. »Hilf ihr hoch, Robert, vorsichtig! Der Arm scheint gebrochen zu sein. Komm, Mädchen, du musst das trinken, es ist …«

Emma. Dhoire hatte ihr Emma entrissen. Solvejg fegte den Becher zur Seite. »Er hat meine Tochter mitgenommen.«

»Der Druide?«, fragte Robert, und dieses Mal schaffte sie es zu nickten.

»Was ihr einem dieser Kleinen antut, das habt ihr mir angetan«, ereiferte sich der Mönch, der seltsamerweise mit in den Krankenraum gekommen war, mit hochrotem Gesicht.

Freya holte einen Schemel und setzte sich neben das Bett. »Wir müssen wissen, was geschehen ist. Die Leute sagen, dass du mit dem Kind draußen spazieren gegangen bist.«

Solvejg quälte sich das Erlebte aus dem Mund. Der einsame Weg, das Moor, der Mann, von dem sie dachte, dass er sie verfolge. »Das war aber nicht so. Er ist woanders hingelaufen, ich …« Sie schrie auf, als jemand versehentlich an das Bett stieß und sich ihr Arm dabei bewegte. Der Schmerz machte es ihr unmöglich, weiterzureden oder auch nur zuzuhören.

»… und Odo hat mit ihm gesprochen, ohne natürlich zu wissen, wer er ist. Ich nehme an, dass er uns anschließend nach

Paris folgte und dort im Kloster unterkroch, um auf seine Gelegenheit zu warten«, hörte sie irgendwann Robert Stimme.

»Was?«, krächzte Solvejg.

Freya drehte sich zu ihr. »Erinnerst du dich nicht? Ich habe mich am Flussufer mit einem Mönch unterhalten, der mich vor Normannen gewarnt hat, die angeblich in der Nähe sein sollten. Bei dem Mann muss es sich um diesen Dhoire gehandelt …«

»Vermutlich arbeitete der Kerl, den Solvejg heute Abend im Moor gesehen hat, ebenfalls in dem Kloster, und wurde von Dhoire als Spion benutzt«, unterbrach Robert sie. »Als er gesehen hat, dass Solvejg aus der Stadt kam, ist er ihr gefolgt, und als sie ihn entdeckt hat, ist er zum Kloster gerannt, um Dhoire zu erklären, dass sie außerhalb der Mauern ist und wo er sie erwischen kann.« Er sah Solvejgs verwirrten Blick und fügte hinzu: »Vor ein paar Tagen kam ein Bote vom Gut. Unsere Bauern haben die Leiche eines Mönchs gefunden, der im Kloster von Meaux seit Tagen vermisst wurde. Jemand hatte ihm die Kutte geraubt. Ich denke, es war Dhoire, der ihn ermordete und ihm die Kleider stahl, um dir einfacher nachstellen zu können. Wenn ich ihn nur gemeinsam mit Odo aufgesucht hätte. Ich hätte ihn wiedererkannt«, hörte sie Robert bitter sagen.

Die Klingen, die sich in Solvejgs Arm drehten, saugten wieder ihre Aufmerksamkeit auf. Als sie auf ihre verletzten Lippen biss, griff Freya nach einem feuchten Tuch und wischte damit über ihr Gesicht. »Raus jetzt mit euch. Das Mädchen braucht Hilfe. Ja, doch – du kannst wiederkommen, Robert. In ungefähr einer Stunde.«

Robert verschwand und zog auch den fremden Mönch aus dem Raum.

Die Zeit, die folgte, war reine Qual. Freya befühlte ihren linken Arm, sie redete von einem gebrochenen oder zumindest angebrochenen Knochen, sie packte zu, sie drehte den Ellbogen und kümmerte sich um keine Schreie. Dann wickelte sie einen festen Verband um den Arm und band ihn unter Solvejgs Brust fest, wo er zur Ruhe kam.

Schließlich kehrte Robert zurück und erklärte, dass er Männer losgeschickt habe, die Dhoire verfolgen sollten. Aber er bezweifelte, dass sie ihn finden würden. In dem Kloster, in dem er sich versteckt hatte, war er natürlich nicht wieder aufgetaucht.

»Geht es dir besser? Kannst du reden?«, wandte er sich erneut an Solvejg. »Nun lass schon, Freya, es ist wichtig! Hast du eine Vorstellung, wohin der Mann mit Emma geritten sein könnte?«

Nach Gournay.

Hatte sie den Namen laut ausgesprochen? Robert blickte angespannt auf ihre Lippen. Sie brachte kurze, gepresste Sätze hervor. Das alte Heiligtum der Druiden, das sich ganz in der Nähe befand und wo in einer Grube die Knochen von Menschen lagen, die sie dort irgendwann ihren Göttern geopfert hatten. Dhoires Besessenheit, was diesen Ort anging, und wie sie ihn in die Grube gestoßen hatte, um ihm zu entkommen.

Robert hatte sich so dicht über sie gebeugt, dass sich beinahe ihre Nasen berührten. Er verstand sie nicht. Sie sprach zu leise, zu undeutlich. »Lass sie schlafen, es hat einfach keinen Sinn«, mischte Freya sich ein und nötigte Solvejg noch etwas von ihrem Trank in den Mund. Das Zimmer begann zu verschwimmen.

Als Solvejg die Augen erneut öffnete, mussten etliche Stunden verstrichen sein, denn die Dunkelheit wurde bereits vom ersten Tageslicht durchdrungen. Sie war allein, zum Glück. Vorsichtig richtete sie sich auf, der Schmerz in dem unter ihrer Brust befestigten Arm schnitt nicht mehr ganz so scharf wie zuvor. Ihr Kopf war wieder klar. Schwerfällig hievte sie sich aus dem Bett, zog ihr Kleid über und verließ in verstohlener Heimlichkeit das Hospital. Noch befanden sich kaum Menschen in den Gassen der Stadt, sie erreichte unbehelligt die Brücke. Die Wachen ließen sie passieren, wenn auch mit misstrauischen Blicken, dann stand sie vor dem Tor und machte sich auf den Weg.

Ihre Reise wurde so kräftezehrend, wie sie befürchtet hatte. Schon bald begann es zu regnen, sie wurde nass bis auf die Haut und zitterte. Aber das konnte sie aushalten. Was ihr zu schaffen machte, war ihre Unkenntnis der Wege. Zwar hatte sie die Strecke von Gournay nach Paris bereits in umgekehrter Richtung zurückgelegt, doch damals war sie planlos umhergeirrt – sie war nur zufällig in die Nähe der Île de la Cité gelangt. Zu ihrem glücklichen Erstaunen erfuhr sie gegen Mittag von einem Bauern, dass Gournay nur drei Tagesmärsche von Paris entfernt lag. Sie musste nach ihrer Flucht vor Dhoire im vergangenen Jahr zahllose Bögen geschlagen haben.

Als die erste Nacht anbrach – es regnete immer noch –, legte sie sich auf einem Dorfplatz neben einem Brunnen zur Ruhe. Die Angst vor dem Druiden, dem sie an einsamen Plätzen hilflos ausgeliefert wäre, war größer als ihre Furcht vor der Neugier der Dorfbewohner.

Die darauffolgende Nacht verbrachte sie in einem Ziegenstall. Doch als sie morgens erwachte, brach sie vor Enttäuschung über sich selbst in Tränen aus. Es war bereits heller Tag. Sie hatte ausgeschlafen, während die arme Emma hungerte, tausend Ängste litt und womöglich in Todesgefahr schwebte. Düstere Phantasien begannen ihren Kopf zu füllen. Bilder, wie der Druide mit ihrer Tochter im Tempel seiner Vorfahren stand, wie er das Messer zückte, um sie zu opfern, wie er ihren kleinen Leib zerfleischte und ihre Knochen zu den anderen warf …

An dieser Stelle übergab Solvejg sich. Sie wischte sich den Mund ab, schöpfte aus der Wanne, mit der die Ziegen getränkt wurden, Wasser in ihren Mund und kehrte auf die Straße zurück.

Gegen Abend erreichte sie endlich einen bekannten Ort – einen See, der in Form einer Muschel im östlichen Bereich eines Tales ruhte und an dessen Ufer eine Handvoll Bauernhöfe standen. Sie hatte dort während ihrer Flucht zwei Wochen bei der Ernte geholfen, um ihren schmerzenden Magen zu füllen. Allerdings mochte sie bei dem Mann, der sie damals beschäftigt hatte, nicht klopfen, denn er war ein roher Kerl gewesen. Doch sie pflückte in dem kleinen Garten hinter seinem Haus die roten Früchte der Johannisbeersträucher, schlang sie hinunter und legte sich im Schutz naher Buchsbäume zum Schlafen nieder.

Der nächste Tag führte Solvejg zu einem Dorf, von dem sie wusste, dass es einem Geizhals namens Laurence gehörte, der seine Leibeigenen hungern ließ und sie halb zu Tode prügelte, wenn sie zu jammern wagten. Um diesen Ort schlug sie einen weiten Bogen. Dann endlich erreichte sie die Straße, die nach Gournay führte.

Kurz vor dem Ziel zögerte sie. Sollte sie an Josces Tür klopfen und ihn um Hilfe bitten? Nein, unmöglich. Dhoire hatte einen Blitz auf den Bischof des Christengottes gelenkt. Was sollte ihn daran hindern, auf dieselbe Weise auch Josce zu ermorden? Sie verdrängte den Freund aus ihren Gedanken und befasste sich mit der Gefahr, der sie sich nun stellen und mit kühlem Kopf begegnen musste. Zunächst galt es, ungesehen zum Druidenheiligtum zu gelangen.

Sie schlug einen Bogen um das Dorf und ebenso um den Ententeich dahinter, an dessen Ufer mehrere Jungen mit Angelruten auf einen Fang lauerten. Anschließend durchquerte sie den Birkenwald. Es hatte aufgehört zu regnen, aber der nasse Waldboden ließ sie mehrfach ausrutschen – zum Glück, ohne dass sie stürzte. Einmal kam ein streunender, kohlschwarzer Hund hinter einem Busch hervorgeschossen. Er kläffte sie an, verschwand aber bald wieder.

Sie ging nun langsamer und hielt sich im Sichtschutz von Berberitzen und Besenginster, wann immer irgendwo Zweige knackten. Ihre Nerven waren so angespannt, dass auch das leiseste Rascheln wie ein Knall in ihren Ohren explodierte. Angespannt erklomm sie einen der Hügel – und da lag es vor ihr, das Druidenheiligtum.

Solvejg starrte auf das Quadrat aus tiefen Gräben, in dessen Mitte sich die Tempelruine mit dem dreieckigen Giebel erhob. Würde Dhoire sie dort erwarten? Was, wenn er sich ausgerechnet hatte, dass sie ihn verfolgen und an den Ort zurückkehren würde, der ihm heilig war und der sie miteinander verband? Ungelenk hangelte sie sich am dichten Gesträuch den matschigen Hang hinab. Sie überquerte eine kleine, gelb blühende Wiese und betrat die Holzbrücke. Die Bretter unter ihren Füßen waren rutschig. Der Schlamm im Graben hatte sich während des nassen Sommers in eine dickflüssige Brühe verwandelt.

Noch einige weitere Schritte, dann stand sie vor der Ruine. Sie starrte zu den Säulen an der rechten Seite, die sie von ihrem Platz aus erkennen konnte.

»Du bist also tatsächlich gekommen.«

Dhoires Stimme wehte aus der gegenüberliegenden Seite des Tempels an ihre Ohren. Langsam schritt sie durch das Tor. Der Druide saß, immer noch in die Mönchskutte gekleidet, auf dem Boden. Er lehnte mit dem Rücken an einer der Säulen, das rötliche Haar klebte strähnig am Kopf, in den Armen hielt er ein Bündel zerknautschter kotbefleckter Windeln. Lag darin Emma, selig schlafend? Oder war sie längst tot? Solvejg tat die letzten Schritte, die sie noch von dem Iren trennten. Sie hob einen der Stofffetzen an und starrte auf ihre Tochter. Emmas Augen waren geschlossen, ihre winzige Brust hob und senkte sich.

»Unser Kind«, sagte Dhoire. »Ist es nicht hübsch?«

»Was willst du von mir?«

Er antwortete nicht, sondern begann stattdessen, Emma zu wiegen und die kleine Stirn zu küssen. Angewidert drehte Solvejg sich weg. Ihr Blick blieb an einer übermannsgroßen Puppe aus geflochtenem Stroh hängen, die am Rand der Opfergrube stand. Dhoire hatte sie mithilfe eines Seils an einer dicken Holzstange befestigt, die er an einer brüchigen Stelle des Steinbodens in die Erde gerammt hatte. Er hatte ihr aus Blüten, deren Stängel er durch die Strohhalme gezogen hatte, ein Gesicht verpasst. Auch dort, wo sich die Oberschenkel trafen, prangte ein Klatschmohn. Das Symbol war kaum misszuverstehen.

Langsam erhob sich der Druide und trug Emma zu dem Gebilde aus Stroh. Das Mädchen war erwacht, aus den Tüchern drangen nun quengelnde Laute. Solvejg gab sich einen Ruck und folgte den beiden. Auch die Grube hatte sich durch den Regen der vergangenen Tage in eine riesige Matschwanne verwandelt. Auf dem grauen Brei dümpelten einige der grausigen Überbleibsel der Opferrituale: Knochen und dünne Eisenplatten, auch der Schädel, den Josce herausgeangelt hatte.

Dhoire schritt weiter zur Rückseite der Puppe. Er bedeutete Solvejg mit einer herrischen Bewegung, ihm zu folgen. Sie gehorchte, als gäbe es ein Seil, an dem er sie zöge. Dieses Seil existierte ja auch: Emma. Als sie den Druiden erreicht hatte, wies er auf den unteren Teil des Strohgebildes. Dort befand sich eine Öffnung, gerade so groß, dass ein Mensch in die Puppe hineinkriechen konnte.

Kurz herrschte Schweigen. Dann erklärte Dhoire düster: »Ich hatte dir ein Leben an meiner Seite angeboten, in dem ich dein Herz gefüllt und deinem Verstand Schärfe verliehen hätte. Du hättest mir weitere Kinder geboren, und ich hätte sie mit der mir innewohnenden Macht stark gemacht. Unsere Familie hätte Königen gedient und die Schicksale der Völker verändert.«

Hatte er nicht – an dieser Stelle, vor einem Jahr – gesagt, dass er mit ihr ein Leben in völliger Einsamkeit plante? Solvejg starrte ihn an. Er war ein Lügner. Ihn trieb die gleiche verheerende Sehnsucht wie fast alle Männer an: Die nach Macht und Ruhm. Es war nie anders gewesen.

Als er weitersprach, wurde seine Stimme hart. »Du gleichst einer Kuh, Solvejg. Du bildest dir ein, einen eigenen Willen zu besitzen, aber in Wahrheit bist du das ungebildete Weib eines marodierenden Volkes, das wirr durchs Leben taumelt. Dabei könntest du nicht einmal die Hand heben, wenn ich es dir nicht erlaubte.«

Die graue Strähne in dem roten Haar bewegte sich, als er sich über Emma beugte. Das Kind, das kurz verstummt gewesen war, begann erneut zu weinen.

»Gib mir meine Tochter zurück«, flüsterte sie.

»Schweig, Unselige! Hast du es noch nicht begriffen? Diesem Geschöpf ist ein anderes, ein ruhmreicheres Schicksal zugemessen als dir. Ich werde Tlachtga mit der uralten Magie meines Volks vertraut machen. Sie wird zu einer der Großen unter den Seherinnen meines …«

»Ihr Name ist Emma.«

Dhoire lachte verächtlich. »Ich habe sie nach der berühmtesten Druidin meines Volks benannt, der Tochter des heldenhaften Zauberkundigen Mog Ruith, der unter den Sehern …« Die fanatische Verzückung in seiner Stimme erlosch, als Emmas Geheul sich steigerte. Er schüttelte sie kurz, was das Kind natürlich nicht beruhigte, und nickte dann gereizt in Richtung der Strohpuppe. »Krieche hinein!«

»Warum?«

»Das fragst du noch?« Seine Stimme wurde schrill in dem Bemühen, Emmas Schreien zu übertönen. »Weil du die Geheimnisse, die ich dir in meinem Leichtsinn anvertraut habe, an Fremde verraten hast – an die Christen, die uns in ihrem Jesuswahn vernichten wollen! O ja, auch ich habe Schuld auf mich geladen, als ich vor dir zu plappern begann. Aber ich werde sie tilgen. Ich werde … Ich werde den Blick der Götter auf meine Tochter lenken und sie …«

Dhoire wich zurück, als Solvejg das Kind packen wollte, und versetzte ihr einen Tritt gegen den Unterleib. Solvejg brüllte auf, als sie stürzte und ihr gebrochener Arm gegen die steinerne Umfassung der Grube prallte. Nur mühsam plagte sie sich wieder auf die Füße.

Dhoires Blick haftete an ihrem Kleid, unter dem sich ihr verbundener Arm wölbte. »Ich habe dich verkrüppelt«, meinte er so erstaunt, als wäre es ihm erst jetzt aufgefallen. Ein boshafter Schatten glitt über sein Gesicht, als er erneut auf die Puppe deutete. »Dein Gequake strengt mich an, Solvejg, Hure der nordischen Götter. Du kriechst jetzt in das Stroh, und ich werde dein boshaftes Leben in einem reinigenden Feuer auslöschen.«

Verbrennen wollte er sie also. Als sie sich nicht rührte, zog er Emma aus den Windeln, trat zur Opfergrube und hielt das nackte Kind an seinem ausgestreckten Arm über den schlammigen Brei. »Nun?«, versuchte er das Brüllen des Säuglings zu übertönen.

Als Solvejg immer noch nicht reagierte, zischte er: »Ich würde dir ja in dein Grab hineinhelfen, nur habe ich leider keine Hand frei. Dass du brennen wirst, ist entschieden. Die einzige Wahl, die dir bleibt, Solvejg, ist, ob du dein Ende sofort annimmst oder ob du erst noch miterleben willst, wie dein Kind elendig in der Grube ersäuft.«

Solvejg zweifelte nicht daran, dass er es ernst meinte. Sie ließ sich auf die Knie nieder und starrte in das dunkle Loch. Durch die Schlitze im Strohgeflecht fielen unzählige kleine Lichtpunkte, die Luft war voller Staub. Sie schwitzte vor Angst. Aber gleichzeitig regten sich Fragen in ihrem Kopf. Wenn Dhoire so große Macht besaß – warum hatte er sich dann die Mühe gemacht, diese Puppe zu flechten, statt sie wie den irischen Bischof mit einem Blitz von der Erde zu fegen? Weil sich der Zorn der Götter in diesem Fall seines eigenen Verrats nur durch eine besonders grausame Prozedur besänftigen ließ? Aber warum sollten die Götter so denken?

Der Druide räusperte sich ungeduldig. Sein Arm, an dessen Ende Emma hing, war immer noch ausgestreckt, doch sie schwebte nicht mehr über der Grube. Als er zu einem weiteren Tritt ausholte, warf Solvejg sich zur Seite und stemmte sich mit derselben Bewegung hoch. Sie riss ihm das Kind aus der Hand und versuchte zu fliehen. Doch Emmas Gewicht brachte sie ins Stolpern, und Dhoire versetzte ihr nun doch den Tritt, der so hart ausfiel, dass er sie über den Rand der Grube beförderte.

Sie landete in dem breiigen Schlamm und bemühte sich verzweifelt, Emma mit dem einen Arm, den sie nutzen konnte, über sich in der Luft zu halten. Gleichzeitig versuchte sie, sich aufzurichten. Sie spürte verschiedene Gegenstände unter der Fußsohle: metallene Platten, etwas Gebogenes, bei dem es sich um ein Schild handeln mochte, dünne, mürbe Gegenstände, die sie für Knochen hielt. Dhoire starrte mit faszinierter Aufmerksamkeit zu ihr hinab.

Es gelang ihr, Emma in den Ausschnitt ihres Kleides rutschen zu lassen, so dass das Kind auf den gebrochenen Arm zu liegen kam. Der Schmerz hätte Solvejg fast die Sinne geraubt. Reflexhaft langte sie nach der Grubenkante – und spürte im nächsten Moment Dhoires Fuß auf ihren Fingern. Nur mühsam gelang es ihr, die Hand unter seinem Stiefel hervorzuziehen und zurückzuweichen. In sein hämisches Lachen mischte sich Emmas Weinen. Solvejg taumelte, fand aber noch einmal Halt, wobei ihr allerdings etwas in die Fußsohle schnitt.

Der Druide begann zu singen und hob die Arme. Es war also so weit. Er wollte seine Zauberkräfte nutzen, um sie …

Solvejgs Blick wurde abgelenkt. Auf dem Hügel, auf dem sie vor Kurzem selbst noch gestanden hatte, bewegte sich etwas. Waren das Reiter? Ja. Und einer von ihnen trieb plötzlich sein Pferd an. Das Tier tat auf dem nassen, rutschigen Hang einige Schritte, es stürzte, raffte sich wieder auf und stürzte erneut. Sein Reiter wurde aus dem Sattel geschleudert und rutschte neben dem panischen Tier hinab zur Senke. Bald war er allerdings ihren Blicken entschwunden – die Mauer des Tempels hatte sich zwischen sie geschoben.

Dhoire schien von dem fernen Geschehen nichts mitzubekommen – er hatte sich in einen heiligen Zorn gesteigert, der ihn für alles andere taub und blind machte. Sein linker Arm war gen Himmel gerichtet, der andere deutete auf sie – ein Bild, das an die Augenblicke vor dem Tod des irischen Bischofs erinnerte. Ihr Name fiel, verbunden mit Beschimpfungen, so wie sie es verstand. Auch den lächerlichen Namen, den er Emma geben wollte – Tlachtga – brüllte er. Sollten die Götter seine Tochter retten? Oder wollte er sie ebenfalls opfern, in der Hoffnung, seiner Bitte um Vergebung damit noch mehr Nachdruck zu verleihen?

Der Schmerz in ihrem malträtierten Fuß ließ diese Fragen verblassen. Solvejg kämpfte immer noch um ihr Gleichgewicht, aber ihr Gehirn füllte sich zusehends mit Nebel. Sie streichelte Emmas Kopf und begriff, was für ein grässlicher Fehler es gewesen war, sie Dhoire zu rauben. Bei ihm hätte sie zumindest weiterleben können. Der Druide sah jetzt aus, als schwinge er ein unsichtbares Schwert, mit dem er sie erschlagen wollte. Nur dass … nichts geschah. Er beschwor seine Götter, er brüllte Fluch und Verdammnis …

Im Tor der Tempelruine tauchte eine Gestalt auf. Der Reiter? War das Robert? Der Nebel in Solvejgs Hirn wurde dichter, er ballte sich zusammen, zog hin zu ihren Augen. Der Schmerz im Fuß war mittlerweile so unerträglich, dass sie sich danach gesehnt hätte, in gnädige Bewusstlosigkeit zu sinken, wäre Emma nicht gewesen. Sie umklammerte den Säugling mit ihrem gesunden Arm.

Als ihre Knie einzuknicken begannen, packte sie nackte Angst. Doch sie wurde gehalten. Jemand umfing ihren Oberkörper mit dem Arm, Finger gruben sich in den Stoff ihres Kleides. Sie blinzelte gegen Schwindel und Schwäche an. Dhoire stand immer noch am Rand der Grube. Er beugte sich vor, seine Fratze wurde riesig, die irischen Flüche stießen wie Dolche auf sie herab.

Doch plötzlich brüllte er auf, taumelte halb um sich selbst und fasste an seine Schulter. Dort steckte … ein Pfeil? Ja, er war von einem Pfeil getroffen worden. Sein Gott hatte ihn … Nein, nicht der Gott. Im Torbogen seitlich hinter dem Druiden stand der Schütze, ein Mann in einem blauen, schmutzigen Wams.

Dhoire schrie vor Schmerz und versuchte gleichzeitig, sich davonzumachen.

»Der Mistkerl flieht!«, hörte Solvejg Roberts Stimme direkt neben ihrem Ohr.

Tatsächlich taumelte der Druide zu den rückwärtigen Säulen.

»Nun haltet ihn schon auf!«

Der Mann, der Dhoire den Pfeil in die Schulter gejagt hatte, ließ den Bogen sinken. Er schüttelte den Kopf und bekreuzigte sich. Gleich darauf, wieherte jenseits der Säulen ein Pferd. Hufe trappelten, und schon bald wurden die Geräusche leiser.

»Nur einen Moment noch«, hörte Solvejg erneut Roberts Stimme an ihrem Ohr. Und dann: »Verflucht, Odo, nun macht schon! Hilf mir, sie hier herauszubekommen.«

Ein hoher Ton pfiff in Solvejgs Ohr, als man sie packte, wie von einer Flöte. Robert hob sie und Emma an.

Und dann versank alles in Dunkelheit.

17.

KAPITEL

Sie rumpelte auf einem Karren durch das Land. Ziehende Wolken. Männerstimmen. Emmas Gesicht, das vor ihren Augen auftauchte und wieder verschwand. Dann eine hölzerne Decke in einem kühlen Raum. Dann …

»Doch, immer mal wieder. Gestern wurde sie sogar mehrmals wach.« Nicht Emmas, sondern Freyas Gesicht tauchte über ihr auf. »Schau, Robert, gerade jetzt …«

Solvejgs Augen fielen wieder zu. Aber sie versank nicht mehr in dem Meer aus bleiernem Nichts, in dem wie bissige Fische gelegentlich der Schmerz nach ihr schnappte. Stattdessen hörte sie das Geräusch von Schritten, und als ihr Kopf angehoben und ein Becher gegen ihre Lippen gedrückt wurde, trank sie. Robert fragte etwas. Sie verstand einzelne Worte, aber nicht, was er wissen wollte. Auch Freyas Antwort begriff sie nicht. Vielleicht, weil sie ein Kind plappern hörte. Emma? Sie lauschte der hellen Stimme, fühlte ein sonderbares Glück – und schlief wieder ein.

Als Solvejg das nächste Mal erwachte … war sie allein. Nein, nicht ganz. Ein Mann stand in der Nähe des Fensters. Sie sah die Mönchskutte, die er trug, und ihre Haut kräuselte sich vor Hass und Furcht. Aber es handelte sich nicht um Dhoire, sondern … Sie starrte auf die Halbglatze. War das der Wandermönch, der an der Hauswand geschlafen hatte, bevor der Druide mit einer Axt über sie hergefallen war?

Er beachtete sie nicht, sondern beugte sich über einen Tisch und hielt plötzlich etwas in den Händen, Emma. Er hob sie in die Luft und drehte sich mit ihr, so dass sie kreiste, als wäre sie ein Vogel. Emma juchzte. Als der Mönch sie wieder hinabgelassen hatte, beugte er sich über sie und begann, Grimassen zu ziehen. Er schnappte mit der Zunge nach der eigenen Nase, er rollte mit den Augen, und Emma gluckste vor Vergnügen. Irgendwann legte er sie in ihren Korb zurück und verschwand.

Zeit verstrich, doch es war Solvejg unmöglich, sich in den Schlaf zurückzuflüchten. Die Erinnerung kehrte zurück und zwang ihr die Bilder auf, die sie nur allzu gern vergessen hätte. Die Tempelruine, die Strohpuppe, Dhoire, der die Arme hob und sie bedrohte. Das kläglich weinende Kind in ihrem Arm …

Emma!

Sie drehte sich behutsam, um ihren Arm zu schonen, und starrte auf den Korb, der auf dem Tisch neben dem Fenster stand. Sie wollte aufstehen, um nach ihrer Tochter zu sehen, doch es war, als wäre alle Kraft aus ihr herausgeflossen.

Dann kam Robert. Als er erkannte, dass sie erwacht war, hellte sein Gesicht sich auf, und er ließ sich neben ihr nieder. Solvejg runzelte die Stirn, als sie sah, dass eine seiner Wangen, der Hals und die Schulter darunter zerschunden waren, und ein Bild stieg in ihren Kopf: Der Reiter, der in Gournay mit seinem Pferd den regennassen Abhang hinabgeschlittert war. Das war also tatsächlich Robert gewesen?

Doch mit dieser Erinnerung tauchte zugleich das Bild von Dhoire wieder auf, und ihr Lächeln erlosch. »Dieser Mönch, der vorhin in meinem Zimmer war: Ich will nicht, dass er noch einmal hier hereinkommt.«

»Wieso? Was hat er dir getan?« Solvejg wusste keine Antwort, und Robert seufzte. »Gar nichts – außer sich für dich in Lebensgefahr begeben. Die Leute sagen, dass er Dhoire davon abgehalten hat, dich umzubringen. Erinnerst du dich? Als der Mistkerl nach deinem Spaziergang auf dem Pferd herangekommen war und seine Axt geschwungen hatte?«

Ja, auch dieses Bild quälte sich wieder hoch. Der Mönch hatte außerdem mit seinen Hilferufen die Leute aus den Häusern geholt. Ohne ihn wäre sie jetzt tot und Emma in Dhoires Gewalt. Robert umfasste ihre Hand und suchte nach Worten. Sie ahnte, dass das, was er gleich sagen würde, ihr nicht gefallen würde.

»Du hast vor deinem Volk, vor deinem Vater fliehen müssen. Das war schlimm, Solvejg, und ich kann verstehen, dass du deinen Landsleuten seitdem misstraust. Aber du misstraust auch den Iren. Und den Franken. Du misstraust Mönchen. Du misstraust Männern, du misstraust Frauen. Du misstraust … jedermann.«

»Und?« Sie wollte ihm ihre Hand entziehen, doch er hielt sie fest.

»Wir hatten, als ich ein Kind war, einen Wurf Welpen, und sollten lernen, sie zur Jagd auszubilden. Ich fürchte allerdings, wir haben sie zu sehr verwöhnt.« Er lächelte kurz. »Die Hunde wurden anhänglich, sie folgten uns auf Schritt und Tritt, und wir ihnen auch. Nur eines der Tiere war ausgenommen – der jüngste und kleinste Welpe, der von Geburt an bissig gewesen war. Er schnappte nach den Knechten und

Mägden, die in den Stall kamen, er knurrte die Ochsen an und sogar Odo und mich, wenn wir ihm ein Stück Fleisch hinhielten. Ich weiß gar nicht mehr, wie er ums Leben kam. Ich meine, dass er auf einer Weide von einem Bullen totgetreten worden ist. Egal. Was mir im Gedächtnis geblieben ist: Niemand hat seinen Tod bedauert. Er hatte es geschafft, uns alle und sogar seine Brüder und Schwestern fortzubeißen.«

»Ich bin also eine bissige Hündin?« Solvejg hörte selbst das Gekränkte in ihrer Frage.

»Natürlich nicht. Du bist klug, hilfsbereit, mutig und wirst von so vielen Menschen geschätzt. Nur … irgendwann, wenn keiner es erwartet, schnappst du plötzlich zu und beißt. So etwas verstört die Leute.«

»Aber …«

»Ich habe lange darüber gegrübelt, warum du dich so verhältst. Inzwischen glaube ich den Grund zu kennen: Es ist, weil du auch dir selbst misstraust. Du schaffst es nicht, Freundlichkeit, die man dir entgegenbringt, einfach anzunehmen. Ständig witterst du Verrat. Und das könnte dich am Ende zu Fall bringen.«

Robert wartete auf eine Antwort, er gab ihr Zeit. Aber als sie beharrlich schwieg, ließ er ihre Hand los und ging hinaus.

☿

Eine bissige Hündin. Robert sah in ihr also eine bissige Hündin. Und hatte damit unrecht! Sie wusste ja kaum etwas von den Menschen in ihrer Umgebung. Wie sollte sie ihnen da vertrauen?

Weil Roberts Familie mich in ihrer Mitte leben lässt und mir

meine Fehler nachsieht? Weil sie sich um mein Kind kümmert?
Weil Robert mir das Leben gerettet hat, obwohl es ihm keinen Nut-
zen brachte?

Nicht nur Robert war ihr nachgeritten, um sie vor Dhoire zu retten, auch Odo, der sie nicht mochte. Aber warum?

Die Zweifel machten ihr zu schaffen. Und als der Mönch das nächste Mal kam, um Emma aus dem Korb zu heben, beobachtete sie ihn. Er ging mit dem Säugling liebevoll um. Mit der Kleinen zu spielen bereitete ihm sichtlich Freude, obwohl sie doch ein fremdes Kind war, mit dem ihn nur der kurze Moment verband, in dem er es vor der Entführung hatte bewahren wollen. Schließlich fragte sie ihn nach seinem Namen.

Überrascht drehte er sich um. »Ich heiße Columban. Das ist ein irischer Name. Ich stamme nämlich von der Insel im Norden. Vor Jahren ist dort … Ach, egal. Jedenfalls bin ich hier herübergekommen, weil ich …« Er sprudelte eine lange Geschichte heraus. Sie lauschte und beobachtete dabei, wie er Emma in den Armen wiegte. Columban war ein Mensch mit der Fähigkeit, Säuglinge zum Lachen zu bringen, und erinnerte Solvejg damit an ihren eigenen Vater, der seine Kinder ebenfalls geherzt und in fröhliche Stimmung gebracht hatte. Allerdings war er später bereit gewesen, sie zu töten. Unfassbar, die Mordlust in seinen Augen, als er mit der Axt erst vor Halvdan und dann vor Ulf gestanden hatte. War es da nicht verständlich, wenn sie Columban Ähnliches zutraute? Allerdings war das Gesicht des Mönchs weniger hart als das ihres Vaters. Und als Emmas Lächeln beim Vogelspiel einem leisen Unbehagen wich, ließ er sie sofort in seine sichere Armbeuge zurücksinken.

»Warum besuchst du einen Säugling?«

Er lachte über ihre Frage. »Weil Kinder das Wunderbarste auf Erden sind. Selbst unser Heiland hat es für wert gefunden, mit seinen Jüngern über sie zu sprechen. Kindern gehört das Himmelreich, hat er gesagt, denn sie sind rein und ohne Arglist.«

»Gott hat Daniel vor den Löwen in der Grube gerettet, aber als König Darius die Männer, die den Propheten bei ihm angeschwärzt hatten, strafen wollte und er deren Kinder deshalb ebenfalls in die Löwengrube werfen ließ, hat Gott zugelassen, dass die Kleinen von den Löwen zerrissen wurden.«

Empört schüttelte Columban den Kopf. »So etwas hätte unser Herr Jesus niemals getan!«

Der Mönch konnte offenbar nicht lesen. Und hatte sich die Ohren zugehalten, wenn vom Altar über Daniels wundersame Rettung und das schauerliche Ende seiner Gegner und deren Kinder gesprochen worden war. Solvejg beobachtete ihn weiter, bis er irgendwann verdrossen das Zimmer verließ.

Was sagte ihr Herz zu dem Mann?

Gar nichts. Es wunderte sich nur, als der Mönch bereits am folgenden Tag wieder bei ihr auftauchte, um mit Emma zu spielen.

»Gibt es neue Nachrichten über die Normannen? Kommen sie näher?«, fragte Solvejg, die Emma dieses Mal zu sich in ihr Bett geholt hatte, wo das Kind eingeschlafen war. Ihr Arm schmerzte. Ungeduldig wartete sie auf Columbans Antwort.

Der Mönch hob unsicher die Schultern: »Es erscheint fast

täglich jemand aus dem Umland im Palais, der behauptet, dass er Spuren der Normannenschiffe entdeckt hat. Aber wie viele es sind und ob tatsächlich Paris ihr Ziel ist … Jeder redet anders. Einen leibhaftigen Wikinger hat niemand gesehen. Natürlich beherrschen deine Leute die Fähigkeit, sich unsichtbar zu machen«, schränkte sie ein.

Es sind nicht meine Leute. »Was unternimmt Odo?«

»Tja, da fragst du ihn besser selbst.« Columban warf einen kurzen, sehnsüchtigen Blick auf ihre schlafende Tochter und machte sich wieder davon.

Als die Amme kam, schob Solvejg die Beine über die Bettkante und stemmte sich hoch. Ihr Fuß, in den sich eine Klinge aus der Opfergrube gegraben hatte, passte wegen des Verbandes kaum in die Sandale, und als ihr Gewicht darauf zu ruhen kam, tat er höllisch weh. Aber … keine Zeit, zimperlich zu sein. Die Wikinger näherten sich der Stadt. Sie ließ sich von der Amme ihr Kleid reichen, das jemand gewaschen hatte, und zog es über das Hemd und ihren gebrochenen Arm. Nach einem kurzen Blick auf Emma verließ sie das Zimmer.

Als sie das Gelände des Hospitals hinter sich gelassen hatte und den Weg erreichte, der zum Palais führte, ging ihr zum ersten Mal auf, dass sie wenigstens drei Wochen in dem Hospital gelegen haben musste. Die Lilien in dem kleinen Garten neben der Gerberwerkstatt waren verblüht, der Rittersporn, der sich an die Hauswand schmiegte, hatte Balgfrüchte gebildet, an den Holunderbüschen hingen blanke, schwarze Beeren.

Was ihr noch auffiel, war die Sorglosigkeit der Pariser. Es dauerte eine Weile, bis sie auch die Anzeichen von Nervosität entdeckte: Blicke, die immer wieder zu den Stadtmauern gingen, Haustüren, die trotz der Hitze geschlossen waren, und an allen Gürteln hingen Waffen …

Ihr Blick traf auf eine Gruppe Männer, die sich oben auf der Wehrplatte des größten Wachturms gestenreich unterhielt: Wächter, erkenntlich an den Hüten und den schweren Waffen, umringten zwei Edle in bunt eingefärbten Gewändern. Der eine war ihr Graf, der andere Robert, der den Kopf ein wenig zur Seite geneigt hatte, wie es seine Gewohnheit war, wenn er jemandem aufmerksam zuhörte. Auch der alte Bischof Gauthier befand sich in der Runde.

Solvejg ignorierte den Schmerz in ihren Füßen und wandte sich zum Turm. Sie war allerdings froh, als ihr die Grafenbrüder und Gauthier kurze Zeit später entgegenkamen. Robert, der sie zuerst erblickte, eilte auf sie zu, um ihr den Arm zu reichen. Es tat gut, ihn so dicht am eigenen Körper zu spüren.

»Von den Toten auferstanden?«, fragte Odo, und Solvejg lächelte.

Wenig später, als sie den Innenhof des Palais erreichten, kam ihnen Hedwig entgegengelaufen. Sie wedelte mit einem gerollten, durch ein daumenbreites blaues Siegel zusammengehaltenen Pergamentbogen, der offenbar von einem Boten über die westliche Brücke in die Stadt gebracht worden war.

Da der Graf die Kunst des Lesens nicht beherrschte, gab er das Schriftstück an Robert weiter. »Kommt bitte mit hoch – hier gibt es zu viele Ohren!«

Zweifellos wollte er nur von seinem Bruder und dem Bischof begleitet werden, doch Robert hielt Solvejg weiter untergehakt, und Odo ließ zu, dass sie die Männer begleitete.

Oben angekommen nötigte Robert Solvejg auf einen

Schemel, ehe er das Pergament entrollte. Es stammte von Waltger. Sein Halbbruder meldete, dass er die Stadt Laon aufgerüstet hatte, so gut es mit den begrenzten Mitteln, die ihm zur Verfügung standen, möglich war. Er hatte etliche Kämpfer verpflichtet und auch die Bauern zu Verteidigungs-übungen gerufen. Sie wurden immer geschickter mit Pfeil und Bogen, so dass man hoffen konnte, den Schlangenboo-ten und den anderen Schiffen, die man in letzter Zeit in der Nähe der Stadt gesichtet hatte, Paroli zu bieten. Außer-dem … Robert stutzte, dann lächelte er und hob den Kopf. »Cosima ist guter Hoffnung, wie es scheint.«

Solvejg brauchte einen Moment, um die Bedeutung die-ser Floskel zu begreifen. Dann lächelte sie ebenfalls. Sie hatte Roberts Ziehschwester nicht gemocht, aber was bedeuteten die hässlichen Szenen der Vergangenheit, wenn man nicht mehr in derselben Stadt wohnte?

Odo und Gauthier begannen über die strategische Bedeu-tung der Stadt Laon zu debattieren. Der Ort lag nur zwei Tagesritte von Paris entfernt – im Zweifelsfall könnte man die Verbündeten also zur Hilfe rufen, was einigermaßen be-ruhigend war.

»Schreib Waltger …« Odo hielt inne. Sein Bruder konnte zwar lesen, aber er tat sich schwer damit, selbst die Feder zu führen. Also nickte er Solvejg zu, die ihm ja bereits als Schreiberin gedient hatte. Sie wechselte auf den Stuhl beim Tisch, und Robert brachte ihr einen Stapel der kostbaren Pergamentblätter und legte das Tintenfässchen und eine Fe-der daneben ab.

»Lieber Bruder«, begann Odo zu diktieren, »wir schätzen dein Vorgehen, und wir … wir würden es begrüßen … nein, empfehlen dir dringlich … oder …« Ungeduldig winkte er ab. Er war ein Mann der Taten, Worte zu drechseln war ihm eine Qual. »Schreib, dass er so weitermachen soll, du weißt schon – und dass er auch Bauern aus den weiter entfernten Dörfern zur Verteidigung in die Stadt holen soll. Aber mit Bedacht. Zuerst muss die Ernte eingefahren werden. Was nutzt es, wenn die Leute später verhungern. Sie sollten damit allerdings bald fertig sein.«

Solvejg formulierte seine Wünsche, und die Männer begannen laut über das Risiko für Laon zu grübeln, sollten die Schlangenschiffe anstelle von Paris Waltgers Stadt ins Visier nehmen.

Schlangenschiffe?

»Die Schiffe wurden hier bei uns in der Nähe gesichtet. Aber Paris ist stark befestigt. Man kann nicht ausschließen, dass die Schurken weiterziehen«, meinte Bischof Gauthier besorgt.

»Das halte ich für unwahrscheinlich«, widersprach ihm Robert. »Für die Normannen ist Paris der Topf, über dessen Ränder das Gold quillt. Sie würden vielleicht nach Laon segeln, wenn sie an unserer Gegenwehr scheitern. Aber zuerst …«

Schlangenschiffe? Hatten die Männer tatsächlich von Schlangenschiffen gesprochen? Ihr Vater hatte seine Schiffe mit rot bemalten Hundeköpfen verziert. Andere Wikinger schmückten ihre Steven mit Drachenköpfen, das wusste Solvejg. Aber Schlangenköpfe hatte sie bisher nur bei zwei Booten gesehen – denen von Einar, der sie mit nach Irland genommen hatte.

»Waren am Vordersteven der Schiffe, die ihr meint, tatsächlich Schlangen befestigt?«, unterbrach sie Robert.

»Hat das eine Bedeutung?«

»Und waren sie golden bemalt? Mit runden Augen, die in der Mitte durch einen schwarzen Schlitz geteilt wurden?«

Die Brüder schauten einander an. Odo nickte. »So wurden sie uns beschrieben.«

»Dann heißt euer Feind vermutlich Einar Schlangenauge. Er ...« Was sollte sie über den Mann berichten? »... ist furchtlos und plant seine Raubzüge mit kühlem Verstand und kaltem Herzen.«

»Was denkst du, wie er vorgehen würde?«, fragte Odo.

»Die Wikinger wollen Beute machen, deshalb fahren sie los. Aber sie wollen dabei nicht sterben. Ich denke, er würde versuchen, die Stadt zu überrumpeln, und wenn ihm das nicht gelänge – und so sieht es ja aus ...« Sie überlegte. »Vermutlich würde er Paris belagern. Seine Männer könnten die Menschen, die aus der Stadt zu fliehen versuchten oder zum Kampf herauskämen, abschießen wie Tauben. Ja, er würde Paris aushungern, bis man ihm ein Lösegeld zahlt.«

Solvejg verstummte. Sie war zwar ziemlich sicher, dass Einar so planen würde – sie hatte ja nicht umsonst jahrelang in den Langhäusern den Berichten der heimkehrenden Kämpfer gelauscht. Aber das Gelingen würde von Odos möglichen Verbündeten abhängen. Solvejg hatte den Namen eines Kaisers aufgeschnappt, der Karl hieß und den sie den Dicken nannten. Doch der schien nicht sonderlich am Schicksal seines westlichen Reiches interessiert zu sein, wenn sie es richtig verstanden hatte. In Flandern herrschte Graf Balduin, von dem sie hier nur mit Misstrauen sprachen, weil er mit Erzbischof Fulko von Reims in Verbindung stand, der versucht hatte, Odo zu ermorden, und an seiner statt Aristid umgebracht hatte.

Außerdem gab es Edle, die Adelchis, Arnulf und Wido

oder so ähnlich hießen – Männer, die Odo aufsuchten und ihm zuraunten, dass sie es schätzen würden, wenn er zum König des Westfrankenreichs gekrönt würde. Doch wie stark waren sie und wie verlässlich ihre Versprechen? Wenn niemand den Parisern zur Hilfe käme, würden sie besiegt werden, schätzte Solvejg. Aber das mochte sie nicht aussprechen.

»Emma wartet auf mich«, erklärte sie stattdessen. Keiner hielt sie auf, als sie den Raum verließ.

Sie schleppte sich zurück, Richtung Hospital, den Kopf voller Gedanken auf dem Weg dorthin. Paris war eine stark befestigte Stadt. Hatte Einar womöglich andere Stammesführer um sich gesammelt, mit denen er das Westfrankenreich gemeinsam plündern wollte? Hatte er sich gar zum Rivalen ihres Vaters um die Herrschaft über Norwegen aufgeschwungen? Sein Hinauswurf aus Avaldsnes war eine ungeheure Demütigung gewesen. Sie hatte sie ja selbst miterlebt und ihn während der Fahrt nach Irland oft genug Harald schmähen hören. Trieb ihn also der Wunsch nach Macht, damit er sich anschließend umso erfolgreicher an ihrem Vater rächen könnte?

Sie erreichte das Hospital und fand dort Isabelle, die soeben Emma gestillt hatte. »Willst du sie nehmen?«, fragte die Amme und streckte ihr das Kind entgegen, um ihren Busen wieder unter das Hemd stopfen zu können.

Solvejg schloss Emma in die Arme, doch ihr Lächeln erlosch, als sie in das zarte Kindergesicht schaute. Wenn Einar und seine Männer die Stadt angriffen, wären ihre Tochter und alle anderen Kinder für sie wie Kröten, die man zertrat, ohne einen Gedanken daran zu verschwenden. Während ihr Zeigefinger über das kleine Grübchen strich, wurde ihr klar, dass sie nicht einfach in ihr Bett zurückkehren und darauf hoffen konnte, dass Odo und Robert schon einen Weg fänden, die Feinde abzuwehren.

Sie bat Isabelle, die gerade die Tür öffnete, um zu ihrem eigenen Kind zurückzukehren, Freya zu ihr zu schicken. Es dauerte allerdings bis zum Abend, ehe ihre mütterliche Freundin endlich erschien. Sie trat zu dem Bett, auf das Solvejg sich mit Emma zur Ruhe gelegt hatte, ihr Gesicht war faltig vor Müdigkeit. Zu dieser Jahreszeit wurden all die Kinder geboren, die im kalten Winter gezeugt worden waren, hatte sie ihr einmal erklärt.

Solvejg brachte ihr Anliegen vor: Sie brauchte einen neuen Fußverband, mit dem sie eine längere Strecke laufen konnte.

»Bist du verrückt? Die Wunde ist noch lange nicht abgeheilt. Du musst dich noch schonen. Sonst …«

Solvejg unterbrach sie und erklärte ihr die Sache mit den Wikingern und was sie für Paris befürchtete.

Freya ließ sich neben ihr auf dem Bett nieder. »Warum nur immer Kampf und Schmerz?«, murmelte sie müde.

Eine Weile war es still zwischen ihnen. Hinter dem Fenster rauschte ein ungewöhnlich starker Wind, die Luft, die er ins Zimmer trug, roch nach Regen, und bald mischte sich das Pladdern von Wassertropfen in die leisen Geräusche aus den Nebenzimmern.

Freya fasste nach ihrer Hand. »Meine Mutter ist als Sklavin bei den Dänen aufgewachsen. Man hatte sie bei einem Überfall auf eine Stadt namens Dorstadt geraubt.«

»Ja, und sie später umgebracht.« Das hatte sie bereits früher einmal erzählt.

»Also könnte ich alle Wikinger hassen. Ich könnte mir einreden, dass hier in den christlichen Königreichen gute Leute voller Hilfsbereitschaft und Mitgefühl wohnen und oben im Norden grausame Schlächter. Es würde mir gefallen, so zu denken. Ich würde mich den Menschen, die ich liebe, noch enger verbunden fühlen. Nur wäre es eine Lüge.«

Sie begann von einem Jungen namens Snorri zu erzählen, einem Dänen, der ihr, der Sklavin, das Schwertkämpfen beigebracht hatte und auch dann noch ein Freund gewesen war, als man im Dorf deswegen über ihn lästerte. Und von einem Franken namens Hugo, der den Vater von Odo und Robert ermordet hatte und auch die beiden Jungen, damals noch Kinder, hatte umbringen wollen.

»Es ist schwierig, Menschen zu beurteilen. Ich wünschte, Gott würde alle, die voller Hass und Bosheit sind, mit einem Zeichen brandmarken, an dem man sie erkennen könnte. Ein schwarzer Punkt auf der Stirn. Wo jemand herkommt oder welchen Gott er anruft …«

»Wenn Einar Schlangenauges Männer Paris überfallen, wirst du anders denken. Ich habe sie auf ihrem Schiff, mit dem ich segelte, voller Zärtlichkeit von ihren Kindern erzählen hören. Aber als sie das irische Dorf überfielen, in dem sie Beute machen wollten, haben sie weder die Alten noch die Jungen verschont, nicht einmal die Säuglinge. Vielleicht steckt in jedem Menschen beides – der Freund und das Ungeheuer.«

»Nein!« Freya schüttelte heftig den Kopf.

»Mein Vater liebt mich, und mein Vater hasst mich. Beides zugleich«, wandte Solvejg ein.

Freya drehte sich auf die Seite und streichelte vorsichtig Emmas zarte Haare. Lange herrschte Stille zwischen ihnen. »Warum brauchst du einen neuen Verband? Wohin willst du denn laufen?«, fragte sie, und Solvejg erklärte es ihr.

Isabelle, die mit ihrem Kind im Schlafraum des weiblichen Hospitalgesindes lebte, erhob sich schlaftrunken von ihrem Strohlager und nahm Emma entgegen. »Ich hole sie spätestens morgen früh wieder ab«, versprach Solvejg und kehrte in den Flur zurück, wo Freya auf sie wartete.

»Es ist gefährlich, aber es klingt vernünftig. Ich werde dich allerdings auf keinen Fall allein gehen lassen«, hatte ihre Freundin protestiert, als sie begriffen hatte, was sie plante.

Solvejg war zu erleichtert gewesen, um lange zu protestieren. Sie wollten das Umland nach den Wikingern absuchen, um zu sehen, ob sich dort tatsächlich Kämpfer aus dem Norden versteckten. Erstaunlicherweise waren sie sich rasch einig, wohin sie sich zuerst wenden müssten. Einar und seine Leute würden sich an einem Ort verborgen halten, der dicht an einem Gewässer lag, das aufzusuchen sich die Menschen aber scheuten … Nach diesem Schluss drängte sich das Moor, in dessen Nähe Solvejg mit Emma spazieren gegangen war, bevor Dhoire sie überfiel, als Versteck geradezu auf.

»Dort gibt es etwa ein Dutzend Seen, die sämtlich über einen Seitenfluss der Seine erreichbar sind«, hatte Freya erklärt.

»Woher weißt du das?«

»Das Gebiet ist voller Heilpflanzen. Ich bin schon oft dort gewesen. Es hätte für Einar außerdem den Vorteil, dass es von den Bewohnern und vermutlich auch von unseren Bewaffneten gemieden wird, weil dort Moorgeister ihr Unwesen treiben.«

»Du meinst diese kleinen züngelnden Feuerwesen, die die Wanderer ins Verderben locken?«

Freya nickte.

Sie hatten beschlossen, dass es besser wäre, die Stadt heimlich zu verlassen – Odo und Robert hätten ihnen kaum gestattet, ein so gefährliches Gelände, noch dazu mitten in der Nacht, aufzusuchen.

Deshalb schlichen sie in den einsamen Teil des Hospitalgartens, in dem Freya ihre Kräuter zog. Freya führte Solvejg zu einer Ecke, aus der ihnen ein umwerfender Gestank nach Fäkalien entgegenschlug. Sie deutete auf eine gemauerte Röhre, die mit einem schweren Holzdeckel verriegelt worden war.

»Das ist einer der Abflüsse von Paris, über den der Unrat hinaus in den Fluss geleitet wird. Ich bin an dieser Stelle einmal heimlich in die Stadt gelangt. Hinaus käme man natürlich auch. Aber …« Solvejg hörte sie lächeln. »… es geht zum Glück auch sauberer.«

Die beiden Frauen trugen gemeinsam eine Leiter und ein Seil aus einem Holzschuppen. Prüfend schaute Freya auf den Verband, mit dem Solvejgs linker Arm immer noch umwickelt war. »Ich fürchte, auf den wirst du jetzt verzichten müssen.« Sie zog ein Messer und entfernte den schmalen, dicken Stoff. Vorsichtig bewegte Freya ihren Arm. Er fühlte sich kraftlos an und schmerzte immer noch, aber nicht so, dass es sie hätte aufhalten können. Bemüht, ihn so wenig wie möglich zu belasten, erkletterte sie hinter Freya die Mauer und ließ sich mithilfe des Seils an der anderen Seite wieder hinabgleiten. Der Uferstreifen war schmal und von Unkraut überwuchert. Dahinter rauschte die Seine, die sich vor der Insel teilte.

Freya tastete sich zu einer Stelle vor, an der dichtes Buschwerk wucherte, und zog ein kleines Boot hinaus. Hatte sie es dort als letztes Mittel zur Rettung verborgen, sollte die Stadt tatsächlich einmal gestürmt werden? Vielleicht – sie selbst hätte jedenfalls ähnlich vorgesorgt.

Solvejg half ihr, das Gefährt zum Wasser zu ziehen, und kletterte hinein. Roberts Ziehmutter gab ihm einen letzten Ruck und sprang mit erstaunlicher Wendigkeit hinterher. Sie erwies sich auch weiter als kühl handelnde Frau. Mit kräftigen Ruderschlägen bugsierte sie das Boot, das von der Strömung vorangetrieben wurde, an der Verteidigungsmauer entlang. Unter der breiten Steinbrücke lenkte sie es an das gegenüberliegende Ufer, wo sie es gemeinsam mithilfe der Paddel und Solvejgs gesundem Arm durch das Schilf ans Ufer zogen.

Sie passierten das Dorf auf einem gewundenen Pfad, der sich an der Rückseite der Häuser entlangschlängelte. Kein Laut drang zu ihnen, die Dorfbewohner lagen in tiefstem Schlummer. Obwohl … Als sie das letzte Haus erreichten, sah Solvejg etwas in einer Baumkrone aufblitzen. Zwei dunkel gekleidete Männer hatten es sich dort oben bequem gemacht, von denen einer offenbar ein Horn um den Hals hängen hatte, auf dem sich das Mondlicht spiegelte. Wächter, die im Fall einer Gefahr die Dorfbewohner und Stadtwachen alarmieren sollten? Vermutlich. Die beiden Frauen allerdings entgingen ihrer Aufmerksamkeit, weil Solvejg Freya sofort beiseitezog.

Sie schlichen durch ein schmales, von Gestrüpp überwuchertes Wäldchen unter schwarzen Baumkronen entlang, die kaum noch Licht durchließen. Dornen rissen an ihren Kleidern, und immer wieder taten sich vor ihnen Senken auf, in die sie hinabsteigen mussten und die sie nur mühsam wieder verlassen konnten. Freya allerdings schien sich wirklich auszukennen – das gab Sicherheit. Ebenso wie die Tatsache, dass der neue Verband, den sie um Solvejgs Fuß gewickelt hatte, tatsächlich das Vorwärtskommen erleichterte. Ohne ihn hätte sie wohl schon bald aufgeben müssen.

Einmal stießen sie auf ein hohes Holzkreuz. Vielleicht war es für jemanden aufgestellt worden, der im Moor sein trauriges Ende gefunden hatte und dessen Leiche verschollen war.

»Nun komm, beeil dich!« Freya zog sie weiter. Sie wollte die nächste Senke hinab.

Doch Solvejg hielt sie auf. »Was werden wir tun, wenn wir selbst auf Moorgeister treffen?«

Freya ließ den Strauch fahren, an dem sie sich festgehalten hatte. Sie sah nicht aus, als hätte sie darüber bereits nachgedacht. Als sie schließlich antwortete, klang ihre Stimme hart. »Ich selbst würde weiter nach Einar suchen, natürlich. Aber du müsstest in die Stadt zurückkehren. Weißt du auch, warum?« Sie wartete ihre Antwort nicht ab. »Weil ich nicht mehr sterben kann, Solvejg. Ich bin nämlich bereits tot. Seit dem Moment, in dem Aristid aufgehört hat zu atmen, gibt es mich nicht mehr. Wenn ich nicht fürchten müsste, ihn mit der Sünde der Selbsttötung auch für die Ewigkeit zu verlieren, hätte ich mich längst erhängt. Ich … Nun schau nicht so …« Sie rang sich ein Lächeln ab.

»Aber … du bist nicht allein. Es gibt andere Menschen, die dich lieben.«

»Das sagst gerade du? Du lebst doch auch, als wäre dir dein Leben nichts wert, obwohl Robert sich nach dir verzehrt. Seine Nächte sind ohne Schlaf, und wenn er wüsste, wo wir gerade jetzt stehen, würde er uns folgen, und sei es nackt und waffenlos. Aber du bist nicht bereit, ihm zu geben, wonach er sich sehnt, obwohl auch deine Augen an ihm hängen, sobald er in deine Nähe kommt. Ich glaube, der Grund dafür ist eine kindische Unsicherheit. Und das – deine Unsicherheit – ist der einzige Grund, warum ich dir verzeihe, was du ihm antust.«

»Freya, ich …«

»Um es noch einmal zu wiederholen, damit du es dir merkst: Wenn wir in Gefahr geraten, verlange ich, dass du dich in Sicherheit bringst und die Stadt warnst. Und ich werde dann tun, was sonst noch nötig ist.« Schroff wandte Freya sich ab.

Am Boden der Senke, die sie anschließend durchquerten, mussten sie durch eine riesige Pfütze waten. Oben ging es über eine Lichtung weiter, hinein in einen Birkenwald. Birken waren die Bäume der feuchten Böden, und tatsächlich war die Erde weicher geworden, und in die Nachtluft mischte sich ein Geruch nach Moder und Fäulnis. Solvejg folgte Freya, die mit traumwandlerischer Sicherheit auf unsichtbaren Wegen voranschritt.

Ich bin nämlich bereits tot.

Was für ein Unsinn! Freya irrte sich in sich selbst. Wie oft hatte sie sie lächeln sehen, wenn sie die beiden jungen Männer und die Frau anblickte, die sie großgezogen hatte, oder wenn sie Emma wiegte.

Aber jetzt war nicht die Zeit zu grübeln. Sie erreichten den ersten See, eine unregelmäßige dunkle Fläche, auf der schwarze Seerosen schwammen und deren Ränder von hochwachsenden Gräsern gesäumt wurden. Solvejgs Blicke glitten am Ufer entlang – kein Boot war zu sehen. Auch nichts anderes, das auf die Anwesenheit von Menschen hingedeutet hätte. Nur ein schwarzer Vogel segelte über die Wasseroberfläche.

»Hier«, wisperte Freya, die einige Schritte weitergegangen

war, und zeigte auf den Stamm einer Trauerweide, die sich wie ein kranker Mann über den See neigte. Solvejg humpelte zu ihr. Auf der dunklen Rinde des Baums hob sich, im Mondlicht deutlich sichtbar, ein handtellergroßer weißer Fleck ab. Er war keines natürlichen Ursprungs. Etwas musste die Rinde aufgescheuert haben. Ein Tau, mit dem ein Schiff befestigt worden war? Ihr Herz klopfte schneller. Sie suchte die Bäume seitlich der Trauerweide ab und fand an einer Esche eine zweite Scheuerstelle in ähnlicher Höhe. Wie groß mochte das Schiff gewesen sein, das hier angelegt hatte. Kleiner als Einars Schlangenboot, dachte sie. Vielleicht einer der Dreizehnsitzer, die ihn vermutlich begleiteten?

»Sie sind hier gewesen, haben sich dann aber noch tiefer in den Sumpf zurückgezogen«, wisperte Freya. »Das Moor hier ist ja riesig.«

»Und vermutlich werden sie es zu Wasser getan haben. Auch wenn die Schiffe getragen werden können, sind sie doch schwer, und der Boden ist rutschig.«

Als sie weitergingen, war es Solvejg, die die Führung übernahm. Sie hatte gesehen, wie Einar und seine Männer sich in Irland auf dem Weg nach Glendalough vorwärtsgetastet hatten. Welche Pfade sie mieden, an welchen Plätzen sie sich versteckten. Der einzig gangbare Weg schlug einen breiten Bogen und führte sie zu einem weiteren Gewässer, das sie aber auch bald hinter sich ließen. Die Büsche zur Linken wuchsen zu einer struppigen Dornenwand zusammen, während sich rechts des Weges ein steiler Abgrund auftat, aus dem das Rauschen von Wasser aufstieg. Die Ausmaße des Bachs oder des Flüsschens waren allerdings nicht zu erkennen.

Plötzlich trat Solvejg in eine lange Furche, die sich in den Boden gegraben und mit Wasser gefüllt hatte. Ihr Herz schlug rascher. War diese unnatürliche Grube entstanden, als Einars Männer ein Boot abgesetzt und über die Erde gezogen hatten? Sie wollte Freya ihre Überlegung mitteilen, wurde aber im selben Moment abgelenkt.

Freya deutete auf einen hellen Bogen, ein hölzernes Geländer, das sich über den unsichtbaren Bach schwang. »Da vorn, siehst du? Eine Brücke. Nun komm schon«, drängte sie ungeduldig.

Als sie die Brücke erreichten, sahen die beiden Frauen, dass sie über einen schmalen Fluss auf einen kleineren Seitenweg führte, der wenig später zwischen Bäumen verschwand. Aber vor diesen Bäumen … Solvejg schluckte. Dort flackerte etwas – gelbe Lichter. Dutzende, vielleicht Hunderte. Sie schlugen Bögen, sie umkreisten einander, sie sanken zur Erde und erhoben sich wieder … Einige erloschen, dafür glühten andere auf. Da waren sie also, die Moorgeister …

Sie stöhnte auf, als Freya nach ihrem wunden Arm griff. Doch was war der Schmerz gegen den leuchtenden Schrecken jenseits des Flüsschens. Es war, als wollten die Irrwische die beiden Frauen, die sich so leichtgläubig in ihr Revier gewagt hatten, mit ihrem Tanz verspotten. Als feierten sie bereits deren Untergang.

»Schau nicht hin!« Freya zog sie weiter, an der Brücke vorbei und den Weg hinauf.

Solvejg wagte dennoch einen Blick zurück über die Schulter. Folgten die Moorgeister ihnen? Nein. Sie zelebrierten weiter ihren Reigen, sie … führten sich auf wie Kinder, die die Welt um sich herum im Spiel nicht mehr wahrnahmen. Solvejg löste sich aus Freyas Arm und blieb stehen. Nicht einer der Irrwische hatte ihnen nachgesetzt.

»Was ist?«

»Die Geister. Warum kümmert es sie nicht, dass wir …«

»Psst«, zischte Freya und riss sie an den Wegrand hinter einen am Boden verwitternden Baumstamm. Sie deutete den Weg hinauf, wo bisher nur eine schwarze Wand gewesen war, und Solvejg vergaß die Moorgeister. Vor ihnen, ein ganzes Stück entfernt, schien sich in der Dunkelheit plötzlich etwas zu bewegen. Sie duckten sich.

Als die schwarze Unruhe eine lichtere Stelle erreichte, wurde aus ihr eine Handvoll grauer Gestalten, die neben- und hintereinanderher schritten. Jetzt waren auch Stimmen zu hören. Solvejg konnte keine Wörter verstehen, erkannte aber deutlich die weichen Laute ihrer Heimat. Als sie einen Zweig beiseiteschob, sah sie, dass einer der Männer sich bückte. Ein anderer trat nach ihm, der Getretene stürzte zu Boden. Er lachte und ballte spielerisch die Faust. »… du Dreck aus dem After einer Sau!«, hörte sie ihn rufen − in der Sprache der Norweger.

Ihre Feinde kamen viel zu rasch näher. Waren zwei erwachsene Frauen, die sich hinter einen Stamm quetschten, zu übersehen? Vielleicht. Aber es war auch möglich, dass man sie längst entdeckt hatte und genüsslich darauf wartete, sie zu erreichen und auf den Weg zurückzuzerren.

Freya griff erneut nach Solvejgs Arm, so grob, als hätte sie vergessen, dass dort ein Bruch verheilte. »Ich gehe ihnen entgegen und verwickle sie in ein Gespräch. Sobald ich ihre Aufmerksamkeit habe, rennst du weg!«

»Nein, warte. Die Moorgeister ignorieren uns. Kein einziger hat uns verfolgt. Es kümmert sie einen Dreck, was wir tun!«

Freya blickte irritiert über das Flüsschen. Zwar war die Sicht auf die Irrwische von ihrem Versteck aus eingeschränkt, doch es reichte, um zu erkennen, dass die feurigen Geister tatsächlich immer noch ihre Bögen und Zacken schlugen.

»Ist egal. Ich stehe jetzt auf und rede …«

»Auf keinen Fall! Wir rennen dahin, wo uns die Kerle nicht folgen werden: Wir tanzen mit den Moorgeistern!«

»Bist du irre?«

»Besser unter Geistern sterben als von Einars Männern … Die sind seit Monaten weg von ihren Weibern. Du weißt, was dir blühen …!«

»Aber …«

»Über die Brücke!«

Die Männer hatten sie inzwischen fast erreicht. Solvejg riss Freya auf die Füße und stürzte mit ihr hinter dem Busch hervor. Keine Zeit, sich umzuschauen, sie rannten einfach los, polterten über die Bohlen und liefen in Richtung der Irrwische.

In ihren Rücken tönte höhnisches Gelächter auf. Aber es wurde leiser, je weiter sie rannten. Bald hatten sie die tanzenden Flämmchen erreicht. Sie stürzten sich zwischen die kreisenden Flämmchen … und … begannen sich zu drehen, als könnten sie die Musik ebenfalls hören, die den Festplatz der Geister zum Klingen brachte. Solvejg begann zu lachen, zu kreischen … und sah, dass Freya es ihr gleichtat. Hexen, wir sind Hexen!

Bei einer ihrer Drehungen sah Solvejg, dass die Norweger auf der Brücke stehen geblieben waren. Sie starrten zu ihnen hinüber – getrieben von Wut, zurückgehalten von der Furcht vor den Moorgeistern und den beiden unheimlichen Weibern, die scheinbar mit ihnen verbündet waren.

Solvejg spürte, wie einer der Irrwische sie am Hals berührte. Doch nichts Grausames geschah. Einige der Geister entfernten sich, andere flogen heran. Sie umschwirrten ihre Körper, sie umschwirrten einander, sie berührten den Moorboden, als wollten sie sich darauf ausruhen, und stiegen erneut in die Nacht hinauf.

Freya zog sie zu sich heran und begann, sich mit ihr gemeinsam zu drehen. Sie lachte dabei, sie sang, schrie und weinte … und lachte erneut …

Sie hat den Verstand verloren, wir beide, dachte Solvejg und merkte, dass es sie nicht störte. Eine Drehung erlaubte ihr einen weiteren Blick auf die Brücke. Einars Männer zogen sich zurück. Die Feiglinge flohen. Freya schwang sie herum. Als die Brücke das nächste Mal in Solvejgs Blickfeld kam, sah sie, dass nur noch ein einzelner Mann dort stand und zu ihnen hinüberstarrte. War das Einar? Konnte sie nicht erkennen. Freya legte den Arm um ihren Oberkörper und zog sie an ihre Brust. Solvejgs Arm tat dabei so weh, als würde er erneut gebrochen, aber auch das konnte sie nicht kümmern. Sie erkannte über Freyas Schulter hinweg, dass auch der letzte Wikinger das Hasenpanier ergriff. Sie hatten ihre Feinde in die Flucht geschlagen, mithilfe …

Gewaltsam löste Solvejg sich von ihrer Begleiterin. Während sie ihren schmerzenden Arm hielt, bückte sie sich über eines der Wesen, das zwischen den Blättern auf dem Boden leuchtete. Vorsichtig tippte sie mit ihrem Zeigefinger darauf, aber sie spürte keine Hitze, nichts tat weh. Es fühlte sich an, als berührte sie … etwas Hartes. Solvejg kniete sich neben das Geschöpf. Ja, ein Käfer, das Irrlicht besaß den Panzer eines Käfers. Im nächsten Moment erlosch das Licht.

Freya war zu ihr gekommen.

»Hier tanzen keine Geister, nur Käfer, die leuchten können«, sagte Solvejg.

Auch Freya kniete nieder und schob vorsichtig einige Blätter beiseite. Dutzende weitere Krabbeltiere kamen darunter zum Vorschein. Sie begann erneut zu lachen, doch jetzt klang es nicht mehr verrückt, sondern amüsiert. »Käfer haben die Wikinger in die Flucht geschlagen. Ist das Leben nicht sonderbar, Solvejg?« Sie machte eine kurze Pause. »Komm, lass uns gehen. Ich bin müde.«

»Vorher müssen wir noch etwas erledigen. Ich glaube, dass die Männer zu ihren Schiffen wollten.«

»Oder sie kamen von dort, wir wissen es nicht.«

»Nein, schau dir den Boden an.« Solvejg ging noch einmal in die Knie, wischte einige Blätter beiseite und zeigte, was ihr auch noch aufgefallen war, als sie den Käfer untersucht hatte. Im Boden waren deutlich Stiefelabdrücke zu erkennen. »Die Männer sind von hier gekommen, bevor die Irrlichter auftauchten, und sie wollten auch über diesen Weg zurück, weil sie nicht ahnten, was ihnen blühen würde.«

Freya drehte sich um und versuchte, etwas in der Dunkelheit, die sich hinter den Leuchtkäfern ausbreitete, zu erkennen. Es war unmöglich. Dennoch machten sie sich auf den Weg – und brauchten nicht mehr als ein paar Hundert Schritte, um einen weiteren See zu erreichen. Den Ort, den zu finden sie kaum noch gehofft hatten. Den Ankerplatz der Wikingerschiffe. Und nicht nur von zweien! Da lagen … zehn … zwölf Schiffe?

Solvejg ließ sich zu Boden fallen, Freya ebenso – und dann hoben sie vorsichtig die Köpfe. Glücklicherweise war weit und breit niemand zu sehen, der ihnen hätte gefährlich werden können. Also, wirklich niemand. Keine einzige Menschenseele.

»Wohin mögen sie verschwunden sein?«, wisperte Freya.

»Vielleicht ist es wegen der Feuerkäfer. Wenn sie Angst vor ihnen haben, könnte es sein, dass sie sich im Rumpf der Schiffe verkrochen haben.«

»Oder sie sind einfach müde. Es muss schon sehr spät … Vorsicht, da drüben, da steht einer.«

Solvejg starrte in die Richtung, zu der Freya deutete. Ja, tatsächlich ein Mann stützte sich bei einem der Schiffe vorn auf der Reling ab, sicher ein Wächter. Er sah aus, als wollten ihm die Augen zufallen. Ob es noch weitere Aufpasser gab, war schwer zu erkennen.

Sie hörte, wie Freya leise die Boote zu zählen begann. Vierzehn. Vierzehn Schiffe hatten sich aufgemacht, Paris anzugreifen. Jedes dieser Langboote konnte im Schnitt … Solvejg schätzte die Größe der Schiffe und begann zu rechnen. Das kleinste Langboot, das sie kannte, war ein Dreizehner gewesen, benannt nach der Zahl der Riemen auf einer der beiden Bootsseiten. Wenn man die Zahl verdoppelte und noch die Männer hinzurechnete, die sich mit ihren Kameraden abwechselten … Gut fünfzig Männer besetzten also vermutlich dieses Boot. Die großen Schiffe – beispielsweise das ihres Vaters – besaßen fünfzig Riemen, und hatte vielleicht zweihundert Kämpfer an Bord. Also befanden sich auf dem kleinen See … Etwa tausend Mann?

Obwohl man sie von den Booten aus unmöglich sehen konnte, duckte Solvejg sich, als sie plötzlich eine Bewegung wahrnahm. Eine Deckluke wurde hochgestemmt. Jemand kletterte hinaus und schwang sich ein paar Schritt entfernt auf die Reling, um sein Geschäft zu erledigen. Solvejg fiel auf, wie deutlich seine Gestalt sich gegen die Birken abhob, und ihr Blick ging zum Himmel. Auch die Baumspitzen waren plötzlich deutlich sichtbar. Die Dämmerung brach an.

»Lass uns verschwinden«, raunte Freya, der es offenbar ebenfalls aufgefallen war.

Aber so einfach war das nicht. Auf der gegenüberliegenden Seite des Sees wurde es plötzlich unruhig. Männer brachen durch die Büsche. Die Krieger, die wir verfolgt und mithilfe der Moor... der leuchtenden Käfer vertrieben haben, dachte Solvejg. Sie hätte erwartet, dass sie nach ihren Kameraden rufen würden, aber vielleicht schämten sie sich ihrer Flucht vor den beiden Hexen, denn sie verteilten sich stumm auf die Boote. Die drei letzten gingen zu dem größten Schiff, dessen Steven mit der goldenen Schlange sich inzwischen ebenfalls aus dem Dunkel schälte. Es handelte sich zweifelsfrei um das Schlangenboot, mit dem Solvejg nach Irland gesegelt war. Und der Mann, der jetzt über den Steg zur Reling ging?

Sie kniff die Augen zusammen. Es konnte sich um Einar handeln – oder um einen Mann von ähnlicher Statur. Inzwischen hätte das Licht vielleicht sogar ausgereicht, sein Gesicht erkennen können – wenn er es ihr denn zugewandt hätte. Doch er schlüpfte müde unter Deck und war fort. Im Grunde spielte es auch keine Rolle. Sie hatten die Feinde gefunden, die Paris angreifen wollten. Und das Schlangenschiff bewies, wer sie führte.

18.

KAPITEL

In Paris hatte der Tag begonnen. Solvejg und Freya waren zu müde, um mit dem Boot auf die Insel zurückzukehren. Die Wachen stutzten kurz, als sie die beiden Frauen erkannten, doch sie ließen sie ohne Nachfragen passieren.

Freya wurde allerdings am Ende der Brücke aufgehalten. Eine Frau, die vor einem der Türme kauerte, sprang auf, rannte zu ihr und packte sie an den Handgelenken. Sie war mager, mit einem Gesicht, in dem wie auf einer Landkarte ihre jahrelangen Entbehrungen eingezeichnet waren. Und dazu war sie so müde, dass sie vor Erschöpfung stotterte. Offenbar war sie in der Nacht zur Stadt gekommen, aber wegen der drohenden Gefahr durch die Wikinger nicht eingelassen worden. Und dann hatte man ihr im Hospital erklärt, dass die Ärztin nicht aufzufinden sei. Dabei drohte ihre Schwägerin zu sterben.

»Sie liegt seit drei … nein, inzwischen seit vier Tagen in den Wehen, aber sie kann das Kind einfach nicht rauspressen. Es ist, als hinge dem Kleinen der Teufel an den Hacken. Ingeltrud stirbt. Ich weiß, dass sie sterben wird, wenn du nicht …«

Freya nickte. Sie war todmüde, aber ihr Mitgefühl ließ keine Schwäche zu. »Du unterrichtest Odo!«, murmelte sie Solvejg zu und verschwand Richtung Hospital, um ihre Tasche mit den Instrumenten zu holen.

Auch im Palais war man schon auf den Beinen. Vor der Küche nahm jemand ein frisch geschlachtetes Schwein aus, eine Frau scheuerte die Holztüren, die in das Haupthaus führten, und im Gang vor der Halle entfernte eine andere Frau mit einem Besen Spinnweben. Solvejg stolperte an ihnen vorbei und erklomm die Treppe zu den gräflichen Gemächern.

Sie pochte zuerst bei Robert. Er öffnete, starrte sie aus übermüdeten Augen an – und begann zu lächeln, als er sie erkannte. Solvejg umfasste seine Hand und erklärte, was sie und Freya im Moor entdeckt hatten. Die Wikinger, ihre Boote an einem der Seen im Moor, die goldene Schlange am Steven des größten Bootes …

»Verflucht sollt ihr sein, mit eurem Eigensinn.« Robert starrte glücklich auf ihre Hände und beschwor sie, ähnlichen Leichtsinn in Zukunft zu unterlassen. Dann eilten sie zu Odo und rissen ihn aus dem Schlaf. Er wurde schlagartig wach, als das Wort Schlangenboot fiel.

»Hole Gauthier und Ramon«, wies er Robert an, und bald saßen sie zu fünft in dem Raum mit den Pergamenten und dem Tisch voller Schreibfedern. Sie fragten Solvejg nach der Anzahl der Schiffe und lauschten schweigend ihrer Kalkulation, wie viele Männer zu den Langbooten gehören mochten.

»Gut möglich, dass sich noch weitere Schiffe an anderen Stellen im Moor verstecken«, meinte Odo. »Als Aristid ihren Angriff abwehren musste, waren sie zu Tausenden herangesegelt. Nicht Boote, aber Männer. Zumindest wurde es so überliefert.«

Sie begannen darüber zu sprechen, wie damals die Verteidigung ausgesehen hatte, und Solvejg merkte, dass sie Kopfweh bekam. Auch ihr Fuß begann wieder zu schmerzen, als hätte er darauf gewartet, bis sie wieder Zeit hätte, sich um ihn zu kümmern.

»Wir könnten versuchen, ihre verfluchten Schiffe bereits im Moor in Brand zu setzen«, meinte Bischof Gauthier. Ein Vorschlag, über den sie längere Zeit debattierten. Ohne Schiffe wären die Wikinger wie Reiter ohne Pferde, unfähig, sich über weite Strecken zu bewegen. Und vor allem könnten sie Paris dann nicht mehr von der Seine aus attackieren.

»Andererseits würden wir dabei wohl auch viele unserer eigenen Leute verlieren«, gab Robert zu bedenken. »Und wir müssten die Stadt für etliche Stunden entblößen. Was wäre, wenn sie gerade in dieser Zeit angreifen?«

Odo starrte ihn an. »Wäre das wahrscheinlich?«

»Nein. Aber möglich.«

»Wenn wir die Schiffe im Moor anzünden, könnten wir Katapulte und andere Waffen vernichten, die sie vermutlich in den Schiffsrumpfen lagern«, überlegte Odo. Er war unruhig, auf ihm ruhte die Last der Verantwortung für die Stadt. Noch nie war er Solvejg so jung vorgekommen. Er stand auf und ging zum Fenster, und Robert lehnte sich auf seinem Stuhl zurück.

»In jedem Fall sollten wir Befehl geben, dass die Krieger in den Türmen, aber auch die einfachen Bewohner Fässer und Wannen mit Flusswasser füllen, falls unsere Gegner Brandpfeile benutzen sollten – was sie garantiert machen werden«, meldete sich Ramon zu Wort, der bereits ergraute Vertreter des Grafen, der sich bisher zurückgehalten hatte.

Die Männer begannen über ihre eigenen Brandpfeile zu

debattieren, die mit Pech getränkt worden waren. Wäre es nicht klug, zusätzlich Lappen bereitzulegen, die man, wenn es knapp wurde, einfach um die Pfeile wickeln und anzünden könnte? Angeblich hatte man damit in Nantes Erfolg gehabt. Und in Tours hatte Odo von seinem Vizegrafen Hardrad von kleinen Körben gehört, die man dort an die Spitzen der Pfeile geknotet und mit brennbarem Material beladen hatte.

»Die Holz- und Kohlevorräte in den Wehrtürmen reichen jedenfalls bis zur Decke«, erklärte Ramon. Er fing Solvejgs ratlosen Blick auf. »Als Paris das letzte Mal angegriffen wurde, haben die Wikinger von ihren Booten aus begonnen, mit Leitern die Stadtmauern zu erklimmen. Unsere Leute haben sie mit siedend heißem Öl übergossen – und wurden angeblich taub von ihrem Wehge…«

»Waltger«, unterbrach Robert den Mann.

»Was?«

»Da die Wikinger Paris ins Visier genommen haben, sollten wir ihm Bescheid geben, dass er uns mit seinen Männern zur Hilfe kommen soll. Wenn wir den Feind von zwei Seiten in die Zange nehmen, würde das unsere Aussichten auf Erfolg verdoppeln.«

Gauthiers Miene erhellte sich. Er nickte und wollte etwas sagen. Doch stattdessen drehte er den Kopf zum Fenster.

Ein Ruf drang zu ihnen hinauf. Leise, aus der Ferne, aber mit panischer Kraft ausgestoßen. Ihm folgten ein zweiter und ein dritter Ruf und dann weitere. Sie wurden bald vom Schmettern mehrerer Hörner übertönt. Die Stadt verwandelte sich in einen Vulkan, aus dem Warnschreie, Flüche, Angst und Wut wie glühende Lava hinaufgestoßen wurden.

Die Männer packten ihre Schwerter und rannten aus dem Zimmer. Solvejg, die ihnen folgte, sah, wie sie, mehrere Stufen auf einmal nehmend, die Treppen hinabsprangen und ins Freie liefen – zweifellos zu den Türmen. Gauthier hatte sich ihnen trotz seines Alters mit fliegender Kutte angeschlossen, und Solvejgs Glieder zuckten, es ihm gleichzutun, aber nur kurz.

Ihr Kind. Emma.

Als sie das Palais verließ, wandte sie sich also nach rechts und drängte sich zwischen den panischen Menschen hindurch, bis sie das Hotel de Dieu erreichte. In den Gärten vor und neben dem Hospital hatten sich die Nonnen gesammelt – eine hielt noch einen Fäkalieneimer in der Hand, den sie wohl hatte entleeren wollen. Auch einige Kranke hatten sich ins Freie geschleppt. Zwei Leibeigene rannten hinzu, ein junger und einer, dem Falten bereits das hagere Gesicht zerfurchten. Die beiden starrten zum westlichen Turm, schienen aber unfähig, sich zu rühren. Auf dem Holzstapel, mit dessen Scheiten sie im Winter das Hospital heizten, lag eine Axt. Solvejg drückte sie dem jüngeren Mann in die Hand. Er packte sie, hielt sie jedoch so ungeschickt, dass sie sicher war, er würde sie ihm Ernstfall nicht nutzen.

Es spielte keine Rolle. *Emma!*

Ihre Tochter lag in dem Korb, das Grübchen an ihrem Kinn zitterte, weil sie im Traum lachte. Solvejgs Herz floss vor Liebe über, als sie sich über sie beugte. Wie sie retten? Jedenfalls nicht mitsamt dem Korb. Er war zu sperrig, um damit rennen oder sich verstecken zu können. Die Amme hatte auf einem Schemel ein Tuch abgelegt. Solvejg knotete es und schob es über den Kopf – es musste den Korb ersetzen. Sie dachte an die versteckte Ecke mit dem Abfluss für die Fäkalien, an die Leiter und an das Seil auf der anderen Seite der Mauer … Aber das Boot, mit dem sie und Freya zum anderen Seineufer gelangt waren, lag immer noch drüben im Schilf. Und schwimmen? Vielleicht, wenn sie Emma mit dem Tuch auf den Rücken band?

Sie war zu nervös, um ihre Flucht zu planen. Durch das Fenster drang der Lärm aus den Gassen. Harte Schritte, die zur westlichen Stadtmauer trampelten, und ängstliche, die in die nur scheinbar existierende Sicherheit der Häuser strebten. Menschen weinten, andere fluchten, einige klangen kampfestrunken. Als Solvejg in den Garten zurückkehrte, sah sie, dass der junge Mann die Axt an den älteren weitergegeben hatte, der sie schwang, als wollte er ausprobieren, wie er sie im Ernstfall am besten nutzen könnte.

Es roch nach brennendem Holz. Solvejg schaute über die Mauer, die das Hospital umgab, und erkannte, dass aus einem Dach in der Nähe Flammen schlugen. Und als sie sich drehte, entdeckte sie weitere, entferntere Stellen, an denen ebenfalls Rauch in den Himmel stieg. Auch Einar hatte offenbar an Brandpfeile gedacht.

Waren es die Feuer? Oder der grässliche Nebel aus Geschrei und Weinen um sie herum? Solvejg merkte, wie sie zu zittern begann. Emma schreckte auf und fing an zu kreischen … Solvejg wiegte sie … Und sah, wie sich Bilder vor ihre Augen schoben: Der Tote in Glendalough, den sie auf den angespitzten Pfahl gespießt hatten … das schreiende Kind neben dem erschlagenen Vater …

Sie versuchte ihre Angst niederzuringen – und spürte gleichzeitig, wie alle Kraft aus ihr hinauslief, als wäre sie eine durchlöcherte Kanne. Stolpernd schleppte sie sich zu einer Mauer und ließ sich davor niedersinken. Emma schrie immer noch in ihrem Tuch. Und sie selbst … Obwohl sie mit beiden Händen gegen ihre Augen drückte, konnte sie nicht verhindern, dass ihr Tränen übers Gesicht rannen.

»Nanana …« Ein Schatten fiel auf sie, jemand ließ sich neben ihr nieder. Der Mönch, Columban. Er faltete die Hände, und sie hörte, wie er auf die murmelnde Art der Christen seinen Gott um Hilfe anflehte. Als ihm die Worte versiegten, löste er die Finger wieder und streichelte Emmas nackten Fuß, der aus dem geknoteten Tuch lugte.

»Ich bin kein Held«, murmelte er. »Ich tauge nicht zum Märtyrer.«

Solvejg starrte in sein Gesicht mit dem geschorenen Haar über der Stirn – und wurde abgelenkt, als ein Pfeil an ihr vorbeizischte. Wieder hörte sie das Gebrüll der Kämpfenden. Einmal war es ein Laut des Triumphs, sehr viel öfter Schmerzensschreie … Und dann kam es ihr vor, als flaute der Lärm allmählich wieder ab. Aus weiter Ferne drang ein Wort in der Sprache ihrer Väter zu ihr, das wieder und wieder gerufen wurde. »Rückzug!« Der Befehl verklang. Und schließlich ließ auch das Geschrei der Franken nach, mit dem sie ihre Wut über die Dreckskerle aus dem Norden herausgebrüllt hatten.

Columban hob den Kopf, in seine Augen kehrte das Leben zurück, und er knetete sanft Emmas kleinen Fuß. Solvejg sah, wie sich der alte Leibeigene zweimal um sich selbst drehte und dann die Axt in einen Holzscheit drosch. Frauen fielen einander in die Arme, überall wurden Gebete gesprochen.

Schließlich kam Robert in den Garten. Sein Gesicht war grau vor Erschöpfung, aber es hellte sich auf, als er sie und Emma erblickte. Solvejg merkte, dass seine Hand zitterte, als er ihr auf die Füße half. Sein Wams war an der Hüfte blutgetränkt, aber wäre er ernsthaft verletzt gewesen, hätte er es nicht in den Garten geschafft.

»Sind sie geflohen?«

Er zuckte mit den Schultern. »Ich fürchte eher … Ach was, ist egal.« Sanft zog er ihr Gesicht an seine Brust und drückte die Nase in ihr Haar. »Dich zu verlieren hätte ich nicht ertragen.«

»Du bist mein Leben«, gab Solvejg leise zurück. Sie holte Emma aus dem Tuch und übergab sie an Columban. Dann folgte sie Robert zur Brücke.

Dort erfuhr sie, was Robert befürchtete. Die Wikinger waren keineswegs geflohen. Zwar trieben drei ihrer Schiffe verkohlt auf der Seine, und eines war ans jenseitige Ufer geschwemmt worden. Aber die anderen hatten sich schlicht zurückgezogen – vermutlich wieder ins Moor, um dort ihr weiteres Vorgehen zu planen. Die Besatzung der zerstörten Boote, die zu Fuß fliehen musste, hatte allerdings zuvor noch Rache genommen: Sie hatten das Dorf jenseits der Steinbrücke in Brand gesteckt. Und nicht nur das: Unter der Brücke trieben die Köpfe etlicher Dorfbewohner auf der Seine. Männerköpfe, Frauenköpfe, auf denen die durchnässten Hauben hingen, und sogar die von Kindern.

»Gott soll sie vernichten, und wenn er es nicht tut, dann werde ich es erledigen«, sagte Odo mit kalkweißem Gesicht, während sie von dem Brückenturm aus zum immer noch brennenden Dorf starrten und sich mühten, die Köpfe nicht gar zu genau in Augenschein zu nehmen.

Solvejg dachte an Freya. Hoffentlich hatte die Schwangere,

zu der man sie gerufen hatte, nicht in dem niedergebrannten Dorf gelebt. Und hoffentlich hatte Freya sich nicht ein weiteres Mal in der Vorstellung verirrt, dass der Tod ein willkommenes Geschenk sein könnte. Solvejg behielt diese Ängste allerdings für sich. Die beiden gräflichen Brüder trugen schwer genug an der Sorge für ihre Stadt und die Menschen, die ihnen anvertraut waren.

Es war Gauthier, der sie zurück in das Palais drängte. Sie mussten planen, Entscheidungen treffen, eine Strategie entwickeln, wie sie dem Feind auch beim nächsten Angriff standhalten oder ihn sogar vertreiben könnten. Nur Ramon blieb auf dem Turm zurück, um mit scharfer Stimme Anweisungen zu geben. Die Wannen mit den Brandpfeilen mussten neu gefüllt und Verwundete versorgt werden …

Sie zogen sich wieder ins Schreibzimmer zurück. Odo trug einen Verband am Oberarm, wie Solvejg erst jetzt bemerkte. Unruhig stand er an einem Fenster, das ihm den freien Blick auf den nördlichen Flussverlauf bot, wo eines der verkohlten Wikingerboote sich im Ufergestrüpp verhakt hatte.

»Sie hatten keine Leitern auf ihren Schiffen, um unsere Mauern zu erklettern. Und sie haben ihren Angriff tagsüber begonnen, während wir wachsam waren. Warum?«, fragte Robert.

»Vielleicht gab es Streit. Vielleicht wollten einige ihrer Anführer endlich Beute machen und heimkehren«, spekulierte Gauthier.

»Oder die Männer, denen wir im Moor begegnet sind, haben beobachtet, dass Freya und ich den Irrwischen entkommen und zum See gegangen sind. Vielleicht hatten sie Angst, dass ihr sie überraschend überfallen könntet. Dann hätten sie es für klüger halten können, als Erste den Angriff zu wagen«, sagte Solvejg.

»Und? Könnten wir das? Ihnen ins verdammte Moor folgen und sie dort ersäufen?«, stellte Odo laut die Frage, die sich aufdrängte.

»Nein«, meinte Gauthier sachlich. Er zählte auf: In der Stadt befanden sich gut zweihundertfünfzig Bewaffnete und vielleicht noch einmal fünfhundert Mann, die bereit wären zu kämpfen, aber leider ungeübt im Gebrauch einer Waffe waren. »Die Mörder sind uns überlegen, sobald wir den Schutz der Mauern verlassen.«

Solvejg erweiterte diesen Einwand: »Eines der brennenden Schiffe drüben – das, auf dessen Mast ein Drachen zu sehen ist – habe ich gestern Nacht, als ich die Schiffe am See gezählt habe, nicht gesehen. Die Anzahl unserer Gegner dürfte also noch größer als befürchtet sein.«

»Ja, wir werden Hilfe brauchen«, meinte Gauthier.

»Von König Karl?«, schlug Odo vor.

»Er würde zu spät kommen, wenn er sich überhaupt dazu aufraffen könnte, in die Schlacht zu ziehen. Wir sollten Waltger holen«, wiederholte Robert, was er bereits einmal vorgeschlagen hatte. Und ergänzte: »Die Normannen werden allerdings darauf lauern, ob wir einen Boten losschicken. Ich bin sicher, dass sie uns nach ihrer Niederlage beobachten.« Kurz zögerte er. »Du wirst hier gebraucht, Odo. Und ein Bote … Vielleicht muss Waltger erst überredet werden, seine Stadt schutzlos zurückzulassen. Auf jeden Fall würde er sich besprechen wollen. Lass mich gehen!«

»Und ich werde dich begleiten«, schob Solvejg rasch hinterher, bevor ein Einwand käme. »Und zwar, weil ich mit den Normannen reden könnte, in ihrer eigenen Sprache, falls wir ihnen begegnen.«

»Worüber denn reden?«, fragte Gauthier.

»Nur ein Gruß, der sie glauben lässt, dass sie es mit Wik… mit ihresgleichen zu tun haben. Es ist unmöglich, dass sie sich untereinander alle kennen.« Sie sagte etwas auf Norwegisch – das Erste, was ihr in den Sinn kam. Dass sie an die Schädel ihrer Feinde hätten Blumen binden sollen, als Gruß an den Grafen. Gut, dass die Franken sie nicht verstanden, es klang furchtbar. Aber genau diese Art Scherze waren unter ihren Landsleuten üblich. Nach diesem Satz würde man sie als Verbündete akzeptieren und sie ungeschoren weiterziehen lassen. Wenn sie nicht gerade das Pech hätten, einem von Einars Kriegern zu begegnen, der sie kannte.

Dass Robert den Kopf schüttelte, hatte sie nicht anders erwartet.

»Was willst du? Mit mir leben oder ohne mich sterben?«, fragte Solvejg kühl. »Ich gehe und ziehe mich um.«

19.

KAPITEL

Sie warteten die Nacht ab, die Zeit, in der es am finstersten war. Glücklicherweise konnten sie beide schwimmen – das war es, was ihr Entkommen aus der Burg überhaupt erst möglich machen würde, denn wenn sie die Brücke betreten oder ein Boot genommen hätten, wären sie in einer angespannten Situation wie dieser bestimmt von ihren Feinden entdeckt und angegriffen worden.

Im nördlichsten Teil des Palais, da wo die Seine hinter der Insel wieder zusammenfloss, gab es eine kleine, mit einem eisernen Tor verschlossene Öffnung. Robert umarmte Odo, der sie dorthin begleitet hatte. Odo gab ihm einen Knuff und flüsterte etwas, das nicht zu verstehen war, vermutlich eine Ermahnung, wohlbehalten zurückzukehren. Dann öffnete er das Törchen. Robert kroch voran, direkt in einen Busch, der sie vor Blicken schützte. Solvejg folgte ihm. Hinter ihnen wurden leise wieder die Riegel vorgeschoben.

Eine Weile suchten sie angespannt die beiden Ufer mit den Blicken ab. Als sich nichts rührte, gab Robert Odo mit einem leisen Klopfen das Signal, dass sie sich auf den Weg machen würden. Sie ließen sich ins Wasser gleiten, Robert drehte sich auf den Rücken, und Solvejg tat es ihm nach. So trieben sie dahin. Die Strömung erwies sich als Verbündeter. Sparsame Schwimmbewegungen mit den Beinen reichten aus, um voranzukommen. Und da das Flusswasser von der Sommersonne aufgeheizt war, froren sie nicht einmal.

Die Seine folgte ihrem Lauf. Es ging südwestlich hinab nach Medon, einem kleinen Dorf, das der Île de la Cité Äpfel lieferte, und dann nach einem gefälligen Bogen in die entgegengesetzte Richtung. Über ihnen glitzerten Sterne, und Nachtvögel füllten die Luft mit ihren Rufen. Als Solvejg seinen Arm berührte, war Robert irrsinnigerweise glücklich. Was hatte sie gesagt? *Willst du mit mir leben oder ohne mich sterben?* Es war ihr öffentliches Bekenntnis zu ihm gewesen. Und Solvejg sagte nie etwas, das sie nicht auch meinte. Darum liebte er sie ja mit solcher Leidenschaft: Weil sie nichts vortäuschte. Sie war so klar wie der frühe Morgen in seiner Welt, die vor allem aus Täuschung und Verrat bestand. Wenn sie das Bedürfnis hatte, ihn zu berühren, war das eine Liebeserklärung.

Nach einer Weile schlug die Seine einen weiteren Bogen, hinter dem ein Pfad begann, der zur Basilika Saint Denis führte, der Kirche, in der die fränkischen Könige bestattet wurden.

»Rüber ans Ufer«, sagte Robert laut genug, um das Rauschen des Wassers zu übertönen. Er drehte sich und half Solvejg gegen die Strömung an Land. Sie entkleideten sich, wrangen Hosen und Wämser aus und zogen die Sachen fröstelnd wieder über. Sollten sie sich in der Abtei Pferde besorgen? Robert zögerte. Was, wenn einige der Normannen sich dort eingenistet hatten, ohne dass man es auf der Insel mitbekommen hatte? Die Keller der Abtei waren mit Mehl und der Sommerernte gefüllt, ihre Mauern würden von erfahrenen Kriegern gut zu halten sein. Er hätte den Versuch anstelle ihrer Feinde vielleicht gewagt.

Misstrauisch schlugen sie einen Bogen um das heilige Gebäude. Die nächsten Stunden wanderten sie Richtung Nordosten. Robert kannte die Wege zum Glück, er war mindestens ein Dutzend Mal in der Stadt gewesen, die Odo ihrem Vetter überlassen hatte. Zu Fuß würden sie drei Tage unterwegs sein. Nein, mit Solvejg, die immer noch mit ihrer Armverletzung zu kämpfen hatte, vier oder gar fünf Tage, schätzte er. Falls sich nicht auch noch ihre Wunde am Fuß zurückmelden würde. Schwer einzuschätzen, ob der Schmerz verschwunden war oder sie ihn sich nur verbiss. Das Beste wäre, sie im nächsten Ort, den sie erreichten, zurückzulassen und sich ein Pferd zu besorgen, dachte er unruhig.

Doch es kam anders. Kurz bevor der Morgen graute, entdeckten sie ein kleines Haus, das einsam in einem Wald stand – vielleicht das eines Köhlers. Robert schlich in den Stall, der sich an das Häuschen schmiegte, und fand dort neben einem Schafspferch ein Pferd. Er legte ein Silberstück auf den Querbalken, an dem es festgebunden war, und führte es leise ins Freie.

»Hat dein Gott das Stehlen nicht verboten?«, meinte Solvejg, die draußen auf ihn gewartet und die Umgebung im Auge behalten hatte, spöttisch.

»Ja, und auch das Töten. Wir töten eine ganze Stadt, wenn wir zu spät zurückkehren. Das ist schlimmer als stehlen.« Er küsste ihre Hand und half ihr aufs Pferd hinauf.

Am folgenden Tag kaufte Robert von einem Bauern noch ein zweites Pferd dazu, und sie hetzten gemeinsam weiter. Abends nahmen sie sich Zeit, um in einem Wäldchen einige Stunden zu schlafen, dann machten sie sich erneut auf den Weg. Der Tag brach an, die Sonne stieg höher, die Hitze nahm zu – und endlich, nach Stunden, die sich qualvoll zogen, tauchte Laon vor ihnen auf.

Robert zügelte sein Pferd. Die Stadt war alt. Ihre Erbauer hatten sie auf einem steilen, oben abgeplatteten Berg errichtet, und wegen dieser günstigen Lage war sie selten erobert worden. Erst wenige Jahre zuvor waren die Normannen bei dem Versuch gescheitert. Waltgers Vorgänger hatte Laon anschließend mit einer grauen, robusten Mauer und einem wasserlosen Graben versehen. Die Kirchtürme der Kathedrale von Laon ragten über diese Mauer hinaus, außerdem ein Gebäude des in der Nähe liegenden Klosters Notre-Dame und natürlich die Türme und oberen Geschosse des Palais. Es war ein majestätischer und vor allem wehrhafter Anblick.

»Was für ein Segen, dass Odo den Einfall hatte, diese Stadt an Waltger zu übergeben«, meinte Robert. »Ist das nicht sonderbar? In unserer Kindheit war mein Vetter immer der Mitläufer, ungeschickt und langsam. Und nun ist er zu der rettenden Hand geworden, die Paris aus dem Wasser ziehen könnte. Ich habe ihn unterschätzt.«

»Oder es ist Cosima, die ihm sagt, was er tun soll«, entgegnete Solvejg, und da konnte sie durchaus recht haben. Ihre Ziehschwester hatte Freyas gradlinige Art des Denkens übernommen.

Sie erreichten das erste Tor und wurden von einem der Wächter aufgehalten, der allerdings demütig das Haupt neigte, als er Robert erkannte.

»Befindet Waltger sich in der Stadt?«

»Wie immer, Herr. Unserem Schöpfer sei Dank. Die Weisheit, mit der er Laon gegen den nächsten Angriff wappnet, seine Tatkraft … Wir sind überglücklich, dass er über uns wacht.«

Ja, das konnte man sich vorstellen. Die Torwächter waren die Ersten, die bei einem Angriff niedergemacht wurden.

Robert ritt durch den Torbogen in die Stadt hinein – und hielt sich die Nase zu. Der Unrat, der in den Städten aus den Fenstern geworfen wurde und sich anschließend in den Gossen sammelte, durchtränkte die Luft, so dass er kaum atmen konnte. Er nötigte sein Pferd durch die stinkende Brühe. Doch seine Stimmung hob sich, als er wieder einmal bemerkte, wie beliebt die Pariser Grafenfamilie hier war. Leute, die ihn wiedererkannten, begannen zu lächeln. Ein halbwüchsiger Junge schwenkte die Arme und rannte dann die breite Gasse hinauf, die zu Waltgers Palast führte, gewiss um ihre Ankunft zu melden.

Mit der Erleichterung, die sich in ihm breitmachte, kroch Robert allerdings auch die Erschöpfung in die Glieder. Ihm war, als würde der Gestank, der in seine Nase drang, seinen Kopf vernebeln. Ein kurzes, klärendes Gespräch mit Waltger, dachte er, und dann schlafen – zumindest für einige Stunden. Die Hufe ihrer Pferde klapperten, als sie die Zugbrücke zum Palais passierten – den letzten Schutz des Stadtherren im Falle einer Eroberung. Der Junge schien sie tatsächlich bereits angekündigt zu haben, denn sie wurden im Hof von mehreren Männern in Empfang genommen.

»Der Herr befindet sich in der Halle neben den Ställen«, erklärte ihm ein durch Pockennarben entstellter Mann, an den Robert sich dunkel zu erinnern meinte. Der Oberste der

Wächter? Vermutlich. Er fügte stolz hinzu: »Waltger nutzt sie, um die Männer der Stadt an den Waffen zu schulen, die uns gegen die Geißel Gottes beschützen sollen.«

Robert stieg vom Pferd und half auch Solvejg, die die Hand um den Arm presste, aus dem Sattel. Niemand schien zu bemerken, dass es sich bei ihr um ein Weib handelte. Vielleicht war es die Härte ihres Gesichts, die sie auch jetzt wieder zur Schau stellte. Sie gingen zu der Halle, aus der das Geräusch aufeinanderprallender Schwerter und natürlich auch die üblichen Schmähungen und das Gelächter drangen, mit dem die Verlierer eines Übungskampfs bedacht wurden.

Etwa hundert Mann hielten sich in dem Raum, der in harten Wintern als Aufenthaltsort für die kostbaren Reittiere diente, auf. Die Gesichter der Kämpfer waren erhitzt, ihre Bewegungen langsamer, als er erwartet hätte. Aber er sah auch die ehrliche Begeisterung in ihren Augen – ein nicht zu unterschätzender Vorteil, wenn es zu einer Schlacht käme.

»Wo ist Waltger?«, wandte Robert sich an den Pockennarbigen.

Der Mann zuckte ratlos mit den Schultern. »Vielleicht doch schon wieder im Haus?«

Also hinüber zur Burg. Sie betraten das Gebäude über eine weitere kleine Brücke. Ähnlich wie der Pariser Grafensitz besaß auch dieses Palais ein verwinkeltes Labyrinth an Gängen und größeren und kleineren miteinander verbundenen Kammern. Deutlich zeigte sich das Alter des Bauwerks und die mangelnde Pflege, die ihm, wohl aus Geldnot, zugesetzt hatte. Die Treppengeländer waren grau und brüchig geworden, die Treppenstufen so schief, dass das Erklimmen eines höheren Geschosses Aufmerksamkeit erforderte. Auch die Spinnweben in den Zimmerecken fielen Robert auf.

Warum störte ihn das? Waltger hatte andere Sorgen als schiefe Treppen und besaß zudem wenig Geld. Es war gut, dass er es für die Ausbildung seiner Leute verwendete. Sie erreichten die Halle, einen imposanten Raum, wenn auch nur halb so groß wie der in Paris. Man hatte sie, vielleicht, um sie im Falle eines Angriffs zur Verteidigung nutzen zu können, in eine der Außenmauern eingebunden.

»Robert, Bruder ...« Cosimas Stimme.

Er drehte sich um und breitete lächelnd die Arme aus, als sie auf ihn zueilte. Sie umarmten einander, allerdings nur kurz.

»Was treibt dich hierher? Ich hätte nie gedacht ...« Seine Ziehschwester drehte sich zu Solvejg um. Sie brauchte nur einen Wimpernschlag, um in ihr die Wikingerin zu erkennen, die sie bei sich aufgenommen hatten. »Ihr seid also gemeinsam unterwegs?« Cosima lachte. »Was für eine Aufregung und Freude. Ah, Waltger, sieh nur, wer uns besucht!«

Auch ihr Ehemann trat durch die Tür. Robert wollte ihn ebenfalls umarmen, ließ die Hände aber sofort wieder sinken. Cosima mochte glücklich sein – Waltger wurde von Sorgen zerrissen. Noch nie hatte Robert seinen Vetter in einem derart desolaten Zustand gesehen. Seine Augen waren von schwarzen Schatten umgeben, als hätte er sie mit Ruß beschmiert, der Mund wirkte verkniffen. Robert meinte sogar Falten zu entdecken, die es vor wenigen Wochen noch nicht gegeben hatte.

Cosima lächelte immer noch. »Du siehst schon, Solvejg, die Männer haben miteinander zu reden. Stören wir sie nicht! Ich habe hier in Laon ebenfalls ein Hospital eingerichtet. Ja, wirklich. Bisher sind die Menschen gestorben wie die Fliegen, wenn sie krank wurden. Nicht einmal in der Abtei gab es genügend Wissen, um ihnen wirksam zu helfen. Das muss anders werden, habe ich mir gesagt. Willst du dir die Räume ansehen? Nun komm schon! Oder war der Ritt zu anstrengend? Du siehst müde aus.«

Sie zog Solvejg mit sich. Eine Erleichterung. Zumindest die Animositäten, die eine Weile zwischen den beiden Frauen geherrscht hatten, schienen überwunden zu sein.

»Du weißt, warum ich komme?«, fragte Robert, als sie allein waren.

Waltger nickte. Er starrte ihn an – einen Moment war es so still zwischen ihnen, dass es schmerzte. Dann sagte er leise: »Lass uns woanders reden. Die Wände hier haben Ohren.« Er drehte sich um, und Robert folge ihm angespannt.

Die Wände haben Ohren? Was, zur Hölle … Waren womöglich Teile eines Normannenheeres bereits in die Stadt eingedrungen? Ausgeschlossen, die Ruhe der Wachen und der Menschen in den Gassen war echt gewesen! Er dachte an Graf Balduin, den flandrischen Nachbarn, der sich mit Erzbischof Fulko verbündet hatte und dessen Residenz nur drei Tagesritte entfernt lag. Hatten die beiden versucht, Waltger auszuschalten? Musste sein Vetter sich gegen Verräter innerhalb der eigenen Mauern wehren?

Die Ohren, die Waltger ängstigten, mussten riesig sein, denn er zögerte lange, ehe er sich entschied, wohin sie gehen wollten. Die Tür, die er schließlich öffnete, führte in ein Kellergeschoss hinab. In eisernen Fackelhaltern an der Wand brannten mehrere Flammen, die die krummen, in den Stein geschlagenen Treppenstufen beleuchteten. Irgendwo bellten Hunde. Wieso Hunde?, dachte Robert irritiert. Ihm fiel die Zugbrücke am Tor zum Palais ein. Gab es eine Möglichkeit, Hunde, die in einem der Kellergelasse gehalten wurden, über den Graben auf die Brücke stürmen zu lassen, um etwaige Angreifer abzuwehren? Er war zu müde, um sich zu erinnern, ob er etwas Ähnliches bei seinen letzten Besuchen gesehen hatte und ob dieser Gedanke überhaupt einen Sinn ergab.

»Komm, Robert, hier hinein.«

Ja, der Raum, den Waltger ausgesucht hatte, war ideal für ein diskretes Gespräch. Es gab drei winzige Luken in der Decke, hinter denen schmale Schächte ans Licht führten, aber sollte dort oben jemand lauern, würde er kaum mitbekommen, was hier geflüstert wurde. Offenbar wurde das abgelegene Zimmer häufiger für Treffen wie dieses genutzt, denn es standen zwei Stühle an der Wand.

Robert drehte sich zu seinem Vetter um. »Du wirst also Vater, Waltger – endlich eine gute Nachricht nach vielen schlechten. Ich gratuliere dir. Die Linie der Familie setzt sich fort. Odo lässt ebenfalls Glückwünsche ausrichten. Er freut sich sehr.«

»Tatsächlich? Setz dich doch.« Waltger trug einen der Stühle heran, als wäre ihm aufgefallen, wie erschöpft sein Besucher war, und Robert ließ sich mit einem Seufzer darauf nieder. Es war eine Wohltat, die Beine auszustrecken und die Glieder zu entspannen. »Cosima sieht glücklich aus.«

»Sie ist der Segen meines Lebens.« Zum ersten Mal stahl sich ein Lächeln auf Waltgers Gesicht.

»Und ein ebensolcher Segen ist es, dass du angefangen hast, deine Männer auszubilden. Ich habe sie mir vorhin angeschaut. Sie sind noch ein bisschen unbeholfen, aber befinden sich auf einem guten Weg.«

»Ich habe mir gedacht, dass ihr zusätzliche Hilfe brauchen werdet.« Waltger holte sich den zweiten Stuhl, setzte sich aber nicht, sondern stützte sich auf die Lehne. Er starrte Robert an. »Euer Vertrauen – deines und das von Odo, als ihr mir diese Stadt anvertraut habt – hat mich glücklicher gemacht als alles, was ich je erlebt habe, weißt du das? Natürlich abgesehen von meiner Ehe mit Cosima.« Noch ein Lächeln in dem ausgelaugten Gesicht. »Ich habe als Kind oft mit meinem Schicksal gehadert. Mein Vater war ein widerliches Stück Dreck. Verzeih mir das harte Wort über deinen Onkel, aber leider ist es wahr. Ich war sein Sohn, doch er hat es nie für nötig gehalten, mir ein freundliches Wort zu schenken. Kein einziges Mal! Meine Mutter wird er geschätzt haben. Als Kind kannst du so etwas schlecht beurteilen, doch die Frau, die mich zu Aristid und Freya in Sicherheit brachte, hat oft von ihrer Schönheit gesprochen, und er hat sie ja zu seinem Kebsweib gemacht. Es wird also so etwas wie Zuneigung gegeben haben.«

Robert nickte. Ihn quälten andere Sorgen als die ferne Vergangenheit seines Vetters, aber er spürte, dass es kein guter Moment war, Waltger ins Wort zu fallen.

»Habe ich je erzählt, dass ich dabei gewesen bin, als mein Vater meine Mutter aus seinen Zimmern prügelte, nachdem er sich« eine neue Konkubine genommen hat?« Waltger schwieg einen Moment, sein Blick, der ins Leere geglitten war, wanderte zum Gesicht des Vetters zurück. »Wie ich ihn in diesem Augenblick gehasst habe! Eigentlich immer schon, aber als er mit der Peitsche auf sie eingedroschen hat … Ich werde Mutters Gesicht niemals vergessen. Sie hatte offenbar bis zu diesem Moment fest daran geglaubt, dass er seiner neuen Hure bald überdrüssig werden und sie wieder in die Arme schließen würde.«

»Das ist bitter, ja.«

»Bevor sie aus dem Fenster oben im Glockenturm gesprungen ist, hat sie mich hinausgeschickt. Aber ihre Leiche lag etliche Stunden auf dem Pflaster, und mein Vater hat mich dorthin gebracht, um mir die Sünde zu zeigen, die sie begangen hat.«

»Lieber Himmel!« Dunkel erinnerte Robert sich daran, dass Freya ihm von Waltgers Eltern erzählt hatte, als ihm – er war vielleicht zehn oder zwölf Jahre alt gewesen – klar geworden war, dass auch sein Vetter Eltern gehabt haben musste. Der Mann hatte, wie es in ihren Kreisen üblich gewesen war, das Weib geheiratet, das dem Machtstreben der Familie am meisten diente, aber sie hatte ihn gelangweilt, und so hatte er sich eine seiner Leibeigenen – Waltgers Mutter – als Kebsweib genommen und ihr über Jahre die Treue gehalten. Bis er eben die andere Frau entdeckte, die jünger und noch hübscher gewesen mochte. Auch von dem Sprung aus dem Fenster hatte Freya gesprochen, mit Wehmut und Zorn und vielleicht in der Hoffnung, ihm damit die Eifersucht zu nehmen, die ihn gelegentlich gepackt hatte, wenn sie mit Waltger Zeit verbrachte und ihn darüber vergaß. Nur dass sein Vetter die Leiche hat anschauen müssen, hatte sie verschwiegen, oder vielleicht hatte sie es auch nicht gewusst.

Egal, das war alles Vergangenheit. Jetzt kribbelte seine Haut vor Ungeduld, endlich über das zu sprechen, was wichtig war: über die Normannen, die Paris belagerten.

»Es gibt nichts, was ich mehr hasse, als Verrat zwischen Menschen, die einander vertrauen«, sagte Waltger und kam heran, den Stuhl in den Händen, um sich zu setzen. »Vertrauen, verstehst du, Vetter, ist das, was zählt. Und wenn es zerstört wird ...«

Statt sich zu setzen, hob er den Stuhl an und … ließ ihn auf sein Gegenüber niederfahren. Der Schlag traf Robert unvermutet. Er war nicht so hart, dass er das Bewusstsein verloren hätte. Aber die Kellerwände begannen sich zu drehen … Er wurde hochgerissen und auf seinen eigenen Stuhl zurückgeworfen, ohne zu begreifen, was ihm geschah. Stricke fesselten ihn an die Rückenlehne des Stuhls, andere banden seine Hände. Als er sich wehren wollte, handelte er sich eine Ohrfeige ein, die ihm den Atem raubte. Sein ungelenker Versuch, sich zu bewegen, scheiterte. Die Stricke schnitten ihm ins Fleisch.

»Verratenes Vertrauen …«, dröhnte es in seinen Ohren.

20.

KAPITEL

Cosima zeigte Solvejg den Raum, in dem sie die Kranken behandelte. Er befand sich in der Nähe der Halle mit den kämpfenden Männern, lag allerdings in einer stilleren Ecke inmitten grün wuchernder Gemüsebeete.

»Und das hier ist mein eigener Garten.« Freyas Ziehtochter lachte, weil dieser Garten nur aus wenigen Töpfen auf einer Holzbank bestand, in denen sie Heilkräuter heranzog. Warum zeigte sie ihr das alles? Wollte sie gar nicht wissen, weshalb Robert nach Laon gekommen war? Hegte sie keine Befürchtungen? War ihr nicht aufgefallen, wie nervös und zerschlagen ihr Bruder aussah? Die Frau zog sie in die Hütte, die sie für die Kranken hergerichtet hatte.

»… webt sie für mich die Stoffe für die Verbände, und das mit großer Sorgfalt.« Cosima hielt ihr eine Lade mit aufgerollten Leinenstoffstreifen hin, und Solvejg nickte mechanisch. Kurz sah sie ein Aufleuchten in den Augen der Frau, ein Blitzen, als wäre sie … gekränkt, weil ihr Gast sich so wenig für das interessierte, was sie an Gutem geschaffen hatte? Oder brach sich die alte Abneigung Bahn, die doch nie wirklich verschwunden war?

»Kennst du die Wirkung dieser Einbeere hier? Sie ist etwas ganz Besonderes, deshalb habe ich sie mit in die Hütte genommen. Ich will nicht, dass die Vögel sich darüber hermachen.« Cosima nahm einen Topf aus einem Regal und begann von Wunden und deren Reinhaltung und Versorgung zu reden.

»Habt ihr keine Angst vor den Normannen?«, unterbrach Solvejg sie.

»Trägst du deshalb wieder Hosen? Sie würden auch keinen Mann verschonen. Aber wir fürchten sie nicht. Wir haben vor gar nichts Angst!« Cosima stellte den Topf zurück. Sie suchte nach Worten. »Willst du mit mir in die Küche hinübergehen? Sie werden dort gerade die Speisen für den Abend zubereiten. Wir könnten ihnen ...«

Cosima redete und redete ... Und lachte dabei so viel wie in ihrer ganzen gesamten Vergangenheit nicht. Die Freundlichkeit wirkte wie ... das Summen einer Hornisse. Solvejgs Misstrauen wuchs. Warum waren sie und Cosima nicht gemeinsam mit den Männern in eines der kleineren Zimmer gegangen und hatten darüber gesprochen, was sie nach Laon führte und welche Gefahren drohten? Wäre das nicht der natürliche Gang der Dinge gewesen? Stattdessen hatte man sie und Robert voneinander getrennt. Warum?

Solvejg folgte Cosima ins Freie zurück. Zwei Männer redeten miteinander und warfen ihr dabei Blicke zu, die sie für arglos hielt – was sie aber nicht beruhigen konnte. Als sie den Küchenbau erreichten, zwang sie sich ein Lächeln ab. »Ich muss mal ... du weißt schon ...«

Einen Moment starrte Cosima sie verständnislos an. Dann sagte sie: »Hinter der Halle, wo die Männer sich an den Waffen üben, ist die Grube.«

»Ah, verstehe, ich bin gleich wieder da.«

Solvejg überquerte den Platz. Sie umrundete die Halle, ignorierte die stinkende Hütte mit den Sitzbalken und lief an der hinteren Wand entlang. Zu welchem Zweck mochten Cosima und Waltger sie getrennt haben? *Du misstraust jedem*, klang ihr Roberts Seufzen im Ohr. Waltger war nicht nur Roberts Vetter, sondern auch sein Freund, und vielleicht hatten die beiden einfach ein wenig Zeit zusammen verbringen wollen, ein Treffen unter Geschwistern, bei dem sie ungestört sein wollten. War das nicht naheliegend?

Sie hatte das Ende der Kampfhallenwand erreicht und spähte quer über den Hof zu der kleinen Brücke, hinter der die Tür zum Palais lag. Von Cosima war nichts zu sehen. So langsam, dass sie keine Aufmerksamkeit erregte, und doch so rasch wie möglich, überquerte Solvejg ein weiteres Mal den Hof, und schon war sie im schattigen Inneren des Hauses angelangt.

Der Weg zur Halle war kurz. Aber weder in dem geräumigen Zimmer noch in den umliegenden Gängen konnte sie Robert und Waltger entdecken. Und nun? Sie kam sich dumm wie lange nicht vor. Das ganze Haus zu durchsuchen war unmöglich. Und wenn sie es versuchte, müsste sie sich einen Grund dafür überlegen, mit dem sie den Argwohn der Menschen, die ihr begegneten, zerstreuen könnte. Tatsächlich kamen ihr zwei Bedienstete entgegen und beäugten sie neugierig. Aber im nächsten Moment waren sie in einem der anliegenden Gänge verschwunden.

Der Keller!, dachte sie plötzlich. Wenn Waltgers Freundlichkeit nur gespielt gewesen war, falls er wirklich etwas Böses im Schilde führte – hätte er dann nicht einen abgelegenen Ort dafür benutzt, der nur selten betreten wurde? Die meisten Keller wurden in den Boden gegraben oder, wie sicher hier, in den Fels geschlagen und mit einer soliden Decke gegen den Rest des Baus abgeschottet. Aber wo war der Zugang? Gab es ihn überhaupt?

Unruhig durchstreifte Solvejg noch einmal das Erdgeschoss des Palais. Sie huschte von Ecke zu Ecke, begann sich zu verbergen, hasste sich dafür – und stand schließlich in einem schmalen Gang, der vor einem Fenster endete. Knapp vor dem Fenster befand sich seitlich eine vom Alter verwitterte, aber dennoch stabile Tür. Solvejg starrte auf die Riegel, die sie schützten. Sie waren zurückgeschoben worden, und der Staub auf den Eisen verwischt.

Leise öffnete sie die Tür und trat auf eine breite Treppenstufe, die dahinter lag. An den Wänden der Kellertreppe brannten Fackeln, was ihre Nervosität steigerte. Wer hatte sie entzündet? Holz war kostbar. Zögernd drehte sie sich zur Tür um. Sollte sie sie hinter sich wieder zuziehen? Lieber nur anlehnen. Was wusste sie schon, ob nicht bald eine rasche Flucht nötig wäre?

Angespannt nahm sie Stufe um Stufe. Auf der linken Seite des Flurs befand sich ein Raum. Aus dem Türspalt fiel ein grauer Streifen Licht auf den steinigen Boden des Ganges. Dort musste sich jemand befinden, denn Solvejg hörte eine leise Stimme. Noch zwei Stufen – dann folgte ein erstickter Schrei, der wiederum ein hämisches Lachen auslöste. Schließlich ein Klatschen wie von Ohrfeigen. Das Stöhnen, das die Geräusche begleitete, ließ nackte Wut in ihr aufsteigen.

Als sie die Tür erreicht hatte, zögerte sie. Ihr Schwert hing am Sattel ihres Pferdes – sie hatte ja nicht erwartet, dass sie es brauchen würde. Aber in ihrem Gürtel steckte ein scharf geschliffenes Messer. So geräuschlos wie möglich zog sie es aus der Scheide – und wagte einen raschen Blick um die Tür herum. Waltger stand im Raum. Er kehrte ihr den Rücken zu, zum Glück, war aber eindeutig zu erkennen. Vor ihm schien jemand auf einem Stuhl zu sitzen – sie konnte ein Bein erkennen, das sich um ein Stuhlbein verkrampft hatte, als suchte es dort Stabilität. Es war nicht schwer zu erraten, wem es gehörte. Auf dem Boden lag ein weiterer Stuhl – zerbrochen.

»Was ist das?« Die Stimme gehörte Robert. Er schien auf etwas zu starren, das Waltger vor seinem Gesicht schwenkte.

Die Antwort seines Vetters klang so schrill, dass Solvejg Mühe hatte, ihn zu verstehen. Offenbar ging es um einen Brief, den er erhalten hatte. Hedwigs Name fiel. Die Pergamentrolle, die Waltger in der Hand hielt, fegte dabei mehrfach über Roberts Gesicht wie weitere lächerliche Ohrfeigen. Ungläubig lauschte Solveig dem, was er dabei hervorpresste – mehrfach, weil er wohl merkte, dass Robert ihm nicht folgen konnte. Hedwigs Brief hatte ihn am Abend des vergangenen Tages erreicht. Und mit ihm war alles offenbar geworden ... die wahren Gefühle seiner Vettern, ihre Verachtung für ihn! *Wir vertrauen dir?* Hach! Er war gerade einmal ein halbes Jahr in Laon, da besprachen sie bereits, wie sie ihn am besten wieder loswerden könnten, den tumben Verwandten, den sie doch immer schon verachtet hatten. Das war es in etwa, was über seine bebenden Lippen kam.

Robert versuchte zu protestieren. »Aber das stimmt doch nicht, Waltger. Ich bin hier, weil ich dich um Hilfe ...«

»Natürlich.« Die Pergamentrolle reichte nicht mehr, um Waltgers Zorn Luft zu verschaffen. Er hob ein abgebrochenes Stuhlbein auf und drosch es ... Auf Roberts Schulter, nicht in sein Gesicht. Vielleicht ein Rest Zuneigung, die seine Wut hemmte. »Ihr wollt Laon an Adelchis übergeben, und das schon seit Längerem. Ihr hattet nur noch nicht den richtigen Moment gefunden, um …«

»Sagt Hedwig, ja? Begreifst du nicht, Vetter? Diese Hexe hält es mit dem Feind. Sie will uns schwäch…«

»Ausreden und Lügen! Cosima hat vorausgesehen, dass du versuchen würdest, dich herauszuwinden. *Ist ja nicht schwer, Waltger den Kopf zu vernebeln!* Sie hat euch beide, dich und Odo, übrigens nie gemocht, das hat sie mir gestanden. Und mit Grund! Erinnerst du dich an Freyas Medizinflasche? Die aus Glas? Und weißt du noch, wie ihr sie zerbrochen habt, bei eurer blödsinnigen Rangelei? Und wie ihr Cosima anschließend die Schuld in die Schuhe geschoben habt?«

»Wir waren Kinder, Waltger.«

»Und damals schon Lügner vor dem Herrn. Cosima war nicht im Geringsten überrascht, als sie in Hedwigs Brief von eurem neuen Verrat gelesen hat. Sie weiß, dass du dich nur deshalb für unsere Heirat ausgesprochen hast, weil du sie loswerden wolltest. Du konntest es nicht ertragen, dass sie der Normannenhure misstraut, die dir das Herz gestohlen hat. Also fort mit der Warnerin, statt die Normannin ihrer Strafe …«

Solvejg umklammerte den Messergriff. Waltger brannte vor Wut. Was bedeutete, dass er abgelenkt war. Sie musste ihn von hinten angreifen, solange es noch möglich war. Vorsichtig zog sie sich hinter die Tür zurück, steckte das Messer in die Scheide zurück und wischte ihre schweißnassen Hände an den Hosenbeinen ab. Ihre Attacke musste rasch und präzise erfolgen. Gerade wollte sie den Griff wieder packen, als Schritte sie aufschreckten. Im selben Moment flog ihr die Tür ins Gesicht und drückte sie gegen die Wand. Blut spritzte aus ihrer Nase, der Schmerz raubte ihr den Atem. Trotzdem bekam sie noch mit, wie die Schritte sich entfernten – seltsamer nicht zur Treppe hin, sondern in die entgegengesetzte Richtung. Ein vorsichtiger Blick um die Tür herum zeigte ihr, dass Waltger den Gang entlangstürmte und dann über zwei oder drei Stufen um eine Ecke verschwand.

Sie wischte über ihre Nase und rannte zu Robert hinein. Auch sein Gesicht war blutig. Außerdem hielt er die Schulter in einer so unbequemen Stellung, als wäre sie verletzt. Alles egal. Sie säbelte an dem Strick herum, mit dem sein Vetter ihn gefesselt hatte. Er sagte etwas, auf das sie nicht achtete. Waltger würde zurückkehren, und zwar bald. Dann ruckte ihr Kopf in die Höhe. Was war das schon wieder? Hundegebell? Warum, bei allen Göttern … Wurden die Hunde des Palais hier im Keller gehalten? War Waltger zu ihrem Zwinger gegangen? Wollte er … Solvejg verstand es nicht.

Der Strick, der Roberts Hände gefesselt hatte, fiel zu Boden, und sie half ihm auf die Beine. Sein linkes Auge war zugeschwollen. »Wölfe«, flüsterte er. »Es sind Wölfe!«

Solvejg drängte ihn zur Tür. Das Bellen wurde lauter, so als kämen die Tiere näher. Sie bellten auch nicht – sie heulten. Es dauerte, bis ihr Kopf Roberts Warnung und die eigene Wahrnehmung miteinander verband. Waltger besaß einen Zwinger, in dem er Wölfe hielt?

Sie mussten fort, über die Treppe, auf der sie gekommen waren, zurück ins Erdgeschoss und die Tür zuschlagen – dann wären sie zumindest für den Augenblick gerettet. Doch ihr Plan fiel in sich zusammen, als sie sah, wie schwerfällig Robert sich bewegte. Solvejg warf stattdessen die Kellertür ins Schloss und stemmte sich gegen das Holz. Robert tat es ihr nach, sie starrten einander an.

Nur wenige Atemzüge später sprangen die Raubtiere wie wahnsinnig von außen gegen die Tür. Die Körper der Wölfe waren schwer, aber es gelang ihnen nicht, sich Zugang zu verschaffen. Vielleicht auch deshalb, weil sie ungeduldig waren. Der Zwinger, in den man sie gesperrt hatte, musste für die freiheitsgewohnten Tiere eine Hölle gewesen sein. Sie ließen von der Tür ab, und Solvejg hörte, wie sie weiterrannten. Ihr Bellen wurde leiser und verstummte.

Stattdessen füllte Waltgers wütende Stimme den Gang. Er verfluchte die Tiere und trat ebenfalls gegen ihre Tür. Sie bebte, hielt aber auch seiner Wut stand. Plötzlich drehte sich von außen ein Schlüssel im Schloss. Dumm, dachte Solvejg. Sie hatte weder auf Schlösser noch auf Riegel geachtet. Waltger schien den Wölfen die Treppe hinauf zu folgen. Vermutlich durchstreiften die ausgehungerten Tiere inzwischen das Haus auf der Suche nach Menschen, die sie anfallen konnten, und er wollte seine Leute warnen.

Robert nahm Solvejg das Messer aus der Hand. Mit schmerzverzerrter Miene wandte er sich zur Tür, bohrte die Schneide zwischen das Holz und das Metall des Schlosses und versuchte, sie als Hebel zu benutzen. Seine Hände zitterten, und Solvejg holte sich das Messer zurück. Verflucht, ihr fehlte das Geschick ... Robert schob das Messer in ihrer Hand eine Winzigkeit nach links. Dieses Mal schabte Metall an Metall. Es kostete sie noch mehrere Versuche, aber schließlich sprang die Tür auf.

Und nun ebenfalls rauf ins Palais? Nein, Waltger könnte sie hinter der Tür erwarten oder ... Keine Ahnung. Aber vermutlich gab es weitere Gänge hier unten und auch mehrere Ausgänge. Sie liefen also in die andere Richtung und gelangten über die Stufen und die Ecke in einen taghellen, zum Himmel hin offenen Raum. Kein Käfig. Anstelle von Gittern waren sie von vier solide gemauerten Wänden umgeben. Solvejg wollte zurück in den Gang.

»Warte«, hielt Robert sie auf. Er zeigte auf ein kleineres Gitter in einer Ecke der Mauer, hinter dem sich ein niedriger, dunkler Gang erahnen ließ. Offenbar wusste er, was es mit diesem Loch auf sich hatte, denn er kehrte in den Vorraum zurück, und sie hörte das Scharren einer Eisenkette. Das Gitter begann sich zu heben. Ein Geräusch, das im selben Moment vom Heulen der Wölfe übertönt wurde, die offenbar aus dem Haus in den Hof entwichen. In den Lärm mischten sich panische Schreie und Warnungen.

Robert quälte sich zu ihr zurück. »Komm.« Er schob sie in den Gang hinein und kroch hinter ihr her. Dieser Durchlass war nicht für Menschen, sondern für Tiere gemacht – für Wölfe eben, dachte Solvejg und biss die Zähne zusammen, um ihren immer noch schmerzenden Arm nicht zu stark zu belasten. Bald ging es ein kleines Stück aufwärts – vor ihnen lichtete sich die Dunkelheit. Der Gang mündete in einem der Gräben, die das Palais schützten. Solvejg starrte auf eine schmale Steintreppe, die aus der Tiefe hinauf zum Platz vor dem Palais führte. Hatte man sie für die ausgehungerten Wölfe gebaut, die darüber auf anstürmende Feinde losgehen sollten? Möglich. Den umgekehrten Weg in das Palais hätte man ja durch die Gitter rasch wieder versperren können.

»Jetzt heißt es abwarten«, flüsterte Robert. Sie drehten sich so, dass sie nebeneinander zur Ruhe kamen, gebückt, die Knie dicht an die Körper gezogen. Kein Faden hätte mehr zwischen sie gepasst. Robert zog ihren Kopf an seine Schulter, was ihn arg schmerzen musste. Der Schlag, den er dort empfangen hatte, war ja mit Wucht geführt worden. Sie bettete trotzdem ihren Kopf darauf.

»Sie werden uns finden.«

»Nur Waltger und Cosima werden nach uns suchen. Wenn die Leute von Laon erfahren würden, dass ihr neuer Herr den Bruder ihres Grafen ermorden will, würde es wohl einen Aufstand geben.«

»Warum klettern wir dann nicht einfach in den Hof und schreien heraus, was passiert ist?«

Robert ließ sich Zeit mit der Antwort. »Das mit dem Aufstand ist nicht sicher. Die Wölfe werden in die Stadt entkommen sein, und dort wird es Tote geben. Wahrscheinlich wird Waltger versuchen, uns beiden dieses Unheil in die Schuhe zu schieben.«

Er schien richtig zu vermuten, zumindest, was die Wölfe anging. Ihr Geheul und die Schreie und Flüche ihrer Opfer wurden allmählich leiser, versiegten aber nicht.

»Warum nur ist alles immer schwierig?«

Robert drückte ihre Hand. »Wenn wir hier heil herauskommen …«, flüsterte er und suchte nach Worten. »Ich will nicht, dass wir dann weiter miteinander leben wie bisher. Könntest du dich dazu überwinden, mit mir vor einen Priester zu treten, damit wir ihm und aller Welt bezeugen können, dass wir für immer zusammengehören?«

Solvejg dachte nach, und er ließ ihr die Zeit dazu. »Columban«, sagte sie schließlich. »Er ist ein guter Mensch. Wenn er mir dazu Fragen stellen sollte, würde ich sie beantworten.«

»Mein Leben ist selten so schrecklich und noch nie so schön gewesen wie jetzt«, sagte Robert.

Sie warteten bis zum Anbruch der Dunkelheit, immer voller Sorge, dass Waltger sie finden könnte. Aber er schien zu dem Schluss gekommen zu sein, dass sie durch das Palais geflohen und längst über alle Berge waren. Oder er hatte einfach keine Zeit, sich um sie zu kümmern, weil die Wölfe die Stadt ins Chaos gestürzt hatten und man von ihm Führung erwartete. Als ihnen die Nacht genügend Schutz zu geben schien, kletterten sie aus dem Gang und dem Graben hinaus. Niemand beachtete sie, als sie zu den Ställen gingen. Sie holten ihre Pferde – der Stallbursche war müde und unaufmerksam. Dann ritten sie über kleinere Gassen zum Tor hinab. Man ließ die Reiter, die man in der Dunkelheit kaum erkannte, anstandslos passieren. Robert hatte richtig spekuliert – alles drehte sich um die Wölfe.

Auch die Rückkehr auf die Île de la Cité gestaltete sich einfacher als erwartet. Sie ließen ihre Pferde zurück, einen Stundenmarsch, bevor sie die Stadt erreichten, und schlichen sich vor das Tor, wo die Wachen aufmerkten, als sie leise riefen. Odo und Ramon kamen ihnen bereits entgegen, nachdem sie die Hindernisse auf der Brücke überstiegen hatten. Zunächst waren sie erleichtert, dass die beiden zurückgekehrt waren, aber nach einem zweiten Blick alarmiert wegen Roberts lädiertem Aussehen.

»Was ist passiert?«

»Ist Freya in die Stadt zurück?«

Odo schüttelte den Kopf, und Robert wandte sich zum Hospitalgebäude.

»Was ist mit dir? Wer hat dich in diesen Zustand …«

Robert winkte ab, und während Odo ihm besorgt folgte, wandte er sich an Solvejg. »Ist es so arg, wie es aussieht?«

»Immerhin hat er sich bis auf die kurzen Pausen im Sattel gehalten.«

Als sie das Hospitalgelände erreichten, hielt Robert eine Frau auf, die aus einem der Krankenzimmer kam. »Wo schläft Columban?«

Die Frau führte sie in einen abgelegenen Bereich, der normalerweise Angehörigen der Kranken oder Gästen zur Verfügung stand. Bald hatten sie den Mönch aus dem Schlummer geholt, und Robert sagte ihm, was er sich von ihm wünschte.

Als Odo begriff, was sein Bruder vorhatte, versteinerte sich seine Miene. Er zog ihn in eine Ecke, die beide flüsterten hitzig miteinander, bis Robert ihn von sich schob. Verärgert stürmte Odo aus dem Raum, gefolgt von seinem verdutzten Statthalter.

Robert wandte sich Solvejg zu und lächelte erleichtert, als er keine Ablehnung in ihren Augen entdeckte. Dann standen sie vor dem Kreuz, das über dem ärmlichen Tisch hing, den Columban sich als Altar zurechtgemacht hatte. Solvejg fühlte sich wie aus ihrem eigenen Leben entführt – als gäbe es sie zweimal. Einmal als Frau, die neben Robert vor den schlichten Altar trat, dann als Zuschauerin, die sich selbst dabei verwundert beobachtete. Sie verstand kaum eines der lateinischen Wörter, die Columban in einem feierlichen Sermon vortrug, und war dennoch so aufgewühlt, dass ihr das Herz die Brust sprengen wollte. Einmal musste Robert etwas bestätigen, was er mit einem schlichten *Ja* tat. Sie folgte seinem Beispiel. Dann blieb es kurz still, als wäre Columban selbst unsicher, ob jetzt alles erledigt sei.

Robert war es, der das Schweigen brach: »So, das war es. Wir sind jetzt ein Ehepaar, Solvejg, wir gehören zusammen, bis uns der Tod voneinander trennt.«

»Es ist sonderbar.«

»Man muss sich daran gewöhnen.«

»Und schön.«

»Vielleicht waren diese Tage die richtige Zeit, das zu erkennen.«

»Weshalb du es so eilig hattest.«

Robert lächelte. Er beugte sich vor und gab ihr einen Kuss, sanft wie das Schwappen einer Meereswelle.

Dann gingen sie ins Palais, um Odo zu erklären, wie sich die Lage in Laon verändert hatte.

21.

KAPITEL

Und doch, Einar Schlangenauge, gleich, wie viele Gefahren lauern könnten: Am Ende muss der Angriff gewagt werden.«

Hagano, Balduins Einflüsterer, die Pest, die ihm seit Monaten am Hacken hing, konnte wieder einmal das Maul nicht halten. Einar merkte, wie sich ihm vor Hass der Magen umdrehte. Sein Gesicht war zu einer Fratze mühsamer Beherrschung erstarrt.

Seit der Schlacht, die für sie so schmählich geendet hatte, waren acht Tage vergangen. Seitdem beobachteten sie die Stadt, unschlüssig und zerstritten, wie sie weiter vorgehen wollten. Gerade jetzt befand er sich mit Hrolf, Sigfried und etlichen ihrer Mannen auf dem Rückweg zu den Booten, die sie auf zwei Seen verteilt hatten, um weniger angreifbar zu sein. Von den siebenunddreißig Schiffen, mit denen sie aufgebrochen waren, hatten sie drei verloren. Zwei seiner eigenen und eines von Sigfrieds Drachenschiffen. Das würden sie verkraften. Dass etliche ihrer Kämpfer gefallen waren, traf sie härter – es hatte die Stimmung getrübt. Andererseits wurde, wer in den Schlachten starb, von den Walküren nach Walhalla gebracht, um dort mit den Göttern zu saufen und an ihren Tafeln zu schlemmen. Damit hatten ihre Kameraden sich getröstet. Und natürlich waren sie immer noch zahlreich genug, um den Parisern die Hölle heißzumachen.

Waren es vielleicht die Irrlichter, die ihnen in Wirklichkeit auf die Stimmung schlugen? Genauer: die Hexen, die Isleif der Schuppige und seine Männer mit den Geistern hatten tanzen sehen? Anfangs hatten seine Mannen so getan, als hätte die Begegnung ihnen nichts ausgemacht. Aber seit der Niederlage vor der Frankeninsel hatte ihre Einstellung sich geändert. Sie hatten angefangen, den gelben Lichtgeistern auszuweichen, und mit jedem Tag drehten sich ihre Gespräche mehr um die bösartigen, listigen Hexen, die sich mit ihnen verbündet hatten, ja womöglich sogar zu ihnen gehörten und sich nur dadurch von ihnen unterschieden, dass sie in der Lage waren, menschliche Gestalt anzunehmen. Gab es neben den Franken noch einen weit gefährlicheren Feind, der nur darauf lauerte, sie ins Verderben zu stürzen? Einar hatte erlebt, mit welchem Blutdurst die Männer sich in die Schlachten warfen – da kannten sie keine Furcht. Aber Dämonen …

Wenn seine Leute nicht in Gruppen durch die Dörfer streunten, um sie niederzubrennen und im Kampfesrausch die Angst vor den Hexen zu vergessen, verkrochen sie sich in den Schiffsrümpfen und soffen starken Met, der die Furcht aus ihren Köpfen vertrieb, sie aber gleichzeitig zu lallenden Idioten machte. Ja, sie hatten ein Problem. Und das mussten sie …

»Graf Balduin wird bald seine Geduld verlieren«, bohrte der Quälgeist an seiner Seite sich wieder in seine Gedanken. »Du hattest ihm versprochen …«

»Schweig!«, herrschte Einar ihn an. War Hagano nicht klar, mit welchen Schwierigkeiten er kämpfte? Am vergangenen Tag hatte er mit Hrolf und Sigfried zum westlichen Ufer übergesetzt, um herauszufinden, ob ein Angriff von dieser Seite erfolgversprechender sein könnte. Einar war für einen Versuch gewesen, aber Sigfried hatte sich unerwartet heftig dagegen ausgesprochen. Wäre es nicht lukrativer, Paris zu vergessen und stattdessen flussaufwärts zu rudern und sich mit der Eroberung kleinerer Städte zufriedenzugeben? Sie hatten zu streiten begonnen und …

»Nein, nicht da lang – da haben die Mistviecher gestern doch auch getanzt!«, wurde Einar von einem der Männer, die hinter ihm liefen, erneut aus den Gedanken gerissen. Er wischte den Einwand mit einer harten Handbewegung beiseite und schritt weiter voran.

Bei allen Göttern, ihn schmerzte sein Kopf. Wenn man alles zusammennahm: Wäre es nicht am vernünftigsten, wenn sie mit Odo von Paris in Verhandlungen träten? Sie könnten ihm vorschlagen, ihre Belagerung für ein paar hundert Pfund Silber abzubrechen. Und da Wikinger solche Versprechen in der Regel einhielten, gingen die meisten Franken auch darauf ein. Aber wie viel würde Odo anbieten können? Und was würde ihm selbst bleiben, nachdem er die Beute mit seinen Mitstreitern geteilt hatte? Einar rieb mit der Faust gegen seine Schläfe, wo der Kopfschmerz wie ein Messer stach.

Steinbjorn.

Am Ende drehte sich alles um seinen Sohn, der in Haralds Kellern schmachtete, womöglich gar nicht mehr lebte, vielleicht aber auch doch. Haralds Forderung, ihm den Kopf seiner Tochter Solvejg zu bringen, war unmenschlich, weil unerfüllbar gewesen. Wie hätte er das Weib auftreiben sollen? Mit einiger Wahrscheinlichkeit war sie bereits tot.

Nein, wenn er Steinbjorn retten wollte, musste er versuchen, Harald zu entmachten. Dieser Gedanke war ihm schon häufig durch den Kopf gegangen. Aber dafür würde er weitere Verbündete brauchen, mindestens hundert Schiffe voller kampfeslustiger Männer, so schätzte er. Wenn er die um sich scharen könnte, zum Angriff auf Avaldsnes …

»Der Sieg ist nahe«, wisperte jemand in sein Ohr. Hagano, schon wieder. »Du siehst doch selbst, dass Odo und seine Männer sich verkriechen. Ihnen fehlt der Mut …«

Einar stieß einen so lauten Fluch aus, dass seine Leute aufschreckten – und auch der flandrische Arschkriecher verstummte, den Göttern sei Dank.

Sie erreichten eine Kreuzung und teilten sich – Sigfried und Hrolf bogen nach links zu den beiden kleineren Seen ab, an denen sie ankerten, er selbst schritt mit seinen Männern weiter geradeaus. Nach kurzer Zeit erreichten sie ihre Boote. Sein Hauptschiff thronte wie ein König zwischen den anderen Schlangen, es wurde vom Mond beschienen, als hätte man ihm eine Krone aus Licht aufgesetzt, und einen Moment schlug Einars Herz vor Stolz rascher. Doch das Gefühl war bereits nach wenigen Schritten wieder erloschen. Sein Kopfschmerz war zu arg, die Sorgen zu drückend.

Er rang sich einen kurzen Gruß ab, als er in den Rumpf der Schlange hinabstieg, und verkroch sich in den Schlafsack mit den weichen Daunen. Doch auch hier fand er keine Ruhe. Harald Schönhaar würde seinen Sohn nicht einfach umbringen. Er würde ihn leiden lassen, auf jede Art, die seine Phantasie ihm eingab. Allein, um andere Konkurrenten um den norwegischen Königsthron abzuschrecken. Man erzählte, dass er einem seiner Gefangenen mit einem Messer den Rücken geöffnet und die Rippen und die Lungen wie Flügel herausgeschält hatte. Blutadler hatte er das höhnisch genannt …

Einar hörte seine Männer schnarchen, aber nicht alle hatten zur Ruhe gefunden. In einigen Ecke wurde geflüstert. War es ein schlechtes Zeichen, dass sie ihn in ihre Gespräche nicht mit einbezogen? Trauten sie ihm vielleicht nicht mehr? Ärgerte es sie, dass er keine Entscheidungen traf, wie sie weiter vorgehen wollten?

Irgendwann hielt Einar es nicht mehr aus. Er befreite sich aus dem verschwitzten Daunensack, zog die Stiefel über die nackten Füße und kletterte an Deck zurück. Dort stand er an der Reling und starrte auf die Seerosen, die träge auf dem Wasser trieben. Die Angst um seinen Sohn folterte ihn jede Stunde. Sie hatte inzwischen seine Seele durchtränkt, so wie der Regen jetzt seine Kleider. Er stöhnte und verfluchte den Augenblick, als Solvejg, dieses Drecksweib, sich auf sein Schiff geschlichen hatte.

»Mann, du bist ein Narr.«

Bei Odin, der flandrische Hohlkopf mit dem Aussehen einer Schildkröte schaffte es einfach nicht, ihn in Frieden zu lassen!

»Ich will dich nur warnen, zu deinem Guten«, raunte Hagano. »Graf Balduin hat sich entschieden, den Markgrafen Guido zum König zu machen, und er wartet darauf, dass du Odo, der zwischen ihm und seinen Plänen steht, entmachtest. Sobald das geschehen ist …«

Einar ertrug es nicht länger. Seine Hand legte sich um den Nacken des dicklichen Manns, er wickelte das Hemd des Kerls um seine Finger, bis er ihm den Hals eingeschnürt hatte. Zur Rah waren es nur wenige Schritte. Er schleppte Hagano mit sich und schlug den Kopf der Nervensäge gegen das Holz des Mastes. Wieder und wieder. Bis endlich Ruhe war.

22.

KAPITEL

Odos Zorn hatte nicht nachgelassen – er war in kalte Wut umgeschlagen. Und damit umso gefährlicher, nach Solvejgs Einschätzung. Sie hatte zusammen mit Robert das Schreibzimmer im Palais betreten. Dort saß der Graf mit Ramon und seinem Vertrauten Gauthier zusammen. Sein Verwalter war auf einem der Stühle zusammengesunken und kam ihr vor wie ein Symbol ihrer aller Erschöpfung.

»Geh raus!«, herrschte Odo Solvejg an.

Robert packte ihren Arm. »Sie bleibt! Wir beide haben in Laon unterschiedliche Dinge erlebt, und du solltest von allem erfahren, brauchst also meinen und ihren Bericht, damit …« Er brach ab, trat auf seinen Bruder, der neben dem Fenster an der Wand lehnte, zu und umfasste seine Oberarme. »Odo, hör auf damit! Ich bin es, Robert. Sieh mich an! Wir gehen manchmal unterschiedliche Wege, aber bei allem, was wichtig ist, stehen wir zusammen. So ist es doch, oder?«

Es war Solvejg immer schwergefallen, das Verhältnis zwischen den beiden gräflichen Brüdern einzuschätzen. Sie fuhren einander über den Mund, machten sich lustig und liebten es, sich als Gegner bei ihren kleinen Schwertkämpfen an die Wand zu drängen. Wie viel an diesen Attacken war ernst gemeint? Wussten die beiden es überhaupt selbst? Ihr war es gelegentlich vorgekommen, als versuchte Robert seinen Bruder zu besänftigen, als ahnte er, dass er gewisse Grenzen nicht überschreiten sollte. Sie nahm an, dass es dafür Gründe gab.

»Also? Was ist in Laon geschehen?« Odos Gesicht war ausdruckslos.

Robert ließ ihn los und fragte: »Ist Freya zurückgekehrt?«

»Gestern.«

Ramon raffte sich auf, die knappe Antwort seines Grafen zu ergänzen. »Sie konnte das gebärende Weib und auch deren Kind nicht retten. Aber als wir erfahren hatten, wo sie sich befand, ist es uns gelungen, sie in die Stadt zurückzuholen.«

»Und es geht ihr gut?« Die Frage ging erneut an Odo.

Der zuckte mit den Achseln, und wieder musste Ramon antworten. »Sie sorgt sich um dich. Wir müssen ihr noch sagen, dass du zurückgekehrt bist, aber im Moment schien es uns wichtiger ...«

»Freya ist in Theodradas Kammer«, fiel Odo ihm ins Wort. »Du kannst nachher zu ihr gehen. Mein Weib ist übrigens wieder guter Hoffnung.«

»Das ... ist eine gute Nachricht. Ich ...«

»Ist Hedwig auch bei den beiden?«, unterbrach Solvejg ihn.

Odo löste sich von der Wand und setzte sich auf einen Stuhl hinter dem Tisch. Er gönnte ihr keinen Blick, sondern sprach weiter zu seinem Bruder. »Willst du mir nicht endlich sagen, was in Laon passiert ist?«

Robert begann zu berichten. Von der Gewalttätigkeit ihres Vetters und der Begründung, die er dafür lieferte – der angebliche Verrat. Von Waltgers Versuch, ihn umzubringen. Solvejg flocht ein, was ihr an Cosima aufgefallen war – die

Wut nämlich. Sie hatte Hedwig jedes Wort geglaubt. Robert ergänzte, wie sie sich gerettet hatten.

»Hedwig also«, murmelte Odo, als sie fertig waren. »Und vermutlich war es Theodrada, von der sie den Auftrag zu der Intrige bekommen hat.«

»Das ist nicht sicher. Nicht einmal wahrscheinlich«, widersprach Robert. »Deinem Weib fehlen dafür der klare Kopf und der Mut.«

Solvejg starrte auf ihre Hände. Sie hätte die Brüder allein miteinander sprechen lassen müssen – oder zumindest selbst den Mund halten sollen.

»Also gut, ich muss schlafen. Hab ich seit drei Tagen nicht mehr gemacht«, sagte Robert, als das Schweigen sich zog. »Morgen …«

»Hedwig hat die Stadt heimlich verlassen«, hielt Odo ihn auf. »Theodrada behauptet, dass sie nicht weiß, wann das geschehen ist. Und auch sonst scheint niemand etwas mitbekommen zu haben.«

»Das ist nicht überraschend. Sie musste damit rechnen, dass ihr Plan auffliegen könnte.«

»Warum hasst sie uns?«

»Sie ist in Balduins Nähe aufgewachsen, an seinem Hof. Vermutlich war er es, der sie zu Theodrada geschickt hat, damit sie ihm als Spionin dienen kann«, meinte Gauthier, der bisher geschwiegen hatte.

»Dann war sie es wohl auch, die Aristids Mörder unten in den Kellern umgebracht hat. Um sich zu schützen.« Ein freudloses Lächeln trat auf Odos Gesicht. »Sie hat dich eine Weile umgarnt, Bruder. Und du schienst nicht abgeneigt gewesen zu sein. Ist es möglich, dass du, wenn es um Frauen geht, kein gutes Gespür hast?«

Robert trat erneut an ihn heran, dieses Mal so dicht, dass ihre Gesichter sich beinahe berührten. »Hör auf damit, Odo! Und wage es nicht, Solvejg in irgendeiner Weise zu nahe zu treten. Ich warne dich!«

Sie gingen hinauf in seine Kammer, sein Bett war breit – allerdings nicht mehr, wenn sich zwei Menschen darin drängten. Robert, der die Arme über der Brust verschränkt hatte, sprach über Odo. »Nicht, dass du etwas Falsches annimmst: Wir sind mehr als Brüder – wir sind Freunde. Schon immer gewesen, auch und gerade in schwierigen Zeiten. Früher habe ich ihm einmal …«

Solvejg lauschte dem Klang seiner Stimme, aber schon bald nicht mehr seinen Worten. Sie hatten geheiratet, ihre Haut berührte die ihres Ehemanns. Ihr Blut strömte heiß durch ihre Adern. Sie wusste, dass es beim fränkischen Adel üblich war, die körperliche Vereinigung in der Nacht nach der Hochzeit unter den Augen verlässlicher Zeugen zu vollziehen. So etwas schien er zum Glück nicht zu beabsichtigen – vielleicht wegen der Feinde, die die Insel bedrohten. Aber ganz sicher würde er sich nehmen wollen, worauf er jetzt ein Anrecht besaß. Das hatte sie gewusst, als sie mit ihm vor Columban getreten war, und sie hatte es ertragen wollen.

Aber ihr Herz war zerrissen. Sie liebte Roberts eigensinnig-sorgsame Abwägung von Recht und Unrecht, sie liebte … seinen Atem, seine dunkle Stimme, die Unergründlichkeit seiner Augen, die verbarg, wie klar er dachte und fühlte. Und gleichzeitig hatte sie Angst, dass er sie berührten könnte und damit die Nacht von Glendalough in dieses

Zimmer holen würde. Dass die Abscheu, die sie vor Dhoire empfand, wie eine Spinne auf ihn überspringen könnte, so dass sie es nicht mehr aushalten würde, mit ihm in einem Raum zusammen zu sein.

Er begann von Kaiser Karl zu reden, zu dem sie einen weiteren Boten schicken mussten, der ihn im Namen Gottes beschwor, seinen bedrängten Untertanen zur Hilfe zu eilen … Pläne, drängende Entscheidungen …

Irgendwann verstummte er, sein Atem wurde langsam und ruhig – er war über seinen Sorgen eingeschlafen. Der Mond warf einen schmalen Streifen Licht durch das Fenster, und Solvejg stemmte sich hoch und starrte in das von den Stürmen der letzten Tage erschöpfte Gesicht ihres Ehemanns. Schließlich schlüpfte sie in die Kleider, die sie abgelegt hatte, bevor sie zu Bett gegangen war.

Sie verließ den Raum und schlich zu Freyas Zimmer. Es war leer. Offenbar war Roberts Ziehmutter ins Hospital gegangen. Zweimal wurde Solvejg in den Gassen von misstrauischen Wächtern angehalten, die sich sorgten, dass ihre Feinde es womöglich heimlich über eine der Mauern geschafft haben könnten. Einer schien sie zu kennen, der andere nicht, aber beide ließen sie weiterlaufen. Ungehindert kam sie zu dem Raum neben Freyas Behandlungszimmer. Ihre Freundin war ebenfalls noch wach. Wie es aussah, hatte Odo sie bereits über den Verrat ihrer Laoner Ziehkinder unterrichtet, denn ihre Wange, über die Solvejg mit der Hand strich, war nass von Tränen.

»Waltger und Cosima wurden von Hedwig betrogen. Sie tragen keine Schuld«, versuchte Solvejg sie aufzumuntern.

»Die beiden sind mit Odo aufgewachsen. Sie hätten wissen müssen, dass er sie nicht hintergehen würde.«

Es gab keinen Trost, natürlich nicht. Solvejg dachte an ihren Vater, der sie umgebracht hätte, wenn ihr nicht die Flucht gelungen wäre.

»Völlig rein ist nur die Liebe kleiner Kinder«, sagte Freya leise. Sie drehte den Kopf, und Solvejg entdeckte auf dem Boden neben dem Bett Emmas Korb. Ihre Tochter schlief. Solvejg holte sie dennoch aus den Kissen, vorsichtig, um sie nicht zu wecken, und setzte sich mit ihr auf einen Stuhl. Während sie den kleinen Körper in ihren Armen wiegte, lauschte sie Freya, die aus der Vergangenheit zu erzählen begann, damals, als sie und Aristid nach dem Tod von Odos und Roberts Vater nach Meaux gezogen waren, um die Kinder vor machthungrigen Rivalen zu schützen. Wie Waltger zu ihnen gestoßen war. Wie die Kinder miteinander spielten … Sie waren gemeinsam zu den Ziegen gegangen. Odo hatte die beiden Jungen und Cosima gelehrt, wie man den Bogen spannte. Cosima hatte den kleinen Robert aus einem Teich gefischt, der gar zu steil in die Tiefe führte …

»Robert und ich haben heute vor Columban einander die Ehe versprochen«, sagte Solvejg, als sie schließlich schwieg.

»Ja, der Mönch hat es mir erzählt. Ein kleines Licht in diesen Tagen.«

Sie lauschten den Nachtgeräuschen, dem Zirpen der Grillen, dem melodischen Gesang zweier Nachtigallen. Schließlich stand Solvejg auf und legte ihr Kind in den Korb zurück. »Irgendwann wird Robert mit mir die Ehe vollziehen wollen. Wie halte ich das aus?«

Freya stemmte sich aus dem Bett und gab ihr eine mit einem Korken verstöpselte Holzflasche. »Trink das, bevor du zu Bett gehst. Dann wirst du diese Zeit in einem sonderbaren Zustand zwischen Schlaf und Wachen verbringen. Wahrscheinlich wirst du dich leicht fühlen, aber auf jeden Fall nicht viel mitbekommen.«

»Wird Robert das gefallen?«

»Kaum«, sagte Freya.

Robert schlief immer noch, als sie zu ihm zurückkehrte, und trotz ihrer Ängste zog es sie wieder zu ihm hin. Sie trank aus dem Fläschchen, aber nur einen Schluck. Und schlief ein. Und erwachte wieder, als es hell wurde. Vorsichtig drehte sie sich auf die Seite. Ihr Ehemann lag immer noch mit verschränkten Armen auf den Decken, so wie er vor Stunden eingeschlafen war. Sie betrachtete sein Gesicht. Die Züge waren weich geworden, und trotz der Wunden, auf denen sich dünne Blutkrusten befanden, drängte es sie, seine Wange zu berühren. Bald wurde ihre Sehnsucht so groß, dass sie mit dem Zeigefinger über seine Brauen zu streichen begann, dann über seine Lippen, die er dabei verzog, als würde es ihn kitzeln … über das Kinn … Schließlich schob sie ihre Hand unter das Hemd auf seinem Bauch.

Robert stöhnte. Weil sie an seine Schulter gekommen war? Er blinzelte und drehte sich zu ihr. Ihre Blicke trafen sich. Er neigte seine Stirn gegen ihr Haar – das war alles. Aber es gefiel ihm, was sie tat. Und das machte sie glücklich. Noch glücklicher wurde sie, als er schließlich nachgab und auch ihren eigenen Körper zu erforschen begann.

Es tat gut, was geschah.

Es tat so gut …

… bis die Unruhe durch die Fenster kroch. Rufe nach Eile drangen zu ihnen herein, erst leise, dann zornig, das Wiehern verstörter Pferde, verängstige Fragen von Leibeigenen. Solvejg und Robert horchten – sie krochen aus den Kissen und schlüpften in ihre Kleider. Kaum hatten sie den Flur betreten, als Gauthier ihnen auch schon entgegengelaufen kam. »Odo will nach Laon reiten!«

»Was? Warum?«

Ein Schulterzucken, das Sorge verriet.

Robert rannte zu einem der schmalen Fenster, hinter denen die Ställe lagen, er machte kehrt und hastete die Treppe hinab. Solvejg und Gauthier folgten ihm. Aber sie kamen zu spät. Der Graf war bereits fort.

»Knapp zwei Dutzend Kämpfer? Mehr Leute hat er nicht mitgenommen?«, stöhnte Robert und war bereits weiter auf dem Weg zum Haupttor. Bei den Türmen rechts und links der steinernen Brücke trafen sie auf verwirrte Wächter, die gerade die Hindernisse mit den angespitzten Holzstacheln, die sie kurzzeitig beiseitegeräumt hatten, auf die Brücke zurückbeförderten. Ja, nickten sie. Odo war mit seinen Männern auf dem breiten Weg weiter zu den Wäldern geritten.

»Besorgt mir ein Pferd!«, verlangte Robert.

Es war Zufall, dass er gerade in diesem Moment einen Schritt hin zu Gauthier tat und der Pfeil, der ihn töten sollte, ihn verfehlte. Stattdessen wurde ein Wächter, der hinter ihm stand, getroffen. Der Mann brüllte auf und stürzte zu Boden. Sie gingen in Deckung.

Dann brach die Hölle los.

Ein Pfeilregen spritzte wie eine Welle auf die Brücke, die Türme und die Wehrgänge zu. Dem hellen Zischen folgte Augenblicke später das dröhnende Hohngelächter der Schützen, das wiederum fast sofort durch ein rasendes Kampfgebrüll abgelöst wurde. Gauthier warf sich zu Boden, Solvejg und Robert wälzten sich hinter die Mauern. Der Verwundete, dem sich der Pfeil in den Hals gebohrt hatte, erschlaffte – ein Hund sprang kläffend um ihn herum.

Zunächst war es schwer, die Lage einzuschätzen. Klar war nur, dass die Schlacht um Paris begonnen hatte. Aber steuerten ihre Feinde mit Schiffen auf die Île de la Cité zu oder schossen sie ihre Pfeile nur vom Ufer aus ab? Robert kroch zur Tür des Wehrturms. Er brüllte etwas und stürmte mit einigen Wächtern die Treppe hinauf zur Wehrplatte. Solvejg sah, wie das Strohdach eines Hauses in der Nähe in Flammen aufging.

Es dauerte nicht lang, bis die Antwort der Angegriffenen kam. Die Krieger auf den Türmen und Wehrgängen schossen mit Katapulten, und sie benutzten ihre Langbögen. Mehrere Rufe zeigten, dass sich tatsächlich auch Schiffe den Mauern der Insel näherten. Die Wikinger mussten ihren Angriff also bereits geplant haben, bevor Odo die Stadt verließ.

Der Brandgeruch, der über der Insel hing, wurde beißender. Die Inselbewohner, die nicht an Waffen geschult waren, rannten mit wassergefüllten Holzeimern durch die Gassen – was auf Solvejg wirkte, als wollten sie einen Bären mit einem Wolllappen angreifen. Die Flammen aus den Strohdächern schlugen in den Morgenhimmel und fraßen sich weiter auf die Dächer der Nachbarhäuser. Einige Menschen taumelten als lebende Fackeln aus den Türen und wälzten sich brüllend auf dem Boden.

Stumpf starrte Solvejg, die immer noch bei der Brücke

kauerte, die Gasse hinauf. Sie sah Greise, die von stärkeren Flüchtenden beiseitegedrängt wurden, und Frauen, die ihre schreienden Kinder – und es gab viele davon – mit sich zum Palais, zur Kathedrale St. Etienne oder zum Hospital zerrten, wo die Dächer aus flachen Steinplatten bestanden und besseren Schutz boten. Ein Pferd galoppierte aus einer Schmiede und trampelte einen Jungen nieder. Noch hatte kein Wikinger Paris betreten, und doch ertränkten sie die Stadt bereits in Qual.

Plötzlich stand Freya neben ihr.

Solvejg schaute auf. »Ich hasse sie!«, murmelte sie dumpf.

»Du hasst den Krieg.« Freya zog sie auf die Füße. »Stimmt es? Hat Odo die Stadt tatsächlich verlassen?«

Solvejg nickte.

»Komm mit mir rüber ins Hospital. Emma wartet.«

Solvejg schüttelte den Kopf. Es war, als hätten Freyas Hände sie aus einer Starre geweckt. Sie machte sich frei und erklomm ebenfalls die Treppen des Wachturms. Im ersten Geschoss lag ein toter Hüne, neben ihm sein Bogen, auf dem Boden ein Köcher voller Pfeile. Solvejg sammelte die Waffen auf und nahm die nächste Treppe. Das oberste Geschoss war überlaufen, aber in dem darunter gab es zwei freie Fensterschlitze.

Sie nahm sich Zeit, die Seine und den Wald dahinter, soweit sie in ihrem Blickfeld lagen, zu sondieren. Natürlich wusste sie nicht, wie man eine Stadt verteidigte, aber ihr war klar, dass keines dieser menschlichen Ungeheuer, mit denen sie ihre Kindheit und Jugend verbracht hatte, über die Brücke gelangen durfte. Also spannte sie die Sehne des Bogens, so wie ihr Vater es sie gelehrt hatte, und tat den ersten Schuss. Hatte sie den Mann mit den grauen Locken getroffen, den sie anvisiert hatte? Es war nicht zu erkennen, vielleicht hatte er sich nur geduckt. Sie nahm sich den nächsten Feind vor. Aus dem Augenwinkel sah sie, dass eines der Wikingerboote zu brennen begann. Ein trauriger Triumph stieg in ihr auf. Doch er hielt nicht lang an. Sie nahm einen weiteren Pfeil auf und spannte die Sehne erneut. Und noch einmal und ein weiteres Mal. Ein Ruf aus dem oberen Geschoss ließ sie irgendwann aufhorchen.

»Sie fliehen. Die Schiffe wenden. Sie versuchen zu entkommen!«

»Was?«

Jubelrufe brachen aus. Erst vereinzelt, dann wurden sie zu einem Sturm, der über die Stadt hinwegfegte. Ein Mann stürzte zu ihr und schüttelte sie vor Glück. »Siehst du's nicht?« Er hatte recht. Die Wikinger ruderten und stakten verzweifelt, um sich in Sicherheit zu bringen. Einige sprangen aus den brennenden Schiffen und schwammen zum Ufer. Ihr Kampfgeschrei war verstummt.

»Zwei Schiffe sind verbrannt, die anderen konnten sich retten. Zusammen mit denen aus dem letzten Kampf haben wir also fünf Boote zerstört«, sagte Robert so erschöpft, als hätte die kleine Rechnung seine letzten Kräfte erfordert. »Trotzdem gibt es noch zweiunddreißig intakte Boote. So viele wurden während des Angriffs gezählt. Und es könnten noch mehr sein. Da ihr damals im Moor nur vierzehn Boote entdeckt hattet … Was wissen wir schon, wie viele sich womöglich an dieser Schlacht noch gar nicht beteiligt haben.«

Nein, sie werden sich von diesem Angriff den Sieg erhofft haben, dachte Solvejg. Da bleibt keiner zurück. Zweiunddreißig Boote … Wo mochten sich die anderen versteckt haben, als sie und Freya im Moor nach ihnen gesucht hatten? Gut, die Sümpfe streckten sich, und sie hatten ja nur einen Teil davon durchquert, bevor sie den Moorgeistern und dann ihren Feinden begegnet waren. Oder waren weitere Wikinger zu Einars Truppe hinzugestoßen? Gleich wie … sie wussten nun, dass der Gegner mächtiger war, als sie angenommen hatten.

Sie saßen in Odos Schreibzimmer, dem Ort des Planens und Grübelns, zusammen, dieses Mal allerdings in größerer Runde. Solvejg lehnte sich zurück. Sie war glücklich, dass Robert den Angriff ohne weitere Verletzungen überstanden hatte – die Erleichterung überstrahlte sämtliche Sorgen. Auch Freya war unversehrt geblieben. Nur Gauthiers Bein steckte in einem dicken Verband, und über Ramons Wange und seine Schulter zog sich eine Brandwunde, die ihn sichtlich schmerzte.

»Wir brauchen Hilfe«, stieß Robert hervor. Das war unbestreitbar richtig. Unten in der Halle und drüben in der Kirche drängten sich schutzsuchende, panische Menschen, im Hospital quollen die Strohlager von Verletzten über. Wie viele Tote es gegeben hatte, wusste bisher noch niemand. »Odo wird in wenigen Tagen zurückkehren«, fuhr Robert fort, aber jeder im Raum hörte den Zweifel in seiner Stimme, ob die Truppen, die er hoffentlich aus Laon mitbringen würden, Paris aus seiner grässlichen Lage würden befreien können. Zweiunddreißig Boote. Wenn jedes mit, vorsichtig gerechnet, hundertfünfzig Mann besetzt war …

»Wie weit ist Karl von Paris entfernt?«, fragte Ramon.

Gauthier zuckte mit den Schultern. Es hatte offenbar Nachrichten gegeben, dass der Kaiser ihnen beistehen wollte, aber sein müdes Lächeln deutete an, wie wenig Hoffnung er auf den Mann setzte. Karl hatte nach dem Tod seiner Brüder das Königreich Italien und später das des Ostfrankenreichs übertragen bekommen. Doch er war schwächlich und hatte wenig Widerstandsgeist gegenüber den Normannen bewiesen, die sein Herrschaftsgebiet heimsuchten.

»Jedenfalls füllen die Leute die Wassertröge und Eimer nach. Sie sind entschlossen, unsere Stadt weiter zu verteidigen«, meinte der stämmige Stefan, ein Mann, von dem Solvejg inzwischen wusste, dass es sich um Ramons Bruder handelte.

»Ob sie Paris gerade jetzt angegriffen haben, weil sie Zeuge wurden, wie Odo die Stadt verlassen hat? Haben sie vermutet, dass er den König aufsuchen und um Hilfe bitten will?«, murmelte Gauthier und rieb sein schmerzendes Bein.

»Nein, dafür waren die Schiffe zu rasch vor der Île de la Cité«, widersprach Solvejg.

»Es ist auch möglich, dass sie Odo und seine Begleiter nach dem Verlassen der Stadt gefangen genommen oder umgebracht haben«, meinte Stefan.

Betretene Stille füllte den Raum.

Solvejg beendete sie. »Das halte ich für ausgeschlossen. Sonst hätten sie versucht, uns ein Lösegeld abzupressen, statt uns anzugreifen.« Ihre Landsleute kämpften nicht, um ihren Ruhm zu mehren oder Länder zu erobern. Es ging immer nur um die Beute, die heimgebracht wurde.

Gauthier rieb sein schmerzendes Bein. »Wenn es stimmt, was Georg sagte …«

»Wer ist das?«, fragte Freya, die ebenfalls in die Schreibkammer gekommen war, und erfuhr, dass es sich um Karls Mundschenk handelte – den Mann, der Paris die Nachricht über den Beistand des Kaisers hatte zukommen lassen.

»Georg hat erzählt, dass Karl von Adelchis aufgesucht wurde, der ihm davon berichtete, wie viele der Mächtigen Neustriens Odos Bemühen um das Westfrankenreich preisen. Unser Graf gilt als umsichtiger Planer, er ist tapfer – und vor allem bereit, den Kaiser zu unterstützen. Adelchis Meinung war, dass Odo Neustrien nicht nur zusammenhalten könnte, sondern unter Umständen gar ein Bündnis unter den Edlen zustande brächte, das die Normannen davon abhielte, Jahr für Jahr die Frankenreiche zu überfallen.«

Sie schwiegen, als hätten sie Angst, den kleinen Funken Hoffnung durch ein lautes Wort auszutreten.

Dieses Mal war es Freya, die die Stille beendete. Sie ging zu Robert und fasste in sein Haar – es sah aus wie eine schmerzhafte Liebkosung. »Ich habe zu tun, Junge. Es gibt Hunderte Verletzte.« Sie verließ den Raum, um sich ihren Kranken zu widmen.

Ramon seinerseits rief zwei Männer herein, die vor der Tür gewartet hatten, und erteilte mit der Erfahrung eines Mannes, der bereits eine Belagerung von Paris mitgemacht hatte, seine Befehle. Wasser zum Schutz gegen Brandpfeile. Das war besonders wichtig, auch bei der westlichen Holzbrücke der Insel. Außerdem Pech für die eigenen Pfeile … Die Müdigkeit, die gerade noch im Raum geherrscht hatte, wich schläfriger Hektik. Nach kurzer Zeit befanden Robert und Solvejg sich allein im Raum.

»Du hast recht. Odo muss durchgekommen sein. Er ist auf dem Weg nach Laon und damit vorerst in Sicherheit«, sagte Robert.

Die Folter, die ihnen die beiden nächsten Tage auferlegten, bestand darin, dass nichts geschah, außer dass zwei Dörfer an den jenseitigen Ufern in Flammen aufgingen – zweifellos gebrandschatzt von den Normannen. Doch die Île de la Cité blieb unbehelligt.

»Sie zweifeln, ob sie abziehen oder weiterkämpfen sollen«, meinte Solvejg, als sie Freya aufsuchte, die in dem Zimmer, das ihr im Hospital gehörte, in einer Truhe kramte.

»Holst du mir Emma?«, fragte ihre mütterliche Freundin, und Solvejg verschwand, um den Wunsch, der auch ihr eigener war, zu erfüllen. Ihre Tochter entwickelte sich mit erstaunlicher Geschwindigkeit weiter. An diesem Tag blickte sie Solvejg an und lächelte, als würde sie ihr Gesicht erkennen.

»Das ist ein Irrtum, nicht wahr?«, fragte Solvejg, als sie wenig später zu Freya zurückkehrte.

»Du bist selten bei ihr, aber doch oft genug, dass sie sich daran erinnern kann, wie gut es ihr gefällt. Lass sie auf dem Boden nieder.«

Solvejg tat, wie gebeten, und sie sah mit Staunen, dass Emma sich auf die Seite und dann auf den Bauch drehte und mit Armen und Füßen zu zappeln begann, um voranzukommen, was sie allerdings nicht schaffte.

Freya beugte sich über das Kind und nahm es wieder auf. »Nimm sie mit dir. Es ist gut, wenn Robert sie oft sieht. Es ruft ihm ins Gedächtnis, worum es bei dem Kampf um diese Stadt geht, welche Verantwortung er trägt.«

23.

KAPITEL

Die Niederlage setzte ihnen zu, sie kränkte sie und machte ihnen Angst. Hatten die Götter sich gegen sie gewandt? Oder waren die Verteidiger von Paris klüger als die anderen Franken, deren Mauern sie in den letzten Jahren gestürmt hatten? Der Streit darüber hatte die letzten Tage gefüllt. Aber das war noch nicht alles. *Hagano.* Hrolf hatte vor Zorn getobt, als er vom Tod des Mannes erfuhr. Und Sigfried hatte gar damit gedroht, die Verbündeten zu verlassen. *Wie kannst du den Boten unseres wichtigsten Verbündeten umbringen?* Tagelang zog sich diese miese Stimmung nun schon hin und vergiftete ihre Seelen. Einar wusste, dass er eine Entscheidung fällen und sie durchsetzen musste, gleich welche. Dass er es nicht schaffte, saß ihm wie ein Dolch im Rücken, der sich mit jeder Stunde tiefer in sein Fleisch bohrte.

Es war spät am Nachmittag, als er sich mit Thorkel, Isleif dem Schuppigen und einigen anderen Männern zu der Steinbrücke vor der Île de la Cité aufmachte. Dort würde er seinen Entschluss treffen, das hatte er sich vorgenommen. Der Anblick der Stadt würde ihn inspirieren.

Sie erreichten das kleine Dorf vor der Brücke, das nur

noch als rußbedecktes Trümmerfeld existierte, als Thorkel sich plötzlich duckte und sie zu sich in ein Gebüsch winkte. Hatte er jemanden auf der Wehrmauer entdeckt, der zu ihnen hinüberblickte? Einar hockte mit schmerzenden Waden hinter einem Brombeerbusch und starrte an den schwarzblauen Früchten vorbei zur feindlichen Festung. Er konnte keine Seele entdecken. Aber das durfte ihn nicht beruhigen. Vermutlich lauerten die Pariser wie Falken hinter den schmalen Fenstern, bereit, jeden Fremden niederzumachen. Nur kein Leichtsinn.

»Wir sollten die Dreckschweine von beiden Seiten der Insel in die Zange nehmen, und zwar gleichzeitig – denn das würde sie schwächen, weil sie sich aufteilen müssten«, meinte Isleif. Der Gedanke war so richtig wie abgedroschen. Aber er beantwortete nicht die Frage, die Einar wirklich quälte: Verhandeln oder angreifen? Es war gut möglich, dass Harald Schönhaar wegen seines Beischlafs mit dem toten Samenweib an Zuspruch unter den Stämmen verloren hatte. Vielleicht war er inzwischen zu Sinnen gekommen, und die Kombination von Geld und einem Angebot, ihn zu unterstützen, könnte ihn dazu bewegen, sich mit ihm zu verbünden und Steinbjorn freizu…

»Hört ihr das?«, fragte Greiland, Isleifs bester Freund, ein Mann, der sich schon mehrfach durch tollkühnen Mut ausgezeichnet hatte. Was meinte er? Greiland deutete zum Ende des breiten Wegs, der sich hinter dem Dorf in einem Waldstück verlor. Dort vermoderte ein Kuhkadaver, verbrannt bis auf die Rippen, von Aasfressen umringt. Hinter dem toten Vieh versperrten Bäume, an denen erste gelbe Blätter den Herbst ankündigten, die weitere Sicht. Einar lauschte, aber es dauerte einen Moment, ehe er etwas vernahm. Leise Rufe, zornige Rufe. Und auch das helle Klingen von Waffengeräuschen?

Konnte es sein, dass sich eine Vorhut von Kaiser Karls Heer näherte und mit einigen ihrer eigenen Leute in ein Scharmützel geraten war? Der Schutzherr des Pariser Grafen galt als kümmerlicher Zauderer, und doch war nicht auszuschließen, dass er der Stadt zur Hilfe kommen würde.

Einars Blick wanderte wieder zur Brücke mit den Wachttürmen. Ein Mann war dort hervorgetreten und lugte über die Mauer, vielleicht ebenfalls, um die Neuankömmlinge einzuschätzen. Einar stutzte, das schwarzbraune Lockenhaar kam ihm bekannt vor. Und als der feindliche Krieger sich ein wenig zur Seite drehte, um etwas zu betrachten, das für Einar verborgen auf der Innenseite der Mauer lag, meinte er auch das Gesicht zu erkennen. Robert. Der Bruder des Grafen.

Hastig langte Einar nach dem Bogen, den er auf dem Rücken trug. Aber als er den Pfeil einlegen wollte, war der Mann schon wieder verschwunden. Er biss sich auf die Lippen — und beschwichtigte sich selbst. Es lohnte nicht, sich aufzuregen. Wenn der Bruder des Grafen tot wäre, würde sich wenig ändern. Sie mussten den Grafen selbst erwischen. Der war es, den die Franken als Führer von Neustrien schätzten und um den sie sich bemühen würden!

Neben ihm erhob sich Isleif und begann geduckt auf den Wald zuzurennen. Ja, genau, dort geschahen die wichtigen Dinge! Einar wollte sich ebenfalls auf den Weg machen, doch bevor er sich ihm anschloss, warf er einen letzten Blick hinüber zum Wehrturm ... und erstarrte.

Er ließ den Bogen fallen, den er immer noch in den Händen gehalten hatte. Seine Sehnsüchte narrten ihn. Es war nicht möglich, was er dort, genau an der Stelle erblickte, an der eben noch dieser Robert gestanden hatte. Eine hagere Gestalt in Frauenkleidern mit gelocktem, dunklem Haar. Die die Art, wie sie den Kopf neigte ... die aufrechte Haltung ... die Selbstverständlichkeit, mit der sie den Waldrand absuchte, als überlegte sie, was der Stadt von dort drohen könnte ... und als läge es in ihrer Hand, einer möglichen Gefahr entgegenzutreten ... Ein Weib mit der Seele eines Mannes ...

»Nun komm!«, fauchte Greiland, dem Einar im Wege stand. Er deutete auf einige Reiter, die vom Wald heranpreschten.

Einar nickte. Auf sein Gesicht trat ein Lächeln. Die Zweifel, die Schwärze seines Herzens, sie verschwanden, als hätte ein göttlicher Windstoß sie aus seinem Herzen geweht. Greiland drängelte sich an ihm vorbei, und er folgte ihm.

Der Kampf war bereits geschlagen, als sie den Wald erreichten. Es war Hrolf, der dort für ihre Sache gefochten hatte. Der Hüne sprühte vor Triumph, und der Grund dafür stand direkt vor ihm. Eine schlanke Gestalt mit einem steinernen Gesicht, dunklen Haaren, einem struppigen Bart, einem fein gewebten blauen Wams und einem mit Sternen verzierten Schwertgehänge um der Taille ... Noch einmal schlug Einars Herz rascher. Odo! Es bestand kein Zweifel. Hrolf hatte den Grafen von Paris, den Führer ihrer Feinde, gefangen genommen!

Kurz zögerte er. Sollte es ihn bekümmern, dass nicht er selbst diese wichtige Wendung herbeigeführt hatte? Ach was, wen scherte schon, wer den Ruhm einheimsen würde?

Steinbjorn! Die Hoffnung auf seine Rettung hatte sich gerade verdoppelt, und nichts sonst besaß Bedeutung.

Er trat vor den Gefangenen, der mit gefesselten Händen und etlichen Schrammen auf dem Waldboden stand. Der Graf war erstaunlich jung, wenn man die Erfolge bedachte, die er bisher errungen hatte. Glücklicherweise hatte Hrolf begriffen, wie wichtig es war, ihn ehrenhaft zu behandeln. Keiner schlug den Mann, keiner traktierte ihn mit dem Messer. Also gut! Einar gab Befehl, die Gefangenen zu dem See mit den Schlangenbooten zu bringen. Und zwar rasch! Einige von Odos Begleitern waren entkommen, man musste also mit einer Reaktion von der Insel rechnen.

Sie rannten, so schnell es mit dem halben Dutzend Gefangenen in ihrer Mitte möglich war, in Richtung der Seen. An einer Kreuzung teilten sie ihre Feinde untereinander auf und brachten sie zu den jeweils eigenen Schiffen. Odo allerdings blieb bei Einar. Seine Männer zerrten den Grafen weiter.

Der See, an dem sie ankerten, lag vor ihnen im feurigen Glanz der untergehenden Sonne wie eine riesige Blutlache. Aber Einar hatte keinen Blick für diese morbide Pracht. Er ließ den Frankenfürst auf sein eigenes Boot schleppen, ihn dort an die Rah fesseln, dann versammelten sie sich um ihn: er selbst, Hrolf, Sigfried, den die Nachricht von dem berühmten Gefangenen ebenfalls erreicht hatte, und alle, die sonst noch Platz auf dem breiten Deck fanden.

Hatte Odo Angst, was sie mit ihm anstellen könnten? Wenn dem so war, verbarg er es. Sein Blick hielt dem der Wikinger stand, und Einar spürte, wie seine Männer darüber in Zorn gerieten. Es juckte sie in den Fäusten, und um sie zu beruhigen, nickte er Hrolf zu. Der riesenhafte Mann schlug dem Grafen die Faust ins Gesicht, und Odo spuckte einen seiner Zähne aus. Seine Miene wurde allerdings nur noch eisiger. Hrolf hob erneut die Faust, doch dieses Mal hielt Einar ihn auf. »Wir werden den Dreckskerl noch brauchen.«

Er verschränkte die Arme. Aus den Augenwinkeln sah er, dass jemand aus dem Bauch eines kleineren Schlangenboots ein Fass Met ins Freie trug. Die Narren! Herrisch verlangte er, das Fass zurückzubringen und stattdessen die Waffen bereitzuhalten. Auf der Île de la Cité würde inzwischen die Hölle los sein. Sollte man den See mit ihren Booten wider Erwarten entdecken, mussten sie bereit sein.

Und dann dachte er wieder an seinen Sohn. Hrolf und Sigfried würden erwarten, dass sie Odo gegen ein Lösegeld freiließen und anschließend in die Heimat zurücksegelten. Würden sie begreifen, dass er zuvor Haralds Tochter in die Hände bekommen musste? Würden sie Geduld aufbringen, wenn ihm das nicht auf Anhieb gelang? Außerdem war da noch der Pakt mit Balduin. Was sollte er tun, wenn Hrolf und Sigfried Odo an den Mann ausliefern wollten und von ihm selbst verlangten, dass er Haralds Tochter vergaß? Würden seine eigenen Männer dann zu den beiden überlaufen, weil ihr Handeln ihnen vernünftiger erschien?

Ruhe bewahren, Ruhe bewahren und klar denken! Sein Ziel bestand darin, Solvejgs Kopf nach Avaldsnes zu bringen. Das würde der Schatz sein, der ihm seinen Sohn zurückgab. Darauf musste er alles ausrichten.

24.

KAPITEL

Im Wehrturm war die Hölle los. Es hatte Kampfgeräusche gegeben, draußen beim Wald. Nur leise, aber auf den Wehrmauern deutlich zu vernehmen. Und dann stürmten Reiter heran. Robert war die Treppe zu den Männern, die die Brücke schützten, hinabgerannt. Die Wachen glaubten, einige ihrer Kameraden erkannt zu haben, sie schafften die stachelbewehrten Hindernisse auf der Brücke beiseite und öffneten die Eisentore.

Schon passierten die Reiter die Brücke, die Hindernisse wurden zurückgetragen. Cedric, einer der Männer, die Odo begleitet hatten, ließ sich schwerfällig aus dem Sattel gleiten. Er weinte. Wahrhaftig, ihm liefen Tränen übers Gesicht. Erst als Robert ihn umarmte, um ihn zu stützen, gelang es ihm, sich zusammenzureißen.

»Sie haben Odo.« Was er sonst noch stammelte, war nicht zu verstehen.

Ramon erreichte sie und rief um Hilfe für die Männer, von denen etliche verletzt waren, und Robert hastete in den Wachturm zurück und versuchte, den Wald hinter dem verbrannten Dorf mit seinen Blicken zu durchdringen. Doch das war unmöglich, jetzt in der Nacht sowieso, und auch bei Tag wäre die Suche wohl vergeblich gewesen. Vermutlich waren die Wikinger bereits auf dem Weg zu ihren Booten.

Ramon war ihm gefolgt. »Los, wir müssen sie jagen, ehe sie sich auf ihren Schiffen …«

Solvejg, die unmerklich zu ihnen getreten war, unterbrach ihn. »Das Moor ist groß, und die Normannen kennen sich dort im Gegensatz zu uns aus. Unsere Männer würden zur leichten Beute. Außerdem könnte in der Zwischenzeit die entblößte Stadt angegriffen werden.«

Sie hatte so recht, dass Ramon keine Gegenrede einfiel, auch wenn ihr Widerspruch ihm sichtlich missfiel. »Was sollen wir dann tun?«

Robert merkte, dass sie auf seine Vorschläge warteten. Er versuchte nicht daran zu denken, dass Odo sein Bruder war, den er liebte. Er musste ihn als Grafen von Paris betrachten. Die Normannen hatten ihn gefangen genommen. Wenn die Kunde davon in die umliegenden Grafschaften drang … Ja, was? Würden ihre Verbündeten sich aufmachen, um ihnen beizustehen? Oder würden sie sich im Gegenteil hinter eine andere Person scharen, die ebenfalls nach der Macht im West-frankenreich trachtete? Vielleicht hinter Guido, den Mann, den Balduin so gern auf dem westfränkischen Thron sähe?

Nicht so weit in die Zukunft denken! Wichtig war: Wie würden die Normannen weiter vorgehen? Würden sie Odo gegen einen Sack voller Silber austauschen wollen? Robert hoffte es von ganzem Herzen. Damit wäre sein Bruder allerdings geschwächt. Er hätte seinen Ruf als Kämpfer gegen die Geißel des Nordens verloren. Außerdem war es kurzsichtig gedacht. Wenn sich unter den Normannen herumspräche, dass die Pariser sich wieder einmal hatten erpressen lassen, würden sie die Stadt im folgenden Jahr bedrängen wie Wespen einen Honigtopf.

»Unsere Männer sollen sich, soweit sie abkömmlich sind, im Palais sammeln«, sagte er schließlich.

Die Stadt muss verteidigt werden. Darin bestand der Kern dessen, was Robert eine knappe Stunde später in der Halle des Palais verkündete. Er sah in den Gesichtern der Männer, die ihm, bis an die Kragen bewaffnet, lauschten, Zustimmung, Zweifel, Angst – und Misstrauen, natürlich. Für etliche wäre er von Stund an der Mann, der den eigenen Bruder den Feinden zum Fraß vorwarf, um an die Macht zu kommen. Robert hasste sich selbst. Dass Solvejg vor Ramon eine ähnliche Ansicht wie er selbst vertreten hatte, machte es für ihn nicht einfacher. Odos Statthalter würde kaum vergessen haben, dass Solvejgs Vater ein König der Normannen war.

Robert kehrte zum Brückenturm zurück, um bereit zu sein, sollten die Feinde wider Erwarten auf Angriff statt auf Verhandlungen setzen. Oben auf der Wehrplatte war es hell, es herrschte Vollmond. Der Wald und das Moor lagen wie eine schwarze Umarmung hinter dem niedergebrannten Dorf. Er musste an die vielen Menschen denken, die in diesem unsinnigen Kampf bereits ihr Leben gelassen hatten. In einigen Jahren würde er, gleich wie die Sache ausginge, nur noch eine Erinnerung sein – ein Ereignis, mit dem im Winter, wenn die Nächte lang und die Menschen noch nicht müde waren, geprahlt oder über die gehöhnt würde. Wie man diese Geschichte in Paris erzählen würde, hing auch von ihm ab.

Sein Blick verlor sich in der Finsternis. Ob Odo gerade litt? Folterten sie ihn, um zu erfahren, wie die Stadt am einfachsten einzunehmen war? Oder aus Verdruss darüber, wie lange er ihnen widerstanden hatte? Die Sorge verblasste, als er am Waldrand eine Bewegung wahrnahm. War das ein Reh? Nein, dazu wirkte der Schatten zu fahrig, zu unruhig. Herr im Himmel, wollten die Normannen die Situation etwa ausnutzen? Sammelten sie sich zu einem nächtlichen Angriff? Nervös wollte er die Wachen alarmieren, als er sah, dass sich eine Gestalt aus dem schwarzen Laub schälte. Nur ein einzelner Mann, die Gesichtszüge waren nicht zu erkennen, sein Vorhaben rätselhaft. Ein Spion? Oder ein Unterhändler? Aber das ergab um diese Zeit doch gar keinen Sinn.

Eine Weile stand der Fremde reglos neben einer der Ruinen. Ohne den Versuch, sich zu verbergen, starrte er zur Brücke, als wollte er, dass man ihn bemerkte, als suchte er dort nach einem Blick, der ihm antwortete. Robert stellte sich direkt hinter die Mauer und war nun ebenso gut sichtbar wie der Mann neben der Ruine.

Jemand hinter ihm hüstelte. Einer der Wächter war ihm gefolgt. »Vorsicht! Dort drüben …«

»Ich weiß. Hast du eine Ahnung, wer das sein könnte?«

Der Mann trat neben ihn und schüttelte ratlos den Kopf. »Er scheint kostbare Kleider zu tragen. Wenn er sich bewegt, blitzen silberne Fäden auf, siehst du? Er scheint nicht besoffen zu sein. Und er ist unbewaffnet, soweit man erkennen kann. Da er nicht zur Brücke kommt, könnte es ein Normanne sein. Soll ich Alarm ausrufen?«

Robert starrte immer noch auf den Fremden, der wie eine Zielscheibe am Waldessaum stand, als hätte er ein Anliegen, als wollte er, dass man auf ihn aufmerksam wurde. »Nein. Wir öffnen das Tor, aber nur einen Spalt weit und bereit, uns zu wehren, sollte es sich um eine Falle handeln. Ich will …«

»Siehst du das? Er bückt sich«, unterbrach der Wächter ihn nervös. »Bestimmt nach einem Bogen, weg von hier!« Er wollte Robert zurückziehen, doch der wehrte sich. Der Fremde hob etwas auf, das im Mondlicht blitzte. Robert kniff die Augen zusammen.

»Eine Schlange«, wisperte der Wächter verblüfft. »Das ist so eine Schlange, wie dieser Einar auf den Vordersteven seiner Schiffe stecken hat. Ich …«

Robert stieß ihn zur Seite. Er nahm die Treppe in mehreren Sprüngen – und wurde fast verrückt, weil es ewig dauerte, bis die Wachen ihm das innere Tor aufschlossen und dann das äußere, das sie wegen der Stachelbarrieren nur über eine mühselige Kletterei erreichen konnten. Der Mann, der ihn gewarnt hatte, war an seiner Seite geblieben. »Hast du verstanden, was ich sagen wollte? Das dort draußen ist mit einiger Sicherheit der Leithammel der Normannen! Der stellt dir eine Fall…«

Robert riss die letzten beiden Riegel, die ihm noch den Weg aus der Stadt versperrten, aus den Halterungen. Seine Verletzungen schmerzten wie die Hölle, er ballte die Fäuste und drehte sich zu dem Mann um. »Wecke Ramon. Er übernimmt die Verteidigung, solange ich fort bin! Aber vorher verrammelst du hinter mir das Tor.«

Und dann rannte er auch schon weiter, die Schräge vor der Brücke hinab. Die Luft roch nach Herbst und Feuchtigkeit, er schwitzte und fror zugleich und fragte sich, ob er in diesem Moment den grandiosesten Fehler seines Lebens beging. Der statuenhafte Schatten harrte immer noch am Waldrand aus. Erst als Robert ihn fast erreicht hatte, legte er die silberne Schlange ab und kam ihm einige Schritte entgegen. Tatsächlich: Robert meinte den Mann zu erkennen, der an Bord des Schlangenschiffs die Befehle gegeben hatte. Er ergriff als Erster das Wort. »Einar, ich bin überrascht.«

»Und ich nicht minder. Der Bruder des Königs höchstselbst gibt sich die Ehre.«

Ein unangenehmes Schweigen trat ein. Robert hatte nicht vor, es erneut zu brechen. Sein Gegner war mit einem Anliegen gekommen – sollte er es also zur Sprache bringen.

Er tat's. »Ich bin hier, um dir ein Angebot zu machen.« Einar ging einige Schritte an Robert vorbei, so dass sie einander nicht mehr in die Gesichter sehen konnten. Robert meinte seinen schweren Atem zu hören.

»Das Band zwischen dir und deinem Bruder soll stark sein, habe ich gehört.«

War das eine Frage?

In Einars Stimme lag ein Lächeln, als er weitersprach. »Hast du nie darüber nachgedacht, ob ihm die Macht, das Ansehen und der Reichtum, die ihm die Gunst seiner früheren Geburt verschafft haben, wirklich zustehen? Ob dein Volk nicht den besseren Mann auf dem Thron verdient haben könnte? Gerade in Zeiten wie diesen?«

Was sollte diese plumpe Schmeichelei? »Er ist der Graf, den wir uns wünschen.«

»Treue also?« Einar lachte verächtlich. »Ich vermute, sie beruht auf deiner Hoffnung, dass Odo sowieso nicht nach Paris zurückkehren wird. Du bist ein Intrigant, Robert – der Ruf eilt dir schon lange voraus.«

»Was verlangst du für die Freilassung meines Bruders?«

»Es wird dich überraschen, aber mir ist gleich, ob er nach

Paris zurückkehrt oder untergeht. Entscheide selbst, was dir gelegener kommt.«

Robert überwand die kurze Strecke, die ihn von seinem Feind trennte. »Was ist deine Forderung? Raus damit!«

Einar drehte den Kopf und blickte ihn direkt an. Sein Gesicht war abstoßend wie die Fratze eines Dämons, was vielleicht an den Augen lag, die verzerrt wirkten – irgendwie unmenschlich, bösartig, intrigant.

»Ist es etwa tatsächlich brüderliche Liebe? Du verwunderst mich, Robert von Paris. Und du dauerst mich. Denn Liebe ist nicht nur das köstlichste aller Gefühle, sondern zugleich der Stein, der uns, an die Knöchel gebunden, hinunter in den Abgrund zieht.«

Was?

»Willst du von dem Stein hören, der an meinen eigenen Knöcheln hängt?«

Ungläubig lauschte Robert den Worten, die folgten. Einar, der Normanne, war offenbar nach einem Sommer voller Plünderungen zu Haralds Königssitz gesegelt, von dem Wunsch beseelt, den Mann zu töten, der ihm auf dem Weg zur Macht im Wege stand. Sein Sohn sollte den norwegischen König täuschen, indem er sich als Bote irgendeines norwegischen Stammes ausgab, und ihn umbringen. Entsetzlicherweise hatte man ihn erkannt. Und was Solvejgs Vater von Einar verlangt hatte, im Gegenzug für die Freilassung Steinbjorns, war …

Solvejg? Robert schüttelte ungläubig den Kopf.

»Es ist nicht viel. Ein unwichtiger Mensch wird getauscht gegen den Herrn von Paris.«

»Sei verdammt!«

Robert spürte, wie die Blicke des Normannen sein Gesicht abtasteten, als versuchte er, durch die Augen in seine Seele zu schauen. Dann begann der Mann zu lachen. »Du hast dein Herz gleich in zwei Richtungen verloren?«

Robert schwieg. Was sollte er auch sagen?

»Wer liebt, ist im Nachteil, Robert, ich sagte es schon. Die Liebe macht uns schwach. Aber die zu einem Weib ist außerdem nutzlos. Befreie dich zumindest von diesem Stein am Knöchel. Halte deinem Bruder die Treue.«

Robert blickte hinauf zum Himmel, wo der Mond, als würde ihn ihr Gespräch interessieren, hinter einer Wolke hervorlugte. Dann kehrte er zum Tor zurück, ohne dass Einar ihn aufhielt.

Und wieder saßen sie in dem verfluchten Schreibzimmer im Palais, das Robert zu hassen begann. Sie waren alle übermüdet, ihre Gedanken bewegten sich wie auf glattem Eis – schlingernd, nur mit Mühe die Richtung haltend. Er hatte Gauthier, Ramon, Stefan und außerdem Cedric kommen lassen, den die Sorge um Robert und die Scham darüber, dass er ihn in die Hände der Normannen hatte fallen lassen, genau wie ihn selbst unempfindlich für den Schmerz ihrer Wunden machte. Auch Solvejg war mit ihrem untrüglichen Gefühl für wichtige Momente zu ihnen gestoßen und ließ sich nicht hinausschicken.

Ihre Anwesenheit nahm Robert die Möglichkeit, klar zu sprechen, wie es in einer Situation wie dieser angemessen gewesen wäre. In steifen, knappen Worten erklärte er, dass Einar nicht bereit sei, Odo freizugeben, und übersah die Blicke der anderen Männer, die darauf warteten, dass er ausführlicher wurde. »Ich werde versuchen, meinen Bruder und die Männer, die mit ihm gefangen genommen wurden, mit einigen Bewaffneten zu befreien«, schloss er und ignorierte die irritierten Blicke weiter.

»Das ist ausgeschlossen«, meinte Gauthier schließlich. »Odo kann der Grafschaft im Moment nicht dienen – du als sein Bruder bist jetzt ihr Verteidiger. Und wenn du dieser Herausforderung ausweichst, werden unsere Verbündeten sich einen anderen Mann suchen, der sie gegen die Normannen verteidigt. Dann ist die Linie der Robertiner erloschen, bevor sie richtig wahrgenommen wurde.«

Und ist das so wichtig? Robert spürte Solvejgs Blicke, die vergeblich zu verstehen suchte, was gerade vor sich ging.

Cedric räusperte sich. »Ich habe noch nicht berichtet, was in Laon vorgefallen ist.«

»Weitere schlechte Nachrichten?«, fragte Robert ironisch.

»Ich fürchte.« Cedric schien Roberts wortkargen Bericht durch eigene Ausführlichkeit ausgleichen zu wollen. Er begann die Ankunft von Odo und seinen Männern in Laon zu schildern, die Freude der Bewohner, als sie ihren Grafen bemerkten, die Rufe, die von einem Vertrauen zeugten, wie es wenigen Herrschern entgegengebracht wurde. Als er weitererzählte, senkte er die Stimme. Odo sei ins Palais geritten und habe seinen Vetter zu sich gerufen. Was sie besprochen hatten, wusste er nicht. Doch als Odo in das Vorzimmer zurückkehrte, in dem sie auf ihn warteten, war sein Gesicht bleich wie Schnee. Er hatte sie angewiesen, Waltger, der im Raum hinter ihm wartete, Fesseln anzulegen.

Und dann war alles entsetzlich schnell gegangen. Das Volk wurde zusammengerufen, es fand auf dem Platz vor der Kirche eine Gerichtsversammlung statt, an der jeder

Einwohner der Stadt teilzunehmen hatte. Dort offenbarte Odo das Verbrechen, das gerade noch rechtzeitig verhindern worden war: Eine hinterlistige Hure, die Graf Balduin von Flandern angeheuert hatte, war an den Pariser Hof gekommen. Sie hatte sich dort eingeschmeichelt und schließlich einen verleumderischen Brief an Waltger geschrieben, in dem es hieß, dass Odo ihm Laon wieder fortnehmen wolle. Sein Vetter hatte ihr geglaubt und daraufhin versucht, zuerst in einem heimtückischen Akt Robert, den Bruder des Grafen, zu ermorden, und anschließend mit Balduin abgesprochen, dass er ihm die Stadt kampflos übergegeben würde.

»Odo hat Waltger gefragt, ob er noch etwas zu sagen habe. Der hat den Kopf geschüttelt. Dann hat Odo das Urteil über ihn gesprochen: die Hinrichtung, die auch sofort durchgeführt wurde, mit einer Axt.«

Robert erhob sich. Er hoffte, dass man seiner Miene die Betroffenheit nicht allzu sehr ansah. Waltger hatte niederträchtig an seinen Vettern gehandelt, er war zum Verräter an ihnen und am Pariser Volk geworden. Odos Entscheidung war also richtig gewesen. Ihm drehte sich trotzdem der Magen um. Er dachte an Freya, für die Waltger wie ein Sohn gewesen war und Cosima wie eine Tochter.

Cedric hüstelte. »Aber das ist noch nicht das Schlimmste.«

Hatte Odo etwa auch die Schwester töten lassen?

»Waltgers Hinrichtung fand statt, ohne dass ihm zuvor die Gelegenheit gegeben worden wäre, vor einem Geistlichen seine Sünden zu beichten«, erklärte Stefan mit belegter Stimme.

25.

KAPITEL

Was ist daran so schlimm? Ich begreife es nicht!« Solvejg stand mit Robert in der Schlafkammer. Sie hörte ein Rascheln in einer Ecke – eine Ratte, die Biester waren am Ende dieses Sommers zu einer Plage geworden. Robert starrte in die Nacht hinaus, die immer noch hinter dem Fenster brütete, und obwohl er sich nicht bewegte, war ihr, als würde sie ihn mit jedem Wort, das sie sprach, von sich wegstoßen – und er sie umgekehrt mit jeder Antwort, die ausblieb.

»Dein Gott ist ein Gott der Gerechtigkeit. Wenn man Waltger verweigerte, vor dem Tod seine Sünden zu beichten – Gott kann ihn nach seinem Tod doch selbst anhören. Er konnte sogar noch vor seinem Tod seine Gedanken lesen! Er weiß alles, das sagt ihr doch immer!«

Was für ein Aufheben machten die Männer von dieser Sache? Nachdem Cedric sie erwähnt hatte, waren in dem Schreibzimmer so viele Kreuze geschlagen worden, dass ihr wirr vor Augen geworden war. Die Stille, die sich danach ins Zimmer senkte, war entsetzlich gewesen. Und als Gauthier flüsterte: »Wie konnte er nur?«, da hatte es geklungen, als hätte Odo Waltger bei lebendigem Leib aufgefressen.

Endlich wandte Robert sich ihr zu. »Du hast recht, Solvejg. Gott weiß alles und ist zudem voller Liebe für seine Kinder. Vielleicht schätzen wir Odos Vergehen falsch ein.«

»Oder eure Priester belügen euch, um ihre Macht zu vergrößern.«

Robert verdrehte die Augen, aber er kam auf sie zu und schloss sie – den Göttern, welchen auch immer, sei Dank – in die Arme. »Es ist möglich, dass der Allmächtige mit Nachsicht auf Waltger und Odo sehen wird. Aber anders wird es bei unseren Verbündeten sein. Sie werden Odos Verhalten als Akt der Barbarei werten, der es unmöglich macht, ihn zum König zu krönen. Und das wird uns vor gewaltige Probleme stellen.«

Solvejg nickte – und kam auf die andere Frage zu sprechen, auf die sie unbedingt eine Antwort brauchte. »Weshalb wollte Einar mit dir reden?« Sie war ihm sowohl von Gauthier als auch von Ramon bereits gestellt worden war, doch Robert war ausgewichen.

Und er tat es auch jetzt. »Ich muss mit Freya reden. Sie darf auf keinen Fall von Fremden erfahren, was mit Waltger geschehen ist.«

»Natürlich nicht. Ich komme mit.«

Das schien ihm zu missfallen, aber er fand auch keinen Grund, mit dem er es ihr hätte abschlagen können.

Freya hörte Robert an, seine dürren Worte, die selbst in Solvejgs Ohren kalt klangen. Doch sie kannte ihren Ziehsohn und strich mit der Hand über seinen Arm, als wollte sie ihn beruhigen. »Wo befindet Cosima sich jetzt?«

»Das wissen wir nicht. Sie ist vor der Hinrichtung verschwunden, sagt Stefan.«

»Hat Odo nach ihr suchen lassen?«

»Er war offenbar so aufgewühlt, dass er es vergessen hat.«

»Kaum«, sagte Freya, und die Stille im Raum wurde so drückend wie eine Faust um die Kehle.

Und doch: Sie kamen nicht weiter, wenn sie nicht offen miteinander sprachen. Darauf musste sie bestehen, zumindest in dem, was sie selbst betraf. »Einar hat draußen vor der Stadt gestanden. Er hat dort gewartet, bis du zu ihm hinausgekommen bist, Robert. Was wollte er von dir?«

Robert lächelte gequält. »Nachzugeben hat dir noch nie gelegen.« Er ging zu ihr und zog ihren Kopf an seine lädierte Schulter. »Also gut: Der Mann hat mit Harald Schönhaar gesprochen. Dein Vater hält Einars Sohn gefangen und will ihn nur freilassen, wenn Einar dich zurück in deine Heimat bringt. Aber das wird nicht geschehen.«

Solvejg versuchte zu begreifen. Kurz flammte Freude in ihr auf: Sehnte ihr Vater sich nach ihr? War das Böse zwischen ihnen verschwunden? Doch der Hoffnungsfunke erlosch sofort wieder. Roberts Verhalten sagte etwas anderes. »Was hat mein Vater im Sinn?«

»Nichts Gutes, fürchte ich.«

Sie nickte. »Was droht Odo, wenn du mich nicht auslieferst?«

»Er ist Einars wichtigste Geisel, er wird ihm nichts antun.«

»Aber ...«

»Er wird ihm nichts antun!«

Und damit endete ihr Gespräch.

In den nächsten zwei Tagen meldete sich Einar nur noch einmal, indem er ihnen einen Pfeil über die Mauer sandte, an dessen Sehne ein blutiger Finger mit dem Siegelring des Grafen gebunden war, was Solvejg nur erfuhr, weil sie zufällig dem Gespräch zweier Männer lauschte, die den Pfeil hinter der Mauer aufgelesen hatten. Sie ging in ihre Kammer und zerkratzte ihre Arme, um dem Schmerz in ihrem Herzen etwas entgegenzusetzen.

Was sollte sie tun? Sie grübelte – und kam am Ende jedes Gedankens immer wieder zum selben bedrückenden Schluss. Sie musste, heimlich, ohne jemandem Bescheid zu geben, zu Einar gehen und sich selbst gegen Odo austauschen. Wenn sie untätig bliebe … Irgendwann würden Freyas Liebe, aber vor allem die von Robert erlöschen, angesichts der Qualen ihres Sohnes und Bruders. Odo wurde von ihnen geliebt, seit es ihn gab. Sie selbst war … keine Fremde mehr, aber es war unmöglich, dass sie ihren Herzen näherstand als der Mann, der jetzt in Gefangenschaft Qualen litt. Ja, sie würde die Stadt verlassen und sich Einar zum Austausch anbieten, und zwar gleich in der kommenden Nacht, indem sie die Leiter beim Hospital nutzte, um über die Mauer zu gelangen. Wenn sie mit Einar gen Norden fuhr, konnte sie immer noch nach Fluchtmöglichkeiten suchen.

Gerade als Solvejg spürte, wie ihr Herz ruhiger und ihre Lider schwer wurden, klopfte es an der Tür. Robert, der neben ihr ebenfalls eine unruhige Nacht verbracht hatte, wurde von einem der Leibeigenen geweckt. Zwei Boten waren erschienen, offenbar gesandt von den Mächtigen Neustriens, flüsterten sie ihm zu. Hastig kleidete er sich an.

Der Zugang zu dem Schreibzimmer, in dem er die Männer empfing, wurde ihr dieses Mal verwehrt. Aber wie Robert ihr später erzählte, hatte man ihm eine vielfach gesiegelte Schriftrolle überreicht, in der Odos herzloser Umgang mit seinem Vetter Waltger gegeißelt wurde.

»Haben sie ihm auch die Gefolgschaft aufgekündigt?«, fragte Solvejg.

Er nickte.

Eine Hinrichtung ohne die Möglichkeit einer vorherigen Beichte war also offenbar wirklich ein Skandal, der ein Land erschütterte, auch wenn sie immer noch nicht begriff, warum das so war.

Und dann, am nächsten Vormittag, kehrte Cosima zurück. Die Wachen ließen sie ein, natürlich. Sie war die Schwester des Grafen. Inzwischen allerdings war sie zu einem Weib in schmutzigen Kleidern geschrumpft, kaum fähig, sich auf den Beinen zu halten. Man brachte sie zu Freya und informierte Robert, der gemeinsam mit Solvejg hinüber ins Hospital eilte.

In der Tür des Krankenzimmers blieben sie stehen. Cosima, die von Freya in ein Bett gepackt worden war, schien um Jahre gealtert zu sein. Ihr Körper wurde von Schluchzern geschüttelt, was sie an Worten über die Lippen brachte, war kaum zu verstehen. Freya versuchte, ihre Ziehtochter trotz der Decken und Kissen, in denen sie verschwunden war, in die Arme zu schließen, während Robert Beschwichtigendes murmelte.

»Waltger ... sich täuschen. Wie konnten wir ...« Cosimas Selbstvorwürfe versickerten im Sumpf ihrer Schluchzer, und schließlich holte Freya das hölzerne Fläschchen, um ihr die

Ruhe zu verschaffen, die sie benötigte. Während sie ihr den Trank einflößte, kehrten Solveig und Robert in den Flur zurück.

Robert flüsterte von den Boten der Edlen von Neustrien, mit denen er noch einmal sprechen musste. Besonders ein Mann … Sie verstand den Namen, den er nannte, nicht, aber das war gleichgültig. Solvejg ließ ihn ziehen und suchte die Ruhe des Hospitalgartens auf. Sie würde also zu Einar gehen, damit Odo freigelassen würde. Wenn er allerdings zurückkäme und erzählte, dass sie sich an seiner statt in Einars Gewalt befand … Robert wird uns beide verfluchen, ihn und mich, dachte Solvejg. Auch dann wird nur noch Bitterkeit herrschen. Und wenn es ihr nicht gelänge, von Einars Boot zu fliehen, bevor sie zu ihrem Vater käme … Ihr graute vor der Zukunft. Alles war Dunkelheit und Leid.

Kurz überlegte sie, ob sie Freya um einen Schluck aus ihrem hölzernen Zauberfläschchen bitten sollte. Doch dann hörte sie plötzlich ein Kind lachen. Das Geräusch drang von der Gasse in den Garten, und wenig später spazierte Columban durch das Tor des Hospitals, offenbar auf der Suche nach ihr, denn sein Gesicht hellte sich auf, als er sie unter den Bäumen erblickte. Er streckte ihr das Kind, das auf seinem Arm zu zappeln begann, entgegen, und Emma begann zu lachen.

»Mamam«, meinte sie aus dem Mund ihres Kindes zu verstehen.

Columbans stolzes Lächeln verriet, dass er es gewesen war, der ihr dieses Wort beigebracht hatte. »Siehst du, wie sie sich freut? Die Mutter ist der Kinder Glück in den kostbaren ersten Lebensjahren.« Er drückte ihr die Tochter in die Arme, und Emma tappte nach ihrem Gesicht.

In Solvejgs Verzweiflung mischte sich ein Glück, das sie

genauso überwältigte wie zuvor ihre Verzweiflung. Sie rieb ihre Nase in der Halsgrube des Kindes und brachte es damit zum Lachen. Als sie den Kopf wieder hob und Columban anschaute, verging dieser helle Augenblick allerdings sofort wieder. Die Miene des Mannes war düster geworden. »Vorhin stand ein Fremder in der Tür des Zimmers, in dem Emma schlief. Das ist der Grund, warum ich sie hierhergebracht habe.«

Solvejg brauchte einen Moment, um zu verstehen, was er sagte. »Wie sah er aus?«

Columbans Beschreibung war dürftig – der Kerl war sofort davongerannt, als er merkte, dass er entdeckt worden war. Doch er hatte eine Mönchskutte getragen. »Und zwar eine, die denen glich, die ich im Kloster von Meaux gesehen habe.«

»Welche Farbe besaß sein Haar? War es rot?«

»Das könnte sein.«

»Wie meinst du das?«

»Ich weiß es nicht genau«, entgegnete Columban bedrückt. »Aber warum ist er weggerannt, als ich aufgetaucht bin? Jedenfalls habe ich die Kleine vorsichtshalber hierhergebracht.«

»Sie bleibt bei mir. Ich achte auf sie.«

Columban verschwand erleichtert. Und Solvejgs Plan, Odos Freilassung zu erwirken, schien durch diese Wendung der Dinge gescheitert. Erleichtert und zugleich wegen dieser Erleichterung bedrückt machte sie sich mit Emma auf den Weg zurück ins Palais, um ihr etwas Wärmeres anzuziehen.

Im Küchenhaus klapperten Töpfe, eine alte Frau schnitt auf einem Schemel neben der Tür Kohl in Streifen, ein Leibeigener trug einen Eimer mit schmutzigem Wasser an ihr vorbei und entlud ihn in eine Grube, deren Gestank nach

Kot und Urin die Luft verpestete. Solvejg erreichte das Haupthaus und eilte durch die Gänge. Hinter der Tür des Schreibzimmers hörte sie Männerstimmen, die nach Streit klangen. Es war ihr gleichgültig.

Erst als sie die Tür zu Emmas Kammer erreichte, merkte sie wieder auf – sie stand einen Spalt offen. Warum? War Columban nachlässig gewesen? Mit einem heftigen Tritt trat Solvejg die Tür gegen die Wand, bereit zur Flucht. Aber niemand verbarg sich in dem kleinen Raum. Misstrauisch schweifte ihr Blick über die wenigen Möbel, die es hier gab: den Korb, in dem Emma gewöhnlich schlief, einen Tisch, auf dem sie gewickelt wurde, einen alten, zerkratzten Schemel, einen Flechtkorb, in dem ihre wenigen Habseligkeiten aufbewahrt wurden. Alles schien unverändert. Solvejg sah, dass die Tür, die in ihre und Roberts Schlafkammer führte, ebenfalls offen stand und ging hinüber. Ein Blick zeigte ihr, dass sich auch hier niemand befand. Es schien also alles in Ordnung zu sein.

Alles, bis auf …

Stirnrunzelnd schritt sie zu dem einzigen Fenster in Emmas Kammer, unter dem ein kleiner Sitz aus Stein eingebaut worden war. Auf der Steinplatte lagen verstreut einige Zweige. Sie bildeten keine Form nach. Weder die von Quadraten noch die von Dreiecken. Es waren schlichte, von ihren Blättern befreite Brombeerzweige. Das einzig Bedrohliche bestand in der Tatsache, dass sie sich an diesem Ort befanden – ohne Sinn und Zweck. Es waren zu viele, als dass sie von einem Vogel dort hätten verstreut worden sein können. Außerdem hätte ein Tier kaum die Blätter von den Zweigen gerissen – und schon gar nicht so akkurat.

Solvejg legte Emma in ihren Korb, was ihre Tochter mit

einem leisen Quengeln quittierte. Dann begann sie die Zweige zu sortieren und aneinanderzulegen. Erst das rechtwinklige Dreieck, anschließend die entsprechenden Quadrate. Die Formen passten nicht exakt, aber …. Solvejg zählte zwölf Zweige – genauso viele, wie man bräuchte, um den Beweis für die Behauptung des Pythagoras über die Größe der Quadrate führen zu können. Hatte der Mann, den Columban vor der Tür entdeckt hatte … Hatte Dhoire beabsichtigt, die Zweige noch auf die richtige Länge zu stutzen? Gereizt drehte Solvejg sich um. Dieses Grünzeug war … irgendein seltsamer Zufall! Doch wie ließ er sich erklären? Ihr fiel nichts ein.

Sie nahm Emma und kehrte mit ihr ins Hospital zurück, um Freya von ihrem Verdacht zu erzählen. Ihre Freundin war nicht weniger besorgt als sie sie selbst und zeigte ihr ein abgelegenes Zimmer, in dem Emma sicher wäre. Da die Milch der Amme bereits versiegte und Emma sich gern mit dem Haferbrei füttern ließ, den sie ihr stattdessen angeboten hatte, konnte man die Frau nach Hause gehen lassen und die Sorge um das Kind an Columban übertragen, dessen Kammer sich direkt neben dem Zimmerchen von Emma befand. Die vielen Pflegerinnen, die im Hospital arbeiteten, würden für zusätzliche Sicherheit sorgen.

Drei Tage später hatte Cosima sich so weit erholt, dass sie ihr Bett verlassen konnte. Sie suchte Freyas und Roberts Nähe – seltsamerweise auch die von Solvejg – und redete plötzlich ohne Unterlass. Unaufhörlich entschuldigte sie sich für das Misstrauen, das sie Robert und Solvejg bei deren Ankunft in

Laon entgegengebracht hatte, und voller Hass sprach sie über die Hexe Hedwig, die sie mit ihren gottlosen Ränken ins Unglück gerissen hatte. Gelegentlich pries sie auch Roberts und Solvejgs Geschick, mit dem sie aus Laon geflohen waren.

Aber sie erwähnte nie, mit keinem einzigen Wort, ihren toten Ehemann, der doch jetzt in den ewigen Feuern der Hölle brannte. Warum weinte sie nicht um ihn, der unsägliche Qualen hatte erleiden müssen, bevor er starb? Hatte sie Waltger in Wirklichkeit doch nicht geliebt?

Solvejg beobachtete die Frau mit Abneigung und Misstrauen.

Und auch das Verhalten von Theodrada, Odos Eheweib, verstörte sie. Sie kannte die Frau kaum, hatte aber angenommen, dass sie ihren Ehemann mit der gleichen Inbrunst verabscheute, wie er sie hasste. Doch nun ging sie durch die Halle, suchte die Gegenwart anderer Menschen, die sie bisher gemieden hatte, und klagte ihnen ihr Leid wegen Odos Entführung. Was mochte man ihm antun? Warum half man ihm nicht? Sie verbrachte Stunden in der kleinen Kapelle des Palais und schrie mit lauter Stimme zu Gott, damit er ihrem Gemahl beistehe.

Als Solvejg in einer dieser Stunden zufällig an der Kapellentür vorbeiging und diese Klagen vernahm – gedehnte, kalkulierte Laute, die unmöglich einem echten Schmerz entspringen konnten, nach ihrer Meinung –, betrat sie kurz entschlossen den Raum mit den wuchtigen steinernen Stufen.

Theodrada lag vor dem Altar mit dem Kreuz, an dem die halb nackte hölzerne Jesusgestalt hing. Sie war allein und wälzte sich dennoch auf den kalten Fliesen. Ihr Betteln, dass Gott ihren Ehemann aus der Gefahr erretten möge, hallten von den Wänden wider. Schließlich drehte sie den Kopf, als hätte sie bemerkt, dass jemand den Raum betreten hatte. Ihr Gesicht war tränennass, und Solvejg schämte sich ihres Misstrauens. Niemand konnte sich mit purem Willen Tränen abpressen, oder?

»Warum weinst du um einen Ehemann, der dir ohne Freundlichkeit begegnete und dir ungerechte Vorwürfe machte?«, fragte sie.

Theodrada stemmte sich auf die Beine. Sie wischte ihr Gesicht mit einem Tüchlein sauber, und einen Moment sah es aus, als wollte sie, empört wegen der respektlosen Frage, hinauslaufen. Doch dann wandte sie sich Solvejg zu. »Du bist schlau, Weib. Gerissen. Wie auch immer du es geschafft hast: Es ist dir gelungen, den Bruder unseres Grafen einzufangen. Die ganze Stadt ... ach was, ganz Neustrien zerreißt sich das Maul darüber. Der Bruder des Grafen nimmt eine Normannenhure zur Frau, ein namenloses Nichts, das ihm dazu noch einen Bankert mit ins Nest trug. Er wurde ganz sicher durch Hexerei verwirrt, sagen sie. Odo glaubt das ebenfalls, und auch ich teile diese Meinung. Robert hätte dich zu seiner Konkubine machen können, in sein Bett holen, seine Lust stillen, so wie Männer seines Standes es üblicherweise tun. Aber stattdessen ...«

Solveig verbarg die Hände hinter dem Rücken, um ihr Zittern zu verbergen. »Und aus welchem Grund weinst *du* dem Herrn Jesus die Ohren voll? Weil deine eigene Ehe dich mit so viel Glück erfüllt, dass ihr mögliches Ende dir das Herz zerreißt?«

Die Gräfin lachte höhnisch auf. »Hast du von Brunichhilde gehört? Natürlich nicht«, beantwortete sie gereizt die eigene Frage. »Sie war Königin von Austrien und Burgund, vor vielen Jahren. Sie war der Mensch, der diesem Land über lange

Zeit Macht und Frieden schenkte. Und wie endete sie? Wie dankte man ihr den Mut, die Weitsicht und die Kraft, die sie aufbrachte? Der Sohn ihrer Nebenbuhlerin, einer mordlüsternen Konkubine ihres Schwagers, hat sie von wilden Pferden zerreißen lassen. Er richtete sie hin, weil er es nicht ertrug, dass ein Weib über das Land herrschte, welches er für sich begehrte – und dass es ihr besser gelang als allen anderen Königen vor ihr. Das ist die Art, wie Männer Frauen behandeln, und darum verabscheue ich sie! Gott weiß, dass ich mich dennoch bemühte, dem Mann, mit dem man mich vermählte, eine gute Gattin zu sein, aber …«

Theodradas Blick glitt zur Tür, sie stockte, als ginge ihr plötzlich auf, dass auch andere Ohren sie hören könnten. Leiser fuhr sie fort: »Ich werde Odo einen Sohn gebären. Es mag etliche Male misslungen sein. Vielleicht ist die Zauberin daran schuld, die ihn aufgezogen hat und von der ich weiß, dass sie mich heimlich hasst. Aber ich werde meinem Gatten einen Nachfolger schenken und …« Dann erinnerte sie sich wieder, woran ihre Sehnsucht scheitern würde. Odo war Gefangener der Normannen. »Ich hasse dich und alle, die zu deinem Volk gehören«, zischte sie.

Und verließ die Kapelle.

Misstrauisch spitzte Solvejg weiter die Ohren. Sie hörte, wie zwei Stallknechte darüber tuschelten, ob Robert wohl deshalb nichts wegen Odos Freilassung unternahm, weil er selbst nach der Macht des Bruders gierte. Und einige Fremde, die den Nachmittag mit Robert im Schreibzimmer verbracht hatten, spekulierten anschließend, ob es nicht besser wäre, wenn Odo fortbliebe – womit sie wohl meinten, dass er sterben sollte und stattdessen Robert, dessen Leumund unbeschädigt war, seinen Platz einnahm. Schließlich hatte er Odos hartherzige Entscheidung, Waltger ohne vorherige Beichte hinzurichten, nicht mitgetragen. Das könnte für die Edlen, die noch unschlüssig waren, wem sie sich zuwenden sollten, entscheidend sein.

Es klang, als wären es Roberts Argumente gewesen, die sie abwogen, was Solvejg ins Herz schnitt. Überall Intrige, Falschheit und Verrat.

Am folgenden Nachmittag betrat Robert die Schlafkammer, wo sie auf dem Bett lag und zur Decke starrte. Schweigend sah sie ihm zu, wie er sich auszog. Sein nackter Körper lenkte sie ab, aber nur kurz. Zu schwer drückten ihre Sorgen. Er zog ein frisches Hemd an, dann ein Wams und eine Hose. Sie merkte auf, als sie sah, wie er vom Haken an der Wand ein Wehrgehänge für Schwerter und Äxte zog, das er wie einen Gürtel um die Hüfte schlang. Ein zweites Wehrgehänge warf er über die Schulter.

»Was hast du vor?«, fragte sie.

»Ich mache einen Spaziergang«, erwiderte er und kehrte ihr den Rücken zu.

»Wohin willst du?«

»Ich gehe zu Odo.« Er drehte sich um. Für einen Wimpernschlag wurde sein Gesicht weich, dann verhärtete es sich wieder. »Mein Bruder befindet sich seit Tagen in den Händen dieser Mörder. Ich halte es nicht mehr aus. Man wird ihn vermutlich auf Einars Schlangenschiff gefangen gehalten.

Gut zwanzig unserer Männer haben sich bereit erklärt, mit mir zu gehen. Wir werden versuchen, uns unbemerkt heranzuschleichen und ihn herauszuholen.«

»Wie wollt ihr das schaffen? Ihr wisst doch nicht einmal, wo die Schlange ankert.«

Robert zuckte mit den Achseln. Er besaß keinen konkreten Plan. Vermutlich hatte er das Moor noch nie betreten. Und wahrscheinlich kannte sich auch keiner seiner Männer in dem sumpfigen Gelände mit den zahllosen Gewässern aus. Solvejg hatte festgestellt, dass die Angst vor den Irrlichtern auch in Paris riesig war.

»Wenn wir meinen Bruder nicht finden, werden wir uns Einar schnappen und versuchen, Odo auszutauschen«, sagte er. »Ich muss gehen, Solvejg. Es gibt noch einiges wegen der Verteidigung der Stadt zu besprechen, für die Zeit, in der ich fort bin.«

Für den Fall, dass ich nicht zurückkehren sollte. Das meinte er in Wahrheit.

Robert beugte sich über sie und wollte sie küssen, aber sie packte sein Handgelenk und zog sich daran hoch. »Einar weiß nicht, dass ich sein Schlangenschiff gesehen habe. Es ist gut möglich, dass es noch am alten Platz liegt. Ich kenne den Weg. Ich werde euch führen.«

»Nein! Ich will nicht, dass du dabei bist. Solvejg, ich könnte es nicht ertragen …«

»Und ich will nicht allein zurückbleiben. Die Menschen hier misstrauen mir.«

»Wie kommst du auf diese lächerliche Idee?«

»Theodrada hat es mir gesagt – und es stimmt. Ich habe angefangen, wieder genauer hinzuhören.«

»Das ist Unsinn, Solvejg.«

»Dir misstrauen sie auch. Einige von ihnen. Sie glauben, dass es dir lieb wäre, wenn Odo sterben würde.« Warum verriet sie ihm das? *Weil er sich nicht in falscher Sicherheit wiegen darf!*

Robert zog sie zum Fenster, als hätte er plötzlich keine Kraft zum Atmen mehr. Sie starrten hinaus auf das blitzende Wasser der Seine. Und sahen, was sie von hier aus gar nicht sehen konnten: das Moor, in dem, an verschiedenen Seen, die Wikingerboote dümpelten. Wo Irrlichter lockten. Wo Pfade plötzlich im Morast endeten … Robert sah vielleicht auch Odo, an einer Rah gefesselt, wimmern, weil man ihm unerträgliches Leid zufügte.

»In Paris leben unzählige Menschen. Einige lieben dich und mich, andere können uns nicht leiden. Nicht wenigen werden wir gleichgültig sein. Ist das nicht überall so? Auch oben im Norden, wo du aufgewachsen bist?«

»Ich kenne die Pfade im Moor«, wiederholte Solvejg. »Ich traue mir zu, die zu finden, die euch zum Schlangenboot bringen. Wenn du Odo wirklich helfen willst, müssen wir uns gemeinsam auf den Weg machen.« Nach einem kurzen Moment des Innehaltens fügte sie hinzu: »Wir wollen beide dasselbe und werden es auf die Art durchführen, die am meisten Erfolg verspricht.«

Robert zögerte immer noch.

»Wenn du es nicht für dich tun willst, dann für die Männer, die dir folgen und vertrauen«, sagte Solvejg.

26.

KAPITEL

Einar stand auf dem Deck der Schlange und starrte auf die wuchtige Holzklappe, unter der sich der Zugang zum Rumpf seines Schiffs befand. Dort unten herrschte Dunkelheit, und die Luft war so stickig, dass man kaum atmen konnte, denn er hatte in der vergangenen Woche nicht erlaubt, dass die Klappe auch nur angehoben wurde, außer wenn er selbst hinabstieg. Da die Luft noch mild war, schliefen seine Männer einfach in ihren Schlafsäcken auf Deck. Der hochnäsige Graf hingegen lag nackt und gefesselt im hintersten Teil des schwarzen Rumpfs, wo er vermutlich seinen Tod herbeisehnte.

Sieben Tage lang hatte Einar darauf gewartet, dass dieser Robert angekrochen käme, um seine Hure für den Bruder zu opfern. Aber nichts war geschehen. Entweder war der Mann zu sehr auf Odos Thron erpicht – oder aber, ähnlich wie Harald, einem Liebeswahn verfallen, was erstaunlich wäre, denn Solvejg fehlten die Reize einer schönen Frau, wie ihre Stiefmutter sie besessen hatte. Als sie auf seinem Boot gewesen war, hatte er keinen Moment daran gezweifelt, dass es sich bei ihr um einen mickrigen jungen Burschen handelte.

Einar wischte die trübe Stimmung beiseite und hob die Klappe an. Er stieg die Leiter hinab und ging an den Fässern vorbei zu seinem Gefangenen, wo er sich niederhockte, um in dem spärlichen Licht, das ins Schiffsinnere drang, dessen Gesicht erkennen zu können. Obwohl er kaum etwas sah, meinte er, Odos Bemühen zu spüren, die eigene Angst zu verbergen.

»Dein Bruder lässt bedauerlicherweise keine Neigung erkennen, sich um deine Freilassung zu bemühen, Odo von Paris. Ich fürchte, wir müssen davon ausgehen, dass dein Tod ihm gelegen käme, denn du hast ja einiges zu vererben, und da würde wohl jeder … Nein, nein …« Er kniff Odo, der sich wütend bewegte, in die Bauchdecke. »Sei ihm nicht gram. Ein Mann ohne Ehrgeiz ist wie ein Stier ohne Hoden. Hätten wir nicht ähnlich gehandelt?«

Sich hinzuhocken war beschwerlich, Einar ließ sich auf dem Boden nieder. Das Schiff schaukelte sanft. Wenn man ein warmes Wams trug, war es hier beinahe gemütlich. Er wartete, dass seine Worte in das Hirn des Gefangenen einsickerten. Dann setzte er den zweiten Stich.

»Es könnte natürlich auch sein, dass dieses Normannenweib ihn daran hindert, zu tun, was du von ihm erwartest. Frauen sind geschickt darin, im Manne die Fleischeslust zu wecken. Sie schmiegen sich an uns, und wir verlieren die Sinne und geben ihnen, was auch immer sie begehren.« Er gestattete sich einen Seufzer, der aus ehrlichem Herzen kam. Alles könnte so einfach sein, wenn man ihm Solvejg einfach auslieferte. Wie er dieses Weib hasste! Er unterdrückte seine Gefühle. Kühl bleiben, taktieren.

»Wenn dein Bruder nur wieder zu Sinnen käme«, seufzte er. »Wenn Solvejg mir übergeben würde, kämest du frei – natürlich gegen Zahlung eines Lösegeldes, wir müssen auch an meine Kameraden denken. Aber so? Hrolf und Sigfried fordern, dich zur Warnung für die Stadt auf möglichst blutige Weise ums Leben zu bringen und deinen Kadaver vor der Brücke abzulegen. Ich weiß kaum noch, wie ich sie zurückhalten soll.«

»Scher dich zur Hölle«, krächzte Odo. Er weigerte sich, ihm zu glauben. Das war verständlich. Sein Leid würde sich ins Unerträgliche steigern, wenn er den Verrat seines Bruders als wahr akzeptieren müsste. Und doch würden die Zweifel nun von Stunde zu Stunde wachsen.

Einar schnupperte. Es roch nach dem Kot und dem Urin, in denen Odo lag. Aber da war noch etwas anderes. Der Gestank von Krankheit? Seine Geisel würde doch nicht so rücksichtslos sein zu sterben? Sie hatten die wenigen Verletzungen, die er bei seiner Gefangennahme erlitten hatte, versorgt, doch Einar hatte schon öfter festgestellt, dass Wunden schlecht verheilten, wenn sie mit Dreck in Berührung kamen.

Er hob den Kopf, als er plötzlich über sich Schritte auf den Planken zu hören meinte. Seine Männer waren zu einer nahe gelegenen Wiese gegangen, um ihre erhitzten Gemüter mit dem letzten Met aus den Fässern zu beruhigen. War einer von ihnen zurückgekehrt? Nervös erhob er sich und kehrte aufs Deck zurück. Aber weder dort noch an den Ufern und den dahinterliegenden Waldsäumen war etwas Verdächtiges zu entdecken.

Das Gelächter seiner Männer drang leise von der Wiese durch ein Dickicht zu ihm aufs Schiff. Leider auch das Lallen von Betrunkenen. Hatten sie begonnen, sich zu besaufen? Einar beschloss, zu ihnen zu gehen und sie zurechtzustutzen. Sie mussten sich kampfbereit halten. Er betrat den wackligen

Steg, der sein Boot mit dem Ufer verband. Doch noch bevor er die Wiese erreichte, verwarf er sein Vorhaben wieder. Er konnte es sich nicht leisten, seine Leute zu verstimmen. Nichts wäre schlimmer, als wenn der Zusammenhalt zwischen ihnen verloren ginge. Grollend machte er wieder kehrt. Die Gesänge folgten ihm. Seine Laune sank auf einen Tiefpunkt.

Die Schlange lag so ruhig im Schilf, wie er sie verlassen hatte. Und als er sie betrat und doch ein Husten hörte, kam es von Hallfred, der vor Paris einen Brandpfeil in den Hintern bekommen hatte. Er lag im Schutz der Brüstung unter vielen Decken, dämmerte vor sich hin und wartete nach allgemeiner Meinung darauf, dass ihn die Walküren in Odins Halle brachten. Einar hob die Hand zum Gruß, doch Hallfred beachtete ihn nicht. Also ging er weiter Richtung Plankenluke – und stutzte. Warum lag die Holzplatte neben der Öffnung? Hatte er sie nicht eigenhändig zurückgeschoben? Er bückte sich, um nachzuholen, was er offenbar versäumt hatte, als ihn erneut ein Geräusch aufhorchen ließ. Dieses Mal drang es aus dem Schiffsbauch hinauf. Er meinte, eine Stimme zu hören – aber garantiert nicht die von Odo.

Vorsichtig kniete er sich neben die Luke. Tatsächlich, da lachte jemand. Es war ein helles Lachen – das einer Frau. Einar spitzte die Ohren, und bald hörte er sie auch reden. Er musste sich anstrengen, um sie zu verstehen, denn sie flüsterte. Odos Name fiel. Dann schraubte ihre Stimme sich plötzlich auf die nervenzehrende Art, wie nur Weiber sie zustande brachten, in die Höhe. *Beichte* … meinte er zu verstehen. Und schließlich, ganz deutlich: *Ich hasse dich* … Die Worte klangen, als würde ein Messer in einer Wunde gedreht.

Odo sagte etwas, aber er sprach zu leise, als dass Einar ihn hätte verstehen können. Fürchtete er sich vor der Frau? Einar griff nach seinem Messer und stieg die Leiter hinab. Ihm war klar, dass die Unbekannte ihn bemerken musste – sein Körper schluckte den größten Teil des Lichts, das den Schiffsrumpf noch erhellte. Tatsächlich sah er sie aufspringen. Aber sie unternahm keinen Versuch zu fliehen. Wohin auch? Er erreichte den Schiffsboden – und hörte die erstaunlichen Worte: »Endlich! Du hast mich lange warten lassen, Einar Schlangenauge.«

Die Frau kam auf ihn zu, und er packte sein Messer fester. Er meinte zu sehen, wie sie die Arme hob, zum Zeichen, dass sie keinen Angriff plante, aber natürlich traute er ihr nicht. Als sie ihn erreicht hatte, konnte er ein wenig von ihrem Gesicht erkennen – und war sicher, dass er sie niemals zuvor gesehen hatte. Sie nannte ihren Namen: Cosima. Und behauptete, die Ziehschwester des fränkischen Grafen zu sein.

Was sie dann erklärte, hörte sich an wie die Geschichte einer Wahnsinnigen. Sie hatte ohne viel Hoffnung im Moor nach dem Schlangenboot gesucht und es mit der Hilfe ihres Gottes gefunden. Was wollte sie auf seinem Schiff? Er hatte Mühe, sie zu verstehen. Offenbar hatte sie einen Vetter des Grafen geheiratet, einen Mann, mit dem sie aufgewachsen war und dem sie ihr Herz geschenkt hatte: Waltger. Odo hatte ihm die Stadt Laon anvertraut, ihn aber vor Kurzem hinrichten lassen.

Während sie noch redete, erinnerte Einar sich plötzlich an etwas, das Hagano kurz vor seinem Tod erwähnt hatte: Ein Bote von Balduin habe ihm Nachricht gebracht, dass er dem Herrscher von Laon ein Angebot gemacht hatte, zu ihm überzulaufen. Das habe der Mann allerdings empört abgelehnt.

Egal. Cosima erklärte, was den Tod ihres Ehemanns für sie

zu einem unfassbaren Unglück machte: Es handelte sich um etwas, das sie Beichte nannte. Sie schien Einars Verwirrung zu spüren, denn sie begann eine umständliche Erklärung, die mit dem wirren Glauben der Christen an den Schwächling begann, der elendig an einem Kreuz verreckte, und damit endete, dass Christen offenbar nach ihrem Tod nur dann in ihr Götterreich gelangen konnten, wenn sie auf dem Sterbebett einem ihrer Priester ihre Fehltritte gestanden hatten. Wem das nicht gelang, der musste bis in alle Ewigkeit an einem Ort brennen, den sie Hölle nannten. Dieser tote Ehemann, von dem das Weib redete, hatte also schlimm zu leiden. Und daran war die nackte, elende Gestalt schuld, die hinter ihnen in der eigenen Scheiße lag – das war der Kern dessen, was sie ihm zu erklären versuchte.

»Ich mache dir einen Vorschlag«, sagte die Frau.

Einar wollte sie die Leiter hinaufnötigen, damit sein Gefangener nicht mit anhören konnte, was sie mit ihm verabreden wollte, doch sie streifte seine Hand ab und sprach weiter, sogar lauter als zuvor.

»Ich habe versucht, herauszubekommen, was der Bruder des Grafen plant, um Odo zu befreien. Und es ist mir gelungen, ihn und seine Männer zu belauschen.«

Ungläubig hörte Einar sich an, was sie über Roberts Absichten in Erfahrung gebracht zu haben behauptete. Der Mann plante, nach seinem Bruder zu suchen. Aber nur mit wenigen Männern. Und Solvejg wollte ihn begleiten, um ihm den Weg zu den Schiffen der Feinde zu zeigen.

»Diesen Weg kennt sie nicht!«

»Doch«, sagte die Frau.

Einar rang mit sich. Wollte dieses verrückte Weib womöglich … ja, was? Ihn in die Irre führen? Aber ihm fiel nicht ein, wie ihre Geschichte ihm schaden könnte. »Was erwartest du von mir?«, fragte er.

Cosima drehte sich zu Odo um. Einar konnte ihr Lächeln nicht sehen, aber es klang in ihrer Stimme mit, als sie sagte: »Lass mich vollenden, was ich mir vorgenommen habe.«

»Was meinst du damit?«

»Das weißt du genau.«

Nervös nagte Einar an seiner Lippe. »Wann genau will Robert aufbrechen?«

»Ich weiß nicht. Er scheint noch unentschlossen zu sein.«

»Dann kehre in die Stadt zurück und beobachte sie. Sobald sie die Mauern verlassen wollen, gib uns ein Zeichen.«

»Wieso sollte ich …«

Einar ging zu dem Sack von Thorkel und holte eine Flöte heraus, mit der der Mann sich gelegentlich die Zeit vertrieb. Er drückte sie der Frau in die Hand. »Kannst du damit umgehen?«

»Ja.«

»Spiele ein Lied.«

Die Frau zögerte, dann setzte sie die Flöte an die Lippen und spielte eine kleine Melodie.

»Höher, schriller«, verlangte er. »Die Töne müssen weit tragen.«

Was sie nun von sich gab, erinnerte an die Schreie eines Huhns in den Fängen eines Habichts. Und doch war es immer noch ein Lied. Und damit würde sie in den Mauern von Paris hoffentlich keinen Verdacht wecken.

»Komm mit hinauf.«

Cosima blickte zu Odo – und überwand sich. Gemeinsam kehrten sie an Deck zurück. Einar winkte einigen seiner Männer zu, die, nervös von dem ungewohnten Geräusch der Flöte, zu den Büschen gegangen waren und zu ihnen hinüberstarrten. Dann drehte er sich zu der Verräterin herum.

»Du wirst verstehen, dass ich meinen kostbarsten Gefangenen nicht einfach preisgeben kann. Aber wenn …«

»Ich will Odo. Nicht mehr und nicht weniger!«

»… wenn wir Robert und Solvejg in unserer Gewalt haben, kannst du kommen und an dem Grafen deine Rache üben, wie immer es dir gefällt.«

Cosima war nicht dumm. »Du wirst ihn mir nicht geben. Er nutzt dir nur lebendig etwas. Viel mehr als sein Bruder.«

Einar holte Luft – und begann von Steinbjorn zu sprechen, den er Solvejgs Vater entreißen wollte. »Mir ist gleich, ob wir Paris erobern. Ich will meinen Sohn befreien und diesen Dreckskerl, der ihn quält, für sein Leid büßen lassen.«

»Und dafür brauchst du den Kopf der Hure.« Endlich hatte sie verstanden. Und glaubte ihm erstaunlicherweise aufs Wort. Vielleicht, weil sie in seinem Hass ihren eigenen wiedererkannte? »Aber schwöre mir mit einem Eid, dass ich meine Rache vollenden kann. Und Robert lässt du laufen, auch dafür will ich deinen Schwur, denn er hat mir niemals etwas angetan.«

Einar nickte. Er legte die Hand auf den Eidring an seinem Arm und sagte die Worte, von denen er glaubte, dass die Frau sie hören wollte. Was bedeutete schon ein Eid, wenn er vor einer Christin, noch dazu ohne Rang und Macht, abgelegt wurde? Wenige Augenblicke später war die Verräterin zwischen den Büschen verschwunden.

Als sie fort war, entzündete Einar eine Fackel und kehrte in den Bauch des Schiffs zurück. Der Gang zu Odo erfüllte ihn mit wärmendem Glück. Er hielt die Flamme so, dass ihr Licht auf Odos Gesicht fiel. Bei allen Göttern, hatte die Furie zugelangt! Seine Wangen waren blutüberströmt. Einar bückte sich und wischte das Blut mit einem von Odos Kleidungsstücken fort. Cosima hatte dem Gefangenen zwei Kreuze in die Wangen geritzt – je eines rechts und eines links. Er stieß einen leisen Pfiff aus. »Sie wird genau so weitermachen, in nicht allzu langer Zeit«, sagte er. »Sobald dein Bruder in unseren Händen ist.«

Odo versuchte ihn anzuspucken, doch selbst dafür fehlte ihm die Kraft.

»Noch ist für dich nicht alles verloren. Ich will dir erklären, was du tun kannst, um zu überleben.« Bedächtig setzte Einar seinem Gefangenen auseinander, warum Harald seine Tochter Solvejg hasste. »Ich brauche also nichts als den Kopf der norwegischen Königstochter. Wenn ich den habe, werde ich Cosima zum Teufel jagen. Und dann kannst du selbst wählen: Gib mir achttausend Pfund Silber – und du wirst leben und nach Paris zurückkehren. Oder krepiere und schaue uns aus den Wolken zu, wie wir deine Stadt einnehmen und für deinen Starrsinn Rache üben.«

Odo schloss die Augen, er weigerte sich zu antworten. Also kehrte Einar aufs Deck zurück. Mit den Armen auf die Reling starrte er auf die anderen Schlangenschiffe, die im Mondschein ruhten, und dann hinauf zum Himmel. Die dunklen Wolken hatten sich verzogen, der Mond leuchtete. Es gab wieder Hoffnung.

Er hörte, dass die Männer, die auf der Wiese gesoffen hatten, zu den Schiffen zurückkehrten. Einige wankten so sehr, dass sie von ihren Kameraden gestützt werden mussten. Morgen würde er ihnen die Leviten lesen. Aber in diesem Moment machte sein Glück ihn milde. Er drehte sich und hielt Ausschau nach Thorkel, den er mit einer kleinen Mannschaft hinüber zur Pariser Steinbrücke schicken wollte. Sobald sie die Flöte hörten, würde einer von ihnen die Männer auf den Schiffen alarmieren. Die anderen würden den Angreifern folgen. Und gemeinsam würden sie die Franken einkesseln.

Thorkel hatte das Deck der Schlange erreicht, endlich, und Einar rief ihn zu sich, um das weitere Vorgehen zu besprechen. Nach kurzer Zeit hatte sein Kamerad die nüchternsten Leute zusammengesucht und sich mit ihnen auf den Weg an den Waldesrand gemacht, wo Grettir in dieser Nacht als einsamer Wächter bei der Steinbrücke fungierte.

Einar war müde und gleichzeitig zu aufgekratzt, um schlafen zu können. Er beschloss, noch einige Schritte zu laufen, ehe er sich hinlegte. Ein- oder zweimal um den See herum. Als Erstes steuerte er das lichte Birkenwäldchen an. Der Boden unter ihm wurde weicher, die nassen Blätter ließen ihn gelegentlich ausrutschen. Aber er merkte, wie sein Atem leichter wurde und die Aufregung der ersehnten Müdigkeit wich. Alles würde gut werden. Der Kopf der Königstochter würde schon bald in einem Korb im Bauch der Schlange liegen, und anschließend würde er die Segel setzen und …

Hörte er ein Geräusch? Spürte er eine Bedrohung? Seine erschöpften Sinne schienen ihn vor etwas warnen zu wollen, aber sie drangen nicht tief genug in sein Bewusstsein, und so traf ihn der Schlag auf den Schädel unvermittelt. Er kam so heftig und zielgenau, dass er ihn sofort zu Boden schickte. Kurz musste er bewusstlos geworden sein, denn als er die Augen öffnete, waren ihm die Hände gebunden. Er lag mit der linken Wange im Dreck, sein Blick fiel auf die purpurroten Blüten einer Siegwurzpflanze. Einar stöhnte auf, als ihn ein harter Tritt zwischen die Beine traf.

»Dreh dich um!«

Das konnte er nicht. Es war, als hätte man seinen Körper in flüssiges Blei getaucht und darin erstarren lassen. Noch ein Tritt. Schließlich beugte sich jemand über ihn und zerrte ihn grob auf die rechte Seite.

»Erkennst du mich?«

Einar hatte Mühe, die Worte zu verstehen. Er blinzelte, um seinen Blick zu klären – und starrte in ein hageres, faltiges, von wildem, rotem Haarwuchs überwuchertes Gesicht. Aber es waren nicht die verwüsteten Züge, die seine Erinnerung weckten, sondern die Stimme, die zu ihm sprach. Die heisere Erregung darin. … Ein junger Sklave, den er aus Irland mitgebracht hatte. Der seine Götter beschwor, ihm Macht zu verleihen …

»Ja«, half der Fremde ihm hasserfüllt auf die Sprünge. »Siebenundzwanzig Jahre ist das inzwischen her. Und doch habe ich keine einzige Stunde vergessen. Ich habe dir gesagt, dass ich kein hirnloser Sklave bin, dem man befehlen kann, einen Eimer mit Pisse zu leeren. Da hast du mich gezwungen, deine Scheiße zu fressen.«

Einar versuchte trotz seines schmerzenden Schädels zu begreifen, was der Mann ihm sagen wollte, aber seine Gedanken schafften es nicht mehr, einer geraden Linie zu folgen. *Deine eigene Scheiße?*

Der Mann trat ihn mit aller Wucht in die Seite. Einar schrie vor Schmerz auf – und bekam hastig etwas in den Mund gestopft.

»Du erinnerst dich nicht mehr an mich, richtig? Du zerstörst ein Leben und kannst dir nicht einmal merken, wessen Leben es gewesen ist.« Ein kurzes Schweigen. Die heiße Wut wich eisiger Kälte, als der Fremde weitersprach. »Mein Name ist Dhoire. Ich bin dir entflohen.«

Einar spürte die Gefahr und fürchtete sich wie noch nie in seinem Leben.

Plötzlich wurde sein Körper an den gefesselten Händen angehoben. Der Mann zog ihn den Weg entlang. Einar erstickte fast an dem Schmerz in seinen Schultern. Als er wieder zu Boden geworfen worden war und die Benommenheit wich, lag er direkt vor einem Gewässer, vor einem Sumpf, so schwarz wie die vergangenen Nächte.

»Fahr in die Verdammnis, wie auch immer du sie dir vorstellst«, hörte er seinen ehemaligen Sklaven sagen.

Noch einmal wurde er gepackt, dann klatschten erst sein Gesicht, schließlich sein ganzer Körper auf träge, faulige Nässe. Feuchter Dreck drang ihm in die Augen, in die Ohren und in die Nase. Das letzte, was er wahrnahm, war grölendes Gelächter und das Wort »Scheiße«.

KAPITEL

27.

Nein«, sagte Stefan, der im Wachturm in dem Geschoss unterhalb der Wehrplatte stand und mit langem Hals durch das schmale Fenster starrte. »Da drüben haben immer nur ein oder zwei Männer auf der Lauer gelegen. Letztens sind wir nachts rüber, um sie zu erwischen, die waren aber hellwach und sofort weg, als wir über die Brücke kamen. Heute allerdings …«

»Ja?«, fragte Robert.

Stefan, der ihn alarmiert hatte, schüttelte besorgt den Kopf. »Ich habe das Gefühl, da drüben wimmelt es plötzlich von Bewaffneten. Die ducken sich natürlich, aber … Es ist, als guckten wir auf einen Ameisenhaufen. Unruhe, nichts als Unruhe.«

Er machte Platz, damit auch Robert den Waldrand hinter dem niedergebrannten Dorf, an dem sich die Wachen der Wikinger aufhielten, in Augenschein nehmen konnte. Der ließ nach einer Weile den humpelnden Gauthier durchschauen. Dann kam Ramon an die Reihe. Dann …

Solvejg verlor die Geduld. Sie erklomm die Treppe, die auf die Wehrplatte hinaufführte, huschte geduckt zu den Zinnen und starrte angestrengt durch die Schießscharten. Der Wald wirkte auf sie wie ein schwarzer Abgrund. Trotz ihrer scharfen Augen konnte sie keine Menschenseele entdecken. Oder doch? Ihr Blick blieb an zwei besonders hohen Bäumen hängen, zwischen denen sich etwas zu bewegen schien. Sie runzelte die Stirn und starrte, die Wange an den Stein gepresst, auf die verräterische Stelle. War da was? Nein. Der Wind, der durch die herbstlichen Waldkronen strich, musste ihre Wahrnehmung beeinflusst haben.

Plötzlich erklangen Schritte in ihrem Rücken. Es war Robert, der nach ihr suchte. Er zog sie in eine Ecke, die von draußen nicht einsehbar war. »Wir werden noch diese Nacht aufbrechen, um Odo zu befreien«, erklärte er und küsste sie. Dann sagte er leise: »Ich möchte nicht, dass du mitkommst. Wir werden unseren Weg auch allein …«

»Wie oft bist du schon im Moor gewesen?«, fragte sie erneut und sagte, als er die Antwort schuldig blieb: »Odo braucht die beste Hilfe, die möglich ist.« Sie wussten beide, was sie außerdem meinte: Verlange nicht, dass ich dich allein gehen lasse – womöglich in den Tod.

Robert zögerte, dann nickte er bedrückt.

Als die Nacht am schwärzesten war, trafen sie sich mit einigen Freiwilligen unter den Verteidigern der Stadt im Garten des Hospitals, wo sie über die Mauer kletterten und mit dem Boot aus dem Gebüsch in kleinen Gruppen hinüber ans andere Ufer ruderten. Wolken hatten den Himmel bezogen, was ihre Aussichten, Odo unbemerkt erreichen zu können, steigen ließ. Vorausgesetzt natürlich, sie fanden trotz der Dunkelheit den richtigen Weg, was schwierig genug sein würde. Immerhin schienen die Wikinger bei den Dorfruinen sie nicht zu bemerken, als sie die Seine überquerten und anschließend zu dem flussaufwärts liegenden Teil des Waldes huschten.

Doch dort begann die Mühsal. Dass Einar als oberster Führer ihrer Gegner Odo auf einem der Schlangenschiffe gefangen hielt, schien Solvejg gewiss. Aber dass seine Boote immer noch am selben See ankerten, konnte sie nur hoffen.

Sie schlug den erstbesten Weg ein, der sie in den Wald und damit außer Sichtweite ihrer Landsleute brachte, und orientierte sich anschließend am Stand des Mondes. Was natürlich nur gelang, wenn der Wind die Wolken ein wenig auseinandertrieb und damit die himmlische Laterne für Augenblicke sichtbar machte. Und doch gelangten sie nach kurzer Zeit zu dem Pfad, dem sie mit Freya gefolgt war, was sie an dem wuchtigen Holzkreuz erkannte. Solvejg konnte sich auf ihr Gedächtnis verlassen, sie schritt zuversichtlicher weiter.

Bald kam die Senke, dann der Birkenwald und der erste See, an dem sich immer noch keine Seele aufhielt. Als sie den Bogen um den See schlugen, wurde sie kurz unsicher …

»Was ist?«, fragte Robert, der neben ihr ging und ihre Gefühle zu spüren schien, als wären es seine eigenen.

Solvejg schüttelte den Kopf, lief weiter – und atmete erleichtert auf, als einer ihrer Begleiter mit leiser Stimme vor einem Abgrund warnte, der sich neben ihrem Weg entlangzog. Und richtig: Kurz drauf teilte sich der Weg, sie erreichten die Brücke. Solvejg trat auf das Holz und starrte den Weg hinauf, der hinter der Brücke begann. Aber in dieser Nacht gab es keine Irrlichter. Vielleicht war es bereits zu spät im Jahr für die Käfer.

»Sind wir richtig?«, stellte Robert die Frage, die wohl auch den anderen Männern auf der Zunge lag.

»Ja, sind wir.«

Als sie die Brücke wieder verließen, spürte Solvejg mehrmals kleine Kuhlen unter ihren Sohlen. Sie bückte sich und ertastete Stiefelabdrücke, die den Weg aufwühlten. Hier waren noch vor kurzem Menschen gegangen, und zwar nicht wenige. Auch die anderen Männer waren auf die Spuren aufmerksam geworden, und Solvejg sah, wie ihre Stimmung zuversichtlicher und besorgter zugleich wurde. Wer bewegte sich nachts durch das Moor und aus welchem Grund?

»Wenn die Schlangenboote nicht verlegt wurden, werden wir sie bald erreicht haben«, erklärte sie.

Und dann lagen sie tatsächlich vor ihnen: ein knappes Dutzend Wikingerboote, die im Halbkreis am Seeufer ankerten. Einige waren in einem dünnen Nebel, der über dem Wasser hing, fast verschwunden, von anderen waren der Bug, das Heck oder Teile der seitlichen Planken zu sehen. Doch bei zweien ragten auch die oberen Teile des Stevens mit den vergoldeten Schlangenkörpern aus den Schwaden. Einars Schlangen – Solvejg hatte sie auf ihrer Fahrt nach Irland oft genug angestarrt, um sicher zu sein.

Sie schlüpften hastig in den Schutz einiger Büsche, denn auf dem Uferstreifen, der zwischen dem See und dem Brückenpfad lag, war trotz der späten Stunde die Hölle los. Männer standen in Gruppen beieinander. Sie gestikulierten, sie brüllten einander Dinge zu …

Solvejg lauschte konzentriert. Die Männer redeten natürlich in der Sprache ihrer Heimat, dem Norwegischen, das von den Franken nicht verstanden wurde. Umso mehr musste sie selbst sich anstrengen, damit sie aus dem Geschrei die wichtigen Informationen filtern konnte. Der Name *Einar* fiel – immer wieder, obwohl sie den Mann nirgends entdecken konnte. Sie bildete sich ein, Worte wie *Ungeheuer* zu hören. Einmal: *ertränkt*. Und allmählich ging ihr auf, was die Männer einander und jedem, der über die wackligen Stege ans Ufer kam, zubrüllten: Der Mann, der von Einar auf dessen Boot zur Wache eingeteilt worden war, hatte einen Schrei gehört. Beunruhigt hatte er nach dem Rechten sehen wollen. Und da war er einem Geist begegnet. Einem geifernden Unhold, der aussah, als wäre er direkt von der Totengöttin aus Helheim gesandt worden. Die Bestie hatte sich in Einar verkrallt und schlug und beschimpfte ihn und brüllte dabei Worte wie …

»… *Scheiße fressen*. Ja, genau das hat sie gebrüllt!«

Der Zeuge der grausigen Attacke fasste sich plötzlich an den Mund und versuchte, mit den Händen einen Schrei zu unterdrücken, der aber dennoch in die Luft stieg und seine Kameraden entsetzt verstummen ließ. Er stierte zu dem Wollgras neben einem der Stege, und die Männer, die ihn umringten, fuhren herum. Aus der Dunkelheit traten zwei muskulöse Kerle, die einen tropfenden schwarzen Körper mit sich schleppten, einen Toten, den sie, als sie die anderen erreicht hatten, ins Gras sinken ließen. Stumm sammelten die Wikinger sich um die Leiche. Es dauerte lange, ehe jemand sprach. Solvejg bildete sich ein, Isleifs Stimme zu erkennen. »Er ist es.« Handelte es sich bei dem Toten also um Einar?

Solvejg zuckte zusammen, als Robert sie anstieß. Er wies zum entgegengesetzten Ufer. Dort, genau an der Stelle, an der nach ihrer und Freyas Flucht vor den Irrlichtern die Wikinger erschienen waren, tauchten auch jetzt wieder Männer auf. Dieselben wie damals? Auf jeden Fall stammten sie aus ihrer Heimat, das konnte sie an ihren Rufen erkennen, mit denen sie Einars Männer begrüßten. Aber sie schienen keine Freunde der Schlangenkrieger zu sein. Solvejg meinte zu spüren, dass die Stimmung bei den Trauernden in wachsamen Argwohn umschlug.

Isleif – ja, er war es wirklich – trat vor. »Was bringt dich hierher, Hrolf?«

Statt zu antworten, schritt der Mann an ihm vorbei zu der Leiche. Lange starrte er sie an, dann fragte er: »Wer hat ihn umgebracht?«

»Kannst du es mir sagen?«, gab Isleif kühl zurück.

»Wo sind Thorkel und Grettir?«

Kurzes Schweigen. Dann: »Bei der Stadtbrücke.«

»Und warum?«

Noch ein Zögern. »Wir wurden gewarnt, dass die Pariser ihren Grafen befreien wollen.«

»Gewarnt? Von wem?«, mischte sich ein zweiter Mann, den Solvejg nicht kannte, ein.

Die Stille, die seiner Frage folgte, vergiftete die Stimmung weiter. Man mochte und traute einander nicht. »Eine Fränkin war hier«, brachte Isleif schließlich über die Lippen.

»Jemand aus der Stadt?«

Nicht mehr Isleif, sondern ein anderer Mann von den Schlangenbooten antwortete. »Sie sagte, dass sie den Grafen hasst. Deshalb wollte sie uns warnen. Aus Rache. So habe ich es verstanden, Sigfried. Sie wird uns Bescheid geben, sobald der Grafenbruder und seine Begleiter die Stadt verlassen.«

»Warum wissen wir davon nichts?«

»Weil ich es selbst erst vorhin von Einar erfahren habe. Dann war er plötzlich verschwunden, und …« Die Blicke wanderten wieder zu dem Toten.

Der Mann, der von Isleif mit Hrolf angesprochen worden war, senkte kurz den Kopf, dann wandte er sich an die Schlangenkrieger. Er hob die Arme. »Etwas Entsetzliches ist geschehen, und wir trauern mit euch, Männer«, schallte seine Stimme über den See. »Und doch müssen wir jetzt einen klaren Kopf bewahren. Wir sehen den geschundenen Leichnam unseres Freundes und Anführers vor uns liegen und können uns nur mit der Gewissheit trösten, dass die Walküren ihn in Odins Hallen geführt haben, wo er zweifellos mit Jubel empfangen wurde.«

Zaghafte Beifallsbekundungen waren zu hören. Nachdem sie verstummt waren, fuhr Hrolf fort: »Allerdings wird Einar gerade jetzt hinab auf dieses Moor blicken, zornig, weil er uns nicht mehr selbst zum Sieg führen kann, aber voller Hoffnung, dass wir an seiner statt unsere Feinde vernichten werden. Ich höre seine Stimme, die uns ermutigt, das zu Ende zu führen, wofür er seit Monaten kämpfte. Nämlich Paris einzunehmen und die Gesichter ihrer hochmütigen Führer in den Staub zu treten.

Männer, es ist an der Zeit, in die Schlacht zu ziehen. Für Einar – und damit unsere Freunde, Weiber und Verbündete uns bei unserer Heimkehr preisen, statt uns mit Spott und Gelächter zu überschütten.« Kurz schien er zu zögern, dann dröhnte seine Stimme erneut über die Menge: »Greift zu den Schwertern, holt eure Äxte hervor, Kameraden! Wir brechen auf. Noch heute Nacht werden wir durch das Blut der fränkischen Feiglinge waten. Es soll das Land überschwemmen …«

Jemand fiel ihm ins Wort. »Aber lass uns zuerst ihren Grafen bestrafen! Und zwar, indem wir unseren Zorn in seinen Körper schneiden und brennen. Dann werden wir seine Leiche vor der Brücke zur Schau stellen, damit die Franken in Angstgeheul ausbrechen und sich unter den Röcken ihrer Weiber verstecken.«

Hrolf lachte. »Die Kampfeslust macht dich besoffen, Snorri. Das ist gut, aber im Moment brauchen wir einen kühlen Kopf. Odo ist unser Faustpfand – die schärfste Waffe, die wir in Händen halten. Wir wissen nicht, welches Schicksal die Götter uns zugedacht haben. Doch solange die Franken ihren Grafen lebendig in unseren Händen wissen, werden sie es nicht wagen ...«

Ein lautes Geräusch ließ ihn herumfahren. Aus den Büschen, aus denen er selbst kurz zuvor mit seinen Kriegern gekommen war, brach ein Mann hervor. Bei dem Ankömmling handelte es sich offenbar um einen der Schlangenkrieger, denn er rannte auf Isleif zu. »Wo steckt Einar?« Sein Blick irrte durch die Menge, dann blieb er an dem Kreis hängen, der den Toten umgab. Er trat zu seinen Mitstreitern und starrte schockiert auf die Leiche hinab.

Hrolf, bemüht, sich als neuer Anführer der Wikingerflotte hervorzutun, ging zu ihm und riss ihn aus seiner Betroffenheit, indem er ihn an den Schultern packte und schüttelte. Nachdem der Mann sich wieder gefasst hatte, erfuhren sie, dass die hellen Flötenklänge, die Einar von der Verräterin verlangt hatte, tatsächlich vor einer knappen Weile zu ihren wartenden Kameraden gedrungen waren.

»Ich wurde geschickt, um euch zu sagen, dass wir die Männer, wie mit Einar besprochen, an uns vorbeiziehen lassen werden, damit in der Stadt niemand Argwohn schöpft, und ihnen dann folgen. Nein, wie viele genau es sind, wissen wir nicht. Wir haben doch nur die Flöte gehört. Wenn sie diesen See erreicht haben, wollen wir sie gemeinsam mit euch umzingeln«, brachte der Bote, immer noch schockiert, den Rest seiner Botschaft hervor.

Hrolf wiederholte seine Befehle mit neuer Inbrunst: Alle Mann zu den Waffen. Jetzt galt es.

Vorsichtig drehte Solvejg sich zu Robert und seinen Begleitern um, die versuchten, sich auf das Benehmen der Männer am See einen Reim zu machen. Noch hatte man sie nicht entdeckt, aber das konnte sich rasch ändern. »Sie wissen, dass wir auf dem Weg sind. Sie warten auf uns«, flüsterte sie.

Robert deutete zu dem Brückenweg, auf dem sie gekommen waren. Ihre Aussicht, Odo befreien zu können, war auf ein Nichts geschrumpft. Also fort und sich in Sicherheit bringen − in der Hoffnung, dass man mit diesem Hrolf erfolgreicher über Odos Freilassung verhandeln könnte?

Solvejg packte seinen Arm. »Nein, wartet hier«, zischte sie. »Ich will … Ich brauche nicht lange.«

»Wofür?«

Sie duckte sich noch tiefer und begann, ohne zu antworten, wie eine Schlange durch das Unkraut davonzukriechen, fort vom See. Dass ihre Landsleute sich im Taumel des Blutdursts befanden, kam ihr zur Hilfe. Die Männer liefen, um ihre Waffen zu holen, niemand achtete auf die Umgebung. Bald richtete sie sich auf und rannte weiter. Die Wolken am Himmel waren ihre Verbündeten − es war immer noch dunkel, aber da sie den Mond freigegeben hatten, nicht mehr so finster, als dass sie die Orientierung verloren hätte. Obwohl sie das Moor nur in Umrissen erkennen konnte, fand Solvejg die Wege, die sie suchte. Sie überquerte erneut die Brücke, nahm den Pfad, von dem sie vermutete, dass auch die Männer ihn gegangen waren, die damals vor den Irrlichtern flohen, und landete tatsächlich auf einem weiteren Trampelpfad. Er führte sie zu dem See mit den Schlangenschiffen zurück, von wo ihr wieder die vertraute norwegische Sprache entgegenschlug. Ihr war kalt, und zugleich schwitzte sie vor Nervosität. Würde sie ihre Feinde täuschen können? Sie dazu bringen, sie für einen ihrer eigenen Männer zu halten? Sie war von zarter Statue. Es wäre wichtig, dass sie ihre Stimme hörten, ohne sie zu Gesicht zu bekommen.

Solvejg verbarg sich hinter einem Vorhang aus immergrünem Gestrüpp und spähte vorsichtig durch die Zweige. Die Männer schärften ihre Schwerter, andere fochten miteinander, als wollten sie sich auf den Kampf, den sie erwarteten, einstimmen. Hrolf besprach sich mit einigen seiner Leute.

Nervös räusperte Solvejg ihre Kehle frei, um mit möglichst dunkler Stimme sprechen zu können. Sie schob alle Ängste beiseite, richtete sich auf und brüllte, was sie sich zurechtgelegt hatte: »Thorkel … braucht Hilfe! … Franken verlassen die Stadt … kommen raus, alle! … müssen zur Brücke!«, brachte sie mit kreischender Stimme heraus und wiederholte mehrmals das Wichtigste: »Zur Brücke!« Und dann noch, in einer Eingebung, den Schlachtruf ihres Volkes »Týveeeeerk!«, mit der die Norweger die Hilfe ihres Kriegsgottes Tyr herbeibeschworen.

Nach einem kurzen Moment der Überraschung stürmten die Männer los. Keiner hörte mehr auf Hrolf, der heisere Befehle brüllte. Es war, als hätten sie einen Knüppel ins Kreuz bekommen. Sie stürmten nur wenige Schritt entfernt an Solvejg vorbei. Durch die Zweige sah sie, wie die Anführer ihren Männern folgten. Auch der, den sie Sigfried genannt hatten. Da war sie wohl, die Raserei, der Kampfesdurst, von dem die Skalden so wortgewaltig berichteten.

Als ihre Feinde verschwunden waren, stürzten Robert und seine Kameraden aus der Deckung. Bei Einars Leiche blieben sie kurz stehen, dann wies Solvejg, die zu ihnen stieß, auf Einars Schlangenboot. »Dort werden sie Odo gefangen halten!«

Wenig später standen sie in dem dunklen Bauch des Schiffs. Sie verteilten sich, riefen leise den Namen ihres Grafen und fanden ihn schließlich in einer Ecke. Robert fiel neben ihm auf die Knie und durchschnitt seine Fesseln. Erleichtert hörten sie, wie Odo seinen Namen stöhnte. Sie hoben ihn an, um ihn zur Leiter zu bringen, aber als sie ihn bewegten, waren seine Schreie kaum noch auszuhalten. Solvejg reichte den Männern einen der Schlafsäcke, die an den Bootswänden lagen. »Damit schont ihr seine Knochen.« Sie zogen das wärmende Fell über Odos Körper und bugsierten ihn über die Leiter ins Freie. Das und auch der Weg über den Steg bedeuteten weitere schmerzhafte Qualen. Aber es half ja nichts.

Solvejg war die Letzte, die das Boot verließ. Als sie über den Steg gegangen war, drehte sie sich noch einmal um und starrte auf den See, wo einige Enten schlafend auf dem Wasser trieben. Ihr Blick wanderte weiter zum Ufer. Es war in letzter Zeit immer noch heiß gewesen, obwohl sich der Herbst näherte. Das Blättermeer, das sich unter den Bäumen gesammelt hatte, musste sich anfühlen wie Stroh.

»Mach schon!«, drängte Robert.

»Findet ihr den Weg aus dem Moor hinaus allein?«

»Du kommst mit!«, sagte er scharf.

Solvejg schlüpfte davon, ohne ihn zu beachten. Ihr war ein Einfall gekommen, aber wenn sie ihn umsetzen wollte, drängte die Zeit. Zwischen den Büschen wartete sie ab, bis Robert aufhörte zu fluchen und mit Odo und den anderen Männern verschwand. Dann kehrte sie auf das Schiff zurück, um nach einem weiteren Schlafsack zu suchen. Die meisten waren für ihr Vorhaben allerdings zu schwer und dick. Schließlich griff sie sich einen leeren Leinensack, in dem einmal Vorräte gelagert haben mochten und der nun schlaff über einem der Fässer hing. Sie kehrte damit zur Leiter zurück, erklomm die Sprossen – und wurde grob aus der Luke gerissen.

»Verdammt, was soll das?« Robert. Aufgebracht starrte er sie an.

Ihr Blick glitt erneut zu den schlafenden Enten – helle Flecken auf dem dunkeln Wasser, die vom Himmel der Vögel träumten.

»Nun komm schon, solange es noch geht!« Robert riss sie mit sich, und sie gab ihr Vorhaben auf, das doch nur wenig Aussicht auf Erfolg gehabt hätte.

Auf dem Weg zum Ufer der Seine erklärte Solvejg, was die Wikinger über die Fränkin mit der Flöte erzählt hatten.

»Das war Cosima, ganz sicher«, meinte Robert niedergeschlagen. Und fügte hinzu, dass er seine Leute gemeinsam mit Odo zur Stadt zurückgeschickt hatte. »Hoffentlich fällt er ihnen nicht ein zweites Mal in die Hände.«

»Hrolfs Männer müssten die Brücke inzwischen erreicht und herausgefunden haben, dass unser kleines Heer die Mauern niemals verlassen hat. Ich nehme an, sie befinden sich auf dem Rückweg zu ihren Schiffen.«

Stumm schritten sie weiter und näherten sich der Stelle,

wo sie das Boot versteckt hatten. Solvejg hoffte von ganzem Herzen, dass es verschwunden war – es wäre ein Hoffnungsschimmer. Vielleicht befand Odo sich längst in Sicherheit?

Aber als sie das Wäldchen am Seineufer verlassen wollten, musste sie einsehen, dass sie sich in allem geirrt hatte. Bei der Brücke zur Insel wimmelte es von Wikingern. Schreie drangen zu ihnen herüber, nicht nur einzelne, sondern ein beklemmendes Gebrüll. Die Angreifer, die sich im Wald und zwischen den Ruinen verborgen hielten, sandten Brandpfeile über die Mauern, die Verteidiger der Stadt konterten den Eroberungsversuch ihrerseits mit einem Pfeilregen. Einige der Norweger riskierten gerade ihr Leben, als sie versuchten, das Brückentor mithilfe eines Ochsen, den sie irgendwo aufgetrieben hatten, aus den Angeln zu reißen, was aber misslang. Die Schmerzschreie der Verwegenen zeigten, dass sie von Wurfäxten oder ebenfalls von Pfeilen getroffen wurden, mit denen man sie von den Wehrtürmen aus beschoss.

Solveig und Robert blickten einander an. Unmöglich, sich der Stadt jetzt zu nähern. Das Boot zu suchen war in dieser Lage zu gefährlich – sie konnten nur hoffen, dass Odo es mit seinen Rettern noch in die Stadt geschafft hatte. Vorsichtig verkrochen sie sich im Schilf unter einem Brückensteg.

Allmählich schob sich die Sonne vom Osten über die Baumspitzen, und der Kampfeslärm ebbte ab und verstummte schließlich ganz. Sie warteten, bis die Wächter oben auf den Wehrgängen erschienen waren, dann richteten sie sich auf und winkten. Wenig später legte ein Boot ab, das sich auf den Weg zu ihnen machte. Die beiden mutigen Ruderer blieben unbehelligt und schleusten sie zur Mauer vor dem Garten des Hospitals. Als sie nach Odo fragten, verschlossen sich ihre Mienen allerdings.

Solvejg und Robert überwanden die Mauer und wurden von Männern und Frauen umarmt, die offenbar mitbekommen hatten, dass der Bruder des Grafen in schwieriger Mission unterwegs gewesen war. Solvejg schaute sich nach Freya um, die normalerweise offene Augen und Ohren für alles hatte, was auf dem Grund des Hospitals geschah, doch sie ließ sich nicht blicken. Vermutlich versorgte sie die Verwundeten, die dieser Angriff, auch wenn er abgewehrt worden war, unter den Parisern gefordert haben musste.

Auf ihrem Weg zum Palais, kurz bevor sie das große Tor erreichten, wehte der Wind plötzlich Jubelschreie von den Brückentürmen hinüber. Solvejg, eben noch bis in die Knochen erschöpft, blieb stehen. Roberts Gesicht hellte sich auf. Sie ließen das Palais links liegen und drängten mit anderen Männern und Frauen Richtung Steinbrücke. Odos Name wurde gebrüllt. Dann: »Da bringen sie ihn, seht! Dem Himmel sei Dank, er lebt!«

Solvejg wollte weiter zum Tor voranstürzen, doch Robert zog sie in den Innenhof einer Schmiede. Das Tor, hinter dem sich die Werkstatt mit der Feuerstelle, dem Amboss und den verschiedenen Tischen voller Werkzeuge befand, stand offen, aber keine Seele war zu entdecken, auch nicht hinter den Fenstern des Wohnhauses. Robert schloss die Tür zur Straße und lehnte sich mit dem Rücken dagegen, so dass niemand mehr hineinkonnte. Solvejg trat zu ihm. Verwundert berührte sie seine Wangen, über die Tränen rannen. Sie war bestürzt, sie war berührt, sie war verlegen.

»Das ist es ja, was ich meine«, sagte sie schließlich. »Hoffnung besteht immer. Hoffnung gibt es, solange wir atmen.«

Odo lag auf weichen Fellen in seinem Bett, die Augen geschlossen, gemartert, krank. Gleich nach seiner Ankunft in dem Palais hatte der Erzbischof ihm die Beichte abgenommen, nicht, weil er an sein Ableben glaube – nur für alle Fälle, wie er versicherte. Robert hatte einen Boten ins Hospital geschickt, der Freya suchen und zu ihnen bringen sollte. Auch das nur für alle Fälle, wie er halb nervös, halb ironisch erklärte.

Doch sie unterschätzten den jungen Grafen. Er klammerte sich nicht nur ans Leben – er kämpfte darum. Mit einer gebrochenen Stimme, in der trotzdem die Wut brodelte, brachte er über die Lippen, was geschehen war. Dass Cosima ihn aufgesucht hatte, um ihn zu ermorden, und dass sie den Mord nur deshalb nicht hatte vollenden können, weil sie von dem dreckigen Wikinger, der ihn gefangen hielt, abgehalten worden war.

Solvejg sah, wie sich Roberts Finger um den Gürtel verkrampften. »Wo steckt Cosima?«

»Weiß ich nicht«, sagte Odo. Und dann: »Sie werden zurückkommen.«

»Ja, aber dieses Mal mit ihren Booten«, sagte Solvejg. »Einar ist tot, Hrolf und Sigfried werden ihn ersetzen. Die beiden kommen mir klüger vor. Klarer in ihren Zielen. Sie wollen keinen Sack mit einem Weiberkopf in die Heimat bringen, sondern Schätze, mit denen sie ihr Ansehen steigern können. Sie werden die Insel mit ihren Booten von allen Seiten bestürmen, bis wir für Verhandlungen bereit sind. Und dann werden sie im Tausch für ihren Abzug Silber verlangen.«

Odos Miene verfinsterte sich. Weil er anderer Meinung war? Weil er den norwegischen Akzent in ihrer Stimme hörte und seine Schmerzen ihn daran hinderten, die Sprecherin zu erkennen? Es war gleichgültig. Sie glaubte zu wissen, wie Hrolf und Sigfried denken würden, und hatte es ausgesprochen. Entscheiden mussten andere.

Odo wischte mit der Hand über seine Lippen und starrte auf das Blut, das seine Finger benetzte. Robert griff nach einem feuchten Lappen, doch bevor er ihn benutzen konnte, öffnete sich die Tür, und Theodrada trat ein. Das Haar von Odos Weib war zerzaust, sie rang die Hände und jammerte – aber all das mit einem so schauerlich falschen Unterton, dass sogar Robert, der Geduldige, sich angewidert abwandte. Als sie Odo auf den Kissen liegen sah, brach ihre Klage ab. Entsetzt starrte sie auf das entstellte Gesicht ihres Mannes.

Odo schloss die Augen. »Verschwinde!«, sagte er kalt, und der Funke des Mitgefühls, der die Gräfin kurz ergriffen haben mochte, erlosch. Sie presste die Hände auf den Leib, und als sie hinausrannte und über eine Katze stolperte, konnte sie sich nur mit Mühe fangen.

Robert beugte sich über seinen Bruder. Er stützte die Hände rechts und links des Kopfes ab und sagte: »Du bist der größte Idiot auf Gottes Erden. Theodrada trägt deinen Sohn unter ihrem Herzen.«

»Und wird ihn so wenig gebären können wie die anderen.«

»Ach, Odo ...« Robert starrte den Kranken bekümmert an.

Es war Gauthier, der das nachfolgende Schweigen brach. »Wir müssen Hilfe holen, wenn wir auch den nächsten Angriff überstehen wollen. Ich werde Boten zu Arnulf senden. Er ist unser treuester Verbündeter und sollte uns beistehen – schon aus eigenem Interesse, denn die Wikinger könnten auf dem Heimweg auch sein Land noch plündern.« Der alte

Mann humpelte hinaus, um seine Überlegung in die Tat umzusetzen.

»Gut«, murmelte Robert. »Und ich werde schauen, wo Freya steckt, Odo, damit sie dir etwas gegen die Schmerzen geben kann. Vor deiner Tür werden in Zukunft Wachen stehen, die verhindern, dass Cosima, Theodrada oder sonst eine verdächtige Person hier hineinkommen kann. Danach besprechen wir ... bespreche *ich* mit Gauthier, Ramon und den anderen, was wir zum Schutz der Stadt unternehmen werden.«

Er ging in den Flur, rief einige Männer zusammen und gab seine Anweisung. Dann stieg er die Treppe ins Erdgeschoss des Palais hinab.

Solvejg, die sich ihm anschloss, fragte: »Wohin gehst du?«

»Habe ich doch gesagt: Ich suche Freya.«

»Wer hat Einar ermordet?«

Robert blieb stehen. Er drehte den Kopf und starrte sie an. »Eine ... Bestie?«

»Fesseln Bestien ihre Opfer, bevor sie sie umbringen?«

»Er *war* gefesselt, du hast recht. Aber wen kümmert das?« Achselzuckend ging er weiter.

Sie liefen durch die Gassen zum Hospital, wo allerdings die Männer, die Robert auf die Suche geschickt hatte, bereits sämtliche Räume nach Freya abgesucht hatten. Es hatte sie in den letzten Stunden auch niemand zu Gesicht bekommen.

Solvejg bog zu dem Raum ab, in dem Columban lebte. Die Tür stand offen, der Mönch schlief, das Kind lag neben ihm, so friedlich, als würde ein Engel es schützen. Sie lächelte dankbar und wollte zu Robert zurückkehren. Auf der Suche nach ihm kam ihr ein Gedanke, und als sie ihn gefunden hatte, zog sie ihn mit sich hinaus in den Teil des Hospitalgartens, in dem Freya ihre Kräuter zog. Hinter den Beeten befand sich ein uraltes Holzhäuschen, in dem Freya ihre Gartengeräte untergebracht hatte.

Die Tür war verschlossen, nichts rührte sich, auch nicht, als Solvejg sie öffnete. Im ersten Moment war sie wie blind. Obwohl draußen die Sonne schien, war es in dem Raum dunkel. Warum fiel kein Licht durch die beiden Fensteröffnungen? Weil sie mit Lappen verhangen waren, erkannte sie.

Robert schob Solvejg beiseite, riss einen davon herab und drehte sich um. Kurz war es still, dann brüllte er los. »Wie konntest du nur, du …!« Solvejg sah, dass jemand neben der Wand auf einem provisorischen Lager lag, das eigentlich nur aus einer wollenen Decke bestand. Robert stürzte daneben auf die Knie. »Odo ist dein Bruder. Du bist mit ihm groß geworden, Cosima! Wie nimmt man ein Messer in die Hand und stochert damit … Verflucht, es war Odo!«

»Lass sie in Ruhe.« Freyas Stimme, die von einem kleinen Tisch zu ihnen drang, war schwer vor Müdigkeit. »Bitte, Junge …«

Solvejg kehrte in den Garten zurück. Worüber die drei Menschen in der Hütte miteinander stritten, war nicht für ihre Ohren bestimmt. Sollte sie zu Emma zurückkehren? Die Entscheidung wurde ihr abgenommen. Freya schob Robert, der zu erschöpft war, um sich dagegen zu wehren, durch die Tür ins Freie zurück. Sie schloss hinter sich die Tür, trat zu ihm und zog sein Gesicht zu ihrem eigenen hinab.

»Odo hat den Mann hinrichten lassen, der Cosima alles bedeutete. Ihren Ehemann, den Menschen, der für sie zum wichtigsten auf der Erde geworden war. Der sie liebte und dem sie vertraute. Sie war Zeugin seiner Hinrichtung, sie hat ihn sterben sehen. Ich weiß, das entschuldigt nicht …«

»… wie sie Odo gequält hat? Und dass sie ihn ebenfalls umbringen wollte – nur auf sehr viel schmerzhaftere Art als Waltger? Du solltest ihn dir ansehen, bevor du Cosima in Schutz nimmst. Du solltest ihn dir überhaupt ansehen und schauen, ob du ihm irgendwie Linderung verschaffen kannst. Er leidet wie ein Vieh! Nein, hör auf. Ich hasse es, wenn du weinst. Freya bitte …«

»Ich komme.« Freya kehrte in die Hütte zurück, um etwas zu holen, vermutlich die Tasche mit den Instrumenten und Kräutern, mit denen sie ihren Patienten half.

Robert lehnte sich kurz an die Wand. Im nächsten Moment riss er den Kopf hoch, als ein Schrei aus der Hütte drang. Entsetzt stürzten er und Solvejg in die Hütte. Cosima wälzte sich in einer roten Lache. In ihrer erschlafften Hand lag der Griff eines kleinen, blutverschmierten Messers. Aus ihrem Handgelenk sprudelte Blut, als würde es jemand im Takt einer unhörbaren Musik aus ihren Adern pressen. Sie zuckte ein oder zwei Male und begann zu würgen. Freya, die neben ihr auf die Knie gesunken war, griff nach ihrer Hand, machte aber keinen Versuch, die Blutung zu stillen.

Solvejg kehrte in den Garten zurück. Sie hasste das Leben.

Der Abend kam. Im Palais wurde die Nachricht von Cosimas Tod weitgehend ignoriert. Von Odo ohnehin – er war gar nicht in der Verfassung zu begreifen, dass seine Ziehschwester sich umgebracht hatte. Aber auch die anderen Menschen … Ihre Aufmerksamkeit galt den Angreifern, die ihre Stadt bedrohten.

Solvejg ging schlafen, einfach weil sie es nicht mehr schaffte, die Augen offen zu halten. Man würde sie wecken, wenn sich etwas ereignete. Doch die Götter, ob Odin, Jesus oder die der Iren, hatten ein Einsehen mit ihr: Die Nacht blieb ruhig. Hatte Robert ebenfalls geschlafen? Sie fand ihn am nächsten Morgen im Nebenraum, wo er mit Gauthier und Ramon beisammensaß. Ihre Gesichter waren grau, die Augen eingesunken vor Erschöpfung. Sie hätten ebenfalls schlafen sollen. Müde Köpfe brachten keine klugen Gedanken hervor.

Solvejg machte sich auf den Weg in die Halle, wo gegessen wurde, aber als sie die Schalen mit dem Hirsebrei sah, fand sie es unmöglich, etwas hinunterzubringen. Sie ging hinaus in die Gassen, in denen die Angst vor dem, was kommen würde, wie ein Pestgeruch in der Luft hing. Rasch lief sie weiter zum Hospital.

Erst als sie Emma in die Arme nahm, wich ihre Beklemmung. Sie verspürte das zarte Glück, das sie inzwischen immer überkam, wenn sie in das kleine Gesicht blickte. Während Columban ging, um seinen Darm zu entleeren, trug sie ihre Tochter durch den kleinen Raum und sang ein Wiegenlied, das sich aus ihrer Erinnerung grub. Emma gluckste und war glücklich. Als sie sich zu langweilen begann, setzte Solveig sie auf dem Boden ab und beobachtete, wie sie zu einer Katze zu robben versuchte, die in einer Ecke schlief. Dass sie dabei keinen Fingerbreit vorankam, schien sie nicht zu stören. Solvejg legte sich ebenfalls auf den Boden, so dass sie in Emmas Gesicht sehen konnte. Ihre Tochter begann vor Vergnügen mit allen Gliedern zu zappeln.

Erst ein Gespräch, das durch das Fenster drang, lenkte Solvejg ab. Es wurde leise und ohne Aufregung geführt – und beunruhigte sie trotzdem. Wer unterhielt sich dort? Columban? Mit wem? Sie nahm Emma auf und ging mit ihr ins Freie. Der Mönch kam ihr entgegen, eine Frau verschwand durch eine der Türen. Niedergeschlagen starrte der sonst immer so fröhliche Gottesmann sie an, als sie näher trat. Er nahm ihr Emma ab und nickte stumm in die Richtung, aus der er gerade gekommen war.

Der Teil des Gartens, der sich dort befand, wurde vor allem zum Anbau von Gemüse genutzt und endete bei einer kleinen Küche. Als Solvejg das steinerne Häuschen umrundet hatte, erreichte sie einen einsamen Platz. Er war klein, aber wunderschön – von mehreren Linden beschattet, deren Blätter den Boden wie ein goldenes Fell bedeckten.

Inmitten dieser Pracht stand Freya in einer Grube und hob mit einem Spaten Erde aus. Beklommen sah Solvejg ihr zu, bis sie ihr schließlich den Spaten abnahm, ihr aus dem Loch heraushalf und selbst zu graben begann. Eine Schippe Erde nach der anderen flog neben den Grubenrand. Sie musste nicht fragen, wofür das Loch dienen sollte. Neben den Wurzeln einer der Linden lag etwas Längliches, das in eine Decke gehüllt war.

»Weißt du, wie Cosima zu mir gekommen ist?«, durchbrach Freya die Stille.

Solvejg schüttelte den Kopf und stieß den Spaten erneut in die Erde.

»Aristid und ich – wir haben für kurze Zeit bei ihrer Mutter gewohnt. Sie war eine Römerin und hat uns aus großer Gefahr errettet. Das musste sie mit dem Leben bezahlen. Und da haben wir ihre Tochter, also Cosima, auf unserer Flucht mitgenommen.«

»Hasst du sie jetzt, nach dem, was sie Odo angetan hat?« Solvejg drehte sich um, als keine Antwort kam. Sie sah Freyas verärgertes Gesicht und verfluchte sich für ihre törichte Frage.

»Kein Mensch ist wie der andere. Wer nur lieben kann, was ihm wie das eigene Abbild vorkommt, wird einsam«, meinte Freya schließlich.

Endlich schien die Grube tief genug, um einen toten Menschen vor Tierfraß zu schützen, und ausreichend lang und breit, um eine zarte Frau darin zu beerdigen. Solvejg stemmte sich über den Rand zurück und half Freya, die Leiche anzuheben und sie mitsamt ihrer Decke in die Erde hinabzulassen. Freya sprach ein Gebet, dann warfen sie die Erde auf den Körper, dessen Seele in die Ewigkeit eingetaucht war. Anschließend vergrub Freya einige Blumenzwiebeln über dem Leichnam, die im nächsten Frühling ihre Köpfe aus der Erde strecken würden, als glaubte sie, damit ein wenig von Cosimas Leben erhalten zu können.

»Woran denkst du?«, fragte sie, als sie sich mit schmutzigen Händen wieder aufrichtete.

Woran denke ich? »An nächtliche Seen voller Enten«, sagte Solvejg.

»Enten?«

Der Tag blieb ruhig. Solvejg, die wieder ins Palais zurückgekehrt war, hörte zwei- oder dreimal von Wikingern, die die Wächter auf den Wehrgängen am Waldsaum entdeckt hatten. Aber die Männer waren immer sofort wieder verschwunden. Dann, am Nachmittag, machte ein Reiter auf sich aufmerksam – der Bote, den sie zu dem Nachbarn geschickt hatten, um seinen Beistand zu erbitten, wie sich rasch herausstellte. Er erreichte unbehelligt die Insel, und Solvejg wurde Zeuge, wie er eine versiegelte Nachricht übergab.

Robert, der sich mit Gauthier und Ramon in Odos Kammer befand, erbrach das Siegel. Die Botschaft war kurz und schroff: Arnulf und der Edle Wido, der gerade bei ihm weilte, waren nicht bereit, einem Mann zu helfen, der den eigenen Vetter in die Hölle geschickt hatte. Zu herzlos und zu unrühmlich war ein solches Verhalten und gewiss keines, das sie von dem Mann erwartet hätten, der Neustrien regieren sollte. So hatten sie es bereits erklärt, und sie würden ihre Meinung nicht ändern.

Heuchlerische Mistkerle, grollte Solvejg, die stumm neben der Tür stand. Sie zürnte nicht nur Odos Verbündeten, sondern auch dem Christengott, auf den sie sich beriefen. Was war das für ein Wesen, das den Tod zahlloser Menschen auf der Île de la Cité in Kauf nahm, weil einem einzigen Mann, nämlich Waltger, verwehrt worden war, einem Mönch von seinen Verfehlungen zu berichten! Ihr Blick fiel auf Odo, der mit geschlossenen Augen auf seinem Bett lag. Der käme also ungeschoren davon, weil er das Glück gehabt hatte, Gauthier an seiner Seite zu wissen, als sein Tod zu befürchten stand? Der Christengott und sein Herr Jesus waren nicht zu verstehen.

Hedwig …

Der Name der Verräterin fiel und riss Solvejg aus ihren Gedanken. Der Bote hatte gehört, dass Theodradas Vertraute inzwischen wieder bei Balduin in Lille weilte und ihm dort Gift in die Ohren träufelte. Wie es aussah, war der flämische Graf weiter entschlossen, den Markgrafen Guido auf den Thron von Neustrien zu heben.

»Robert?« Obwohl Odos Stimme kaum zu hören war, wandten sich ihm alle Gesichter zu. »Verteidig…«

»Was?« Robert beugte sich über ihn.

»Mach weiter ... für mich.«

Robert nickte beklommen und runzelte die Stirn, weil sein Bruder offenbar noch mehr sagen wollte. Für die anderen war das Stammeln nicht mehr zu verstehen. Als Robert sich wieder aufrichtete, schienen die Schatten um seine Augen noch schwärzer geworden zu sein. »Odo meint, dass Paris nicht genügend Silber besitzt, um die Normannen loszuwerden.«

»Und ich fürchte, damit hat er recht«, stimmte Gauthier zu.

Ramon ging zum Fenster und starrte zu den Stadtmauern, die sich dahinter erhoben. Die Männer, auf die die Pariser vertrauten, waren mit ihrer Weisheit am Ende. Sie waren verzweifelt.

Solvejg kehrte zu Freya zurück, die auf einem Schemel immer noch vor Cosimas Grab saß, als wäre es ein Verrat, die Tote sich selbst zu überlassen. »Ich glaube, dass die Wikinger nicht mehr lange mit ihrem Überfall auf Paris warten werden«, sagte sie.

Ihre mütterliche Freundin hatte aus zwei schmalen Brettern ein Kreuz zusammengenagelt. An der Stelle, an der die Bretter einander berührten, hatte sie eine Pflanze ins Holz geschnitzt, wahrscheinlich ein Heilkraut, denn ihre Ziehtochter hatte ja wie sie selbst die Medizin geliebt. Das kleine Kunstwerk stand am Kopfende des Grabes und sollte vermutlich Frieden symbolisieren. Auf Solvejg wirkte es allerdings wie eine zornig aus dem Grab gestreckte Faust.

»Dann werden sie eben kommen«, meinte Freya. »Und wir werden sie nicht daran hindern könn...«

»Spürst du das manchmal auch?«

»Was?«

»Dieses Gefühl wie ... ein Zugvogel zu sein, der nicht in die Heimat zurückfindet?«

»Willst du nach Norwegen zurückkehren?«

»Nein! Und doch vermisse ich mein Land. Die Berge, den weiten Himmel und ... ja, auch die Menschen dort.«

Freya nickte. »Die Franken sind anders als die Dänen, bei denen ich aufgewachsen bin. Aber mir sind sie näher. Vielleicht, weil ich das Volk meines Vaters immer gehasst habe. Sie haben meine Mutter, meine Schwester und mich als Sklaven gehalten und wie Dreck behandelt.«

»Ich liebe meinen Bruder, aber ich hasse Sigfried und Hrolf, die hierhergekommen sind, um Menschen zu ermorden.«

»Was ist mit deinem Vater?«

Solvejg rieb mit den Fingerspitzen die Augen. »Er ist ... Schmerz. Ich versuche, nicht an ihn zu denken.«

»Robert hat gestern, als wir miteinander gesprochen haben, überlegt ... Du lächelst.«

»Was?«

»Wenn du seinen Namen hörst, beginnst du zu lächeln.«

»Robert füllt mein Herz.«

»Und das sagt er auch von dir.«

Solvejg wischte das Lächeln aus ihrem Gesicht. Jetzt war nicht die Zeit, an ihren Ehemann zu denken. Sie kam auf das zu sprechen, was sie zu Freya geführt hatte. »Würdest du es wagen, noch einmal mit mir ins Moor zu gehen?«

»Wegen der Enten?«

»Ja. Ich will die Wikinger dort umbringen. Alle«, sagte Solvejg.

Die Zeit drängte, und sie beschlossen, dieses Mal den schnellsten Weg aus der Stadt zu nehmen, den direkt über die östliche Brücke. Da die Wächter seit Stunden keinen der Feinde mehr gesichtet hatten, ließen sie die beiden Frauen widerstrebend die Eisenbarrikaden übersteigen und öffneten für einen Moment das äußere Tor, um sie hindurchschlüpfen zu lassen.

Inzwischen kannten Solvejg und Freya sich im Moor gut genug aus, um zu wissen, wie sie ohne Umwege zu Einars Schlangenschiffen gelangen konnten. Es war ein sonniger Spätnachmittag, aber sie waren zu angespannt, um die trügerische Schönheit der goldgelb gefärbten Herbstbäume wahrnehmen zu können. Bald erreichten sie das Kreuz, das ihnen als Wegweiser diente, sie durchquerten den Birkenwald, fanden die Brücke …

Und dann tauchte auch schon der See mit den bedrohlichen Schlangenschiffen auf. Sie verließen den Pfad und tasteten sich wieder durchs Gebüsch voran. Ihre Anspannung wuchs, als sie sahen, welche Betriebsamkeit auf den Decks und am Ufer herrschte. Die Männer redeten miteinander, sie gestikulierten, lachten und stritten … Jeder schien auf den Beinen zu sein, keiner sich mehr auf den Schiffen auszuruhen. Bald fielen Solvejg auch die Wehrgehänge auf, die sich einige der Krieger um ihre Taillen und Schultern geschlungen hatten. Weil sie den Überfall auf die Stadt bereits für diese Nacht planten?

Solvejg entdeckte eine Erhebung, einen länglichen Hügel ganz in der Nähe, um den die Männer einen Bogen machten. War das Einars Grab? Es spielte keine Rolle mehr, der Mann war aus ihrem Leben verschwunden. Ihr Blick blieb an einigen bis zum Kinn bewaffneten Männern haften, die sich auf der gegenüberliegenden Seite des Sees befanden. Sie schienen sich zu besprechen – und verschwanden kurz darauf auf einem der Wege, die die Männer aus dem Norden im Lauf der Zeit in den Moorboden getreten hatten.

»Wenn sie mich entdecken, musst du rennen«, schreckte Freya sie auf.

»Was?«

Statt zu antworten, bog ihre Kameradin die Zweige der Büsche, hinter denen sie sich verbargen, auseinander und kroch in das wuchernde Wollgras und von dort in den Schilfgürtel hinein, der in einem breiten Streifen den See umgab. Im nächsten Moment war sie verschwunden.

Solvejg fluchte stumm. Nervös tastete sie nach dem Sack auf ihrem Rücken, in dem das Netz steckte, das sie für ihren Vernichtungsfeldzug eingepackt hatte. Hier hätten sie es nicht nutzen können; es gab zu viele Menschen, die es bemerken könnten. Aber was ihre Freundin plante, war ebenso sinnlos. In dem Sack, den Freya mitgenommen hatte, befand sich ein Tonkrug voller mit Wein durchtränkter Brotstücke – bestimmt für die Enten auf dem See, die so etwas angeblich liebten und sich damit in kurzer Zeit berauschten und damit hilflos würden. Nur: was dann?

Solvejg kaute nervös auf ihrem Fingerknöchel und war erleichtert, als Freya wenig später wohlbehalten zu ihr zurückkehrte. »Los, komm!«, drängte sie.

»Aber wir müssen doch warten …«

»Bis die Enten besoffen sind? Und dann? Sie vor aller Augen einsacken?« Freya hatte ihren Plan nicht bis zum Ende durchdacht.

Solvejg kroch davon und war erleichtert, als ihre Freundin ihr folgte. Geduckt rannten sie weiter, in einem großen

Bogen, bis zu dem Trampelpfad, auf dem kurz zuvor die Bewaffneten verschwunden waren. Als sie ihn erreicht hatten, starrte Solvejg in die Dunkelheit. Kein Mensch war zu sehen.

»Wohin willst du denn?«, keuchte Freya.

»Irgendwo müssen die Drachenboote ankern – die Boote, die den anderen Wikingern gehören. Vielleicht ist es dort stiller.«

»Warum glaubst du das? Sie werden sich ebenfalls vorbereiten, weil sie doch …«

Solvejg zog Freya weiter. Ihre Augen schmerzten von der Anstrengung zu erkennen, ob der Pfad sich womöglich in der Dunkelheit verzweigte. Nach einer Zeit, die ihnen endlos vorkam, halfen ihnen die Götter – sie hörten erneut menschliche Stimmen. Zuerst war es nur ein Raunen, kaum lauter als der Wind in den Bäumen, aber als sie die Richtung änderten, wurden daraus Gespräche und Gelächter. Schließlich entdeckten sie zwei durch ein Flüsschen miteinander verbundene Seen, an denen die Schiffe von Einars Verbündeten ankerten. Solvejgs Herz schlug schneller. Sie erkannten an etlichen Steven Drachenfiguren, an anderen Symbole, die ihr fremd waren. Vögel. Wie töricht von Hrolf und Sigfried, ihre Schiffe so dicht beieinander versteckt zu haben! Oder hatten sie gehofft, sich gemeinsam besser wehren zu können, falls die Kämpfer aus Paris sie entdecken und angreifen sollten?

Die Mannschaften waren bedauerlicherweise ebenso aufgedreht wie die von Einars Booten: Statt zu schlafen, grölten sie Kriegsgesänge und schrien zum Gott des Krieges, dass er ihnen beistehen möge in der Schlacht, für die sie sich rüsteten. Einige zogen Leitern an Deck, andere tauchten Pfeile in brodelndes Pech, wobei sie die Feuer, auf denen die Kessel standen, mit Mauern aus Steinen geschützt hatten, um ein

Überspringen der Funken auf die umliegenden Gräser zu verhindern.

»Dort, siehst du das?«, fragte Freya.

Solvejg folgte ihrem ausgestreckten Arm mit den Blicken und sah mehrere Männer, die mit Krügen von den Booten kamen. Die grölende Bande am Ufer bemerkte sie ebenfalls und rannte zu ihnen. Sie legten die Köpfe in die Nacken und ließen sich die Flüssigkeiten in die Münder gießen. Allerdings jeder nur einen einzigen Schluck, dann machten sie Platz für die Nachfolgenden.

»Bilsenkraut«, raunte Freya – und hatte zweifellos recht. Die Pflanze galt unter Wikingern als Geschenk der Götter, das sie befähigte, ihre Feinde mit übermenschlichen Kräften niederzumachen. Solvejg hatte selbst einige Male zugesehen, wie die Frauen sie zerhackten und in Beutelchen packten, die sie ihren Männern mitgaben, wenn sie auf Raubzug gingen. Vor einer Schlacht schütteten die Krieger die getrockneten Kräuter ins Bier oder brühten daraus einen Tee. Manche Weiber legten das Kraut auch in Tierfett ein, aus dem sie eine Salbe herstellten, mit der ihre Männer sich vor einem Kampf einreiben konnten.

Die Wirkung war in jedem Fall überwältigend: Wer das Kraut benutzte, verlor jede Furcht, empfand keine Schmerzen mehr und vergaß oft sogar die Angst vor dem Tod. Allerdings wurde auch berichtet, dass einige Männer durch das Kraut die Fähigkeit verloren, Freund von Feind zu unterscheiden oder überhaupt Gesichter zu erkennen. Es kam deshalb immer wieder vor, dass die Berserker, wie man sie nannte, einander gegenseitig die Schädel spalteten. Nicht alle Wikinger waren also von dem Kraut angetan. Solvejg wusste, dass ihr Vater den Genuss verboten hatte.

Sie bemerkte einen Mann, der das Treiben ähnlich kritisch zu beäugen schien. Er stand in einiger Entfernung von seinen Kameraden, mit kahl geschorenem Kopf, den Körper nur von Fellen bedeckt, die Haut, soweit sie sichtbar war, von roten und schwarzen Linien übersät. Es sah aus, als wäre ihm buntes Blut über den Körper geronnen.

Freya zwickte sie in den Arm. »Los, weiter!«

Solvejg riss sich von dem gruseligen Anblick los und folgte ihrer Begleiterin, um weiter nach den Enten zu suchen, die es auch an diesen Seen geben musste. Doch der Lärm schien die Vögel vertrieben zu haben. Es dauerte eine ganze Weile, bis sie die Tiere im Schilf des Flüsschens entdeckten, der die Seen miteinander verband. Wieder wollte Freya ihre alkoholgetränkten Köder auslegen, doch dieses Mal hielt Solvejg sie davon ab.

»Keine Zeit für so etwas. Hast du's nicht begriffen? Die Männer wollen aufbrechen!«

Sie zog einige Hölzer aus ihrem eigenen Sack, die sie mit Stricken an ein Netz gebunden hatte, und rammte sie in die Erde. Freya schob die Köder unter das Netz, gut, das könnte helfen. Nun begann das Warten.

Ihre Geduld wurde nur auf eine kurze Probe gestellt. Vermutlich witterten die Enten den Alkohol, und der Geruch ließ sie unvorsichtig werden. Schon nach kurzer Zeit watschelten die ersten unter das Netz. Dann, als keine Gefahr zu drohen schien, folgten weitere. Solvejg schätzte, dass zwanzig bis dreißig Enten für ihre Pläne reichen würden. Als sie die entsprechende Menge beisammen hatte, zog sie an den Stöcken, das Netz fiel auf die Vögel herab, und sie beeilte sich, sie hervorzuziehen und einen nach dem anderen in den Sack zu stopfen, den Freya für sie aufhielt.

»Achtzehn. Wird das reichen?«, flüsterte Freya, als sie fertig waren und den Sack über den flatternden, quakenden Tieren zusammenbanden. Nur achtzehn? Egal. Sie mussten sich eilen, wenn ihre Mühe nicht vergebens sein sollte. Rasch hoben sie die beiden Enden des Sacks an, um ihn gemeinsam fortzutragen. Als dabei eine spitze Entenkralle ihren Arm ratschte, hielt Solvejg einen Moment vor Schmerz die Luft an. Verfluchtes …!

Sie wollte wieder fester zupacken, als sie plötzlich von Freya zu Boden gerissen wurde. Nur mit Mühe konnte sie verhindern, dass ihr der Sack aus der Hand glitt. Verschreckt blickte Solvejg sich um – und entdeckte nur wenige Schritte entfernt einen der Wikinger. Glücklicherweise schien er dem Schnattern der Vögel keinerlei Bedeutung beizumessen. Oder doch? Er näherte sich einige Schritte, und sie sah, dass sein Gesicht mit Blut beschmiert war. War das einer der Bilsenkrauttrinker? Hatte er durch die Droge bereits den Verstand verloren? Sein Blick war stier, die Hand umklammerte ein Messer. Er starrte zu den Gräsern, zwischen denen sie sich mit den Enten versteckten. Das Schnattern beunruhigte ihn, sie konnte es ihm nun ansehen. Solvejg spürte Freyas Hand, die nach ihr tastete.

Gott, mach, dass er wieder verschwindet.

Sie hoffte vergebens. Der Mann hatte sie entdeckt. Er sprang auf sie zu und riss sie auf die Beine. »Bei Odin, was zur Hölle …«, fluchte er und bückte sich, um mit der freien Hand auch Freya hochzureißen. Kurz starrte er in ihre Gesichter, dann schlug er ihre Köpfe gegeneinander und ließ sie ins Gras zurückfallen. »Schwächlinge!« Er trat nach ihnen und brabbelte undeutliche Beschimpfungen.

Als Solvejg auf die Füße zurückkommen wollte, beugte

der Mann sich erneut über sie. Er bleckte die Zähne und knurrte wie ein Hund, der zubeißen wollte, sein Blick hing an ihrer Kehle. Er *war* ein Hund – er schien es zumindest zu glauben, denn er versuchte tatsächlich, die Zähne in ihren Hals zu schlagen. Freya zerrte an seinem Bein, um ihn zu Fall zu bringen. Es misslang. Er trat sie ins Gesicht und wandte sich wieder Solvejg zu und … Dann brüllte er plötzlich auf und sackte in sich zusammen.

Solvejg starrte in die aufgerissenen Augen, die nur eine Handbreit von ihrem eigenen Gesicht entfernt in den Blättern lagen. Der Mann war tot. Daran bestand kein Zweifel. Aber an seiner Stelle stand plötzlich ein anderer Wikinger vor ihnen. Sein Gefährte mit den seltsamen bunten Linien auf der Haut. Er zog sein Messer aus dem Rücken des Toten und wischte es sorgsam an dem Fell über seiner Schulter sauber. Dann bedeutete er ihnen aufzustehen.

Solvejg erhob sich, aber Freya schaffte es nicht. Sie half ihr, und der Fremde drängte sie gemeinsam zu … Was war das? Ein Felsen? Nein, es schien sich um eine kümmerlich zusammengeschusterte Hütte zu handeln, denn sie standen plötzlich vor einer Tür. Freya schwankte, als sei sie verletzt, und klammerte sich an sie. Eine Flucht war unmöglich. Der Fremde stieß sie durch die Türöffnung, und sie stolperten zwischen Ballen, die intensiv nach Torf rochen. Um sie war es stockdunkel, aber Solvejg hörte, dass der Fremde die Tür hinter sich schloss und ihnen folgte. Als er sie erreichte, atmete sie den Geruch seines Schweißes ein, der sich mit dem des Torfs mischte …

Ihr wurde die Kehle eng. Sie meinte plötzlich zu ersticken.

28.

KAPITEL

Aber was haben sie für Gründe angegeben? Sie müssen doch gesagt haben, warum sie raus wollten!« Robert bemühte sich, nicht zu brüllen. Er war ja dankbar, dass der Wächter ihn aufgesucht hatte, obwohl ihm bereits klar geworden war, dass er einen Fehler begangen haben könnte.

»Wie ich schon sagte: Sie wollten Vögel anschauen.«

War der Mann vielleicht irre? Verrückt geworden über dem Grauenhaften, das er in den letzten Wochen erlebt hatte?

Robert riss sich zusammen. »Vögel ...«

»Ja, fand ich auch merkwürdig. Aber sie wirkten ... wie immer. Freya hat sich noch kurz nach Garou erkundigt, das ist der Mann, der bei dem letzten Angriff ...«

»Ich weiß, wer er ist.«

»Und auch deine Gemahlin ... Sie hat gelächelt, das sieht man ja nicht so oft bei ihr, und deshalb habe ich gedacht ...«

Warum Vögel?

»Sie trugen beide etwas auf dem Rücken. Säcke, so sah es aus«, bemühte der Wächter sich zu helfen. Er hieß Anton und war ein guter Mann. Loyal, tapfer. Robert rieb sich die Schläfe, hinter der ein wahnsinniger Kopfschmerz pochte.

»Vögel und Säcke?«, wiederholte Ramon, der sich gemeinsam mit Gauthier im Zimmer befand, weil sie immer noch nach einer Möglichkeit gesucht hatten, wie man ihre Verbündeten umstimmen könnte. Die Tür zu Odos Schlafkammer stand offen. Robert hörte seinen Bruder schnarchen. Vielleicht hatte er aber auch Mühe, Luft zu bekommen. *Herr im Himmel, warum ist Freya aus der Stadt gegangen, während ihr Ziehsohn, den sie doch liebt, mit dem Tode ringt? Oder waren diese Gefühle längst zerstört?*

»Enten«, sagte Anton. »Ich glaube, es waren Enten, die sie anschauen wollten. Möglicherweise waren die Weiber betrunken. Jedenfalls haben sie … nach Wein gerochen. Also, das bilde ich mir zumindest ein.« Der Mann bemühte sich redlich. Er wollte noch etwas ergänzen, doch in diesem Moment pochte es wild an die Tür.

Der Besucher wartete keine Erlaubnis ab, sondern stürmte ins Zimmer. Es war ein Bauer, der ärmlichen Kleidung nach zu urteilen. Robert kannte ihn nicht. Offenbar gehörte er nicht zu den Leibeigenen der Stadt, sondern zu den Freien, sonst wäre sein Auftreten weniger selbstbewusst gewesen. Sein Wams war von Schweiß durchnässt, die Schuhe schien er auf dem Weg verloren zu haben, die Strümpfe hinterließen dunkle Abdrücke auf dem Boden.

»Sie machen sich bereit, sie wollen angreifen!«, brüllte er. »Ich war da, im Moor. Ich habe sie mit eigenen Augen gesehen …«

Ramon versuchte ihn zu beruhigen und herauszufinden, was geschehen war. Dem Mann hatte offenbar eines der Häuser in dem niedergebrannten Dorf gehört. Nein, er hatte ihre Feinde nicht im Moor in der Siedlung direkt beim Tor gesehen, sondern in dem, das weiter nördlich lag. »Ja, bei der

Mühle.« Sein Blick wirkte klar, trotz seiner Aufregung. »Ich bin durchs Moor gestreift, weil ich nach Torf graben wollte. Bald wird es doch kalt. Und ein einzelner Mann wird ihnen schon nicht auffallen, in der Dunkelheit, hab ich mir gedacht. Außerdem ist das Moor ja groß. Aber dann bin ich doch auf sie gestoßen. Ich habe sie beobachtet. Sie bewaffnen sich. Und bereiten ihre Schiffe vor.«

Die versammelten Männer starrten ihn an.

»Die Dreckskerle schärfen ihre Messer und Schwerter«, redete der Bauer weiter, als machte ihre Skepsis ihn verrückt.

Doch sie waren ja gar nicht skeptisch.

Die Enten, die Säcke … Eine Erinnerung tauchte in Roberts Kopf auf, sie stammte aus alten Zeiten, als er noch ein kleiner Junge gewesen war. Aristid, der mit ihm und Odo auf Entenjagd gehen wollte. Freya, die sie auslachte und erklärte, dass es eine äußerst einfache Art gebe, sich einen leckeren Entenbraten zu beschaffen. Odo war mit Aristid geritten, er selbst hatte sich an Freya gehalten. Sie trugen einen Krug voller Wein bei sich und hatten altes Brot in ihre Taschen gestopft. Und dann …

Er schluckte vor Erregung. *Enten und Säcke, die nach Alkohol rochen …* Plötzlich meinte er zu begreifen. Er schnitt dem Bauern das Wort ab und wandte sich an die anderen Männer im Raum, die mit ihm für die Verteidigung der Île de la Cité verantwortlich waren.

»Bereitet alles vor, was nötig ist, um die Schiffe gebührend zu empfangen. Holt jeden Mann, der eine Waffe halten kann, auf die Wehrgänge. Präpariert Brandpfeile … Ihr wisst selbst, was zu tun ist. Gebt Weisung … Tut, was nötig ist. Ich kehre bald zurück. Und wenn es nicht geschieht …« Er hob die Hände. Dann packte er seine Waffe, die er auf dem Tisch abgelegt hatte, und eilte aus dem Zimmer. Mit dem grässlichen Gefühl, er könne bereits zu spät sein.

Zumindest war der Mond auf seiner Seite – oder er hatte sich im Gegenteil mit seinen Feinden verbündet. Jedenfalls war es so hell im Moor, als würde es von einer riesigen himmlischen Fackel beschienen. Anton hastete neben ihm über die Pfade. Er habe durch die Schwerter der Wikinger seine Familie verloren, erzählte er und schilderte, wie grausam ihr Ende gewesen war – besonders das seines Weibs und seiner jüngsten Tochter. Er glühte vor Hass.

Robert hatte erwartet, dass er ihn zu dem See bringen würde, an dem Einars Schiffe lagen, und tatsächlich folgten sie einer Weile dem Weg, den er bereits kannte. Doch plötzlich bog der Mann zur Seite ab in einen unsichtbaren kurvenreichen Pfad. Robert blieb, von plötzlichem Misstrauen gepackt, stehen und griff nach seinem Messer. Der Mann sprach das Fränkische wie ein Sohn des Landes. Aber konnte er deshalb kein Verräter sein? »Warte! Zu den Schlangenbooten geht es dort entlang!«

»Aber die Normannen ankern woanders.«

»Wir nehmen trotzdem diesen Weg!«

Erbost setzte der Bauer zum Widerspruch an. Erst im letzten Moment schien ihm einzufallen, dass er mit dem Bruder seines Grafen sprach. Mit verkniffener Miene machte er kehrt, und Robert trat zur Seite, damit er ihn wieder vor sich hatte.

Sie näherten sich dem See, und er wartete auf die Gespräche, das Gelächter … all die Geräusche, die ihn beim letzten

Mal empfangen hatten. Doch es blieb still, selbst als sie dem See auf ein paar Dutzend Schritt nahe gekommen waren. Schließlich standen sie an der Stelle, an der er gemeinsam mit Solvejg und seinen Männern die Feinde vor Kurzem beobachtet hatte. Es gab sie nicht mehr. Sie waren fort, mitsamt ihren Schiffen. Ihm wurde schwül. Ihre Befürchtungen hatten sich bewahrheitet – die Normannen würde angreifen, noch in dieser Nacht.

»Ich sagte doch, dass sie woanders sind. Sie lagern an zwei Seen, wo …«

Roberts Augen verharrten bei dem Gewässer. Es schwammen Enten auf der sich sacht bewegenden Oberfläche. *Sie wollten Vögel anschauen …* Sein Blick irrte weiter über die Ufer, ohne dass er etwas Auffälliges hätte entdecken können. Er sah, dass Anton ungeduldig von einem Fuß auf den anderen wechselte. Der Mann hatte recht – es war sinnlos, hierzubleiben. Wenn die beiden Frauen von den Normannen entdeckt und umgebracht worden waren, würden sie ihre Leichen kaum finden und wichtige Zeit verschwenden. Schweren Herzens wandte Robert sich ab und folgte dem Bauern. Schon nach wenigen Schritten begannen sie zu rennen.

Das Moor glich dem Labyrinth des Minotaurus, doch Anton zögerte an keiner Stelle. Er führte Robert durch schwarze Birkenwälder, deren Kronen dort, wo die Wolken den Mond freigaben, leuchteten, und über feuchtes Gelände, vorbei an Wildbächen, mehrmals auch über wacklige, hölzerne Stege, die bewiesen, dass das Moor öfter durchquert wurde, als Robert erwartet hatte. Er wusste so wenig vom Alltag der Menschen, die das Land am Laufen hielten, ging ihm plötzlich auf.

Als Anton stehenblieb, wäre er fast in ihn hineingerannt. Schwer atmend horchte er. Ein dumpfes Schlagen stieg in die Nacht. Es hörte sich an, als würden Hunderte Spechte im selben Rhythmus gegen Baumstämme schlagen. Robert meinte sich zu erinnern, dass die Normannen auf ihre Schilde trommelten, wenn sie sich auf einen Kampf einstimmten.

»Was machen wir denn jetzt?«, fragte Anton nervös.

Robert legte den Finger auf die Lippen. Er bildete sich ein ... Angestrengt starrte er zu einer dunklen Wand schräg vor ihm, vielleicht hundert Schritt entfernt, aber doch deutlich sichtbar als schwarzer Koloss vor einem nicht ganz so schwarzen Hintergrund. Sie erinnerte ihn an einen voranstürmenden Ochsen.

Anton stieß ihn mit aller Höflichkeit, die er aufbringen konnte, an. »Lass uns verschwinden!«

»Ja.«

Sie duckten sich, sehr langsam, um nicht durch rasche Bewegungen Aufmerksamkeit zu erregen. Die Blätter, die der Wind, der plötzlich aufgekommen war, von den Bäumen blies, umwirbelten sie wie Schneeflocken. Wohin sich wenden? Das Trommeln schien näher zu kommen.

»Sie nehmen unsere Richtung«, wisperte Anton nervös.

Das stimmte, und das Trommeln wurde mit beängstigender Geschwindigkeit lauter. Sie mussten sich seitwärts in die Büsche schlagen – und hoffen, dass die beiden Frauen sich ebenfalls in Sicherheit gebracht hatten. Robert wollte sich schon abwenden, um dem Bauern zu folgen, als er sah, wie sich etwas aus dem ochsenhaften Ungetüm schob. Ein Kopf, hell, fast weiß, riesig. Ungläubig starrte er auf das Monstrum. Im nächsten Moment brach der Körper, der zu ihm gehörte, durch die Zweige und neigte sich dann mitsamt dem

Kopf nach vorn. Es handelte sich um eine riesige Puppe. Der Mann, der sie trug, hatte Mühe, sie nicht zu demolieren.

Eine Puppe. Eine Puppe aus Stroh.

Robert drehte sich der Magen um. Er stierte auf ihren Träger. Es handelte sich um *Dhoire,* er war sicher. Wieso lebte der Mann noch? Und was wollte er hier? Dunkel erinnerte Robert sich daran, dass Solvejg von einem Opfer gesprochen hatte, das er seinen Göttern bringen wollte, um ihren Zorn zu besänftigen ...

»Bleib hier und beobachte, was die Normannen treiben«, zischte Robert dem erstaunten Anton zu.

Kurz sah es aus, als wollte der Mann gehorchen. Doch dann riss er ihn plötzlich zu Boden und rollte sich mit ihm ins Unterholz. Aus der Dunkelheit schälte sich eine kleine Gruppe Männer. Nicht die Trommler. Ein Vortrupp aus fünf oder sechs Kerlen, die mit schweren Schritten auf sie zumarschierten.

Roberts Blick irrte zurück zu dem Ochsengebilde. Die Strohpuppe war mitsamt ihrem Träger verschwunden. Er starrte in die Dunkelheit, ahnte, dass sich dort Grauenhaftes ereignen könnte ... Und hörte gleichzeitig den Rhythmus der Fäuste, die gegen die Holzschilde wummerten.

29.

KAPITEL

Die Nacht war niemals still, aber das, was nun in den Raum drang, in dem man sie geworfen hatte ... Zuerst hörte Solvejg nur ein dumpfes Geräusch, als würden Haselnüsse auf gefrorenen Boden prasseln. Dann wurde es lauter, schließlich schienen die Wände um sie herum zu beben. Solvejg ahnte, was draußen geschah. Sie wusste, wie es sich anhörte, wenn Krieger auf ihre Schilde trommelten. Die Wikinger hatten sich aufgemacht, in die Schlacht zu ziehen, und ihr Zug näherte sich der Hütte. Wobei es sie verwirrte, dass die Männer nicht auf ihren Schiffen zur Seine hinabruderten. Die Boote waren doch ihre Stärke, ihre Hauptwaffe.

Ein Stöhnen lenkte sie ab. Freya. Solvejg vergaß die Trommler. Ihre Freundin musste verletzt sein, und zwar deutlich schlimmer als befürchtet. »Wie geht es dir?«

Keine Antwort, nur weitere Laute der Qual. Solvejgs Blicke gingen zur Tür. Was plante Dhoire? Nachdem er sie zu Boden geschleudert hatte, hatte er sein Knie in ihr Kreuz gestemmt und sie anschließend gefesselt. Dabei hatte er wieder von den Göttern gefaselt, die ihm zürnten. Er hatte von der langen Suche nach ihr geredet, die nur durch den Beistand eben dieser Götter von Erfolg gekrönt worden war. Anschließend war er in Gelächter ausgebrochen und hatte erzählt, wie er Einar umgebracht hatte. Ein so jämmerlicher Tod für den großmäuligen Angeber – und eine so beglückende Rache für die Zeit der Demütigung, die Dhoire als Sklave bei ihm hatte ertragen müssen. Schmerz, Genugtuung, Verachtung, pure Seligkeit – in der Stimme des Druiden hatten sich die gegensätzlichsten Gefühle gesammelt wie Dreck im Eimer.

Endlich hatte er von ihr abgelassen. Ein Tritt gegen Freyas Körper hatte ihn überzeugt, dass sie keine Gefahr mehr darstellte. Sie war bewusstlos. Er war in eine der Ecken der Hütte gegangen und hatte etwas aufgehoben, das er nun zur Treppe trug. Es musste sich um einen unförmigen Gegenstand handeln, denn Dhoire fluchte, während er ihn die Stufen hinaufschleppte, weil er ständig irgendwo anstieß. Als er die Tür aufschob, meinte Solvejg eine riesenhafte Gestalt in seinen Armen zu erkennen. Aber es dauerte einen Moment, bis sie begriff, um was es sich handelte: um eine Strohpuppe.

Er schleppte sie ins Freie, und sie sah ihn im Geiste einen Pfahl in den Boden rammen, um die Puppe daran festzubinden. Bis auf das Trommeln der Wikinger und Freyas Stöhnen gab es allerdings keine Geräusche. Vermutlich wartete Dhoire ab, bis die Krieger die Hütte passiert hatten. Solvejg drehte sich ein wenig und stieß Freya sanft mit dem Fuß an.

In das Stöhnen ihrer Freundin mischte sich ein gequältes Kommando. »Dreh dich um!«

Solvejg gehorchte und spürte kurz darauf, wie Hände an ihren Armen entlangtasteten. Freya versuchte, die Fesseln zu entknoten. Gleich, wie sie litt – ihr Geist war offenbar klar und stark geblieben. Sie ließ nicht nach, bis es ihr gelungen war, den Strick ein wenig zu lockern.

»Mach weiter – wir müssen die Enten holen«, flüsterte Solvejg und starrte zur Tür, wo Dhoire gewiss bald wieder auftauchen würde, um sein Opferwerk zu beginnen. Klangen die Trommelschläge nicht schon leiser? Sie versuchte, Freya Mut zu machen. »Ich liebe dich. Ich liebe dich, wie ich niemals einen Menschen geliebt habe. Auch nicht früher in Avaldsnes.«

»Ausgenommen Robert«, keuchte ihre Helferin, und einen Moment hörte es sich an, als gäbe es in ihrem Wimmern ein Lachen.

»Lass mich jetzt machen!« Solvejg quetschte ihre Finger so eng gegeneinander, dass sie kaum mehr breiter als ihre Handgelenke waren, und bemühte sich, sie aus den dünnen Stricken herauszuzerren. In diesem Moment quietschte die Tür. Ihr Herz begann zu holpern. Wie hatte Dhoire seine Puppe so rasch an einem Pfahl befestigen können? Nun, es war keine große Kunst, und vielleicht hatte er sie auch einfach an einen Stamm gebunden. Oder auf dem Boden abgelegt.

Freya rührte sich nicht mehr, sie schien nicht einmal mehr zu atmen. Dafür war Dhoire plötzlich neben Solvejg. Er zog sie auf die Füße und schleppte sie trotz ihrer Gegenwehr zur Treppe. Obwohl der Strick um ihre Gelenke locker geworden war, reichte es nicht, dass sie sich hätte befreien können. Sie blinzelte, als sie ins Freie stolperte. Nach der Dunkelheit blendete selbst das Mondlicht die Augen. Sie hörte weiterhin das Trommeln auf den Schilden, allerdings nur noch in der Ferne – die Krieger waren vorübergezogen.

Der Druide hatte die Strohpuppe tatsächlich auf dem Boden abgelegt. Er zerrte sie zu ihr, und auf dem Weg gelang es Solvejg, eine ihrer Hände aus der Fessel zu ziehen. Sie begann sich zu wehren, und während er sie in den stinkenden Strohkörper zu quetschen suchte, schabten ihre Finger plötzlich an etwas Hartem, Metallenem entlang, das an seinem Gürtel hing. Ein Messer?

Ihre Gegenwehr machte ihn rasend. »Verfluchtes Weib!« Seine Faust verfehlte nur knapp ihr Gesicht. Er wollte sie fester packen – und fiel stattdessen auf die Knie.

Solvejg starrte ihn an, dann hob sie den Kopf. Hinter dem Druiden war ein Schatten aufgetaucht. Einen Moment glaubte Solvejg, dass Freya es aus dem Erdloch geschafft hätte, obwohl sie doch so schwach gewesen war. Doch der Mensch, der den Druiden nun hochriss, war deutlich größer. Dunkles Haar klebte an einem schmalen Kopf. Es war … Robert? Ja, und er kämpfte, wie es seine Art war: nüchtern und überlegt. Er umklammerte Dhoires Hals mit den Händen und presste die Finger gegen dessen Kehle. Mehrere Male trat er gegen die Beine seines Gegners, wenn der Druide sich hochzustemmen versuchte. Sein Würgegriff hielt, bis Dhoire endlich in sich zusammensackte.

Robert schob den schlaffen Körper zur Seite, er half Solvejg auf die Füße und schloss sie in die Arme. Sie wehrte sich. Keine Zeit. »Freya liegt verwundet dort in der Hütte!« Sie kniff die Augen zusammen. Jemand mühte sich bereits, die Tür zu öffnen. Ein Freund oder ein Feind? Vermutlich jemand, der zu ihnen gehörte, denn er winkte, und Robert ließ sie los und eilte zu ihm hinüber.

Vorsichtig kauerte Solvejg sich wieder auf den Boden. Es war, als würden sie die letzten Kräfte verlassen, als hätten ihre Muskeln beschlossen, den Dienst einzustellen. Sie starrte den Druiden an. Er hatte sich tatsächlich den Kopf rasiert, vermutlich, um unter den Wikingern nicht aufzufallen. Einars Leute mochten ihn für einen von Sigfrieds Männern gehalten haben, Sigfried und Hrolf für einen der Schlangenkrieger. War es ihm schwergefallen, sich mit Farbe zu beschmieren und mit ihnen zu grölen? Nein, er war von dem Gedanken besessen gewesen, endlich das Opfer zu bringen, das seine Götter von ihm für seinen Verrat verlangten. Dafür hätte Dhoire alles getan.

In was für einer sonderbaren Welt sie lebten! Die Franken glaubten, dass Waltger ewig im Höllenfeuer brennen würde, weil Odo ihm vor seinem Tod die Beichte verweigert hatte. Ihr Vater und Einar und die anderen Wikinger erwarteten zuversichtlich, dass die Walküren sie in Odins Hallen geleiten würden, wenn sie im Kampf fielen, um dort für alle Ewigkeiten zu feiern. Und Dhoire meinte, dass es seinen Göttern gefiele, wenn Weiber in Strohpuppen brannten. Wo sollte man die Wahrheit finden? Es war verwirrend, es schien ihr unmöglich …

Abrupt beugte Solvejg sich vor. Hatte Dhoire eben seinen Kopf bewegt? Entsetzt und fasziniert zugleich sah sie, wie er die Augen öffnete. Er brauchte einen Moment, um sie zu erkennen. Dann verzerrten seine Lippen sich vor Hass. Er stammelte etwas. Bat er seine Götter, den Fluch des Todes von nehmen? Oder flehte er sie an, für ihn zu erledigen, was ihm verwehrt geblieben war? »Ich kriege euch«, meinte sie zu verstehen.

Solvejg sah den Druiden wieder am Rand der Grube im Heiligtum seiner Götter stehen, mit Emma auf dem Arm und der Bereitschaft, sie und ihre Mutter umzubringen. *Ich kriege euch.* Nicht *dich,* sondern *euch* …

Langsam beugte sie sich vor und zog das Messer aus der ledernen Scheide seines Gürtels. Sie wog es in der Hand, dann legte sie beide Hände um den Griff und stieß ihm die Waffe mit aller Macht ins Herz. Sie starrte in das hagere Gesicht, sah die roten Bartstoppeln, die bereits wieder zu sprießen begonnen hatten, das Blut, das zwischen diese Stoppeln floss … Und wurde Zeuge, wie seine Augen brachen und seine Glieder erschlafften.

Plumpe Gewalt besiegt die Götter, dachte sie benommen. Die Scheide eines Messers in der Hand eines müden Weibes …

»Solvejg?«

Sie ließ die Waffe fallen und riss den Kopf herum. Robert und der Fremde standen in der Tür der Hütte, Freya hing zwischen ihnen. Solvejg plagte sich auf die Füße und mühte sich, ihre Gedanken auf das zu konzentrieren, was jetzt allein noch Bedeutung hatte. Die Enten.

Eilig holte sie den Sack, in dem die Tiere inzwischen zur Ruhe gefunden hatten. Die hielt natürlich nur an, bis sie ihn auf ihre Schultern hievte. Dann begannen sie, zu quaken und zu flattern, soweit der Sack es zuließ. Sie sah, wie Freya den Kopf hob – sie lebte also. Die Erleichterung gab Solvejg neue Tatkraft. Sie würden mit der Verletzten allerdings nur langsam vorankommen können.

»Bringt sie so schnell wie irgend möglich in die Stadt«, stieß sie hervor. »Ich komme nach. Ich verspreche es.« Sie tat, als bemerkte sie Roberts Versuch, sie aufzuhalten, nicht. Und er gab nach. An seinem Arm hing nicht nur eine Last, sondern ein Mensch, den er über alles liebte.

Solvejg rannte, so gut die aufgeregten Vögel in dem Sack es zuließen. Erst versuchte sie die Richtung zu nehmen, aus der sie gekommen war, dann hörte sie plötzlich wieder das Trommeln der Schilde. Sie folgte dem dumpfen Geräusch, und als sie die lange Reihe der Kämpfer vor sich auftauchen sah, versuchte sie, sie seitlich zu überholen. Hoffentlich machte das Quaken der Enten die Männer nicht misstrauisch. Nein, das war unwahrscheinlich. Sie waren berauscht vor ihrer Kampfeslust und dem Bilsenkraut, und von quakenden Enten ging keine Gefahr aus.

Solvejg stolperte, als sie in einen Maulwurfshügel trat, sie rappelte sich wieder auf ... Und hörte eine laute Stimme, die etwas durch die Nacht brüllte. Hrolf? Sigfried? Es war nicht zu unterscheiden. Aber der Zug der Wikinger wurde langsamer. Eine erregte Debatte begann. Es ging um die Schiffe, die ... Ja, was? Vielleicht den Weg zu den Schlangenschiffen nicht finden würden? Sie verstand es nicht.

Die Enten wurden immer schwerer, der Sack schleifte inzwischen über den Boden. Immer noch überholte sie die Krieger. Sie schnappte Worte auf. Die Männer mussten offenbar zu den Schlangenbooten zu Fuß gehen, weil die Gewässer, die die Seen miteinander verbanden, zu flach waren, als dass die Boote sie alle hätten tragen können. Einige klagten, dass der unsinnige Marsch sie erschöpfte. So kurz vor einer Schlacht. Andere beschwichtigten: Sobald man die Schlangenschiffe erreicht hätte ...

Der Streit hielt den Trupp auf. Solvejg schaffte es, die Männer hinter sich lassen. Völlig erschöpft erreichte sie den nebligen See. Die Schlangenboote mitsamt ihren Mannschaften waren verschwunden, wahrscheinlich waren sie auf dem Weg zu den anderen Booten. Sie ließ ihren Sack zu Boden gleiten, gönnte sich jedoch keine Pause. Sie musste die Enten einsammeln, die sich bei Freyas weingetränkten Brotkrumen gesammelt hatten. Zum Glück wurde das weniger schwierig als erwartet. Etwa ein Dutzend weiterer Enten hatten sich bei den begehrten Happen eingefunden, aber der Wein hatte ihre Hirne benebelt. Es war einfach, sie zu packen und den Sack zu befüllen, der neben den Brocken auf dem Boden zurückgeblieben war.

Beide Entensäcke zugleich auf den Schultern zu tragen, erwies sich allerdings als unmöglich. Solvejg musste sie hinter sich herziehen. Die Wasservögel quakten zum Erbarmen. Sie stolperte, sie rappelte sich wieder auf, sie stürzte erneut ... Und merkte, wie die Erschöpfung ihre Ängste allmählich betäubte. Sie musste rasch sein, schneller als die Schiffe, sie musste die Stadt erreichen, bevor ihre Feinde das Moor verließen. Weiter ... und noch einen Schritt ... und noch einen ...

Allmählich wurde das Gelände lichter, dann tauchten die Stadtmauern vor ihr auf. Die Türme fest im Blick und von der Kraft neuer Hoffnung erfüllt, zwang sie sich voran. Auf der Brücke hatten sich Menschen gesammelt. War auch Robert darunter? Konnte sie nicht erkennen. Jemand kam ihr entgegengerannt, einer der Brückenwächter, sie hatte seinen Namen vergessen. Er nahm ihr die Säcke ab und drängte sie zur Eile. Und ... ja, Robert hatte sich ebenfalls auf der Brücke eingefunden. Er kam Augenblicke später bei ihr an und half ihr durch das äußere Brückentor und dann über die Barrieren.

»Wo ist Freya?«

»Im Wachturm. Sie will nicht fort, sie wartet auf dich ... Nein, nein«, keuchte Robert, »die müssen auf die Wehrplatte rauf!«

Er hatte also begriffen, wozu die Enten dienten. Sie sah zu, wie er dem Wächter einen der Säcke aus den Händen riss und sich mit der panisch quakenden Last auf den Weg die Treppe hinauf machte. »Dein Sack muss auch da hinauf!«, befahl Solvejg dem Mann, und er gehorchte, als wäre sie sein Graf.

»Pechpfeile und Leinenfäden. Beeilt euch, es geht um alles!«, hörte sie Robert brüllen. Um die Pechpfeile hätte er nicht zu bitten brauchen, die lagen bereit, man wartete ja bereits auf den Angriff der Normannen. Ramon, der Mann mit dem wachen Verstand, begriff als Nächster, was es mit den Enten auf sich hatte. »Bindet den Tieren die Pfeile an die Beine«, hörte sie Solvejg ihn schreien.

Sie schleppte sich ebenfalls die Stufen hinauf und fand dort Freya, die auf dem Boden an einer der Mauern lehnte. Umständlich ließ Solvejg sich neben ihr nieder, dann sahen sie zu, wie die Männer die Enten, die sie mit Pfeilen versehen hatten, zu den Zinnen trugen. Eine Flamme am Ende eines Stocks setzte den ersten Pfeil in Brand. Quakend vor Angst flog der Vogel davon. Würde ihm die Hoffnung auf sein vermeintlich sicheres Heim die Kraft geben, bis ins Moor zu fliegen?

Solvejg wandte sich an Freya. »Wie geht es dir?«

»Ich weiß nicht.«

Solvejg nahm die Hand der Freundin und dann auch noch die zweite und wärmte sie. Seltsam, wie knöchern die Finger im Alter wurden.

Inzwischen wurde kaum noch gesprochen. Die Männer arbeiteten rasch, die Vögel flogen mit den brennenden Pechpfeilen zurück ins Moor. Schließlich stemmte Solvejg sich in die Höhe und trat zu dem Zinnenkranz. Die Seine hob sich deutlich vom Umland ab. Der Mond warf einen breiten silbernen Streifen von einem Ufer quer hinüber zum anderen. Aber so sehr sie auch ihre Augen anstrengte – von den Wikingerbooten war keines zu entdecken. Sie schienen sich tatsächlich alle noch im Moor zu befinden. Und die Enten? Waren sie mit ihrer brennenden Fracht womöglich irgendwo zu Boden gestürzt, bevor sie die Seen erreichten? Solvejg drehte sich zu Freya um, sie wollte ihre Sorge aussprechen, als plötzlich ein Jubelschrei den Turm erzittern ließ.

Sie fuhr herum. Eine Flamme schlug aus dem Moor empor. Noch während sie es zu fassen suchte, folgten weitere Feuer, und zwar an unterschiedlichen Stellen, einige weit auseinander, andere dicht beisammen. Kurz war es still. Dann begannen die Wächter zu johlen. Sie boxten einander vor Glück in die Seiten, sie umarmten jeden, der ihnen vor die Hände kam. Ramons lauter Befehl ließ sie zu ihren Waffen eilen, sie mussten bereit sein, falls die Normannenboote doch noch in die Seine einbiegen sollten.

Aber keines der feindlichen Schiffe tauchte auf. Auch dann nicht, als das trockene Moor wie ein Meer aus Feuer zu lodern begannen. Freya hatte sich zu Solvejg geschleppt, und gemeinsam beobachteten sie den Brand, der den Himmel zum Leuchten brachte, als stünde er ebenfalls in Flammen. Die Menschen aus der Stadt stürzten in die Gassen, und als sie begriffen, was geschah, brachen auch sie in Jubel aus. Gott wurde gepriesen. Sie schrien und sangen.

Solvejg drehte den Kopf. »Bist du glücklich?«, fragte sie.

Es dauerte eine Weile, ehe Freya antwortete. »Ich weiß nicht. In meinem Kopf klingen Schmerzensschreie, die ich nicht hören sollte.«

»Die Strafe, die die Männer auf den Schiffen ereilt, ist gerecht.«

»Gerecht? Was für ein großes Wort!«

»Und doch lächelst du.«

»Ja«, flüsterte Freya. »Ich lächle.« Sie wandte sich ab und ließ sich umständlich wieder zu Boden gleiten. Solvejg hörte, wie schwer sie atmete, und setzte sich zu ihr. Eine Weile schwiegen sie. Ihre Körper waren einander so nah, dass sie miteinander zu verschmelzen schienen. Was sich merkwürdigerweise nicht abstoßend anfühlte, sondern im Gegenteil wie ... Freundschaft, wie echte Freundschaft, dachte Solvejg und schob ihren Arm unter den von Freya.

»Siehst du das?«, murmelte Freya.

»Was denn?«

Keine Antwort. Freya lächelte immer noch, mit halb offenem Mund, als fände sie nicht mehr die Kraft, die Lippen zu schließen. Sie sagte etwas, und Solvejg beugte sich vor, um sie verstehen zu können.

»Er sieht mich an.«

»Wer?« Die Frage war überflüssig. Aristid. Natürlich sprach sie von Aristid. Er kam ihr also nahe. Er breitete die Arme aus, um sie zu holen. »Verflucht soll er sein«, flüsterte Solvejg und zog behutsam den Kopf der Sterbenden an ihre Wange. Sie war so glücklich und so unglücklich wie noch nie in ihrem Leben.

30.

KAPITEL

Robert und Odo hatten beschlossen, Freya auf dem kleinen Friedhof zu begraben, der zu ihrem Gut bei Meaux gehörte, direkt neben dem Grab von Aristid, natürlich. Der Tag war trübe, als hätten sie ihn so bestellt. Es nieselte sogar. Das Blättermeer, in dem sie standen, klebte an ihren Schuhen.

Solvejg starrte auf die helle Holzkiste, in der sie die Tote auf Kissen gebettet hatten. Gauthier, der den Gottesdienst zu Beginn der Beerdigung abgehalten hatte, stand nun am Kopf des Grabes und murmelte ein Gebet, das kein Ende nehmen wollte und das wohl auch kaum einer der Anwesenden verstand, da der Erzbischof lateinisch sprach. Verstohlen musterte sie die Menschen, die mit gefalteten Händen und bedrückten Mienen um Freyas letzte Ruhestätte standen. Nicht nur Edelleute aus der Nachbarschaft waren gekommen, sondern auch Bauern und Leibeigene, von denen gewiss viele zu Freyas genesenen Schützlingen gehörten.

»Ich glaube, sie hat Aristid gesehen, bevor sie starb«, flüsterte Solvejg Robert zu. »Sie hat es gesagt. Und sie schien glücklich zu sein.«

Offenbar hatte sie die Pause, die der Erzbischof eingelegt hatte, missverstanden. Er war mit seinem Gebet noch gar nicht fertig gewesen. Und als endlich das Amen erscholl, auf das sie hätte warten sollen, fing sie sich einen vorwurfsvollen Blick von ihm ein.

»Ich würde es mir sehr wünschen«, flüsterte Robert.

»Du kannst mir glauben. So wie sie gelächelt hat, lächelt man nur, wenn einem etwas Wunderbares widerfährt.«

Robert nickte, ob sie ihn überzeugt hatte, blieb offen. Er griff sich einen Spaten und ließ gemeinsam mit den Männern vom Gut Erde auf den Sarg fallen. Die Leute auf dem Friedhof begannen miteinander zu reden, jeder schien irgendetwas Gutes mit Freya erlebt zu haben. Solvejg wiegte Emma, die leise plapperte, als wollte sie ebenfalls von schönen Augenblicken erzählen. Sie war das einzige Kind auf dem Friedhof, aber Solvejg hatte darauf bestanden, dass sie mitkam. Falls Freya aus den Wolken der eigenen Grablegung zuschaute, würde es sie freuen, das kleine Mädchen zu sehen, das sie so sehr ins Herz geschlossen hatte.

Irgendwann kehrte Robert zu ihr zurück. Er legte den Arm um ihre Schultern. Ihr Herz brannte vor Liebe zu ihm. Schließlich ließ er sie wieder los und ging hinüber zu Odo, den man auf einem Stuhl zu dem kleinen Friedhof getragen hatte. In den Augen seines Bruders stand ein tiefer Kummer, der Solvejg verwunderte. Sie besaß keinerlei Begabung, Menschen zu verstehen. Sie beobachtete sie und versuchte, sie zu begreifen – und wurde doch immer wieder von ihrem Handeln überrascht. Die Brüder unterhielten sich, offenbar auch über Odos Befinden, denn er wedelte mehrmals ungeduldig mit der Hand. Unser Graf wird genesen, hatte der heilkundige Mönch gesagt, der ihn nach Freyas Tod behandelte. Seine Wunden seien schwer, aber sein Wille, sich ihnen nicht zu ergeben, überwältigend.

Robert war darüber natürlich glücklich gewesen, aber Solvejg nahm an, dass ein Teil seiner Erleichterung darauf beruhte, dass er sich nicht mehr genötigt sah, den Platz seines Bruders einzunehmen. Ihr war schon länger aufgefallen, dass ihm der Wille fehlte, Macht über andere auszuüben. Die Lobhudeleien der Menschen, die ihn in der Erwartung aufsuchten, dem künftigen Grafen von Paris gegenüberzustehen, hatten ihn ermüdet.

Ihre Versuche, abzutasten, wie sie Einfluss auf ihn nehmen könnten, ödeten ihn an. Dass er den Angriff der Normannen mit ihrer und Freyas Hilfe hatte abwehren können, freute ihn, aber als man einen von Einars vor Schmerzen brüllenden Schlangenmänner vor ihn brachte, der es geschafft hatte, dem Brand zu entkommen, hatte er den Anblick kaum ertragen können.

Der Bischof trat zu Solvejg und riss sie aus ihren Gedanken. »Meine Tochter, du hast Ruhm erworben, als du für unsere Stadt gekämpft hast«, murmelte er, während sein Blick an Freyas Grab hing. »Viele Menschen fühlen sich dir in Dankbarkeit verbunden. Wäre es nicht an der Zeit, durch die Taufe kenntlich zu machen, dass du nun tatsächlich zu uns gehörst? Dass du den Geist der Liebe und Versöhnung, dem wir uns verpflichtet fühlen …«

»Nein«, sagte sie. »Unter den Christen gibt es nicht weniger Grausamkeit als unter anderen Völkern, das haben wir doch gesehen.«

Robert trat zu ihnen. Er musste den letzten Satz gehört haben, denn er wartete mit hochgezogenen Brauen, bis der Bischof verärgert weiterging. Dann legte er erneut den Arm um ihre Schulter. Nach einer Pause fragte er: »Woran denkst du?«

»Mein Vater hat immer behauptet, dass die Schwachen von ihrer Angst getötet werden. Das war ein Satz, den er ständig wiederholt hat, besonders vor meinem Bruder. Die Schwachen werden von der eigenen Angst getötet.«

»Vielleicht hat er recht. Und?«

»Die Starken sterben nicht weniger oft.«

Er lachte. »Du grübelst so viel.« Und fügte dann hinzu: »Viele von ihnen sterben wahrscheinlich an dem Hass, den sie verbreiten, weil sie einfach alles an sich raffen müssen, was ihnen unter die Augen kommt. Irgendwann führt das zu Gewalttätigkeit, die sich gegen sie selbst richtet.«

Ja, das leuchtete ein.

Eine Frau, die an Freyas Grab geweint hatte, drehte sich um. Ihr Blick glitt suchend über die Menge. Als sie Robert entdeckte, kam sie zu ihnen und drückte seine Hände. Sie nuschelte etwas von Beileid, aber was ihr wirklich zu schaffen machte, war ihr Sohn, um den sich Freya gekümmert hatte und der nun doch verstorben war. Der Winter nahte, ihr jüngerer Sohn war zwar kräftig, aber seine Erfahrung, was die Saat anging ...

Robert lauschte. Er nickte. War dieser Sohn ebenfalls krank? Nein? Gut. Er hörte weiter zu und setzte ihr auseinander, wie der Familie zu helfen sei ... Er erklärte es ein zweites Mal, weil es der Frau schwerfiel, sich zu konzentrieren. Der Mann, der Dhoire in die Bewusstlosigkeit gewürgt hatte, bewies eine endlose gutmütige Geduld, wenn es darum ging, einer alten Frau die Sorgen leichter zu machen.

Emma begann zu greinen, und Solvejg ging einige Schritte vor die Friedhofshecke. Ihr kleines Mädchen verstummte und schaute sie an. Es nieselte immer noch, der Wind hatte wieder zu pfeifen begonnen. Robert war fertig mit seinem Gespräch. Er winkte Odo zu, dann kam er zu Solvejg herüber.

Und ihr Herz war plötzlich leicht.

NACHWORT
Welcher Teil der Handlung ist historisch?

Die Brüder Odo und Robert, die männlichen Hauptfiguren des Romans, waren tatsächlich Söhne Roberts des Tapferen aus dem Vorgängerroman »Das Erbe der Päpstin«. Und Odo wurde später, wie erzählt, mithilfe von Bischof Gauthier zum Grafen von Paris gekrönt. Auch der Wikingerüberfall auf die Stadt mit dem entsprechenden Ergebnis ist historisch verbürgt. Odos Streit mit Balduin von Flandern und der Kampf um die Königskrone haben ebenfalls stattgefunden, genau wie der Verrat von Odos Vetter Waltger, der Balduin die Stadt Laon auslieferte. Dass er später von Odo ohne Beichte hingerichtet wurde und Odo deswegen viele Verbündete verlor, lässt sich in den Annalen nachlesen.

Robert wurde nach Odos Tod dessen Nachfolger und begründete als König das Haus der Kapetinger, das über mehrere Jahrhunderte das Frankenreich regierte.

Auch Harald Schönhaar ist eine historische Gestalt. Von seinem sonderbaren Verhalten nach dem Tod seiner Frau Snøfrid berichtet ein alter Mythos. Ob der auf Tatsachen beruht, ist allerdings schwer zu entscheiden.

Die Figur Einar Schlangenauge habe ich aus dem historisch belegten Sigurd Schlange im Auge, einem halb legendären dänischen König, und Rollo, dem späteren Jarl der Normannen, zusammengesetzt. Rollo war ein Wikingerführer, der mit seinen Angriffen auf das Westfrankenreich dessen König Karl den Einfältigen unter Druck setzte. Er erpresste von ihm das auch im Roman erwähnte Schutzgeld, bis Karl ihm schließlich anbot, ihn zum Grafen von Rouen zu machen, gegen die Verpflichtung, die Küsten des Frankenreichs vor den Wikingern zu schützen. Im Gegenzug musste Rollo sich taufen lassen und dem König die Treue schwören. Er begründete die Normandie.

Solveig dagegen ist eine komplett fiktive Person.

Besonders interessant fand ich das Spannungsfeld zwischen Mathematik und Magie. Pythagoras hat sich mit beidem befasst und wurde tatsächlich von den irischen Druiden studiert und geehrt. Der Zwiespalt von Ratio gegen Magie fesselt uns bis heute, und es hat mich gefreut, ihn zum inneren Konflikt des Romans machen zu können. Der »Satz des Pythagoras« ist übrigens immer noch einer der fundamentalen Sätze der Geometrie, der an jeder Schule gelehrt wird. Er besagt, dass in allen rechtwinkligen Dreiecken die Summe der Flächeninhalte der Kathetenquadrate gleich dem Flächeninhalt des Hypotenusenquadrates ist.

Die Sache mit dem Bohnenmatsch ist ebenfalls auf Überlegungen von Pythagoras zurückzuführen, aber hier darf sich der Leser gern Zweifel erlauben.